THE SCOURGE OF MUIRWOOD
米尔伍德的浩劫

[美] 杰夫·惠勒 著
修筱琛 蔡君梅 译

上海文艺出版社

致莎伦·凯·彭曼

这里的一切都让我害怕。这岛让我心生畏惧。这里有我即将解开的秘密：我的过去、我的家人和我的身份。这些工具在我手中无比笨拙。我不知道该怎么形容这种感觉。我所习惯的是洗衣房，而不是这么一大片遍布镜子的所在。怪眼灵石更是让我害怕，它是那么古老，那么有力量。这里的大主教告诉我可以利用这本手卷来探索我的感受，直面我的恐惧。我必须直面要成为一名圣骑士将遇到的考验，这样才能赶在大灾难降临，毁掉一切之前拯救所有王国。这是最让我害怕的。我害怕失去我爱的那个人。我害怕失去科尔文。

——艾洛温·德蒙特于德豪特大教堂

第一章
死亡絮语

　　他们骑在马上，并排沿路而下。一路的两侧都是长势骇人的橡树，歪歪扭扭的枝干肆意地向四周伸展着。空中飞着成团的小蠓虫，黏腻的蛛网不时兜人一脸。马丁匆匆抹了把脸，马上又把目光集中到两旁光线昏暗的密林中。前面的拐弯是个盲点——也是绝佳的陷阱安设之所。

　　"看在老天的份上，"马丁暗念。"我可不喜欢前面那角落的样子。真不喜欢。但这片野林子是通往科摩洛斯唯一的路，没错吧？"他压低喉咙发了一阵牢骚，心里隐隐有股危险将至的预感。他急切地嗅着四周的空气，认真辨别过耳的每一种声音，为自己的预感寻找蛛丝马迹。

　　在马丁身边的是普莱利的国王，也是一名圣骑士，是马丁的主人。马丁比国王年长，加之国王本就生得一张娃娃脸，更显得两人年龄相差许多。国王穿着非常朴素，不过是一件简单的衬衫，外套一件不起眼的皮背心，一头金发未经打理，脖颈后面剃得很短。看起来不怎么像一位国王。在他的脸上显现出一种阴郁的神色，这对他而言是很平常。因为本来他就是一个会把一天大部分时光用于沉思的人，这种情况在他策划了和德蒙特的女儿秘密结婚后更是有增无减。但时不时也会有一丝难以觉察的微笑偷偷挂上他的嘴角，透露出他埋藏在内心深处的一点欢乐。

国王的全名是奥勒温李埃鲁-埃斯林，但马丁对他的称呼永远是陛下。马丁对国王的尊敬和信赖超过世界上的任何一个人，当然也胜过那队现在围在国王身边戒备的护卫队——艾温斯林，他们随着国王和马丁也停了下来。

简而言之，艾温斯林是由马丁一手带出来的国王护卫队，所有人都由马丁统领训练。他们的本领不仅如此。艾温斯林随时可以化身为猎手、小偷、谋士、赌徒、战士——他们是暗影里的军师，悄声在主人耳边奉上建议。国王的皇家谋士过去总为自己的一官半职争论不休，为各种恩惠和领土分配而大动干戈，甚至曾经策划了国王的死亡，国王发现最终可以倚重和信赖的就是马丁。艾温斯林对权力这张网里的每一根线都了若指掌，并且能像演奏风琴一样无情地拨动任何一方。想到这里，马丁感到一阵欣慰。他有能嗅到危险气息的本能。而现在，他感到危险就在这条去往科摩洛斯的小路上。

奥勒温国王勒停自己的马，然后打开了那只系在他宽大皮腰带上的小口袋。他是一名国王圣骑士，透过他微微敞开的衬衫衣领隐约能看到他的银丝软甲，但他一贯自谦，只说自己是"王子"而已。在普莱利王国的三位圣王中，他是最聪明，最年轻，也是最有威望的一个。这就是为什么其他两个圣王都已被暗杀，而只剩下他和他的弟弟与叔叔共同统治王国的原因——但他们两人都不是圣骑士，也都不够聪明。

王子把手伸进个小口袋，拿出了一枚用纯度极高的金铜制成的小球,在阴暗的树林里散发出微微的光芒,这让马丁有些不安,如果丛林里有人埋伏,小球所发的光必然会引来注意。

此时王子手中的圣球已经有了反应。位于上半部分的指针开始摆动旋转,同时下半部也显现出字迹。马丁眯起眼睛看了看那些只有圣骑士才能明白的符号。"怎么讲?"

王子的脸这时已变得煞白,他忧心忡忡地看了看前方的小路,脸色比以往任何时候都要严肃。说道:"前面的树林里埋伏着一个克辛,"声音很轻却充满警告意味,"圣球要我向西。"

"进沼泽?"

"克辛不要别人,目标只是我。你和我单独走,马丁。我们走后让其他人继续向前,去米尔伍德。"

说完这些,王子即刻动身。他一手握紧马缰,两脚靴刺同时发力,很快就消失在昏暗的橡树林深处。克辛的存在激怒了马丁。他快速地向艾温斯林下达了指令和警告,便动身追赶王子。一路上不断有树枝抽打在他身上阻挡他前进,追赶的刺激让他兴奋但又不安。要把克辛带进沼泽。这打乱了他原有的计划——让他失去了原有的主动权,受制于人,不得不随对方的动向而动。

猎人是耐心的,猎物是大意的。

克辛丝毫没有掩饰自己的踪迹。马丁进入丛林后不久,就听到身后传来咔咔咔的树枝断裂声,和哒哒哒的马蹄声。身为一个克辛却如此大张旗鼓,他会为此付出惨痛的代价。马丁放慢了自己坐骑的脚步,好辨别出克辛的下一个动作。追赶者的脚步越来越近了。马丁把弓握在手里,将马靴从马镫中缩回,迅速翻身下马,就势在泥水中一滚,紧贴在一棵长相怪异的橡树背后。泥水从他的脸颊滑落,马丁迅速用手抹掉,一边暗自骂了一声。他抽出一支箭搭上弓弦,迅速在几棵树后变换位置,向克辛的背后绕去。他无需担心王子。有了圣球,没有猎手的护送他也能顺利抵达米尔伍德。

一匹鼻梁上有块白斑的棕马跑了过来。克辛骑在马上,上半身放低贴近马鞍,嘴巴紧张得有些扭曲变形。马丁瞄准时机,引弓拉弦。克辛察觉箭势,在马上飞身一甩,绕着马鞍将整个身体倾向另一侧。箭应声射入棕马的脖颈,随着一声嘶鸣,喷出一股鲜血,马应声倒下。马丁迅速踩着泥水寻找有利位置,同时又从背后抽出一支箭。

克辛又出现了,马丁即刻放出第二支箭。雇佣克辛的人无非是两个目的:保护,或是刺杀。克辛动作十分敏捷,第二支箭被他闪过,射进了他背后的一颗橡树。克辛也发现了马丁并掏出匕首迅速还击,马丁向后一个纵身,匕首嗖的一声擦着他的耳朵过去了。

现在两人正面交锋,怒目相向,像角斗场上的角斗士一样兜着圈子,拉近距离。气氛的紧张玩笑不得,更没有任何的劝服或辩白,只有一触即发的刀锋相见。马丁拿出了他的短剑和匕首,像是在丈量两人间距离似的在空中戳了一刀,以此挑衅,让对方先发起攻击。

克辛果然发动攻势,手提匕首直刺马丁的喉咙。两人肢体交缠地混战了一段——刺,割,虚晃,再刺。然后挣脱胶着,目光紧锁对方,换了方式再次兜圈、对峙。马丁牙关紧咬,露出一种恐怖的半狞笑的表情。克辛又扑向马丁,这次他一手刺向马丁的大腿内侧,另一只手的手指向马丁的眼睛剜去。两人四肢不断对撞、攻击,最后又分开来。克辛袖子上的血迹分外显眼,两人都气喘吁吁。

"你……你曾和我们一起受过……克辛训练。"克辛阴沉地挤出这几个字。

马丁加深了自己的狞笑。"你发现了。"

或许克辛已经体力不支了。或许他已经知道自己必死无疑。他向马丁发起最后一击，最终以双手反剪背后的姿势被制服，痛得松开了匕首，掉落在地。马丁用臂弯锁住他的脖子，像丢下一块石头一样把克辛按到泥水中，直到他的头被完全淹没。

克辛在水中胡乱地挥舞拳头，挣扎着想要摆脱被窒息的命运，马丁把胳膊收得更紧、压得更实，并把自己全身的重量加到水中人的背上。几次三番为了能吸口气，克辛在绝望中激烈地挣扎，四肢不断在水中溅起水花，马丁又用力将他困得更紧。他感觉到那克辛的脖子里有什么东西断了。

挣扎就此结束。为保险起见，马丁又维持这种姿势待了一会儿，最后放开了已经是一具尸体的克辛，在周围的水里摸索自己掉落的短剑。他把捞起的剑洗净擦干，收入鞘中，这时注意到了正在一旁观望的王子，他脸上的肌肉因为激动而微微抽搐着。

马丁生硬地看了他一眼。"像您这样折回来是很危险的，我的王子。万一我失手了呢？克辛可是连圣骑士也能杀死的。"

王子只是表情悲怆地盯着那具尸体。马丁怎能不肝火大动？他在战场上杀人无数，更何况像这样的雇凶是绝对不值得可怜的。"上马继续往前走吧，陛下。我会留下来搜搜看这尸体上有没有什么关于他雇主的线索。"

王子沉默地摇了摇头。

"我不是妇人之仁，马丁。只是刚才我看着你淹死他的时候，我好像看到了另一幅克辛淹死一个女孩的场景。"

马丁困惑地看了看四周。"我向您保证我淹死的绝对是个男人。我是绝对不会对一个女人下手的。"

"你会的。"王子情绪有些激动。"如果是我要你那么做。如果是那女人……罪有应得。我说的不是这个。我看到的是未来。那是一个

The Scourge of Muirwood

穿着长袍的年轻女孩。一个克辛要淹死她。"他浑身颤抖了一会儿,不停摇着头像是要摆脱这梦魇般的画面。然后看了看手中的圣球。

马丁拎着克辛的衣领把尸体提出水面,现在它四肢瘫软,沾满泥水。

"放下他吧。"王子说。"我们都知道是谁派来的。"

"您是在怀疑那个阴险的国王?您要去科摩洛斯和他谈判的那个人?"马丁愤愤地说:"看在老天的份上,他竟然明目张胆地背信弃义来谋杀您?"

王子冷笑了一下,"不,不是他。是他妻子。"

"是她?您说是她?是因为她是一个极阴险狡诈的人,您才去怀疑她而不是那国王?"

"马丁,有些事情是我通过圣骑士的方式知道的。我已经怀疑她很久了。有很多关于达荷米亚国王只派他的女儿外出谈判条约的故事,她们的精明令人印象深刻。还有很多我不能告诉你的原因。"

马丁叹了口气,松手让那尸体坠落水中,激起一片水花。他摸了摸剑鞘,确保短剑已经插好,然后从泥水中摸出了自己的匕首插进腰带。"那我们现在去米尔伍德?"

王子表情古怪地摇了摇头。"圣球要我向西。我们必须趁着天亮离开这片受了诅咒的沼泽。"

"不去米尔伍德了?"

"相信我,老伙计。"王子的表情变得十分严肃。"我们必须去一趟那边的灌木林。你和我一起,马丁。不要告诉任何人我们去过那里。"

"但科摩洛斯的国王要我们在两周内到达那里。"他挠了挠自己的喉咙,向自己的马走去,"他可是个没有耐心的人,如果我们不能按时到达他肯定会抓住不放。"

王子面向西方，注视着一些只有他能看到的东西。"这我都知道，马丁。但是我们的路已经变得更清晰了。沼泽在对我低语，是死亡絮语。"他叹息道。"是我的死亡。"

第二章
封印咒

　　苹果园里散发出阵阵香气。弥漫的浓郁花香混合着莉亚本就不堪重负的回忆和翻来覆去的忧虑,迟早会将她逼疯。她的整个童年都是在米尔伍德大教堂里度过的,小时候总是逃到这片苹果园里来。因为在这些紧密簇拥在一起的苹果树间,很容易就能找到藏身之处,可以顺利逃掉厨房里的杂活。她曾从树枝上采下无数的苹果,然后窝在草地里品味它们的香甜。她见证了整个果园苹果花怒放的盛景,也记得它笼在灰蒙蒙雾气下的妖娆。一段段记忆从她脑海中闪过:自己和索伊、科尔文在果园里狂奔着躲避治安官手下的抓捕;格特明·史密斯在这里找到了她,用力地捏着她的胳膊。还有最让她痛心的一段记忆——在一个下雨天,科尔文冷酷地拒绝了她,然后把她一个人丢在泥泞不堪、湿哒哒的树丛里。后来,也是在这儿,科尔文又找到她,求她帮忙救出艾洛温·德蒙特。

　　艾洛温·德蒙特。

　　这个名字在她心里搅出了层层波澜——怨恨,羡慕,同情,尊敬,嫉妒。尤其是嫉妒。一片暮色中,莉亚背靠着一棵树干——她深深地叹息着，竭力压制着自己的啜泣声——双手紧紧攥成拳头。科尔文在塞姆普林弗大教堂找到了艾洛温。在普莱利王国沦陷后，她被判为贱民，送到塞姆普林弗大教堂里长大。她不知道自己真名，因为在洗衣房里劳作，人们都叫她希乐尔·娜梵德。一切看起来都顺理成章，但事实并非人们所看到的那样。因为现在大家所认定的希乐尔是假的艾洛温·德蒙特。由于一些对莉亚来说太过残忍的原因，当她知道自己才是普莱利王国遗失的后嗣、真正的艾洛温·德蒙特时，一切都为时已晚。在那之前，她坚信希乐尔是对的人，希乐尔必须要去德豪特大教堂警告人们大灾难的到来，还为救她牺牲了自己。现在她才明白，希乐尔不是该去的那个人。真正担负着使命是她自己，留在米尔伍德的莉亚。她的伤腿仍会抽痛，还在复原中，那支穿透她手掌的箭留下的伤也还在隐隐作痛。这些没能要她性命的伤痛还不是最折磨人的，最让她难以忍受的是嫉妒——纯粹的嫉妒：希乐尔代替了她，漂洋过海到达荷米亚去警告德豪特大教堂的居民，而且她不是一个人，科尔文一直陪在她的身边。

疼痛变得越来越糟，甚至夺走了莉亚正常思考的能力。她一直都以为自己是厨娘莉亚。每个贱民最大的梦想不就是搞清自己的身世吗？为什么这一切在她这里却是这样？为什么科尔文要被带到塞姆普林弗去找那个遗失的女孩子？为什么不是到米尔伍德来？如果她，像希乐尔那样，被准许和科尔文一起花上一年学习认字和刻版，能够和她舅舅——盖伦·德蒙特——一起参政议政，而不是一直那么诚惶诚恐地躲着他们，是不是一切就会不同？米尔伍德的大主教知道吗？他早就知道真相吗？

莉亚的嫉妒汇积成了愤怒。普莱利的王子，也就是她的父亲，在她出生前曾到过米尔伍德。廷顿大教堂的大主教就知道她的身世。她咳嗽了一下，嘴角扯出一丝苦笑。他曾承诺过，等她从德豪特大教堂回来就告诉她一切，她记得说这话时他眼睛里那种遗憾、怜惜的神色。但他还是没有说。最后是她自己通过十字圣球——还是个婴儿的她被遗弃时带在身上的东西——知道了真相。大主教一定知道这一切，但他却瞒着她。想到这里，莉亚的愤怒发酵到了顶点。她要知道原因。科尔文正护送着本不该去的人到达荷米亚，她无论如何也不能原谅这一切。

推开那株光滑的苹果树干，莉亚大步流星地朝大主教的宅邸走去。现在已经是黄昏时分，宅邸围墙上的火把在镶嵌着的烛台里熠熠发光。莉亚怒气冲冲地快步走着，脚步因为腿伤还略有些跛。她知道自己不该走得这么快，否则到了晚上一定会因为腿痛而无法入眠，但此时她顾不得这么多。夜色中的大教堂外墙一片通明，好像在那个银色的圆盘升上夜空之前，是这里的石头发出了月光。她全心全意地热爱着这个大教堂，把它当作自己的一部分。在她的猎手服下是一件柔软的银丝软甲，这让她想起了自己曾在大教堂里许下的圣骑士誓言。同她的父亲母亲一样，她也是一名圣骑士，这是她继承他们的一部分。

莉亚一气走到宅邸门前，猛地一把把门推开。突然，外面角落里有什么东西一闪而过。她迅速扫了一眼，却什么都没有看到。她从余光里判断那应该是个人，更确切地说，是一个穿着猎手服的男人。她在门口顿了顿，盯着那个地方想看出点名堂，但还是没人。她摇了摇头，想到自打那场战争后，有很多骑士圣骑士在这附近来回巡视，可能刚才看到的只是他们中的一个罢了。

她走到大主教卧室前，没有敲门便直接推门而入。她立刻就后悔了。大主教一脸疲惫地坐在桌前，因为缺乏睡眠，他的眼睛看起来又红又肿,搭在桌上的左手因为主人的年迈和连日来的压力抖个不停。她的舅舅盖伦·德蒙特也在里面,她进去时大主教正在和他说话。

"很抱歉。"在他们转头看向她时,莉亚主动说道。

"出什么事了吗,莉亚?"大主教问道。

"很抱歉打断你们,"她再次致歉,同时向着德蒙特尊敬地点头致意。当她再次看向大主教时,压制不住的愤怒再次占据上风。"我必须要和您谈一谈。"

"进来说吧,孩子。"看到她脸颊上的红晕和那双像是要喷火的眼睛后,大主教的态度变得谨慎起来。"把门关好。德蒙特伯爵,您见过我们米尔伍德的这位猎手吗?"

盖伦·德蒙特不及大主教年长,但相对莉亚而言,也是个上了年纪的人。他的身量不是很高,但作为一个年近五十岁的中年男子,明显带有一种健壮修长的优雅气质。梅思福一战中,年纪尚轻的他活了下来,逃出普莱利王国,之后很长一段时间里流亡在外,辗转投靠在多名国王麾下效力。最终他羽翼丰满,为夺回德蒙特家族世代相承的权力迎战当时的普莱利国王,在温特鲁德之战中将其击败。莉亚记得在温特鲁德之战那晚见到他一身血污地立于四轮马车之上,宣告此战胜利,举止间却是一贯的谦逊之气。在那之后,莉亚就再没有见过他,直到这次他来到米尔伍德与大家并肩作战,击退了他们共同的敌人。他带领的骑士们通过穿越圣幕集结于此。在每个大教堂里都有这样一道屏障,圣骑士可以于此瞬间转移到任何设有该道圣幕的地方去。

盖伦·德蒙特有一头看起来不太好打理的黑发,在他髋部系着一条已显磨损的皮带,上面挂着一把圣骑士佩剑。他没有蓄络腮胡,在原本要长胡子的地方已经又生出了青色的胡茬,看起来是该刮胡子了。他好奇地看着莉亚，向她点头示意。

"我们见过的，大主教。算是有一面之缘。"他一脸疼惜地看着她问道："还在养伤是吧？"

莉亚觉得自己的心脏被烙了一下。面前的人，是她在这世上唯一的亲人，是她母亲的兄弟，和她血脉相亲，但他对此却一无所知。想到这里，她的身子微微地颤抖起来。

"你想和我谈什么？"这时，大主教直截了当地问她。

莉亚看了他一眼，发觉他的眉头紧紧蹙在一起。他往椅子里面挪了挪，紧靠椅背缩在一角，他每动一下，身上传来的疼痛就让他眉间的皱纹又加深了几分。

"您希望我现在说吗？"她转向德蒙特，向他微微点头征求同意。

德蒙特很得体地笑着答道："当然。"

莉亚的心脏在胸腔里传来一阵悸动。如果她说出一切，德蒙特会怎么想她呢？他会作何反应？当她准备开口说话时，她却发现自己的嘴巴怎么也张不开。灵力的力量一下子撞进她身体里，穿透了她的舌头。她什么也讲不出，甚至连呼吸都变得困难起来。她感觉自己脑子里一片混乱。

"莉亚？"大主教温和地问了一声，但从他的眼睛里，莉亚看出他知道刚才发生了什么。是他对她做了手脚吗？还是灵力不想让德蒙特知道这些所以横加阻拦呢？

她狠狠地摇了摇头，感到眼泪一下子涌了上来，蜇痛了她的眼睛。突然，脑海中冒出的话题让她感觉自己的舌头被放开来了，"您有……科尔文的消息吗？"

"没有，"伯爵突然接口答道，吓了她一跳。"他本人没能传来消息。但我们的确有关于他和我外甥女的消息。"他看了大主教一眼，后者只是略一点头，授意他继续。"达荷米亚的国王传信给我们，要我们把他妹妹帕瑞吉斯移交给他拘管。他还威胁说，我们扣押帕瑞吉斯一日，我的外甥女和弗什伯爵就要在德豪特大教堂做一日人质。"他板起了面孔，面含怒色。"我们多次想要……联系……伯爵，都被他们拦下了。孩子，如果你从普莱利带回的消息是真的，如果说大灾难已然成形，不日就要降临，那么我们必须马上想办法救出他们。"

"我们的确要采取行动。"大主教只说出这一句便被一阵剧烈的咳嗽打断，过了好一会儿才平复下来。他把手肘重重地扣到桌子上，上身前倾，一边呼哧呼哧地喘着粗气。他继续说道："但是放走王太后帕瑞吉斯只会惹出更大的乱子。这是他们使出的障眼法。如果你那些浩特兰德的盟友们所言不虚，一支入侵大军正在纠集，那么所有谈判就都只是转移我们注意力的幌子。我们现在必须把消息传到每一个村子，在灾难降临前撤离海岸。"

德蒙特震惊地皱起了眉，"难道就没有什么法子能阻止大灾难吗？"

大主教从嗓子眼里发出一声冷笑，带着浓厚的痰音。"当然有。我们必须要抛下一切矜傲，和穷人共享食物。也就是说，我们要同心协力。但正如您所知，这种事只发生在泽达卡的正义之王统治时期，自此之后，就再也没有发生过了。到现在为止，无数的圣骑士已经牺牲，无数的城池已经沦陷。谁能以一己之力挡住这山崩地裂之势呢，我的伯爵大人？我们只能赶在它吞噬我们之前逃走。莉亚会把我们带到普莱利的一处避难地。在那儿有一座大教堂，那里的人们知道活命的法子。"

"但您不会告诉我在哪里？"德蒙特眼神犀利，紧接着说道。

"至少现在不会，伯爵。您还得继续把您的骑士们派到各地，那些听从警告的人必须来到米尔伍德。如果我们的敌人知道真正的集结地在哪里，整个逃亡就会功亏一篑。要先把他们带到米尔伍德来。"

"那我的外甥女呢？"德蒙特上前几步，用更坚决的语气问道。

这句话好似戳在莉亚的心上，从她胸口传来阵阵痛楚。

"科尔文大人是一名非常能干的圣骑士，他会守护好她的。"大主教答道。

有好一阵子，德蒙特什么也没再说。他摩挲着自己的下巴，那里新生出的短胡茬发出一阵轻微的刺啦声。"那就等到明天吧，大主教。我请求您允许我离开，帕瑞吉斯那里该换一批守卫了。即便没有赤隼链，她也是个危险的人。"

大主教点头应允，"您很明智，没有低估她。就明天吧。"

德蒙特听完便不作停留地大步走出房间，随手在身后轻轻地把门带上。莉亚目送他离开，心中满是担忧。德蒙特一走，她马上转回身面向大主教。

"送我去德豪特大教堂。"她压低声音道。

"你还没有完全康复，莉亚，到那里可有一段很长的路要走。"

莉亚深深地蹙着眉，走近大主教的那张桌子。"我可以用穿越圣幕，今晚我就能赶到那里警告他。十字圣球也会帮我找到他的。"

大主教仔细地打量着她，面露忧思。"到目前为止，德蒙特手下的骑士还没有一个能通过穿越圣幕到德豪特大教堂的。如果这只是因为他们利用灵力的力量不足，我倒是会让你去试试看。但直觉告诉我，这说明德豪特大教堂已经沦陷了。"

"什么？"莉亚问道，简直难以置信，她把手掌牢牢地按在了桌上。"那是达荷米亚最古老的一座教堂，如果它已经失守，我们怎么会不知道？"

大主教捻着自己的须尖道:"我也曾问过自己这个问题。如果那大教堂毁于一炬,我们必定有所耳闻。但如果它是从内部瓦解呢?"他对莉亚扬了扬眉,表示自己并不认同她的观点。"如果是那里的大主教屈服了呢?达荷米亚是个历史悠久的王国。如果帕瑞吉斯是赫达拉妖姬那类的人物,那我们必须想到她整个家族都是如此性质,达荷米亚的国王,甚至是整个王室都有被她们诱骗的可能。她们的灵力主要来自于赤隼链。现在想来,我收到的那些公报很可能是他们为了麻痹我故意做出来的——为的是欺骗我,让我相信他们还没有沦陷。或许长久以来都是我太大意了。"他的话让莉亚不寒而栗。"我们可能是最后一个还没有沦陷的王国。"

"最后一个?"她喃喃自语道。

"恐怕是的。"大主教轻声回应道。

她吞了下口水,一时间还反应不过来。然后她想起了什么,眼睛直直地看着大主教,"为什么您不告诉我?"

"告诉你什么,莉亚?"大主教有些不悦地眯起了眼睛,反问道。

她刚要说出艾洛温·德蒙特这几个字,下巴就再次僵住,舌头也在嘴巴里动弹不得。她努力地和灵力的力量对抗着,无奈想要张开嘴巴就像是要用一柄汤匙撬动巨石一样无力。她只得沮丧地咬紧牙关,什么也说不出来。

大主教双肩下塌,疲惫地向后靠在椅背上。"现在你明白了吗?"他轻声说到,"我说不出那个我们都知道的真相。你也不能。"

莉亚终于在灵力的迫使下退步了。"可您是大主教啊。为什么灵力要用这种方式来约束我们呢?这太不……不合乎常理了。"

"这和科尔文利用灵力封住塞特的口没有什么太大分别吧?尽管他的咒语最终被解除,可是他毕竟一年都没能说话。想想我和马丁这么多年是怎么过来的。塞特真应该庆幸，当时除了封印咒之外并没有额外对他施加永生咒，否则他将永远不能讲话，永生永世都不能。"大主教神情肃穆地讲到。

莉亚正想问是谁施加的这封印咒，但灵力再次制止了她。愤怒之下，她想到了另一个问题。"要怎样做出封印呢？"

大主教被她的执著逗笑了。"封印咒，或者说封页符，通常被刻在圣书里。一旦符咒刻下，书里自动就会锻出一条金铜镶边把书页密封在一起。金铜锻带没有密码不得开启，所以写在这些书页上的东西不能被人提及，也不能被任何人使用。这主要是为那些拥有先知神力的人所用的，是用来防止他人窥视未来的手段之一。有些拥有这项天赋的人会选择用晦涩难懂或是充满歧义的文字来记录自己预见到的画面，这也可以防止其他无法利用灵力的人解读未来。但如果记录时所用的语言平白易懂，封页符就派上用场了。"

莉亚小心翼翼地打量着大主教。"您是自己学会的这些，还是有人教的？"

大主教露出一个微笑，好像这个问题让他非常骄傲，不慌不忙地看着她答道："是普莱利的王子教我的。我所掌握的大部分关于灵力潜藏的力量都是他教给我的。比方说，他会用一种独一无二的方式来雕刻灵石。他虽然比我年轻，但就灵力方面，他比我要强大得多。"说到这儿他顿了顿，"他到米尔伍德的那次拜访改变了我的生活。在那以前，比起灵力，我更关心的还是苹果的收成和苹果酒的酿造哩。"

莉亚心中百感交集，泪水刺痛了她的眼睛。她无比迫切地想要询问关于父亲的事情，但她却不能开口去问。灵力不允许这样做。想到这一点，她沮丧地垂下了头。大主教从没想过要隐瞒她些什么。因为一些她不知道的原因，她的父亲意识到对这件事情保密的重要性，所以阻止了它的流传。

"为什么?"她哽咽着问道。"为什么这一定要是个秘密呢?马丁知道吗?"她迫不及待地想要告诉科尔文,但她绝望地意识到,即便科尔文站在她面前,她也无法说出一切。

大主教脸上写满同情,急忙点了点头,"马丁一直都在努力。他不停地寻找绕过封印符的方法。你知道,他天性就是那么不易屈服。当你……"他停顿了一下,谨慎地挑选出口的每个词语,"……被当作贱民遗弃在大教堂时,我想你身上应该带着一本圣书。没想到却是一枚十字圣球。至今也没有人知道王子的那本圣书去了哪里。我本可以利用十字圣球找到它,但我不能离开这片土地。我的职责要求我必须守在这里,留在米尔伍德。我想……王子……是在用这种方式保护这些,以免它落入某个人,或者某些人的手中。现在你知道了,即使我有心说出真相,我也无法办到。"说罢,他给了莉亚一个意味深长的眼神,那里面包含了太多她无法理解的东西。他们都知道,比起今天他说出的这些,还有更多秘密是他无法揭开的。

莉亚叹了口气,突然感觉自己疲惫不堪。"那我又要做些什么呢?灵力希望我怎样呢?"

大主教面含悲色。"你早就知道了,莉亚。"他声音很轻,却十分有力,"艾洛温·德蒙特必须要去德豪特大教堂警告他们。去睡会儿吧,我的孩子。你需要休养恢复。大教堂会继续治愈你的,虽然你每天都好一些,但我们所剩的时间不多了。"

她点了点头,走向门口。在门阶那里,她停了一下,回身端详大主教的脸,大主教也同样凝视着她。莉亚现在不再愤怒,也不怨恨任何人,她只想找到能向科尔文说出她身份的方法。一想到那对他会有多难说通,莉亚不禁又叹息一声。但她会努力的。她必须要努力。

轻轻地关上大主教的房门，莉亚走下门厅，裹进夜晚的凉风里。现在她的腿开始微微作痛了，脑袋两旁的太阳穴也突突地跳个不停。各种事情让她心烦意乱，以至于直到一个男人的影子交叠在她的影子上，她才觉察有人跟踪。她猛一转身，看到一个男人正从暗处走向她。他的一只手按在一把罗马短剑的剑身上。

"你是那个普莱利女孩吧？"他用普莱利方言问道。这是她已过世的父亲的方言，是她故乡的语言，是她遗传的一部分。

她想起自己曾在廷顿大教堂见过这个人。

今天，我又在怪眼灵石那里失败了。那里有一个最让我害怕的灵石图案。我记得它的样子：两条巨蛇蛇头相对、互相缠绕成一个圆。我所见过的灵石大都是被塑成人脸的形状，但这个和它们不同，它很小。在德豪特大教堂里到处都是这种标记。这里的大主教说它是一个古老的神秘符号，上面的巨蛇是伊渡米亚的化身之一。伊渡米亚共有七个化身，而达荷米亚信奉的就是这个巨蛇化身。我虽相信他的解释，但还是忍不住怕它。在这里到处都刻着巨蛇图案，居民把蛇作为宠物饲养，所以这儿看不到家鼠和田鼠。明天我会再试着去和诸多的灵石交流，我要找到能阻止大灾难的那一个。科尔文说我必须要抓紧时间。他有很多事情都瞒着我，但我知道如果莉亚在这儿，他会毫无保留地告诉她。

——艾洛温·德蒙特于德豪特大教堂

第三章
克瑞恩·维恩

莉亚听得懂普莱利方言。能在这里听到家乡的语言着实吓了她一跳,而当她发现自己认得眼前这个男子时,则受到了更深的惊吓。上一次见到他还是在科尔文藏在廷顿大教堂的时候,那时他正在大教堂后面一个用篱笆围起的小果园里摘果子。想到这些,她把手伸向了自己的剑柄。

眼前的男子被她的动作逗笑了。"既然你有勇气穿越有灰毛野人出没的群山,"他说道,"我毫不怀疑你是真的想要用这把剑来对付我。不过,考虑到你的腿伤,我劝你还是不要这样做。"

莉亚试着稳住心神,努力让自己显现出自信而非震惊。"你是怎么到这儿来的?"她发问道。"现在洪水还没有消退,大教堂周围的很多地方也都被淹了。"但他身上并没有湿。

"我不想被人看到,"他答非所问地回应道,"跟我来。"

说完,他再次踏入暗处,向着厨房后面走去。这很危险,莉亚意识到。他去那里做什么?他为什么要来这里?她犹豫不决,一动不动地站在原地,一边用手摸索着自己的武器,一边思索是原路返回去警告大主教，还是去找塞特来做伴。

那男人的声音从黑暗中传来。"今晚月色很美，清爽宜人，有很多人会在外面闲逛。所以，我要想不被人发现——我真希望如此——就必须要退回到火把无法照亮的地方。"

莉亚对他独特的措辞心生好奇。那是一种独特的讲普莱利语的方式，用的是一种与众不同的表达法——它们让她感到安心。她小心翼翼地跟进暗处，尾随那人走到一片矮矮的橡树林边，她曾不止一次地在这儿看过科尔文击剑。她高度戒备，准备一旦发现有其他人的踪迹便大声呼救。

"说吧，"莉亚说道，同时敏锐地辨别附近是否有其他人的声音。她记得科尔文和艾洛温是如何被马丁麻痹而后落入陷阱的。她四下打量着，在黑暗中搜索一切显示这里可能还有第三个人的迹象。

"我是一个人来的。"他说道。

"你是谁？"

"我的名字是克瑞恩·艾温斯林，不过大家都叫我克瑞恩·维恩，在这里的语言中是'夜晚'的意思。因为我大部分工作都是在日落后做的。我是艾温斯林里的一员——和你一样。"

莉亚沿半圆形绕着他走动，迫使他不断地转身以和她对视。"那名字是什么？是家族姓氏吗？"

"曾经是，很久以前就是了。但现在是那些被父母遗弃的人在用。我们是皇室的守护者，是普莱利王国贵族的谋士。"

"你们似乎也还听令于洗劫他们的强盗吧，"莉亚答道，"这不是你第一次到这里来了。"

"这我承认。我知道是我们的大主教把艾洛温送到德豪特大教堂做人质的，这显然是灵力的意愿，我们并未反抗。现在它又命令我们将她从那遍布巨蛇……和赫达拉妖姬的狼窝里救出来。"

听到赫达拉妖姬这个词时,莉亚不禁倒吸了一口冷气。

"我知道你是圣骑士,"在说这话时他点了下头表示赞许。"我也一样。作为艾温斯林来说这很少见,但也不是没有过。这就是我回答你一开始那问题的答案。我通过廷顿大教堂的穿越圣幕穿越到这里,到时是黄昏时分。因为到德豪特大教堂的路被封锁了,我过不去,所以就被送到这儿来了。我的使命是到达荷米亚和马丁会合。有人告诉我,你会自愿和我同行,"他扬头继续说道:"还是我需要去拿条绳子来?"

"马丁?"这名字让她又倒抽了一口冷气。她不再围着这个神秘男子打转,而是快步冲向他,攥住他的袖子。那男人抵抗了一下,但还是容许她抓住了他。

那人又得意地笑了一下。"他打败了灰毛野人,小姑娘。我们当时想和你会合——帮你完成你的使命。我们在野兽那儿折损了两个人,但马丁最后杀死了它,清除了那个山魔。然后马丁在桥堡码头订了一张船票,你还没回来的时候他就已经离开了。你身上有王子的圣球,你能带我找到马丁。我们凌晨就动身。"

莉亚讶异地看着他,他的擅自安排让她感到十分窝火。"我听令于米尔伍德的大主教,而不是廷顿大主教。我必须得征求……"

"同意?你可真是幼稚。我一生下来就是艾温斯林了。你才多大?十七岁?我都有你两个大了。我去过荷米亚很多次了,我知道去那个大教堂所在的小岛的路,我对那片怪石嶙峋,四下皆是巨石的森林了如指掌,我也知道那个联络点,韦赞镇。但是马丁一定要我带你和我一起去,所以不管那老头儿同意不同意,我一定要带你和我一起走。我平时可不是这么有礼貌的。"

这算是有礼貌？ 她愤愤地想着。"你为什么这时候来？"莉亚质问道。

他眼眸深邃，正在盘算着什么。"因为我们等不及了。圣灵降临节已经过去，苹果正在采摘，很快就要被榨成苹果酒了。冬季庆典的时候大家就会喝上这些酒，而冬季庆典恰恰就是大灾难降临的时候。大灾难会在第十二夜，也就是冬季正式开始的时候降临。我们必须要赶在冬季的大风雪封航前，登船逃走。大灾难就会在第十二夜自德豪特大教堂爆发。"

在他说话的时候，莉亚的脑海中突然出现一幅图像：一块被刻成由两条缠绕巨蛇组成的环形灵石。当她看着脑海中的图像时，那石头开始在火焰下变得绯红炽热。

莉亚眨了眨眼睛，图像消失了。她冷冷地看着克瑞恩·维恩说道："没跟大主教请示过之前，我哪儿也不去。"

"为了你，好吧。但愿他能应允。"

"让我来梳顺你的头发吧。"索伊主动提议。厨房里，平底锅上的煎蛋和大锅里的肉汤散发出十分诱人的香味。一旁，莉亚的背包里已经装满了食物和一些换洗衣物。再旁边放着一只装满弓箭的箭筒，弓套笔直地立在门口外沿。

"谢谢。"莉亚一边道谢，一边耐心坐下，等着索伊梳通自己打结的一丛乱发。

帕萨卡用长柄勺往盘子里添了些黏稠的糖浆，然后连汤匙一起塞到莉亚的手中。"你才刚刚能走路呢，莉亚，再等一两天会更好些。不再等等吗？"说着她伸出手去，轻轻地摸了摸莉亚的脸颊。

"到达荷米亚要花上一点时间。大主教要我趁天黑离开，这样不会给人看到。"

"我马上就好了，"索伊加紧了手上的动作。她捏起一缕金色的鬈发，然后用手指理过莉亚的头发。"我又要想你了。我从没离开过米尔伍德，你都去过那么远的地方了。"

莉亚不确定索伊的话里是不是有羡慕的成分。她抬头看向自己的朋友，问道："你希望要走的是你吗？"

索伊笑着摇了摇头。"埃德蒙就要参加圣骑士考核了。我想……在那时陪在他身边。"说完她羞红着脸低下了头。

莉亚牵过她的手，捏了捏。她们两人有着截然不同的性格：索伊腼腆矜持，自第十二夜瑞奥姆离开后，她就当之无愧地成为米尔伍德大教堂的第一美女。但索伊从没显出过自负或骄傲，她好像并没意识到自己对那些男孩子们有多大吸引力——尤其是那个诺里斯·约克伯爵——埃德蒙，每次他被允许走进厨房，都要明目张胆地向她示爱。

"我会想你的，"莉亚说道，同时再次捏了捏索伊的手。

索伊俯下身去亲了亲莉亚的脸颊。"虽然我知道你要比那些圣骑士还能照顾好自己，但没有科尔文陪在你身边，我还是很担心。帕斯卡知道马丁还活着，别提有多高兴了，你告诉她这个消息的时候，她还哭了。你说大主教会原谅他吗？"

"我不知道。但是他原谅了塞特的背叛。我想呢，船上的航行要花上很久，在抵达目的地之前，我们都要学着原谅。"说着，莉亚舀起一勺粥，细细地品味香料和糖浆混合着燕麦的香甜。

帕斯卡搓着手，显得十分忧伤。"我还不确定是不是想离开，"她叹着气说道，同时抬头看了看那些支撑着头顶上宽大屋顶的梁木。厨房四角里的炉火烧得很旺，在烘烤着面包的同时向上散发出热量，热气又打着旋儿向下，温暖着屋里的所有人。"或许我会和大主教一起留在这儿。我不喜欢长途海上航行。膝盖一直很痛,我也不喜欢走路,"她再次环顾厨房,眼睛盈满泪光。"但我又想着,要是我不走,就再也见不到你们两个生的小家伙了。"

"帕斯卡,"莉亚调皮地打趣道,"我们谁都没订婚呢。在我们还没跟任何男人订婚前,就别说孩子的事儿啦。"

帕斯卡揶揄地朝莉亚笑了笑,顺着她的话头说下去。"很多贵族在你这个年纪就结婚啦,孩子。有些比你小的,在还是孩子的时候也结婚了。既然这里已经有两个年轻贵族公子对你们俩倾慕已久,你就别这么急着来反驳我的话吧。我当初就应该拿着扫把把他们都轰走,而不是做着奶油醋栗泥的甜点来鼓励他们。我真喜欢米尔伍德。再没有别的地方是我的家了……除非是你们俩都在的地方。毕竟,你们就是我的女儿啊,除了不是从我肚子里爬出来这点。再看看你们给我惹的这些麻烦,亲妈还能比我更辛苦?"她朝她们咧嘴笑着,眼睛里却流下了泪水。她用力地把她们揽进怀里,一度让莉亚觉得喘不过气来。

"小心点,"帕斯卡小声嘱咐着,然后实实地亲了莉亚一口。"带上圣球了吗?"

莉亚果然忘带了。"多亏你提醒。"莉亚感激地说着,边说还边吃了一大口饭,然后从一块隐秘的石头后取出了圣球。在拿来斗篷披好后,她从篮子里又拿上了自己最后一个来自米尔伍德的苹果,仔仔细细地包进油布里。她想把这个送给科尔文做礼物。吃完饭后,莉亚跟索伊和帕斯卡道别,然后就离开了厨房。

克瑞恩·维恩正等在外面的暗影处等着。那里已然被浓浓的晨雾笼罩,为他们的出发提供了很好的掩护。

"你真是够磨蹭的,"他生硬地丢下这句话,便迅速地向大教堂走去。"大多数的船都会在破晓时启航,我们要赶到科摩洛斯东面一个靠近港口的大教堂。快点,小姐。要不然又得再耽搁一天了。"

"猎手可是很有耐心的。"她提醒道。

"我已经很耐心地不让自己去数落你的'守时'了。等有空了我们再来讨论你的其他缺点。"

这人可真是爱耍小脾气,莉亚暗自发笑。"请你千万不要顾及我的感受。我对于被素不相识的陌生人这么直接地指出错误已经习以为常了。"

"我不是有意冒犯你。"

"你也不是在恭维我。"莉亚停下步子瞪着他说,"我的腿已经开始疼了。我知道事情有多紧急,克瑞恩。但是现在我不可能像你走得那么快。"

"我向你道歉,"说着,他爽利地向莉亚低了低头,表示歉意。"那按你的速度来吧。"

莉亚继续赶路,石山般的大教堂慢慢出现在两人面前,周围生长的花束温柔地提醒着她——背包里还放着一束紫薄荷。她无比期待再次见到科尔文,而且开始想象要花多久才能抵达德豪特大教堂。

"那孀妇王太后现在被关在哪里?"克瑞恩轻声问道。他的视线迅速扫视了四周围的环境,从长椅到树丛到花坛无一处漏过,好像每棵灌木里都隐藏着威胁一般。

"她在大教堂另一头的客房里,那里昼夜都有人看守。"

克瑞恩不满地扁起嘴唇道:"她就应该被处死,然后把她的脑袋装在提篮里送给她的哥哥。"

他的话让莉亚无比震惊,"那太残忍了。"

他摇着头说道:"被她操纵了世界才是残忍的。大灾难的毁灭就是她，还有像她那样的人的暴行的结果。这是来自艾温斯林的建议。有时候我们只是做了必须要做的事。如果必须要牺牲一个国王来拯救他的子民，那就必须这样做。只要她一死，达荷米亚的国王就没了挑起战争的托词，这样就会强迫他有所动作，而不是我们。德蒙特是敢于冒险，但他太仁慈了。我们到了。"

他们走到了大教堂的门前。"你之前独自通过穿越圣幕了吗？"

莉亚摇头。

"那我先走，然后带你一道过去。这样应该就没问题了。"

"我明白。"

正当他们一道向上穿过拱门，走到门边时，门突然从里面打开，一个面色涨红的圣骑士跋涉而来。他的眼睛里满是紧迫。

"出什么事了？"莉亚趁二人挡住那圣骑士出路的空当问道。

那人累得气喘吁吁，背倚着拱廊溜了下去。"你是大主教手下的那个猎手，我认得你。我要找德蒙特，但你可以去告诉你的主人。"他用胳膊擦了擦嘴，继续说道："狄埃尔伯爵昨晚从禁闭塔逃走了，科摩洛斯全境的警钟都敲响了。他们说他要去达荷米亚，当时有艘船在接应他。他发誓一定会带一支军队回来，以叛国罪为由处死所有圣骑士。"

莉亚感到一阵恐惧攫住了她。狄埃尔伯爵和科尔文是不共戴天的仇敌，自从上次被俘，他就一直不肯说出科尔文妹妹马尔恰娜的下落。在科尔文离开前，莉亚向他保证过，自己会用十字圣球找到她的。

他们给圣骑士让路，那人穿越晨雾跑向宅邸那边了。

"既然你是圣骑士，那你能认识普莱利文吧？"莉亚问克瑞恩。按着米尔伍德的规矩她是不能认字的。

克瑞恩点了点头。

她从腰带上的小口袋里拿出十字圣球。它的出现让克瑞恩眯起了眼睛。"找到马尔恰娜·普莱斯。"她默念。圣球上的指针开始转动，最后落在西南方，指向国王所在的城市。在圣球的下半部出现一个歪斜潦草的普莱利词。

克瑞恩看了一眼，然后把目光转向她。"你要找谁？"他问她。

"狄埃尔？"

"它说什么？"

"科摩洛斯。"

第四章
科摩洛斯

莉亚紧握住克瑞恩的手,被他拉着穿过了穿越圣幕。她感到灵力如洪水一般裹挟着她,整个过程先是一股令人晕眩的冲击,伴随着色彩与声音的错位、旋转,然后是一阵剧烈的震颤,霎时间就好像五脏猛地被掏出,然后再猛地塞填回去似的。在跌跌撞撞地穿越到另一边后,莉亚一时还无法从眩晕中回神,站立不稳几乎要摔倒。灵力真是令人敬畏,虽然莉亚有时还不能尽然理解。她在一生中的大部分时间里都能强烈地感受到灵力的存在,却从未意识到它的微妙影响。直到从穿越圣幕到达几乎不可听闻灵力低语的科摩洛斯,她才体会到在米尔伍德那里灵力有多强烈。

莉亚被呛到了。这边的空气里满是烟尘,其间夹杂着污物腐败的酸臭。即便身处在大教堂内部,这种气味依然浓烈到刺目。这里只有零星的灵力存在,微细到无人可以察觉。

"我们在哪儿?"莉亚皱着鼻子问道,感到一阵担忧。

"克拉尔顿大教堂,"克瑞恩答道。"幸运的话,那儿的禁闭塔会有自己的码头。码头那里有随时可以起航去达荷米亚的船。"说着,他为莉亚分开穿越圣幕,示意让她先走。

这里的圣幕隔帘并不似米尔伍德那边的那样微微发光。莉亚穿过隔帘,转身回望——那里有七个刻入石柱中的怪眼灵石。它们所表达的主旨与她之前看到过的并无二致。一个络腮胡男子,一个是狮子,另一个是山羊,还有一个关于蛇的,引得她驻足回想那次幻象中她曾在脑海里见过的灵石符号,她也看到了那个关于光辉太阳和另一个带有花朵和叶子的弯曲藤蔓的,最后一个是一只带角公牛。它们的做工虽与她之前看到的不同,但同样精美绝伦,展现了伊渡米亚的七种特征。那是遥远的异度,里面的都市花园是所有圣骑士都神往的地方。

他们走出大教堂。外面,科摩洛斯的纷繁喧闹迎面袭来,莉亚一时感到有些眩晕,不得不驻足片刻。和米尔伍德相比,这个坐落在臭名昭著的科摩洛斯城东部外围的教堂很小。教堂各门口都设了路障,但既然只有圣骑士才能进出穿越圣幕,门房并未盘问便给他们放行。门房是个银发老头儿,一直对他们咧嘴笑着,露出一口参差不齐的牙齿。

莉亚一时起意,停下来碰了碰他的胳膊问:"最近有从达荷米亚那儿来的人吗?"

老人脸上的笑容转为一副撇嘴不满的鬼脸,"很久没有啦,小姑娘。德豪特曼达不允许的。"

"谁?"克瑞恩问道。

"德豪特曼达。当心他们,圣骑士们。"莉亚不明白那词什么意思,但还是点点头,准备继续向前。但这时那守门人抓住了她的袖子。"你要找的人在兰贝斯宅邸。"

莉亚吃了一惊,满脸狐疑地盯着他看了会。

老人努起嘴,皱着眉点了点头,"我在这儿住了好些年了。早先我被当做贱民抛弃，后来我选择留下来兑现我的誓言。有一次，一个高贵的王子给了我个大赏赐。王子从那边的小路下来，在这儿停了停，坐在马上给了我一块金镑。他说，会有一个有着像你这样头发的女孩从克拉尔顿大教堂出来。那已经是很久以前的事儿了，我都快忘了。直到刚才，有什么东西让我又记起来了。灵力，一定是它。得啦，我的消息送到了。现在我可以花掉那块金镑了。"

莉亚感受到了那来自灵力的最细小的触动。她拉着老门房的手握了握。老人打开大门，让他们走进那边街道上熙熙攘攘的人群里。

"他什么意思？"克瑞恩说道，眉头紧紧拧在一起。"你要找的是谁？"

"我们必须得先去兰贝斯宅邸。"莉亚说。

"为什么去？"

突然，有人从背后撞了莉亚一下，害她差点摔倒。这条街上挤挤挨挨的全是旅客和马车。路旁的排水沟里淤堵着粪肥和污泥。克瑞恩拉住她的胳膊把她带向自己，带她朝南面走去。"在这里你一定要走得很快才成，别呆头呆脑地乱盯着看。谁在兰贝斯？"

"一个我要到这儿来找的人。"莉亚如是答道。

回应她的是一个难以置信的表情。"你知道有多少人住在这儿吗？我估计，光是隶属科摩洛斯的就有三十六个大教堂。你觉得你能找到一个人？"

"是的，我能。"莉亚说道。"我有圣球。"

"动动脑子，姑娘。如果你把它拿出来，不出晌午，全科摩洛斯知道圣球用处的贼都会被你招来。手一定要放在圣球附近，这儿到处都是割人钱包的贼。"

"是你说你来过这儿的。"莉亚被他的语气惹得越来越恼火。

"我的确来过，"他回答道，"我讨厌这里。看到那边的城堡了吗？我们现在还没进城呢。禁闭塔是城堡的主楼，也是保卫王族、防御外敌的贵族宅邸。你是在找狄埃尔吗？他可是我们的敌人。"

莉亚使劲摇头，"他是我最不想见的人。"

"那样最好，他的恶名在普莱利已经人尽皆知了。那你要找谁？"

"一个被他诱拐的人。克瑞恩，这是我答应了别人的。圣球上说，我能在这儿找到她，刚才门房也告诉我她在哪儿了。"

克瑞恩猛地拉住她的胳膊贴墙站立，躲过了一辆即将撞向他们的马车。一连串的震颤让莉亚头脑发蒙。一大群苍蝇在她面前团团乱转，让她浑身打战。她熟悉的地方是原野和荒地，不是这闹哄哄的乱市。她感觉到蚀心邪灵就在身旁挤过，却对他们二人毫不留意。

克瑞恩居高临下，愤怒地盯着莉亚。"我们今天必须搭上去达荷米亚的船。"说完，紧咬牙关，沮丧之情显露无遗。

"我不是在阻拦你。"莉亚对视着他的眼睛，坚定而平静地说。

"可马丁说你必须要去。"

"我不服从马丁的命令，"她反驳道，"你的也一样。只有米尔伍德的大主教才能命令我。"

他无奈地摇了摇头，显然是在努力隐忍。"米尔伍德离这儿很远了。你是靠我才到这里的，我们出发的时候你可没提这个其他人。"

"那你告诉我你所有的秘密了吗？"莉亚还嘴道。"我们还要站在这儿继续吵下去吗？时间都白白浪费掉了。"

"我恨这座城市。"他咬紧牙关说道，脸上写满恨意。

"很快我就会有和你一样的感觉了。你自己先走吧。不过说不定我会赶在你之前找到马丁呢，但要在我完成我的任务后。"

他从鼻子里哼了一声，两手挫败地叉在腰际，从眼角打量着她，好像在盘算是否能直接把她捆起来带去码头才好。"你腿伤还没好。我不能把你一个人留在这种地方。"

"我可以自己照顾自己。"莉亚依然很平静。

克瑞恩转了个身，一把抓住一个赶马车的男人。那男人吃了一惊，脸部扭曲，气急败坏地在那里骂骂咧咧。"抱歉，好人先生。兰贝斯在哪儿？在这座城的哪个方向？"

"啊吁，好个没教养的汉子！"

"啊吁，兰贝斯在哪儿？"克瑞恩重复道，瞬间也带上了一副愤怒的表情。好像他迅速摸清了那男人的性情，并像换掉一件衬衫一样迅速地让自己也变成那样。

车夫朝前面的路点点头。"过桥。在汤城那儿。"他眼盯着莉亚，带着一种令人作呕的笑容——一种淫笑。"她能卖个好价钱。头发乱成那样也不碍事儿。汤城——往那边去，放我走！"

无法用言语形容国王所在的这座科摩洛斯城——对一个从小在米尔伍德那样的庇护所下长大的女孩子来说，实在是找不到合适的词语。莉亚已经在心里把这儿划成世界上最糟糕的地方。这里的街道那么窄，还横七竖八地切来斜去，各种建筑一幢挤着一幢、一幢高过一幢，越来越挤、越来越高，直高到房顶都要在风中摇摆才罢。从上面的各式窗户里伸出横杆，上面悬着洗过待晾干的衣物。街道上粘黏着一层厚厚的污垢，空气也是酸臭的味道。这里忙碌且暴戾。有次她以为自己看到了在人群中穿行的圣骑士，但克瑞恩却用手遮住自己的短剑，以免暴露圣骑士标记。就当莉亚觉得这已经是最糟的时候，他们到了那座横跨在浩荡大河两头的架桥，走过它就可以进入汤城。这时她才意识到，桥这头的生活更加糟糕。

在汤城里,所有的东西都适用于买卖,所有东西都要标价。有人出金币买她的头发,另有人花钱索吻。没有人愿意免费把他俩带到兰贝斯,逼得他们不得不冒险走进小巷,用十字圣球来寻找出路。汤城的压抑沉沉地笼罩在这片土地上,以至于圣球都懒于回应,灵力也被扼住了。在这里丝毫感觉不到它的存在,因为在河的南面再也没有大教堂了。

"这里就是一些不想被找到的冒险者的藏身之地。"克瑞恩说道,他面部紧绷,满是嫌恶之色。"大灾难已经降临在这里了,你能感觉到的。我们要抓紧时间,现在还是白天,这种地方到了晚上只会变得更糟。你一定要相信我的这些话,姑娘。我已经和黑夜打了很多年交道了。"

"你来过这儿?"莉亚一边回应着,一边把圣球塞回到那个口袋里。

他摇摇头。"几乎没有圣骑士敢在这儿过夜。"她看到他眯起眼睛向后看了看小巷的出口。"我们被跟踪了。"

克瑞恩抓住她的胳膊,拉着她原路返回,向小巷的出口而不是更深处走去。迎面走来了四个目露凶光的男人。

莉亚的手抖了一抖——她的身体对打架这个念头做出了消极的生理反应。一天的艰辛跋涉已经让她的腿疼痛起来。"那边另一个方向是可以走的。我们干嘛要接近他们呢?"

"你真是那么单纯吗?他们的作用就是把我们逼到巷子深处,在那儿会有更多人等着我们。比起到里面去对付二十个人,当然是对付这四个胜算大些。"

"噢。"莉亚应道,为她刚才那不像猎人的思维方式而感到有些羞愧。那些人不断走近,莉亚看到了他们的脸上充满了忧虑的神情。其中一个人看向了她，令她的心不禁抽搐了一下。

"你们迷路了吗？"其中一个人问道，同时试探性地向他们伸出一只没带武器的手。莉亚注意了他另一只手里握着一支小型匕首。

克瑞恩径直走向他们，同时把她拉得离自己更近些。"我妹妹病了，"他回应道，声音突然带上了像是因为害怕而生的颤抖。"让我们过去吧。我们身上只有买药的钱了。"

"她看起来是不太好。"那人接答道，脸上的奸笑更深。"我可知道有个能让她躺下来的地方。"其他人也跟着笑了起来。

"不用……不用……会好起来的。我们在找议事厅。你们知道怎么走吗？"

"议事厅？先生，那你可是走错了河岸了。如果你愿意的话，我可以……"

克瑞恩趁其不备上前几步，一下把手掌根砍向那男人的鼻子。莉亚看到溅起了一股血，接着又是一柱令人心惊的暗红色血泉，然后第二个人也倒在鹅卵石子路面上。她看到了克瑞恩手中的那把短剑。他旋身用剑柄敲碎了另一个人的头骨，然后把他也丢下。

莉亚感觉自己的身子一歪。最后一个人抓住了她装有圣球的那只口袋，正在用刀把上面的拴绳划断。在她周围的一切都乱作一团，她还来不及思考就已经做出了反应。她抓住那只拿刀的手就势把那人拉向自己，使劲用掌跟砍向那人的喉咙。那人喘息不过，窒息着发出噗噗的声音，眼睛也凸了出来。莉亚扭住他的手腕，手上加力一拉，把那人调转方向，头朝前地甩到旁边一幢建筑的侧墙上。那人瘫软在地，已无法动弹。

克瑞恩把剑收入鞘中，朝她满意地点点头，示意她跟上。他们走进街道，身后巷子里，四个男人歪歪扭扭地躺在地上呻吟着。

"你和他们说议事厅是想让他们的同伴到别处找我们吧。"莉亚说。

他自嘲地笑了笑。"就在刚才以前,我都要开始相信你完全一无是处了。不过事实证明,你骨子里还是有艾温斯林的天分的。再多和我说说关于我们要找的那个女孩的信息,我已经知道她是普莱斯伯爵的妹妹了。她是圣骑士吗?她能通过穿越圣幕吗?"

"不是,但她正在努力成为一名圣骑士。"

"那她是那种能给我们帮忙的人还是会给我们添乱的人呢?"

"你什么意思?"

"她能用匕首吗?"

"我从没见她用过。"

"那就是个文绉绉的人了。太没劲了。你已经有救人的计划了吗?还是这些细节都得我来考虑?"

莉亚咬紧牙关回嘴道:"没人逼着你来做这些,克瑞恩。"

克瑞恩叹了口气,"我承认,你并不是手无缚鸡之力的废物。但你还年轻,缺乏经验。而且我受的是应对城市的训练,你是专门为丛林训练的。这两者都很残酷激烈,但是两种有着截然不同的状况。我的意思是,当我们找去兰贝斯后再怎么办?你是要去敲看守的门然后说你要找她吗?"

"灵力会告诉我该怎么办的,"莉亚答道。"它一向如此。"

"你确定吗?在汤城这里你还能感觉到它吗?自打我们今早从克拉尔顿大教堂出来,我就一点都感觉不到了。这是个病态的地方,就算它现在还没被大灾难拿下,最后的日子也不远了。你觉得灵力会把我们引到她那里吗?"

莉亚伸长脖子,感到心下一动。从刚才起她的目光就一直落在前面一个腰边挎着篮子的女孩身上。虽然她的头上包裹了一块披肩,但还是有几缕头发露了出来。莉亚一眼就认出了那种发色。

"它已经给我指示了。"说着,莉亚加快了脚步。那个女孩继续向前,在他们前面的人群里曲折前进。莉亚熟悉那种步伐,和那女孩胳膊的形状。但就在他们和她越来越接近时,那女孩急转进一条小巷,弓起身子,对着阴沟干呕起来。看样子她生病了,但除了莉亚,周围没人关心她的不适。

"怎么了?"克瑞恩觉察她的凝视,问道。"那个姑娘?她就是弗什的妹妹吗?"

莉亚摇头,目光依然锁定在那女孩身上。现在她正在用披肩擦去嘴角的呕渍,而后重新提起那只装满衣物的篮子。这次莉亚瞥到了她的样貌。

"不是,"莉亚小声说道。"她的名字是瑞奥姆·娜梵德。我和她是在米尔伍德的旧相识。"一阵有关信息的灵力的低语过后,那种了然一如既往地突然在她脑海中显现。就像它在人群中指出瑞奥姆一样,不用看到她的脸莉亚就知道是她。"她怀孕了。孩子是狄埃尔的。"她低语道。

第五章
莉亚的灵石

这片位于米尔伍德低洼处的沼泽被唤作比尔敦荒原，对于不知其名的奥勒温王子和马丁来说，这里是一片潮湿且缺乏生气的地方，和普莱利那里遍布肥山羊、杰克兔和鹈鸟的丰茂山谷完全无法相比：这里的沼泽更多地让他们想起那些古老的山——它们被人们称作漫尼斯山，时常有远古野兽在那里出没，令往来的旅人闻风丧胆。在比尔敦荒原这里多的是落水洞、沼泽坑，成团的蠓虫，以及长在露出沼泽水面的土丘上的扭曲橡树。

王子和马丁骑在马上，走进了小山斜坡上的林中空地里，小山的缓坡蜿蜒向下，通到一个坐落在海边的小村落。大风抽打着他们的斗篷，大颗的雨点噼里啪啦地打在四周地面上。王子低头看了看手中的圣球，上面的指针已经不再转动了。

"我的老天，一个村子，"马丁口中念叨。"终于到了。这就是米尔伍德？我没看到大教堂的影子。难不成是藏在树林里？"

"这儿不是米尔伍德。"王子回道，他的肩膀因长途奔波的疲惫无力地向下塌着。闪电撕裂黑夜，阵阵雷声让马惊恐不安。

"村庄就村庄,至少我们总算能找个睡觉的地儿,再找顿饭吃。"马丁兴奋难耐,两手跃跃欲试地搓了搓。"我现在能生吞下一整只寒鸦,连皮毛一起通通吞下。要是我们加快脚步的话,可能还赶得及在天黑前找到歇脚的地方。"

王子摇头,眼盯着下方的谷底,"我们不在这儿休息。我们要整夜往东南方向赶路去米尔伍德。"

"米尔伍德要往南走?那我们为何往西走了这么远?"

王子抬起手指,指向山谷。在他们四周大雨倾盆而下,风暴如鞭子般抽打在他们的脸上。"那儿就是我们的敌人会倒下的地方。就在前面那块地方。你看到那边的山了吗?他就会在那里死去。"王子在呼号的风中,放声大笑。"我能看到他,马丁。我能看到他在畏惧中瑟瑟发抖,无法站上战场。他还握着我的旗子,马丁,在一个有雾的早晨,他死的时候还握着我的标志。"

马丁轻微使力策马上前,眼睛看向黑暗中的雨幕,浑身被雨浸得湿透的不适,骑行导致的胯僵腿痛,加之刚被剥夺了一夜休息,让他不快地咬紧牙关。"他怎么能打败您呢,王子?他怎么做到的?"

"在我死之后,他便能如此了。就像他以前解决的那些人一样,他会用同样的方式对待我。他会高高举起我的旗帜用以震慑他的敌人。但就是这个动作要了他的命。那就是他倒下的地方,他会被一支从那个斜坡上发出的箭放倒。你看见了吗?就是那棵大橡树下面的空地?"

"那可是棵很大的橡树,我的王子。您这王之视力可真不是盖的。"

"它不应该在那儿。"

"什么?"

"那棵橡树不应该在那儿。那儿得有个能让她睡觉的小洞,一个帮她避过那些追踪者耳目的地方。"王子顿了顿,眼盯着那株巨大的橡树,伸手抹掉了脸上的雨水。马丁知道王子偶尔会神神秘秘地说些不着边际的话,但这次与以往不同。他描述未来的方式让人觉得他像是活在未来,而不是现在。王子摇了摇头,嘴角露出一种坚毅的神情。"那棵橡树不该在那儿。"

马丁坐在马鞍上,上半身不耐烦地向前倾去。"那您是要我告诉它往旁边挪挪吗,王子?如果它冒犯了您的话,我可以到那个村子里取把斧子来。"*顺便吃顿饭*,马丁暗想。

"闭上眼睛。你是不被允许看到圣骑士标记的。"

这种情况以前也发生过。马丁最看不惯这些圣骑士的秘密。由于是王子的禁令,即便是艾温斯林也不敢溜进大教堂偷学它们。马丁紧攥住马鞍,湿透了的头发不断在皮兜帽下滴着水,引他打了个冷战。他撇了一下嘴,闭上了眼睛。

突然,四周的一切都变为白色,紧接着一声炸雷险些把他从马上震落。两匹马都惊得嘶鸣不断,发狂似的尥起后蹄。但四周响声太大,他几乎听不清马的尖鸣。在安抚了身下的坐骑后,马丁回转前方。这时那边的大橡树已经熊熊燃烧起来,在暴雨的冲刷下依然火光冲天。

"我说了我可以去拿把斧子来!"马丁不禁对王子咆哮起来。此时,王子正在抚摸着自己座下马儿的鬃毛,一边安抚着对它低语。在王子的安抚下,那马儿表现得超乎自然的平静。

"一把斧子是不能够的,"王子回道。"雨水会不断冲刷,把根部的土壤带走,最终留下一个小小的洞穴。在她需要的时候一切就都成了。"

"她是谁?"

"我预想中的一个女孩。"

"您知道她是谁吗?她就是您说的那个被克辛淹死的女孩吗?"

"是她,但克辛没能杀死她。她设法把那克辛杀了。"

马丁看了看王子,后者脸上出现了一种奇怪的——应当说是骄傲的表情。"那女孩是什么身份,我的王子?您捕捉到的这个幻影究竟是谁?"

"她是未出世的人,马丁。这些都是我预见到的未来。在到米尔伍德之前,我们还得再去一个地方。灵力又要我折回头向东走。但你先要到那棵烧着的树下,那里有些树枝还挂满了橡树的果实,你去收集那些果子,然后再来和我会合。所有的我都要,尽量把能找到的都带来。"

"现在我都沦落到要做收集橡树籽这种事了?"王子的安排让马丁大为光火。"橡树籽!"

"你会明白的,马丁。把它们收集起来,然后到后面的山谷找我。有件事情我要在你到那之前去做,而你,是不允许看到的。"

自打肩负了王子谋士及守卫的职责后,在一片荒无人迹的沼泽旁收集橡树籽可算是马丁执行过的最羞耻的任务之一。如王子所说,这树的确是有很多橡树的种子,大约有成百上千之数了。马丁一边捡着,一边纳罕王子要他这样做的理由。回顾自己的某次海上航行,他想到了曾从一位船长那里学到的一些智慧法则,这些法则让他在领导他人方面得心应手。那就是当人们被雇来做体力活时,他们的内心是很满足的。在有活可做的时候,人们总是性情温驯,兴高采烈的。一天的辛苦工作过后,他们会欢声笑语地度过夜晚。但要是在无事可做的时候，他们就变得难以管束，乐于寻衅滋事——对餐盘上的猪肉、面包、苹果酒找茬挑刺——动不动就心情糟糕，乱发一通脾气。马丁依然还记得，那个船长当时定了一些规矩，使得船员们不停地工作。有一次他的副手向他报告所有事情都做完了，再也无事可让人做时，船长就命令他们给船锚抛光。马丁自己也会把这计策用在艾温斯林身上，他选择用远多于需要的命令让他们的思维和身体都保持在活跃的状态，而不会允许他们因无事可做而闲得发慌。

在鞍囊里装满种子后，马丁骑上马，跟随王子的行迹重新翻山越脊，回到荒原上满是泥浆的沼泽里。天空中暴雨肆虐，耀眼的闪电不时划过夜空，在黑暗中也很容易看清王子走过的痕迹。四周狂风呼号，好像在警告他远离前方的一切。马丁咬紧牙关，艰难地向风暴的中心前进。在他身下，马在一片泥泞中深一脚浅一脚地行进，空气中飘散着一股烧焦的气味。

捡落下的橡树果实就像是给船锚抛光，马丁非常确定这一点。难道真的有人能看到未来的事吗？既然什么都还没有发生怎么可能看到呢？或者说，未来就像是一条河，一条被碎石河岸拘束、从高处流向低处的河，所以在知道了地势和限制范围的情况下，一个人就能猜出在这条河道上的船，在哪个时刻就会抵达哪里。是这样吗？

一道极耀眼的白色闪电撕裂天空，马丁不得不闭上眼睛。但是在这闪电的照耀下，就在那一瞬完全炫目的时刻，马丁看到了一点东西。他摇摇头，努力驱马向着刚才自己所见的景象那边赶去。是王子站在荒原中央，他的马在一旁嘶鸣。但这不是刚刚马丁看到的情形，他明明看到了一块悬在空中的巨石。

又是一道闪电，伴着一阵隆隆的低沉雷声。王子站在山谷正中，双手高举过头。在他面前，一块扁平的巨石在空中盘桓。

"老天呐！"马丁喊道，无法相信自己看到的一切。他把眼睛周围的雨水抹掉，再次抬眼望去，努力透过黑暗想要看到些什么。闪电照亮了头顶上的天空，那边的巨石正缓缓地落下，好像有无形的背带在拉着它一样。王子脸上反照出白光。在紧接着的另一道闪光下，马丁看到巨石已经稳稳落在地上了。王子则瘫倒在地，马丁即刻向王子奔去。

马丁狠踢马腹，奋力骑下山坡进入山谷。马蹄翻腾，所过之处泥浆四溅。在他抵达自己主人身旁后，马丁迅速甩开马镫，下地察看。王子脸上毫无血色，面如死灰。

"我的主人！"他俯身探听王子的心跳，所感到的只有微微的一点颤动。"我的王子殿下！您还醒着吗？能说话吗？"

王子眼皮微抖，睁开了眼睛。他太累了。"让我休息一小会儿，马丁。我就没事了。"他的声音几乎低不可闻。

"我把橡树籽带来了。我的鞍囊都装满了。"他把王子脸上的雨水抹去，两人身上都淋得湿透。

"把它们撒开，"王子无力地说道。"撒在那块石头周围。"

"你要我把它们撒掉？这又是为什么？"

王子脸上显出一种痛苦的表情，气流嘶嘶地从他的牙缝里通过。"按我的话做，"他重复道。"它们长大后会让她想起故乡。让她想起……米尔伍德。"

"我的主人？您一直看到的那个女孩是谁？她是谁？她是您的新娘吗？她是德蒙特的女儿吗？她有危险吗？"

王子笑着颤动嘴唇。"危险，"他小声说着，"她哪有不危险的时候呢？你一定要帮我……保护她，马丁。训练她。艾温斯林——她一定要被训练成那样。你一定要教会她如何生存。如何活下来。她会在大灾难中……把我们的子民……拯救出来。"

"是您的妻子？是您那在达荷米亚的小妻子？德蒙特的女儿？"

"不，"王子急促地喘息着，在马丁的臂弯里摇了摇头。"不，她是我的女儿。"

他颤抖着抬起胳膊，手指向那块刚才悬在空中的石头。当另一道闪电亮起时，马丁看到了刻在石头上的灵石。

那是一个有着一绺绺乱发的小女孩的脸。

今天，我知道了外祖母是在和我这样大的时候才第一次来到德豪特大教堂学习的，之前我一直以为她是在十二岁那年作为学员来到这儿的。母亲因不是国王的女儿，没能在这里学习。可外祖母不但是国王的女儿，还是另一个国王的妹妹，学习是她天经地义的权利。大主教给我看了她的圣书。这儿的人在通过圣骑士考核后，都会承诺同意把自己的圣书交给大教堂，以保护书中的知识。外祖母在她九岁那年嫁给了一个伯爵——我对她的遭遇十分痛心——在和我这般大时，她的第一任丈夫就去世了。他们没能生育自己的孩子，但是那伯爵留下了一堆和他的第一个妻子生的孩子。外祖母此后许下誓言，以后非圣骑士不嫁。我觉得她的第一次婚姻非常不幸。在那之后她就在德豪特大教堂学习，并在第一年里通过了圣骑士考核，大主教说在德豪特大教堂的女人总是学得飞快。他还告诉我，外祖母后来爱上了另一个伯爵——赛文瑞·德蒙特。大主教说在那个时候，人们都传言说伯爵是为着她那国王妹妹的身份、想通过她得到权力，所以诱拐了她。可我看过她的圣书，我很清楚她也爱他，是她自己操纵国王，得到了她想要的一切。我从不知道一个女人也可以有这样强大的力量。

——艾洛温·德蒙特于德豪特大教堂

第六章
兰贝斯宅邸

莉亚和克瑞恩尾随瑞奥姆到了兰贝斯宅邸，这是一座石头砌成的城堡，建在汤城中央一片破败不堪的城区中心。城堡四周，爬满常春藤的石头外墙挡住了里面的庭院，墙顶布满尖刺。但从墙外可以看到树的枝干，表明墙里面有些开阔的空地。一座高大的主楼占据着庭院的北部最高点，但这城堡并不像禁闭塔所在的那座那么壮观。虽然如此，仍不可能从外部看到里面庭院的具体情形，在瑞奥姆走近城堡后方的一个守门时，莉亚打手势要克瑞恩留在原地。

"你打算怎么做？"克瑞恩问道。

"我去跟她谈谈，看看可以怎样做。然后我会拿走她的披肩和篮子，冒充她走进去。"

克瑞恩给了莉亚一个远不能用震惊二字概括的表情。"这就是你的全部计划？"

"我不用你陪我一起去。"

"你这是自投罗网，送上门去要人家抓住你或者直接杀了你，"他气呼呼地说道。"我们已经找到兰贝斯了。接下来就花上几天时间来了解他们的日常,熟悉里面人的容貌,摸清他们的弱点……"

救出马尔恰娜。

这一阵来自灵力的冲击异常强烈,脑海中突然出现的救人执念引得泪水模糊了莉亚的双眼。看到瑞奥姆已经要伸手去叩门环,她知道自己必须要行动了。

莉亚怒瞪着克瑞恩,压低声音说道:"如果你不等我,我不会怪你。但这是灵力的命令。"

莉亚鼓起勇气走上前去,在瑞奥姆敲门前赶上了她。"看来这里就是你现在住的地方?"

瑞奥姆吓了一跳,猛地转过身来,一脸震惊地盯着莉亚。显然她听出了莉亚的声音。"你来科摩洛斯做什么?"她的眼中流露出掩不住的愤怒,还有恐惧。"他把你也收买了?"

莉亚注意到她一直紧护着篮子,心里不禁生出一丝疑虑。她把手伸向柳条篮的边沿,揭开盖着里面湿湿的东西的毯子。在篮子里的是几条绿色长裙,那种做工显然是匠人缝制的。如此精美昂贵的东西不可能是瑞奥姆的,而且那种颜色正是马尔恰娜喜欢的。

"她在这儿,瑞奥姆,"莉亚说道。"这就是狄埃尔关押马尔恰娜的地方。"

瑞奥姆咬唇道:"谁派你来的?大主教?"

莉亚点头。

"我讨厌那个老头儿。我……我更喜欢待在这儿,而不是米尔伍德。"她的眼睛里盈满泪水。

"留在汤城?瑞奥姆……这儿不是你的家。狄埃尔昨晚从塔里逃走了。他回来过吗?他现在在这儿吗?"

瑞奥姆仍然紧抓着篮子,把它抵在自己的胃部,但她在手臂上擦了下眼泪。"不。他在达荷米亚。那是……你为什么在这儿？你怎么找到我的？"

"我是一名猎手，瑞奥姆，你以前总拿这个来取笑我。我一直在搜寻科尔文妹妹的踪迹。"

"我得进去了。"瑞奥姆说着，一边努力抽身离开，但莉亚紧紧抓住了篮子的边沿。

"狄埃尔承诺你什么了？"莉亚问道。

瑞奥姆翻脸道："我没有必要回答你。这里是我干活的地方。如果我不回去的话，他们会来找我的。"

莉亚凑上前，把声音压得更低。"他答应你将来他会认这个孩子吗，瑞奥姆？还是说你要把这孩子当做贱民抛弃，就像你当年一样？"

瑞奥姆的眼神有些迷离，诉说了她心中的悲戚，透露出了她无数个无眠夜晚，以及内心备受折磨的希望。她努力地压制住自己的情绪，脸庞因痛苦而有些扭曲。

"你是怎么知道的？"瑞奥姆虚弱地低声问道。她浑身发抖，面无血色。"除了他以外我没告诉过任何人。"

莉亚的手抚上瑞奥姆的胳膊。"回米尔伍德去吧。"

瑞奥姆嘴唇颤抖，泪水连珠似的从脸颊滚落。"他不会……带我回去的……我做了太多错事了。"

莉亚不确定那个"他"指的是那个过往追求过她的铁匠还是大主教。"如果你继续留在科摩洛斯，你会死的，孩子也会死的，是真的，瑞奥姆，你一定得相信我。大灾难就要来了，它会席卷每一寸土地，每一个王国。只有在米尔伍德才是安全的。大主教会把你带回去的，我向你保证他会的。狄埃尔说他会把你带去达荷米亚吗？"

瑞奥姆抽抽搭搭地哭着点了点头。"他在那儿有个比这儿好的宅邸。他承诺我衣食无忧地住在那里，养大我的孩子。有人给我传来他的消息，说我会坐他派来的船离开，就在今晚。"

狄埃尔的谎言让莉亚火冒三丈。瑞奥姆的话一出口，莉亚就看到了真相在脑海中如一道闪电般的闪光。"不。他会把你留在这儿。你只是他的诱饵，今晚要离开的是假扮成你的马尔恰娜，而你只是她的挡箭牌。你看到我那位朋友了吗？就是那边站在暗处的那个高个子？他会告诉你一个安全的去处。他们把马尔恰娜藏在哪里？在主楼里吗？"

瑞奥姆摇头。

"你必须得告诉我。"

瑞奥姆向后缩了缩，"如果我告诉了你，我会死的。"

"我会保护你的，相信我。我会假扮你进去。让我去救她，你也就可以回米尔伍德去了。求你了，瑞奥姆。你一定得告诉我她在哪儿。"莉亚把这想法施加给她——连带着她的意愿，她的目的，她想要保护瑞奥姆和她腹中孩子的强烈愿望。灵力在空中颤动，缓和了瑞奥姆脸上的表情。

"在东塔，就是那个，"瑞奥姆说着指给莉亚看。"但是莉亚，你不可能接近她。有一个人日夜在她那里看守着。他……他警告过我。他说我要是把她的位置泄露给任何人，他就会杀了我。他们说……他能杀死圣骑士。"

那就是一个克辛了。

莉亚深深地叹了口气。她收紧下巴，坚定地点了点头。灵力一定会保护她的。她抓过篮子，向瑞奥姆说道："把你的披肩给我。"

"莉亚，我知道你是猎手……"

"你不能再回那儿了，瑞奥姆。米尔伍德是唯一能救下你孩子的地方。你身上还有钱吗？"

"有一点。"

"那就回家吧，瑞奥姆。"

瑞奥姆咬着嘴唇问道："你是怎么知道……狄埃尔在撒谎的？他是个贵族，他不会抛弃我的。"

莉亚眼睛直盯着她的脸庞。"我比你了解狄埃尔，瑞奥姆。我清楚他那些虚假的承诺。你也知道的，他一直都想杀了我。快点，把你的披肩给我。"救出马尔恰娜的急迫在她心里燃烧，逼迫她快点行动。

在兰贝斯宅邸内庭正中央的院子里有一棵巨大的橡树，上面的叶子已经落光，了无生气。或许是这儿令人窒息的空气最终破坏了它的生机。或许它的枝干得了某种耗损精力的疾病，它们体积庞大，向四面八方支棱着，就像一只正在土里打洞的尖刺猬一样。在树干一侧长满绿苔，大些的树枝上长着一簇簇浓密的槲寄生嫩芽。它已是一件死物——一棵树的空壳。有那么一会儿，它让莉亚联想起米尔伍德四周的那片橡树林，一阵寒意涌上她的心头。她用披肩裹住自己的头发，用从瑞奥姆那里换来的斗篷罩住了身上的猎手皮外套。身上的弓来不及藏好，她便把它交给了瑞奥姆，而后又把箭筒给她让她一并带走。她想要为与克辛的搏杀准备两把可用的武器，于是用在下面托住篮子的那只手握着一柄苏格兰长匕首，在另一只手里握着脱鞘的短剑柄，剑身则用毯子盖好，放在那堆潮湿的衣服上。

马丁把她训练得很好。她知道人身上每一处可以一击致命的地方。她也知道，自己可能只有一次杀死他的机会：要么杀死他，要么自己去死。是灵力把她引来了科摩洛斯。很奇怪，她感觉自己的人生就好像是一艘在湍急河面上颠簸的小船，周围暗藏乱石和激流组成的迷宫。河流不停歇地推着她快速向前，不管她内心是多么渴望能够慢下来。

　　守卫开门放她进去的时候，莉亚的心都蹦到了嗓子眼。她没有回应守卫粗鲁无礼的招呼，把篮子紧护在自己胸前不作声地抬步进门，同时眼睛迅速扫视庭院四周，便看到了那棵橡树。里面的院子是一个巨大的圆形，上面覆盖着一层草皮，四周围有鹅卵石。她数出了三扇能从院子里进入宅邸的门，其中一扇就在瑞奥姆指向的那座塔基部。她选择了一条通向右边的小路，沿路走向东塔。随着距离的不断拉近，莉亚感到耳膜被自己的心跳声震得砰砰作响。她有些懊悔进门前没有察看十字圣球，从下面看来，塔上方的窗户都被厚重的窗帘完全遮住，根本无法预想进去后会发生什么。

　　一声聒耳的渡鸦叫声吓了她一跳，让她注意到了这只正停在旗杆尖顶上的黑鸟。这幢建筑比米尔伍德的宅邸要大一些：在米尔伍德那里只有一层，这儿的有两层，塔的部分还要更高，主楼则是其中最高的。她要找的塔楼就在院子的边缘，紧挨着的外墙顶上插着一垄防卫的尖刺，好像一排锋利的牙齿。莉亚穿过小径走到门边，用手中的篮子抵着推开了下门。门边一个守卫把门打开，好奇地打量着她。莉亚瞟了一眼他后面，那里有一截石头楼梯，在狭窄的楼道里向上延伸。除他以外并无其他守卫。

　　"把篮子放在火盆旁边，"守卫对她说。"过会儿我会送上去的，他们那里不希望有人打搅。"

　　莉亚顺从地点点头，把篮子带进守卫所在的小房间，放在了火盆旁边。趁蹲下身的功夫，她把藏在篮子里的短剑悄悄抽出，同时把另一只拿着匕首的手翻转向下，以免被守卫发现。

　　"快走，小丫头。"他朝她来的方向一挥手，赶她马上离开。

莉亚朝着门边走去，看到守卫正盯着门外，某个令他感兴趣的东西吸引了他的目光。而他的分神正是她所需要的。就在那一瞬间，她所受过的猎手训练全部涌回脑海，她知道自己该怎么做。头骨的后面有一个点，借助匕首柄，莉亚给了他那里重重的一击。守卫毫无声息地便失去了意识，莉亚接住即将落地的身躯，把他平放在地上。然后轻轻地带上门，抬头看了一眼在塔内一路螺旋上升的楼梯。她能隐隐听到有人在说话的嗡嗡声，却无法听清任何的词语。

拎起一篮子换洗的衣物，莉亚仍用一只手握着剑柄放在毯子下，沿着楼阶爬上楼去。她的腿在攀爬的劳累下疼痛起来，脑海中不断冒出各种疑虑，但她强行把它们驱散。她曾和克辛交过手，深知他们所受的训练远胜于她所受的训练。上次她经历的是完全措手不及的偶遇，最终她被那克辛脸朝下地按在浴缸里，差点淹死。莉亚咬紧牙关，为即将到来的另一场搏斗做好准备，内心却开始希望克瑞恩能在这里帮自己。两个打一个就会来得简单点，但如果守卫看到他们是两个人的话是不会放他们进来的。想到此，莉亚便不再费心去想克瑞恩，也不想去管他现在是怎么想她的。毕竟在听过她这个充满侥幸成分的计划后，他露出的表情可是充满厌恶。但于她而言，跟随灵力是唯一能做的事。

在她沿着螺旋状楼梯不断向上攀爬时，听到楼上的说话声也变得越来越大。火把插在吊在墙壁上的烛台里，照亮了她前进的路。在楼梯最高处的终点，一扇木门挡住了去路。莉亚伸手去把门拉开，手不自觉地发起抖来。门并没有上锁，轻轻一拉便打开了。说话声愈发地清晰起，灵力的存在也增强了许多，在莉亚的心中有力地震颤着，让她的眼中再次盈满泪水。她熟悉这种有力的感觉，但也感觉到其中夹杂着受到了压抑般的桀骜不驯。

"你必须劝服你的哥哥加入我们。"是一个男人的声音。"如果这个王国沦陷,到时他要是失败的一方,你猜他还能继续做伯爵吗?他还能保住项上人头吗?不过,狄埃尔大人说了,只要你同意做他的妻子,他就会赦免你哥哥。在他的授命下,我正式向你转达他的求婚,同时也可以代替他接受你的同意。到了达荷米亚以后你必须得答应嫁给他,他对你可是一片真心。这一点你是不用怀疑的。"

"我是爱他,可我不能接受他。"马尔恰娜的声音激动得发抖。

"为什么?"回应她的是一声嘲笑。

"因为他不是圣骑士。"

"你是给自己许过只能嫁给圣骑士的誓言吧?但是,孩子,你给自己许的这个誓言真是太愚蠢了。如果说世界上再没有别的圣骑士了呢?难道你要嫁给你的哥哥?"男人的话中充满讽刺。莉亚从他的话中听出了一点口音,她认得那是达荷米亚的方言。"你就是狄埃尔开出的赎金,是唯一能救你哥哥性命的人。现在他还在达荷米亚的德豪特大教堂里监禁着呢。虽说他此刻还能得到友善礼貌的对待,但你要是拒绝接受给你安排好的一切,他可是会被送进地牢的,我的小姐。在那里,一旦睡着,就会被毒蛇咬伤,中毒身亡。别不把我的话当回事,孩子。你一定要答应嫁给狄埃尔,你一定要说出来才好让你们永结连理,你一定得同意。"

灵力的跳动越来越强大了,当莉亚将门缝的宽度不断扩大时,她听到了马尔恰娜的抽泣声。这间小屋子里唯一的光源就是炉火的光,里面的空气凝重且燥热,夹杂着浓浓的香料燃烧的味道。

"我渴。"马尔恰娜哀叹了一声,说道。

"来喝点苹果酒吧。"那男人答道。

"我不会喝的,"她说。"水——给我一点水。"

"只要你向我保证你会许下与狄埃尔大人结立婚约的誓言,我就会拿水给你。而且我会去尖嘴滴水兽,也就是你们称作的怪眼灵石处给你接来新鲜的水。凉凉的,清甜的,能给你止渴的水。但是你必须要先许下誓言。不然就只有苹果酒。"

随着门缓缓推开,莉亚看到马尔恰娜身穿一件黑、金二色镶边的华贵暗红色长裙,一头浓密的长发松松地散落在肩头,上面还带着金色的饰品。长裙上半身采用的是达荷米亚式的低领裁剪,和莉亚看到过帕瑞吉斯王太后穿的那种很像。她看起来十分煎熬,在她的眼睛里沁满泪水。马尔恰娜不住地摇着头,焦躁地朝房间另一端踱着步,而那边厚厚的窗帘挡住了外面的阳光。她双手攥拳,抵住自己的前额,啜泣着不停地来回徘徊,被各种情绪折磨得痛苦不堪。看到她这样痛苦,莉亚心中燃起熊熊怒火。

房间里的男人穿着一件黑色长袍,头发精心修剪得很短,脸上带着一副鄙视的神情。当他转过身来看到莉亚时,他的眼睛里突然放出凶狠的光。

"我说过了篮子放在下面,"他用一种愠恼的口吻说道。灵力在莉亚周围旋动,就好似要把她围裹在冰冷坚硬的钢铁制成的钢条里。从那男人身上释放出源源不断的恐惧,似曾相识的场景让她想起了阿尔马格。突然,体内涌出的复杂情绪让她害怕得战栗起来。是蚀心邪灵,他们在她的四周嗅来嗅去,密不透风,好像屋子里全部都挤满了人一样。他们不停地在莉亚身边打着转儿,把他们的想法灌输到莉亚脑子里,想让莉亚对他们的意志屈服。莉亚心中充满了对马尔恰娜的同情,她了解这种感受。

"请您原谅,"莉亚低下头含混不清地说道。她沿着房间的边缘走到一旁,把篮子放在一只火盆边。"您要我把它们都搭起来晾干吗?"

莉亚问道,声音里带着一丝颤抖。

"晾吧。"那男人不耐烦地回答道。"如果你非要这么做的话。晾完了就快点离开。"

在火盆旁边有一道换衣屏风,莉亚走向它,发现那里还有几件别的衣服——几件薄薄的女士宽松内衣和一条长裙。她小心翼翼地从篮子里拿出第一条湿的长裙,然后把它固定在屏风的晾衣夹上以便它被火烤干。汗水簌簌地从她的脸颊滑落。

"准备好回复我了吗,马尔恰娜小姐?"那男人重又把注意力转回到马尔恰娜身上。"你能再给我解释一下你为什么不愿意嫁给伯爵大人吗?难道你不在乎他吗?"

"我非常在乎他。"马尔恰娜抽泣着答道。

"那你是觉得他不够聪明,配不上你?还是你嫌他老态龙钟了?有很多像你这样身份的女孩在还是小孩子的时候就被逼着成婚了。国王命令她们嫁人,不管她们愿意与否。你能想象吗?被迫嫁给一个五十岁的老男人,就像帕瑞吉斯王太后被迫嫁给你们那去世的老国王一样?有人给了你一个选择!这是一个拥有财富的机会,一个拥有权力的机会,一个能与爱你、尊敬你的人成家生子的机会。你可以成为一名母亲,弥补童年丧母的缺憾。难道你不向往这些吗?成为一个母亲?去养育抚慰一个可爱的孩子?你能想象出在自己怀抱里拥着你的儿子或者女儿的场景吗?你能理解听到它第一声哭泣时的那种发自内心的喜悦吗?"这种声音令人迷醉,它在莉亚心中激起了前所未有的渴望。她狠心把这些想法甩开,因为它们已经让她痴迷得无法集中精力。它们渗透了她内心深处最敏感的部分,但是它们伸出的触角却并不纯净。

"他可以给你这些,"那男人还在继续,他的音量接近于耳语。

"即使是那些你无法领会的欢悦和享受。渴望自己的孩子是错误的吗，我的小姐？你能想象自己怀抱着一个孩子，去哺育他、疼爱他吗？难道你的内心就不渴望这一切吗？你的孩子。属于你的孩子。你还不接受狄埃尔大人的求婚吗？我不要求你现在就立誓，只是要你一句到了达荷米亚便这样做的承诺。到时再让他自己对你说出他内心对你的感受。我告诉过你了，他已经不再是王地那里的囚徒了。他已经不再是反对王权的叛乱者了，现在的他是新国王的手下，是篡权者盖伦·德蒙特的仇敌。你知道我说的这一切都是真的。他是唯一能救你，继而救出你哥哥的人。你怎么能如此自私呢？"

莉亚看到了马尔恰娜的眼睛，她现在备受煎熬、疲惫不堪。他们把她与世隔绝地关押在这种地方，完全不知所爱之人的生死，这么折磨她已经有多久了？屋子里的气味香甜得令人生腻。莉亚确定那苹果酒里要么是被加入了其他的香料，要么就是刻意经过不断煮沸来增强了口味。那个穿着黑色长袍的克辛正在娴熟而残忍地操控着马尔恰娜的情感。

"我真的好渴。"马尔恰娜哀求道，同时气息不稳地发出一声叹息。

"那就喝点苹果酒吧。"那男人回答。说着，他从一个瓶子里倒出了一些苹果酒，把装酒的金杯递给她。他的后背正对着莉亚，莉亚开始悄声向他靠近。

"给我水。"马尔恰娜央求道。

"就喝一口就好，喝了就不渴了。"他再次提议，手里举着那只大酒杯。

莉亚把匕首刺进了他的后背。她知道该刺向哪里，她知道哪里能给他一击致命。衣服被刺破的瞬间，莉亚手上也沾满了鲜血，温热刺目。那人大口喘息着,一边还在扭动。他的脖子四下乱探,他凶狠的眼眸落在她的眼睛上,在他死去的同时让她陷入一股巨大的恐慌情绪中。就在那一刻,她看透了他那些纷杂的想法,其中满是对蚀心邪灵即将要离开他身体的恐惧。

那人一下子就瘫倒在地,莉亚并未阻拦。她伸手放下了自己的披肩。

马尔恰娜正疑惑地看着她。突然,她的眼睛在震惊和恐惧中放大。"克辛,"她低声警告道。"在你后面!"

莉亚听到有人从房椽上荡下来,像一只猫一样稳稳地落地。克辛挡住了出门的路。直到这时,莉亚才意识到穿黑色长袍的男人根本就不是克辛。她同时想起,自己的短剑还留在篮子里。

第七章
突破重围

"莉亚,他会杀了我们俩的!"马尔恰娜低声说道。"在米尔伍德的时候他就一直跟着我了。"

猎人耐心十足,猎物却粗心大意。莉亚咽了下口水,极力控制住自己的恐惧,心里再一次毫无意义地奢望克瑞恩现在就在她的身边。她一边迅速打量这个房间,大脑一边飞速运转,希望能够寻得可以扭转局势的方法。

"待在我身后,"莉亚对马尔恰娜说道。此时,克辛两手各持一把匕首,向她们逼近。他有着和她之前看到过的克辛一样死气沉沉的眼睛,又是一个冷酷无情的人。在他的左脸上有一道长长的伤疤。他有着蓝色的瞳孔,短短的头发。而他的嘴型和下颌所带有的冷毅线条告诉莉亚,面前的男人曾身经百战,杀人无数,包括女人。

莉亚瞥到了离她最近的一只火盆,记起上次是火帮她打败了敌人。在这座塔里没有灵石,没有石头雕像,但是这儿有火,而她有控制火焰的天赋,火不会烧伤她。

她迅速调转方向到右边,和克辛保持尽量远的距离。这里的窗户都被厚重的窗帘挡住。突然,她的脑海中灵光一现。**逼迫敌人随着你的计划行事,不要被他牵着鼻子走。**自己的伤还未痊愈,若是直接与克辛刀锋相对恐怕胜算不大。但如果她发挥自己的长处,成功的几率便会增大几分。

克辛迂回着向她靠近,眼睛一边打量着,看她走动时的步伐,观察她的重心更偏向于哪一条腿上。莉亚的伤腿传来阵阵痛楚,她只得极力不露出痛苦的表情,以免被克辛判断出她的能力。

"我们可以谈判,"莉亚说。"你能接受吗?"她离火盆又近了几步。

"挑战才能诱惑我,"克辛回道。"黄金对我无用。放下匕首吧,我会让你死得痛快点。你谋杀了一位德豪特曼达大人,这足以让他们要你的命了。而且,你会死得很痛苦。"

趁他说话的功夫,莉亚快速奔向火盆。原本她就是要他对自己的话做出回应,分散他的注意力,以免他发现自己的真实意图。燃着的煤块在火盆里发出红光,黑色的铁质表面附着一层白色的灰烬。火舌从最深处充满整个炉腔,穿过厚厚的石板层散发出光亮。在火盆底部有四只小足支撑,莉亚握住把手,猛地把火盆推倒,把燃着的煤炭泼到最近的窗帘上。她的手中传来金属的热度,但没有把她烧伤。窗帘瞬间被一层火焰吞没。

她试着利用灵力控制火焰,但是在塔里再也感受不到来自它的任何回应。圣骑士永远都不可能逼迫灵力,只能哀求它,或者劝说它出现。现在她还是孤身一人。房间里渐渐充满黑色浓烟,窗帘上的火势愈燃愈烈,高高的焰头直抵房椽。

克辛朝她猛扑过来。

他比莉亚预想得还要快,但是在他的眼中闪现了新的东西——一股隐隐的对熊熊火焰的畏惧。她已经成功扭转了这场决斗中的局势。克辛和火打过交道,他知道用不了多久火就会吞噬整个房间。

克辛使出一连串的虚晃招式,莉亚心下了然,不为所动。突然,克辛放低身子,长腿横扫,目标正是她的伤腿。莉亚迅速弹开,一手持匕首划向他的耳朵,却被克辛用匕首挡出。她顺势转到他的背后,引他随着自己行动。克辛果然中招,他已经见识到了手持匕首的莉亚有多大的杀伤力,转身用另一只手中的匕首劈向她。莉亚从旁一跃,躲过刀锋。一边,马尔恰娜急于与克辛拉开距离,向后朝另一条窗帘奔去。

"去门边!"莉亚对她喊道,手中小心掌控着每一次刺向对手的方位,借机逼克辛倒退到窗帘上的火焰旁。如果能离得足够近,她就能把他推进火中。但克辛识破了她的意图,转而起身去追赶马尔恰娜。

莉亚立即阻拦,用匕首刺向他的胳膊。屋子里升起滚滚浓烟,模糊了视线,莉亚辨不清自己刺向了哪里,也看不到对手的行动。下一秒,一把匕首冲破浓烟,刀口直至她的胸腹,正落在她的皮束腰之上、胸部以下。匕首尖穿透了她的衬衣,划出一道裂隙,却未再深入。

意料中的疼痛并未发生,匕首没能造成创伤。莉亚吃惊地发现,匕首没能刺入她的身体。它的确刺破了她的外衣,却没能透过下面的银丝软甲。

克辛的眼中又闪现了新的情绪。他原本能给莉亚造成重创的狠狠一击,竟然没能伤她分毫。

"圣骑士。"他喃喃道。

莉亚抓住时机,用手指抓向他的眼睛。她的指甲嵌入克辛肉中,撕裂了他的皮肤。同时另一只手持匕首刺向他的咽喉,克辛曲臂阻拦，最终在他的胳膊上留下了伤痕。浓烟蜇痛了他眼睛上的伤口，在嚎叫中猛地后退几步，在他留有伤疤的那边脸上淌下了红色的泪痕。是血。

此时马尔恰娜打开房门，逃出门外。

"不！"克辛发出一声怒吼。他手提起匕首，掷向逃跑中的马尔恰娜。莉亚无助地眼看着那匕首首尾交接着在空中呼啸而过，脑海中浮现出阿斯特力德就这样被杀死的景象，匕首深深地刺进了他的后背。她祈祷着匕首中途停止，祈祷它偏离目标。就在匕首快接近马尔恰娜时，克瑞恩在半空中截住了它。

莉亚的祈祷奏效了。此时克瑞恩正迈步进门，他那高大的身躯完全罩住了整个门口，落下一层阴影。

"一起拿下他。"克瑞恩喊道。

克辛上下打量着他们两人，意识到随着火和克瑞恩的出现，战局已经完全扭转。

莉亚跺了克辛一脚，趁他转头，把匕首刺向了他的脑袋。克辛虽然脚上未能避开，但却迅速反应，挡下了她的第二次袭击。

克瑞恩像蛇一样灵活出击，手中的匕首左右翻飞，不断反照出室内的火光。两人的短剑和匕首往来相对，铿锵作响。莉亚在一旁焦急地寻找空隙助阵，但两人肢体交缠，难解难分。她迅速跑向装着湿衣服的柳条篮边，拿过自己藏好的短剑。屋内烟气弥漫，莉亚几乎谁也看不清，只能听到他们的咳嗽声。一边跪在门边地板上密切注视着房内打斗的马尔恰娜也被呛得咳嗽不断。

有人发出一声吃痛的闷哼。克瑞恩的脸上全是黑色的煤烟。两人再次扭打起来，刺，虚晃，再刺。克辛被甩到旁边的一根床柱上，脑袋重重地磕了一下，口中喷出一摊唾液。克瑞恩的短剑也不知丢到了哪里,但他以拳出击,狠狠地擂在克辛肋骨上。莉亚听到了骨头断裂的脆响。克瑞恩提膝攻击他下体,克辛作势弓身抵挡,一面迅速弹起上身,一掌拍在克瑞恩脸上。

克瑞恩脸上剧痛,站立不稳,摇晃着后退了几步。莉亚看到他身负重伤,染红了衬衫衣袖。克辛的垂死挣扎激怒了他。伴着一声咒骂,克瑞恩立时把短剑捅进克辛腹部,又以同样干脆利落的动作收回短剑,结果了他。

"你受伤了!"莉亚失声嚷道,一股血流正顺着克瑞恩胳膊淌出来。

"多亏你看到了,"克瑞恩毫不领情地回了一句,然后就被呛得一阵猛咳。房间里一片红光,火势已经蔓延到房椽。他察看了四周情势,迅速跑到一边,踩在箱子上拽下那边另一条临近火盆的窗帘。

"趁着还没被呛死,快!去楼梯!"他命令道。"是你把房间点着的?肯定是你,我就知道。蠢!太蠢了!"

莉亚迅速跑向跪着的马尔恰娜,拉着她跑下楼梯。

马尔恰娜的眼窝深陷下去,里面却是满满的感恩之情。"我一直向灵力祈求你能及时来救我,"她边讲着边抽泣起来。"真的太感谢你了,莉亚。科尔文呢?他真的在德豪特大教堂吗?他很危险。"

"那你觉得我们现在呢?"克瑞恩在后面大喊。"难道是在五月花柱旁跳舞吗?莉亚,打碎那扇窗。狄埃尔的人现在肯定已经到下面出口那儿了,我来时闩上了门闩,但那个支撑不了多久。"

莉亚听到了从下面传来的砸门声。这里的窗户十分狭窄,窗玻璃上糊着黑黑的污渍。她正试着推开窗扇,克瑞恩立即爆发了一阵震惊的埋怨。

"我说的是敲碎它们,姑娘!我们没时间了!"

莉亚拿出短剑，用剑柄敲碎了玻璃。克瑞恩在楼梯上赶上她，把手里的窗帘丢到一旁，帮她一起把玻璃撞碎。然后把摘来的窗帘举出窗外，布料翻滚着垂下去，另一头的窗帘杆则横亘在窗户两侧作为支撑。

他探身向下看了看，眉头紧皱，不住摇头。他又抬头看了看上面的房间，那边火势已经向外蔓延进了楼梯间。"窗帘只能到一半，剩下的一半就要跳下去了。莉亚，你先走。沿着窗帘爬到底，挂住，然后跳下去。快！"

"窗帘能支持住我的重量吗？"莉亚有些担心。

"试了才能知道。走！"他嘴埋在胳膊上咳了几声，两手卡住她的腰，把她举到窗台上。

莉亚把剑插回皮带上的剑鞘里，两手攀住窗帘向外移动。窗帘发出一阵布料撕裂的声音，当她向下看到自己离地多高时，胃里不禁一阵翻腾。头顶上，塔顶已经被火焰笼罩，从上面窗户里冒出滚滚浓烟，吸引着全兰贝斯的目光。在她下面只有鹅卵石，也就是完全没有防护的硬着陆。一边街上几个旁观者正对着她指指点点，忧心地对她喊着什么。她两手交替握住窗帘，一直下到窗帘所能到的最远距离，也就是她的离地最低点。此时她吊荡在窗帘一角，努力定了定神不要头晕，向下瞥了一眼街道的位置，看起来是那么遥不可及。

跳。

脑海中的低语要她马上行动。

按捺下心中的恐惧，莉亚松开了窗帘，像块石头一样撞在下面的鹅卵石路面上，身上传来一阵疼痛。这距离并不像看起来那样远，莉亚长舒了一口气。

"莉亚！"有人在喊她。是瑞奥姆，她拨开街上聚集的人群跑向她。

莉亚被摔得头脑不清，迷迷糊糊中发现已经在宅邸外了。原来，塔楼上的玻璃窗就在院子的外墙上。莉亚心下感激，给了瑞奥姆一个短短的拥抱。当她转过身来，马尔恰娜已经爬上了窗帘。塔楼里的梁木火势正旺，灰烬兜兜洒洒直落下来。燃剩的细渣也洋洋飘落，直扎进正仰头上望的她的眼睛里。马尔恰娜爬得战战兢兢，但还是一路向下到了窗帘最末端。

"跳！"莉亚鼓励道。"不远的！"

随着"砰"的一声，通向塔内的门最终被撞开。喊声，脚步声在楼梯上响成一片。

与此同时，马尔恰娜松手下落，莉亚和瑞奥姆伸长手臂接住了她，下落产生的冲击力撞得三人在地上倒作一团。但好在她安全着陆，身上还噗出一大股子煤烟灰。她抑制不住，搂住莉亚的脖子小声抽泣起来。

马尔恰娜转过头看向克瑞恩，眼含泪水不断摇头。"我们太重了，他一直在用手给我们支撑着窗帘。"

克瑞恩紧接着爬出窗户，也沿着窗帘顺下来。所有人都站定，看着他急促地下降。此时窗帘终于支持不住，发出一阵破裂的声音。他跌落下来。马尔恰娜发出一声惨叫，莉亚被惊得目瞪口呆。等她缓过神儿来向前跑过去，想要垫住克瑞恩时，已经来不及了。莉亚眼看着他背朝下狠狠跌落在地上，脸在极度疼痛中扭曲变形。而后脑瓜一下子撞到了下面的鹅卵石路面上，发出令人心惊的嘎巴一声响。他的身体直挺挺地躺在路面上，旁观的人群里发出一阵倒抽冷气的唏嘘声，瞬间四散而去，还些人则在尖叫。小巷里霎时空空荡荡，只剩下了三个女孩子。

莉亚难以置信地看着克瑞恩的尸体,一股血泉沿着鹅卵石路间的沟壑汩汩流动。煤烟和灰烬像雨点一样簌簌地落在他们四周。她仰头看了看头上的大火,又低头望向坠落地上的人,突然感觉到体内涌动着灵力的力量,而且越来越强烈。它如洪水一般在她身体里冲撞,挤压着她,让她失去理智。

病快快的马尔恰娜正眼含泪水地盯着克瑞恩,瑞奥姆被脚下的尸体吓得魂不守舍,面色苍白。

"你们两个,闭上眼睛!"莉亚冲她们吼道。看到她们顺从地合上眼睛,莉亚举起手,画出圣符。

她一手在空中画着圣符,另一只手触到了尸身的前额。空中显现出了一幅图画,莉亚认得,因为她曾经见到过它。死亡是神圣的,尤其是为了拯救他人而自愿献身的死亡。她自己也曾这样死过一次,用自己的牺牲帮助大教堂的守卫力量席卷米尔伍德四周的沼泽,摧毁了王太后的入侵大军。灵力的目的已经圆满达成,现在它的力量可以被完全唤醒了。不是为了她一个人——它从来不是为了她一个人而为。而是为了所有人的更大的利益。

"克瑞恩·维恩,我赐予你生命。你将重生,你将复原。"灵力继续在她体内涌动,她的嗓音因情感动容而嘶哑。"借伊渡米亚之手,你将重生,克瑞恩·维恩。你将重生,你将复原。"

灵力的涌动还在继续,她脑海中听到了从科摩洛斯各地传来的尖叫声。每一声惨叫都无比清晰,顿时在她脑海里出现了一团混杂着失望和谴责的嘈杂声音。这里死去的圣骑士的血在召唤着她,他们依附于她的灵魂之上,给她灌输源源不断的愤怒和厌恶。**我们是这个王国里含冤赴死的圣骑士,国王杀了我们,只因我们不肯背弃许下的圣骑士誓言——就是那些你为了穿越圣幕而许下的誓言!为我们报仇!**

灵力此时化作她耳中的一声轰鸣。现在燃烧产生的余烬混着残渣已如冰雹般密集，灵力在她的体内不断膨胀，有如即将焚毁那塔楼的烈焰一般。莉亚站直身躯，那只画出圣符的手仍高举过头，此时她血脉贲张，满眼所及仅仅是头顶的烈焰。她把手指向火焰，不是要克制它，而是要助长它。她能感到火的那种想要吞噬一切的贪婪。

　　一连串词语不由自主地从她的嘴里冒出来。它们是古老的伊渡米亚的异国语种，通过莉亚口吐异语的天赋汩汩而出。**"普瑞堪撒斯，赛瑞堪撒斯，撒斯。"**这是能控制火焰的圣语。此时，她的脑海中浮现出了一幅黄昏时分，汤城化作一片火海的景象。

德豪特大教堂的主教可是帮了我的大忙。他用很清晰的方式诠释圣书，我已经能理解它们了。过去听科尔文解释这些真让我灰心丧气，因为不管我多么想，总也弄不明白他在说些什么。这时候他就会生气。现在我明白了，关键是要理解它们的内在含义。今天，大主教带我看了几页，其中有介绍灵石花园中始祖的一节。那里有一条会向他们低语，能告诉他们为了获得想要的知识应该怎样做的大蛇。它就是伊渡米亚的化身之一。现在我都明白了。灵力的象征符号是向人世间传递真相的方式，其中巨蛇符号展现了它最强大的力量存在。当我把这些解释给科尔文听时，他看我的眼神都变了，在那里面出现了前所未有的崇敬。他从没有这样看过我，但莉亚在他身边时他经常这样，每每看到这样都会让我嫉妒。今天我幸福得有点飘飘然了。

——艾洛温·德蒙特于德豪特大教堂

第八章
烈焰下的科摩洛斯

"他可算是醒了。"瑞奥姆嚷着，把莉亚从门边拉到床前。

克瑞恩的眼睛微微地眨了几下，一头雾水地看着莉亚。然后就痛得龇牙咧嘴——这是莉亚无能为力的疼痛。他先是咬紧牙关，但还是忍不住呻吟起来。

"我掉下来了。"他费力地说道，刚一抬头就拉到了脖子上的伤痛。

"你还活着。"莉亚安慰他道。

他的脸上露出痛苦的表情，为了不让自己失控，他紧紧地绷着下巴颊，手在毯子底下攥成拳头，生怕自己痛的叫出声来。"我的脊梁骨断了。"他忧心忡忡地说。

瑞奥姆惊得哼出声来，连忙用手捂住嘴巴。

"你会好起来的，"莉亚把手放在他的肩膀上说道。

克瑞恩疼得翻天覆地，但他始终咬紧牙关用鼻孔呼吸，抑制住了痛感。"我闻到烟味了。我们还在兰贝斯宅邸吗？"

"不是，现在是傍晚了。烟是从风里吹来的，科摩洛斯着火了。"

克瑞恩困惑地看着她问道:"整个城市都着火了?怎么会?"

莉亚低下头看着自己的手。"火是从兰贝斯宅邸着起来的,那些建筑离得太近,火从一个屋顶烧到另一个屋顶,然后把桥也烧掉了。现在那熊熊大火还烧着呢。"

汗水沿着克瑞恩的太阳穴淌下来,他用手抹掉,连带着小心翼翼地摸了摸自己的后脑勺,脸上的表情十分困惑。为了不让自己的话被瑞奥姆听懂,他用普莱利方言问道:"我想……我记得……撞到了头。然后我就不省人事了。后来又是穿越圣幕。"他尽可能小幅度地擦着自己的脸。"我记得我死了。"

"你不该在那时候死的,克瑞恩·维恩。"

他的表情又痛又恨。"可我该在那时候去达荷米亚。我有任务在身,是你阻挠了我去完成它。"

莉亚摇头否认。"带我们来兰贝斯是灵力的意愿。"

"你别说得就像是你能掌控它一样。就好像是你命令它把我带到着火的塔楼那里似的。"他一脸怒气,眉头紧锁。"我一辈子都没干过这么蠢的事儿,我就该死。我太不小心了。但我就忍不住要跟着你去,你一走我就后悔了,除了担心、原地打转什么也干不了。所以我就让那个洗衣服的女佣自个儿留在那儿,自己像个小偷一样翻墙,然后跟着你。当然有人看到我了,还召集了所有的仆人和守卫。我打倒了四个人才走到塔楼门那里,然后又遇上了火!"他痛得直咧嘴。"你差点把我们都害死了。"

这时门开了,马尔恰娜走了进来。在她脸上还留着黑乎乎的煤烟印子,漂亮的长裙也沾满了烟灰。"我听到说话声了。他醒了吗?"

莉亚从没见过这样衣衫不整的马尔恰娜,但是她已经重拾起一部分贵族风范,塔楼里那个哭哭啼啼的小孩子已经不见了。她身上的唯

——条长裙还是狄埃尔给她的,她用一只手紧护在衣领那里,以保持自己得体的风度。她眼中含着怒火,在莉亚告知她瑞奥姆怀了狄埃尔的孩子后,这种情绪更是无法掩藏。

"哈,要不是她才不会耽搁呢,"克瑞恩冷冷地用普莱利方言嘟囔着。"我也不会掉下去。"

"别这么无礼,"莉亚同样用普莱利方言提议道。"她可是德蒙特的盟友科尔文伯爵的妹妹。"

马尔恰娜抬起一只手来打断。"请你们……不要再用我听不懂的话交谈了。莉亚,我请求你们。克瑞恩·维恩,我还没向您表达我的感激。我想亲自来对您说。今天是您救了我的命。"

克瑞恩的态度还是冷冷的。"您的感激对我而言没有任何用处,我的小姐。救您并不是我的任务。请您见谅,我不能站起来对您行礼了。我不想,也不要您的同情。"

"我说过了,不要对她无礼。"莉亚有些气愤地说道。

马尔恰娜讶异地看着克瑞恩,他的语气完全出乎她意料。"不管怎么说,您终归是因为我受伤的,无论您怎么对我,我都会以礼相待的。"说完她把目光转向莉亚。"全都安排好了。我们和一条小渔船讲定了,今晚就往上游去。等下了船再雇马车回米尔伍德。"

克瑞恩打断了她。"我不想去米尔伍德,送我回普莱利。"

马尔恰娜坚决摇头。"不可能。普莱利太远了,而且您需要休养,米尔伍德是最适合您的地方。"

莉亚把手搭在克瑞恩肩膀上阻止他再去和马尔恰娜争辩。"我们都理解你想回家的渴望。但米尔伍德是集合地,去那里大家才能更好地照顾你。"

"我就是不想被大家照顾、呵护。说白了,我不想被人可怜。你是什么人？你有什么权力这样掌控我的命运？我宁可被丢在随便哪条开往桥堡码头的船的货舱里，自生自灭！"

马尔恰娜看了看莉亚，又看向克瑞恩。"男人饿的时候总是脾气坏到让人难以忍受。您从早上到现在吃过东西了吗？我知道没有。瑞奥姆，亲爱的，你能去找点食物来吗？非常感谢。我不会忘记你在救我时的功劳。我会保护你的。谢谢你。"瑞奥姆离开后，马尔恰娜双臂交叉抱在胸前，眼觑着克瑞恩，问莉亚道："你救了我哥哥之后，他待你比这还糟吗，莉亚？"

莉亚也学她的样子叉着胳膊，看着克瑞恩，用戏谑的口吻说道："他还没朝你干呕呢，恰娜。等他吃完了东西再看吧，我敢打赌，他肯定会这么做的。"

"我已经永远都不能走路了，你们还在这儿拿我开玩笑。"克瑞恩干脆闭上眼睛，无奈而愤懑地摇起了头。他的伤痛得厉害，忍不住在床上轻扭了起来。

马尔恰娜走上前来握住他的手，用力地攥住。"那我就来做您的拐杖，您的支柱，您的帮手。如果您因我而不能走路，那我就替您走路。今天要不是您，我的后背上就会插上一把匕首。当我看到您出现在楼梯上时，当我和您目光相对时，我就知道是灵力召唤您来救我的。"

她转过身朝莉亚笑了笑。"我都记不清听过多少次有关你的故事了。你说过的，如果你信任灵力，去想，去信任，去希望，你就会得救，不是吗？"泪水又涌上了她的眼睛，她使劲摇头不让它们流下。"我不会再哭了。过去的这两周里我已经流了太多眼泪，如果我再哭起来，我怕自己会停不下来，直到溺毙在这些眼泪里。"

她深呼吸了几次，努力平复心情。"我不能再见狄埃尔了，求你帮我，莉亚。你一定不能让他再接近我。那个恶毒的德豪特曼达一直在折磨我，我差一点就要向他屈服了。我那时太渴了，但他们只给我喝那种能迷人心智的甜酒。他用了赤隼链，我能感觉到。我知道它的威力，但我没办法抗拒它。是它改变了我的感情，莉亚。我恨狄埃尔，我恨他绑架了我，我恨他把我从我爱的人身边带走。"她又一次摇了摇头。"可现在我不得已爱上了他，这些爱恨交织的感情让我痛不欲生。我知道那不是我的真实感受，是一个卑鄙阴险的小人把它们植入到我的灵魂里。可它们在我这里扎了根。我唯一希望的就是成为圣骑士，然后彻底把它们驱赶出去。"

马尔恰娜直直看着莉亚。"就像你一样。你什么时候通过圣骑士考核的，莉亚？直到你画出那个符号，我才知道原来你已经成了圣骑士了。"说这话时，她脸上带着一种敬畏的神情。

"就在你趁夜离开米尔伍德后。"莉亚现在觉得很窘，因为在马尔恰娜的眼中不止有敬畏，还有一丝丝的嫉妒。她手摸索着衬衫上被克辛划破的那里，匕首能撕裂衣料，却伤不到银丝软甲。成为圣骑士救了她的命。

"科尔文知道吗？"

莉亚点点头，她看到马尔恰娜脸上绽放出大大的笑容。"你一定得救他，莉亚。你告诉过我，他和艾洛温现在都是德豪特大教堂里的人质。德豪特曼达就是从那里来的。我不知道他们是不是也有秘密转移地方的能力，但他们能利用灵力，而且非常厉害。有传言说他们不日就要来接管我们王国里的大教堂，整改我们的习俗。我听达荷米亚护送我的骑士说他们对所有人敞开大教堂的大门——各种圣骑士仪式将不再隐秘进行，而是公开宣告。他们还坚持要所有人都接受圣骑士仪式，指责说我们实行愚民政策，不让百姓获得知识以免他们威胁统治权力。各地已经爆发了多起民众骚乱,他们口口声声坚持要求进入大教堂。我们的国家也快要出现这种情况了。"

"那些庇护大家的灵石呢?"莉亚十分气愤。

马尔恰娜表情悲伤。"它们没起到任何的作用。很多大教堂里的学员都回家了,还说灵石已经不再起作用了。莉亚,我有预感,大灾难马上就要来了,我们没有多少时间可以阻止了。"

她眼睛里流露出了赤裸裸的恐惧与张皇。莉亚紧紧地抱住她,安慰她,心里庆幸自己可以带着她安然无恙的消息去见科尔文,再也不用背着她安危的负担了。

然后克瑞恩接着这个话茬说话了。"你阻止不了它的。大灾难第十二夜的时候就会到来,它到普莱利的时候我曾亲身经历过,但我不想在这里再经历一回了。我们会乘船到另外一片海岸,只有不到两周的时间了。"

马尔恰娜从莉亚怀里站直了身子,坚定地与克瑞恩对视。"如果那是圣骑士要去的地方,那我也去。"她捉住莉亚的肩膀。"把我哥哥带回来,莉亚。把科尔文和艾洛温带回米尔伍德。"

莉亚很想告诉马尔恰娜自己的身世。她张开嘴巴打算说出口,但灵力还是不许她吐出那些字眼。不过,她原本就没有对灵力的准许抱太大的希望,所以就此作罢,然后说道,我会用圣球找一艘到达荷米亚的船,凌晨就动身。"

"我不知道现在会有多少船连夜航行,"马尔恰娜说。"这场火造成了很大的破坏。或许你可以考虑一下东面的另一个港口。多佛港是我们东海岸的重要海港,那里的海峡是离达荷米亚最近的地方。我可以找个人带你去,如果快马加鞭的话凌晨就能到。"

"多佛港那里有大教堂吗?"

080 米尔伍德的浩劫

"在百里区那儿有一个,名字叫奥古斯丁大教堂。"

莉亚心中传来一阵宽慰。"那就是我去多佛港的路了,今晚我就动身。"

"让我派一个人跟着你吧。"马尔恰娜央求道。

"这儿比我更需要他们,恰娜。他们要在大灾难到来前警告民众,让那些愿意逃走的都走,这是最后的机会了。"

说完,她又俯身看着克瑞恩,拿过他的手紧紧攥着。"米尔伍德的灵石有独到之处,它们能比你想象得更快地治愈你。克瑞恩·维恩,你还会再次站起来,你可以再次走路的。"她握着他的手说。"我知道的。"

"你还真不是看起来的那样。"克瑞恩轻声回应道,面带不解之色。

莉亚看着他的眼睛,希望自己能告诉他真相。在他们之间划过一阵心有灵犀的火花。"我让你想起什么人了吗?"她简短地问道。

克瑞恩细细端详着她的面庞,打量着她的眉眼。看起来他很想说些什么,但他的嘴巴却闭得很紧。过了一会儿才张口说道:"是的。"

莉亚拍了拍他的手,用眼睛传达了自己的谢意。**今天你为我效劳了,克瑞恩·维恩,我不会忘记的。**她想抽回自己的手,但克瑞恩却把她握得更紧,以致弄疼了她。

"我是在城市中接受训练的,你是在丛林中接受的。让我把我知道的都教给你,或许能帮得上忙。"他蹙着眉头,微微地转了下位置。"达荷米亚是一个很富裕的地方,四周有很多国家环绕,而它正在中心。正如米尔伍德是你们王国里最古老的大教堂,德豪特大教堂也是达荷米亚那里最古老的一个。同时,它还是达荷米亚最富有的一个大教堂。它坐落在距西北岸不远处的一个海岛上,落潮时分海中会裸露出一片陆地作为陆桥。找准时间非常关键,因为一旦延迟,海潮回升,没能上岸的行人就会被淹死在流沙中。圣球会提示你的。海潮涌入的时候,有时也能碰到可以把你带到大教堂的渔船。遍地黄金的地方也是腐败横生的所在。大教堂建在小岛的最高点,四周被德豪特村庄围绕,外围有绕山修建的高大环形城墙把大教堂和村子隔开。那些城墙十分壮观,实际上就是把圣殿圈在中心的一座高达五六层的巨型城堡。

"而大教堂自身就好像是插在岛中央的一把尖矛。我想一砖一石地建起这座大教堂一定花了不下两百年的时间。真的是令人叹为观止。下面村庄里的建筑就低伏在它的脚下,远比不上其壮观。进出大教堂的唯一通道就是开在城墙上的主门。因为圣骑士的身份,我在那里畅行无阻,但是那里的居民仅凭衣着对我表现出的鄙夷让我印象深刻。即便我是普莱利使者的这一身份,也没能消解他们的轻蔑,因为我看起来与使者身份并不相称。这个很重要,莉亚。即便你可以凭借着熟识圣骑士标记进入那里,你还是会因为穿着打扮而难以融入其中。达荷米亚的女人都对她们的外表十分挑剔。"

莉亚领会了克瑞恩的意思,低下头看了看自己衣服上的煤灰印子。"你是怕我穿着在兰贝斯这里的这种衣服去达荷米亚?"

"我的确是这样想的。"克瑞恩毫不隐讳地回答。

"我把我身上这件长裙给你。"马尔恰娜主动说道。"但是我没有其他的了。它们都在火里烧掉了。"

"我不能穿这个,"莉亚拒绝道。"我很感激你的警告,但是圣球会给我另指一条路的。我想……或许……这就是我这么多年一直带着它的原因。"

莉亚心中又涌起了一阵暖流,肯定了她的想法。

她再次拍了拍克瑞恩的手。"我们米尔伍德再会。谢谢你。我……为你感到骄傲,克瑞恩·维恩。"

接着在她的脑海里出现了一个声音,对她说出一段勉强听得到的微微的低语。**我多想能陪同您到达荷米亚,为您效劳,我的小姐——我的王子的女儿。**

你会再次为我效劳的,莉亚同样在脑海中回答,把她的回应推向克瑞恩。**在那个没有大灾难的遥远国度。**

一个细微的笑容爬上了克瑞恩的嘴角,在微笑中他冲她点了点头。

自知道了封印符咒的存在后,莉亚第一次看到了希望的火花。如果不能直接用语言来告诉科尔文真相,或许可以通过思想来告诉他。

第九章
奥古斯丁大教堂

　　这是莉亚第一次独自通过穿越圣幕。她鼓起勇气,集中思绪默想着奥古斯丁大教堂,并在脑海中一遍又一遍地重复。灵力环绕着她,让她心里好一阵发麻。本来这一步之遥、千里之外的穿越就足够骇人了,更不用说若是自己的意念过度集中,就很可能直接一步就跨进了伊渡米亚,然后被那里无比强大的灵力直接碾碎。极力压制着这团乱糟糟的想法,莉亚深呼几口气,向前朝着微微闪光的圣幕走过去。时间和距离的双重扭曲让她头晕,恶心,有好一阵子都站立不稳,好像要跌倒。慢慢找回平衡后,她斜靠在柱子的一边休息,好让心脏平复下来。

　　睁开眼睛后,莉亚发现四周环境已经变了。这边的建筑非常漂亮,风格与那边不同。这座大教堂比米尔伍德要大,在设计和建筑工艺上都更能震撼人心。她一边走着,一边四下张望,观赏那些奢华的家具,建筑内成条的铁架构,纯白色的流苏,薄纱罗的窗帘。最后小心翼翼地走近分隔开两个房间的十字屏风,立马看到了几个穿着白色镶金边长袍的圣骑士。

"你从哪里来?"其中一个人问道,他的脸上露出了好奇的神色。"你多大了?如果我没猜错的话,你还不满十八岁吧。"

"我是来自米尔伍德的莉亚,"她回答。"这里是奥古斯丁?"

"米尔伍德。"他的话里夹杂着一些不悦的情绪,前额上的皮肤微微蹙起。莉亚感觉到事情有些不妙。"大主教会想和你谈谈的。"

"有和我一样从米尔伍德来的人吗?"她问道,一边观察面前三张脸上是什么反应。他们看起来都很不自在,十分谨慎,还有一点对她突然而至的厌恶。

"来过几个圣骑士,"另一个人很严肃地回道。"走吧,孩子。大主教会和你谈谈。"

"可我有急事。"莉亚一面说着,一边谨慎地向他们走近。

"不会耽误你太长时间的。"第三个人说道。

莉亚心头掠过一阵恐慌。她跟着这三个圣骑士走到外面的门边,那里有几个手提吊灯值守的守卫。空气中有股奇怪的味道,是燃香的气味。地板上铺了瓷砖,经过反复清洗和打蜡,上面光洁如镜。

"直接把她带到大主教那里,"其中一个圣骑士对守卫说。"她是从米尔伍德来的。"

守卫点头,走下小路,带头走出这所高大的教堂。莉亚满腹狐疑地跟着他,守卫脚步不停,直接来到了宽敞的宅邸里。宅邸四周有数个按照圣符样子雕砌的花园,两两相交的方块园地里插有彩旗,用作点缀。花园里每一株灌木都经过彻底的修剪然后造型,分开来看每一株都呈现出盘错复杂的巧状,融入整体中亦是完美精致的成片树篱。空气里飘来浓烈的鱼塘气味,虽然在黑暗里莉亚看不到它的位置。即便现在是夜里,花园里仍有园丁在修剪树木,照料花草,洒扫地面。有些人在她走过时,会抬头看一眼,但大多数人还是埋头做自己的工作。守卫一直把她带到门边，几个仆人守在那里，每人手中拿着一根光滑的黑色长棍。走上台阶时，有人自动为他们把门打开，莉亚随着守卫走进里面宽敞的走廊里。

靴子踩在抛光过的地砖上发出咔哒咔哒的声响，莉亚不禁震惊于这里的华丽，尤其是把这儿和米尔伍德大主教的宅邸对比之后。宅邸内部各处摆放着插满鲜花的花瓶，精致的镜子、碗盏，由石头精心琢磨而后雕成的艺术品。还有一排排矮柱子，在每一个的顶端都装有打磨到反光的南瓜大小的球体，大概是作为装饰品，因为莉亚想不出这还能有什么别的用途。一条条长天鹅绒窗帘挂在银制的横杆上沿墙自然垂下。她提起鼻子嗅了嗅四周的空气，闻到里面夹杂着一股淡淡燃香的气味，尽管她在这四周没有看到有火盆。

"这边走，小姐。"守卫突然停下来，害得她差点撞到他身上。

"这里可真好看。"莉亚慨叹道。

"那是自然，奥古斯丁可是这片百里区里的唯一一个大教堂，"他答道。"到了，小姐。"说着他用力地敲了敲门。

门打开了，里面出来一位令人顿生敬意的年老圣骑士，身穿着一件银色布料黑色缝线的长袍。

"告诉大主教，又有一个从米尔伍德来的圣骑士。"守卫对他说。

莉亚注意到了他措辞的变化，令她惊讶的是，那位年老的圣骑士竟然对她点头，对她做了一个请进的手势。

"你叫什么名字？"

"莉亚。"

"这么年轻就做圣骑士了。"他做出结论。他眼睛打量着她，对她邋遢的样子皱了皱眉头。莉亚又何尝没有感到自己在这个一尘不染的地方是多么不协调、不自在呢。

"这次是谁?"一个带有北方口音的声音不耐烦地问道。他从一个铺满垫子的座椅上站起身来,手里的高脚杯顺势放到旁边的一支大理石立柱上。作为一名大主教,他的年纪很轻,或许还不到五十。他的头发剃得很短,颜色乌黑,间或夹杂着几缕灰发。整个人看上去健康而富有活力,神气十足、大摇大摆地向她走近,目光落在她的身上,嘴角带出一丝不悦。

"看看你,脏得跟乞丐一样。你是个圣骑士,没错吧?从米尔伍德来的?"

"是的。"莉亚恭敬地对他点头行礼,但心里却对他的语气大为不满。

"你多大了?"他发问。

"快十六岁了。"

"十六岁?你是通过了圣骑士考核的,是吧?你姓什么?能告诉我吗?"他举起酒杯呷了一口,里面的液体散发着一股浓浓的苹果味道。可能是苹果酒。

"我想没有这个必要了,"莉亚没有正面回答他的问题。"我要去多佛港。"

"我对你们那个百里区里的大部分家族都有所耳闻,像费斯特这样的小家族我也知道。要是有人在像你这么小的年纪就成为了圣骑士,我不会没听说过的。你是哪个家族的?"

莉亚不得不攥紧拳头来控制住自己的怒火。"我得走了。很抱歉打扰您。"

"不告诉我?我命令你回答。这里是我的地盘,这是我的待客之道。"他顿了顿,更加迫切地看着她。"你没有家族,是吧?从你的举止神情就看得出来。你一定是个贱民。"他当真被这个结果吓了一跳。

"他提拔了一个贱民？"他喃喃自语道，"这是米尔伍德新近兴起的风潮吗？随便一个人能点燃尖嘴滴水兽的嘎咕怪石就能参加考核吗？应该有人告诉我的。那个狡猾的老蠢货！"

莉亚的耐心被他消磨殆尽，怒火腾腾上升。她闭紧嘴巴一言不发，因为此时从她嘴里说出的每一个字都不会好听。

大主教密切注视着她，又呷了一口酒。"说说你为什么要去多佛港吧。是不是高登·彭曼怀疑我没用他幻想出的危险来警告这些港城？他以为我看不出这些都是他扶持德蒙特坐上摄政王之位的诡计？逃到米尔伍德——大难将至！离开你们的故乡否则就会被毁灭！呸！他真觉得我有那么天真？"

莉亚后背一阵发凉。"您没有警告他们？"她被这种可能骇了一跳。

"警告？警告什么？你就是个贱民，你能知道这世界的行事方式吗？"他转过身去，宝贝地举起那只酒杯，然后愤愤地转回头盯着她，黑色的瞳孔里满是愤怒。"让我来教给你吧，孩子。你那大主教密谋刺杀国王。那可是大家选定的国王！为什么？只因国王曾威胁说将废除他的免税权。国王的税收只能在国王职员的管辖范围内征收，所以他就杀了可怜的阿尔马格。孩子，你难道不知道米尔伍德是这王国里最富裕的一个大教堂吗？你不知道人人都渴望的，产自米尔伍德的苹果酒在过去三年里价格翻了三番吗？我猜他的保险柜都快被从苹果酒贸易中赚到的钱给塞爆了吧。有了这么多钱，足够诱惑德蒙特不远万里从海外回来，给他那一支由假圣骑士组成的军队发饷了。"说着他伸出手来，捏了捏她那沾满烟灰的斗篷。"不过，他也应该想到可以给他手下的贱民穿得更体面点吧。"

这样无端的指责气得莉亚牙齿咬得咯咯作响。"我可以向您保证，米尔伍德的大主教绝没有您想的那样富有。大灾难是真的，它的毁灭厄兆已经降临在我们百里区的森林了。您难道没听说塞姆普林弗大教堂被烧毁的事吗？"

大主教不屑地哼了一声。"那是骗局。那个老头不能忍受自己失去权势，所以编出来谎言以蒙骗像你这样对他深信不疑的傻子的。他谋杀国王的风声已经传到我们耳朵里了。我有可靠消息，阿维尼翁先知已经下令逮捕他到这儿来接受审判。大灾难要来了这种疯狂的传言只是他的权宜之计。每次一有点儿风吹草动，像是地表震动啦，风暴摧毁庄稼啦，新虫害杀死作物啦，立马就有人相信我们又做坏事了，大灾难就要来了。可灵力是不会伤害七国子民的。甚至这样想一想都是亵渎神灵的。"

莉亚对他的冥顽不化感到无奈。"您必须要警告人民。即便您不相信这是真的，您也有责任警告他们。您可是大主教……"

"我很知道我是什么人，孩子。"他故意对她表现出假惺惺的亲昵。"高登做不了几天大主教了。等先知的公函一到，我就会亲自执行。你知道的，我有准信，他那个位置会是我的。"在他眼睛里出现了一种欢欣雀跃的神情，整个思路都变得不正常起来。他把酒杯举到唇边，却不悦地发现它已经空了。他把酒杯一把塞到旁边年老圣骑士的手里，点头示意他再去把它倒满。

他看着莉亚，嘴里有点含混不清地说道："你说，你十六岁了是吧？现在是什么职位呢？我看到了你的武器——一个带着武器的小姑娘。你肩膀上背着的是弓吗？没错儿。那你就是猎手咯？"

莉亚咬牙切齿地点点头。

"我会很乐意看看你的打猎技术怎么样的。上午你会给我带回来一只野鸡作午餐。或者一头猪。米尔伍德那片橡树林里有不少觅食的猪,你肯定打过不少。我可听说它们的肉鲜美无比。猪肉再配上苹果酒。"

"我还有任务要去多佛港,恕不奉陪。"

那大主教俯身与她眼睛平视。"就算我放你走,你及时回去警告了高登,你觉得会有什么用吗?米尔伍德早晚会是我的。到那时候,这个王国里最古老的大教堂也会变成最豪华的一个。我做大主教后的第一件事,就是断掉支持德蒙特的那笔开销。或许还能劝他不要再苦无结果的争夺权力了。"说着,把他那又大又重的手搭在了莉亚的肩膀上。"一只野鸡,或者一头猪。你也可以在我的地盘打猎,但不能离开半步,我不许你走。现在你为我效劳了,孩子。"

莉亚看着他的眼睛,看着里面深深的蓄谋已久的神色。他就这样为自己拦下了多少圣骑士了?

她手伸上去,大拇指落在他手背上,其余四指向下包裹住他手掌边沿,猛地一扭再向上一掰,把那只胳膊扭了一百八十度,那大主教痛得跪倒在地,发出一声哀嚎。她把他的手腕子向后一攮,他整个人都趴在了瓷砖上。她再稍微加力,他就只有在地上尖叫的份儿了。

"我只为米尔伍德的大主教效劳,"她字字分明地警告他。"要是你的人敢阻拦我,我会让他们好看的。"

"我可是大主教!"他痛得战战兢兢地喊道。"我要让灵力毁了你!"

可空气中什么都没有,连一点点风声的低喁都听不到。

"那你尽可以试试看。"她静等了一会儿,等着他所说的惩罚。但还是什么也没发生。她一把把他推开,这时那个年老的圣骑士端着新倒的一杯苹果酒回来了,当他看到大主教竟受到这种待遇时,惊得目瞪口呆,但并没有接近她。

莉亚转身向着门边走过去，脚上未加停留，一把把门推开。大主教在后面急促地爆发出一连串命令。

"给我酒！蠢货！把我的守卫召集起来！别让她给我跑了。狄埃尔愿为她出个高价呢。抓住她！抓住她！"

莉亚紧张地一路沿着走廊跑下去，心脏怦怦跳得厉害。当她跑到门边用力推开门时，这迷宫一样巨大的房子里，已经四处回响起哒哒的脚步声了。门口持棍棒的仆人还站在那里，看到她过来，便把手里光滑的黑色长棍交叉起来，拦住她的去路。

她踩了其中一个人的脚，劈手从他手里抢过那棍子，一下子把他打倒在一旁。另一个人原地看着她一鼓作气拿下了自己的同伴，好像被吓到了。那人拿棍子抵挡了一下，但莉亚把夺来的武器调转一下，用圆滑的那一端戳向他的咽喉。他双手护住脖子，手中的棍子哐啷啷的跌在地面上，莉亚趁机三步并作两步，跨下台阶。花园里那些贱民聚在一起，做园丁的手里拿着铁锹和带大剪刀片的修枝剪，其他人手里拿着扫帚或者耙子，年轻女孩则拿着抹布和蜡桶。她现在明白了——之所以他们会在夜里工作，是因为这里的大主教不愿看到他们。他们在夜里辛苦劳作，这样白天就不会四处晃悠惹他心烦了。她从腰上的口袋里拿出圣球，召唤它发出光亮，那光如太阳般笼罩着她。

"大灾难真的要来了！"她高声疾呼。"第十二夜就会到来！逃往米尔伍德求生吧。在它到来前离开这里！"

莉亚开始用意念要求圣球找到一条安全通路，带她逃到树林里去。因为那儿，才是她的领地，在那里她能够发挥自己所长，打败他们所有人。圣球的光非常耀眼，她不得不眯起眼睛，看到那上面的指针旋转着，最终指出了一条清楚的通向旁边树篱迷宫里的路。

第十章
多佛港洞穴

　　树林独有的气味和声音熟悉而令人心安,其中充满回忆,空气里有浓浓的松树气味。莉亚走得很快,所以并没有觉得寒冷。她把兜帽放下,一面走一面仔细辨听四周是否有来自敌人的声音。她现在至少已走了一里格(约三英里)的路程了,脚又酸又沉,但之前有过比这更艰难的路途,她知道自己还有足够的气力坚持下去。她要在早上抵达多佛港那里的港口,所以决定一直走到能闻到海腥味的地方再停下来休息。圣球一直带领着她,穿过一棵棵枝杈横生的树木,跨过一段段四处散落的树干,跳过一截截高低参差的树桩。

　　在她穿越丛林的时候,脑海中闪过一段还在比尔敦荒原时的回忆。现在她还能很清楚地记起当时自己脏兮兮的裙子紧裹在身上,每个指甲缝里都塞满泥垢,头发乱得一团糟的那种感觉。这些都是细节,这段记忆真正的关键在于,那是科尔文第一次教给她灵力运转原理的时刻。他告诉她世界上所有的行为都缘起于人脑海中思想的种子,人有意地播种它们,培育它们,然后灵力就暗中操纵让它们成真。科尔文想在温特鲁德加入德蒙特的愿望把他带到了米尔伍德大教堂，让他变成被莉亚照顾的伤员。她也意识到，颇具讽刺意味的是，他就这样把想要找到艾洛温·德蒙特愿望也在无意中实现了。

现在轮到她集中精力去找他了。此时她一心想找到一艘去到达荷米亚的船，如果不加快步伐，就会有大麻烦了。大灾难会先从德豪特大教堂爆发，她只想保护科尔文，不让他受到任何伤害。此刻她无比担心远在异乡的他。现在他在做什么？已经入睡沉浸梦乡了吗？会做怎样的梦呢？还是他依然醒着，凭窗眺望夜月高悬，万物生辉？或者如马尔恰娜所说他已经被押进地牢，在那个又黑又冷又小的地方担惊受怕？

见过奥古斯丁的大主教后，在她的心里又出现了一大块新的担忧。她从他眼中看到了明晃晃的野心，他迫不及待地想要得到米尔伍德。他对她说的很多话都是空穴来风。她曾在大主教身边效劳，与他密切共事，他并不像那位大主教所说的那样，而且米尔伍德绝没有一点奥古斯丁有的那种奢靡。下意识的，她想到这是王太后的策划。奥古斯丁已经在赫达拉妖姬的作用下彻底腐化了。那个大主教所说的一些话，启发她想起了很多过去的事情。那位行政长官阿尔马格，曾威胁说要毁掉米尔伍德，好像他对米尔伍德的权力变更有所耳闻，且充满期待。一想到若是由一位像奥古斯丁大主教那样的人来掌管米尔伍德，莉亚不禁打了个寒战。他不是说苹果酒的价格在过去的三年里涨了三倍吗？这又让她联想起了王太后的年龄。从达荷米亚来嫁给老国王的时候她已满十五岁，那正是三年前的事。她的阴谋像蜘蛛结下的网——精巧，算计，冷血，难以觉察，但是莉亚能看穿它们。一开始她没能成功颠覆这个王国里最古老的大教堂，但莉亚敢说，这绝对是她的目的。

夜风习习，飘来浓浓的海水的咸涩味。莉亚抬起头，吸了一口气，再次从口袋里拿出圣球，聚集起它的力量，要它找到能让她安全过夜的地方。她需要一个洞穴，一个小窝，或者一棵倒下的树——反正要能躲开追兵，让她在那里休息到出发去多佛港找船。圣球对她的需求作出回应，指针清晰地指向海岸。

  莉亚沿着它指出的路径在剩下的一小块森林中穿行，一直走到一片绵延起伏的丰茂丘陵里。远处传来海浪拍击时的泡沫消逝声和碎浪翻卷声。是夜，皓月当空，繁星闪耀。海边晚上的温度更凉，莉亚把斗篷拉到脖颈处，好让自己暖和点。她走下山坡，看到了远处一块有如灰青色石板的平坦大海，上面泛着粼粼月光。此时，地势骤然下降，莉亚放缓了脚步，不时看一眼圣球，根据它的指示寻找安全的路。前方山脉戛然而止，紧接着露出一面乱石凸凹的悬崖，底下就是不断拍岸生响的海潮。圣球带她走到一条狭窄而陡峭的小路旁，这路径自绕着峭壁上的岩石边沿曲折向下。虽然月夜光线充足，莉亚仍免不了有些害怕，却也只得按着圣球的指向，轻手轻脚地越过悬崖顶端沿路而下。

  这悬崖上的石头主要是些脆弱的白垩石和燧石，人手脚所到之处随处可听闻石头碎裂声。下面海浪涌动的声音呼应着岩石的回音，让她更加担心坠落的危险。下到悬崖的一半时，她看到了一个巨大的黑黢黢的洞穴，落在银色的峭壁上，十分显眼。她在一片湿漉漉的草里磕磕绊绊地小心缓慢下行，突然脚底下一滑，所幸及时停住，把自己吓了一大跳。她小心翼翼地迅速沿山坡往下，靠近那个露出的岩洞。圣球已经确认这就是她的目的地。海水不断靠近洞穴口的一边，哗啦啦涌进去，打几个旋儿，再无力地倒退回去。洞口另一边有一块巨大的长满苔藓的石头，主体深埋在其上郁郁葱葱的草植里。这块岩石的位置十分古怪，它既不是洞穴的一部分，也不与附近的岩石同类。随着莉亚不断接近,她感觉到它身上散发出灵力的力量,她兴奋地意识到,原来在苔藓之下掩盖着一个刻入石中的灵石图案。

前面的地势终于渐趋平坦,她加快步伐向那个隐蔽的幽洞走去。那块巨石比她还要高,一面凸起,一面扁平。她谨慎地抬起手放在这块石头上,发现它十分纯净,没有受到大灾难的污染,不禁松了一口气。透过先知神力,在她的脑海中出现了那些曾在这里过夜歇憩过的圣骑士。这个灵石已经在这里存在了上百年,守护着这个已被海水侵蚀得中空的洞穴入口。通过意念,莉亚触发了这个灵石的守护作用,它将为她把守洞口,任何在这附近的人都不能接近。她血液里的灵力被唤醒,在它的作用下,洞穴里的海水完全排空,灵石像排斥入侵者一样把海水赶出洞内,她看到入口处已经干燥。海浪远离洞穴向着峭壁别处流动,避开了这处缺口。莉亚心中感激,默默表达过谢意后,她迈下草木葱笼的小山,踏到沙质海滩上,底下随处可见已被海水打磨的无比圆润的卵石。

借助圣球取亮,她走进洞穴,找到一块干燥的沙地,摘下背包和弓,放到一旁,平躺在沙地上,把褪下的斗篷当做毯子,在身上盖好。她把圣球放在沙上,在其中聚集起火焰,用它闪闪发光的表面温暖自己的双手和身体。困意渐渐袭来,她用意念熄灭其中的火光,黑暗再次笼罩下来。此时洞里伸手不见五指,她虽什么都看不见,但远处海浪泡沫的低语声却清晰可闻。在黑暗中,她的思绪飘向了科尔文。

她的记忆不连贯地从这段跳到那段,就好像在一块熟悉的明媚草地中穿行的小蝴蝶一般。第一次她跳到了穿越薄雾走到梅德罗斯所住洞穴的那段记忆里。梅德罗斯门前的巨石都在灵力的力量下悬在空中,在那儿她帮科尔文找到了能躲开门登豪尔执行官的地方。然后她又跳到阿尔马格的手下围着他，踢他，骂他，而她紧紧趴在他身上保护他的时候。在她脑海中，她看到在自己聚集起火焰杀死那个邪恶的人，从那片吞噬橡树林的大火中走开时，科尔文出现在她面前。他拉着她把她带到一个安全的地方让她睡觉休息。她记得他悄悄承诺过的圣灵降临节再会，但这最终没能实现，因为他要去寻找，保护艾洛温·德蒙特。想到这里，她不禁叹息，心下嫉妒他和艾洛温在一起度过的那一年，还有现在他们在达荷米亚共度的时光。

科尔文最终回来了，完全出乎她意料地出现在厨房里。那时候她不慎沾染了一种有毒的植物汁液，浑身瘙痒难耐，痛苦不堪。想起那段她朝着他大吼大叫的经历，她不禁羞愧难当。接着她又跳到了另一段记忆，在米尔伍德地底下的洞穴里，虽然她一身污垢，穿着一身破破烂烂的猎手服，带着浑身泥点煤灰，科尔文还是让她握着自己的手温暖他，安慰他。她细细回味着这一段回忆，享受那一时刻的亲密无间。但这还比不上她在另一个洞穴里的另一段记忆。那时他们在一个高高坐落在普莱利群山上，由一堆烟灰和烧焦的木头砌成的"洞穴"里。她永远也忘不了在那个漆黑冰冷的夜里，他们俩相互依偎着躺在一棵倒下的大树空壳里的景象，那树的根系十分发达，底部竟形成了一个小的洞穴。那是她永远也不会忘记的时刻——那天晚上，他最终向她表明了自己的爱意。

闭上眼睛，莉亚试着用自己的思想接近他。**科尔文？**

此时的科尔文离她很远很远，远在另一个国家，远在另一个再也不能通过穿越圣幕抵达的大教堂里。如果灵力连不同世界都能接通，为何就不能连接这一段有限的距离呢？

她的呼唤没有得到任何回应，除了她自己的意念什么都没有。一想到离他这么遥远，她就心痛得无法呼吸。她愿意付出一切，只要能找到一种方法，让自己在此时此刻与他相守。她给这极度的渴望，发狂的思念逼得眼眶湿润。在这个万籁俱寂的小洞里，她感觉好像全世界只剩下她自己。

莉亚在沙中翻身坐起来，自觉心潮难平，各种情感重重地压在她的身上。要是他们失败了呢？要是她失败了呢？到了德豪特大教堂再怎么办呢？警告他们大灾难就要来了？但是他们会听从她的话吗？毕竟她现在只是一个贱民，而不是那个有着高贵身份外表的艾洛温。在她心中有着一个隐秘的希望，她希望在把艾洛温和科尔文救出来后返回米尔伍德，请求大主教为自己和科尔文主婚，在末日到来前用永生咒将他们的婚姻缔结。这样的封印永远有效，科尔文就永远是她的了。对于她而言，比起认字和雕版，和科尔文永结连理才是她最想要的。

可各种怀疑再次戏弄起她来，它们鬼鬼祟祟，时不时冒出来戳她一下，用冷冰冰的触手让她不得安宁。

要是科尔文变心了呢？要是帕瑞吉斯王太后在她赶回米尔伍德之前得手，把那里变成奥古斯丁大教堂的大主教的领地呢？要是她和科尔文再会时世上已没有大教堂存在了呢？

想到这里，她不禁心跳加速，面红耳热。当他离开她的时候，她还并不知道自己的真实身份。他一生的大部分时间都沉浸在对她的爱里——至少他是爱着那个"艾洛温"的念头。重逢时她会是十六岁，他会是二十岁了。在她的想象里，那就是他们结婚的时刻——如果不是在米尔伍德，那就是在廷顿大教堂里。普莱利的大主教知道她的身份。但他会为他们举行缔结仪式吗？要是王太后也知道了廷顿大教堂的存在呢？要是那时世界上的大教堂都已不复存在了呢？

莉亚紧紧将双手攥在一起，将另一串想法推入以太之中。**科尔**

文,你听得到我吗?科尔文,我的爱人,你听得到我的所想吗?我就是艾洛温·德蒙特。你一定要听到我的呼唤——我就是她。我来了,我的爱人。我追随你来了。

她停下来,屏住呼吸聆听自己的思语,聆听自己的所想,聆听自己与灵力的结合,以及从中获得的力量。

但四周唯有海浪的拍击声。

破晓时分,莉亚离开了这处庇护她的洞穴。她借助洞口的灵石聚集了清水,供自己饮用,沐浴。她的头发乱得简直是一团糟,她用手把它们聚拢起来高举过顶,低下头让水流沿脖颈流向头发。这场景让她想起科尔文,他也曾在她洗头时为她握住长发,不过那已是很久以前的事了,一想到此刻的分离,她几乎难过得无法继续。她用水洗去脸上的污垢,清理掉头发里的灰尘,然后聚起火来给水加热煮沸。一只海鸥一直在她头顶上盘旋,好像对这个侵占自己地盘的人类起了好奇。

莉亚用手把头发里的水拧干,然后把斗篷和背包打点整齐。她找到了一点帕斯卡给她装在包里的面包,从一小块奶酪上掰下一点碎奶酪,就着几块冷牛肉条,狼吞虎咽地吃下去。在背包里,露出一个她曾经打包放在里面的包裹,她迅速把它拆开,凝视着这个要留给科尔文的苹果。她细细端详着它,研究它表皮上的条斑花纹,而后把它凑到鼻子前嗅它的味道。熟悉的香气让她想起了米尔伍德,这味道带着她的思绪重回苹果园,回到那些结出她手中所拿果实的果树下。王太后正在用某种方法夺走米尔伍德。苹果酒的价格翻了三倍,或许这就是她在做的——买断所有米尔伍德产出的苹果酒,坐地起价。她曾在圣灵降临节时来过米尔伍德,还为当时被允许到五月花柱下跳舞的人提供免费的苹果酒。奥古斯丁大教堂的大主教喝的就是这种酒,在兰贝斯宅邸的塔里，他们给马尔恰娜喝的也是这个。

一条一条线索在她脑海中拼凑成一个整体。王太后正在利用米尔伍德的苹果酒腐化整个王国。她是往里面加入了能让她控制他人的某种毒药吗？这酒是多么纯良无害，仅仅是一杯苹果酒而已。但是如果她要扭曲其本性，把酒变成帮她达成目的的帮凶呢？

在她眼盯着那个灵石图案时，灵力对她低语了几句。是的，酒里有毒。达荷米亚是一个充满毒饵、巨蛇和阴谋算计的地方。在她的脑海中出现了一个符号——两条蛇互相缠绕，形成一个圆。她曾在脑海中看到过它，就在克瑞恩·维恩告诉她大灾难即将降临的时候。在脑海中的最深处，她意识到这个符号和大灾难的到来密切相关。

与之同样清楚的是，自己将要去的就是那个符号所在的地方。

第十一章
苹果园

在苹果园的中央相见，无疑是有些不寻常的。但马丁还是按照吩咐在果园外周巡视着，警惕附近是否有闯入者。在果园里面，王子正和大主教在一起，他们一边察看今年的苹果长势，一边低声地商讨着什么。有几个难对付的学员大着胆子想要穿过树间偷听，但马丁先是朝他们挥手作驱赶状，嘴里发出低吼的恫吓声音，然后就一扬下巴，示意他们赶快离开。巡视了两圈之后，他也走回苹果树林里，很容易地就找到了王子他们。

大主教脸上的神情吓了马丁一跳。他的脸像纸一样白，眼睛紧紧盯在王子脸上。当他看到马丁走近时，立马用怒不可遏的眼神制止他，嘴巴里低声发出一串警告。"我们还没有谈完。"他的声音绷得很紧，底下是对他突然打搅的压抑不住的怒气。

"没关系，"王子圆场道。"我希望他知道。"

"可我不希望，"大主教十分不快地回答道。他变形的脸上棱角突出，褶皱丛生，眉宇间随着剧烈的情绪转换时而舒缓时而紧张。"我从没遇到在运用灵力上像您这样有天赋的人。如果你所言属实……"

王子做了个调皮的表情，然后挤出一个不自然的微笑。"如果？就是说您已经开始怀疑我的话了？这对我来说可不是什么好兆头呀，大主教。"

大主教面部紧绷，双手攥拳低吼道："我需要时间来对您的话做出回应。您预言的那么有理有据，简直就像在描述过去的事那样描述未来还未发生的事。我刚才那么说是因为我对先知神力并不熟悉，但并不代表我怀疑您的话。"

王子自顾自地走向一棵细小的果树，用手摩挲着它的树皮。他的眼神从树根一路沿着树干向上，直打量到第一个分生出几个枝桠的树冠才作罢，对答："我祖父就有这个天赋。但我父亲却没有继承这个优点，要不然他也不会从禁闭塔上跌落丧命了。我真无法想象谁会选择这样的命运。"

"但是知晓自己的死亡……预知自己的死亡，您怎么能承受得住呢？"

王子正贴近观察着那棵小树的树皮，手指在其上缓缓拂过。"您也会慢慢学会的，"王子轻轻地答道。"能知晓未来既是负担，也是福气。看看这棵树，大主教。树上的果子就快熟了，很快就可以采摘。您之所以知道这些，是因为您曾经看到过。成熟和采摘于您而言是熟悉的经历。未来也是一样的。"王子的声音渐渐变得低哑，"这片树林会是她心爱的地方。"说这话时他眉头微蹙，马丁看到了他眼中强忍着的泪光，这是大主教那个角度所看不到的。

这话再次激起了大主教的火气，他生气地说道："如您所说，您的……您的女儿。"

王子转过身来看着他，脸上带着一种犀利的神情。"到那时，您会像对待自己的亲女儿一样地关爱她的。作为回报，她会填补去年您女儿去世时在您心上留下来的那个缺口。不过看您现在这种状况,我对这种可能并不抱太大希望。"

大主教一动不动,有如一座高大的灰色石像。他的脸上毫无波澜,而他的眼睛却好像是在大声控诉,**您怎么能这样要求我?**

王子从树枝上摘下一只尚未完全成熟的小苹果,把它举到鼻前嗅着,然后把它放在手里转了几转。"在我们动身去科摩洛斯前,您还有什么想知道的吗?"

"告诉我,我的敌人是谁。告诉我那个会置我于死地的女人是谁。"

"现在她还不算是一个女人。我想,达荷米亚王国的王后现在正怀着孕呢。"

"的确,我听说她是怀孕了。"

"她肚子里的那个孩子就是您的敌人。"王子被大主教脸上那震惊的表情给逗乐了。"我说您的敌人就是你们王国的王后,但这是未来的事情。国王的现任妻子想要置我于死地,但她自己将会被从达荷米亚来的克辛毒死,这就给了国王再娶的机会。到时候达荷米亚的国王会把自己的女儿许配给他。她就是您的敌人,大主教。虽然现在她仅是个还未出世的孩子,但这有什么不对的呢?蚀心邪灵不也被称作是未出世的人吗?那孩子会是个十分厉害的角色。她的家族血统中流淌着一种很厉害的本领,女孩尤其如此。稍加训练,她们不用赤隼链,便可掌控灵力。而且即便他们使用赤隼链,也不会在皮肉上留下印记。她尤其在控制人情绪方面有着超凡的强大能力。男人都会对她言听计从,哪怕是那些看起来坚不可摧的人。您要小心,大主教。最后您会被您信任的人背叛。"

马丁看到大主教的瞳孔骤然缩紧,嘴唇绷紧毫无血色,脸色也愈发地苍白。"能告诉我那人是谁吗?"

王子摇摇头。"您知道与否并不重要。记住,达荷米亚来的人都工于心计,心术不正。但您也要记住,灵力的智慧远胜于蚀心邪灵的狡黠。"

大主教转过身去,沉重而缓慢地摇着头,看起来好像十分痛苦。突然,他猛地做了个愤怒的手势,紧接着对王子大发雷霆。马丁立马上前几步,时刻做好控制面前这个失控老人的准备。

"您要我做的实在太多了!"他咆哮道。"奥勒温王子,我们素未谋面,可您今天突然跑来我的大教堂里,告诉我说它会被大灾难攻陷。而我除了眼睁睁看着,对此却完全无能为力。您用最残忍的方式预告了我的死亡,可还要我像那农夫一样,去主动敞开心扉,去信任去关怀那条将置我于死地的毒蛇?为了保护您的女儿,一个注定要被抛弃在这儿的婴儿,也为了自寻死路,我还得把她在米尔伍德里保护好?"他的脸上青筋暴起。"您要我怎么能做到这些?"

王子却出奇的平静,他只是轻缓地回答道:"您并不是白白牺牲,大主教。也不是我要您做这些,这都是灵力的意思。我是,也不过是个给您传话的人。等我一走,您尽可以试着去抵抗未来,看看自己能不能做到。所以我只是出于好意,帮您为即将发生的事做足准备。要面对王太后,也就是您的敌人是需要巨大的勇气。我已经把这些都写在我的圣书里了,我会在上面画上封页符,所以今天我所说的,您一个字都不能泄露出去。"

大主教攥紧拳头走得更近,他魁梧的身材像石塔一般,巨大的影子笼罩在王子身上。"您是说我不能告诉您的女儿她的真实身份?而我,尽管知道她是普莱利王国的后裔,却只能把她当贱民养大?为什么?我不得不问……为什么?"

"我的妻子是塞弗林·德蒙特的女儿,他有很强的运用灵力的能力。您没听错,在这个王国里最强的人是个只有伯爵身份的人。而我则是我的家族里最强的,众所周知,我的祖父在灵力方面十分强大,而我比他还要更强一些。李埃鲁·埃斯林与德蒙特,两大家族结合,将会生出一个在灵力方面十分强大的孩子,大主教。她的天赋会在你完全无法相信的年龄就显现出来。等到她十四五岁的时候,即便她从未看过也无法理解圣书,她也已完全具备通过圣骑士考核的资格了。相信我,我们的敌人会密切留意她的。

"想想看,如果她再拥有了赤隼链会是什么样子。想想她要是因此而变得骄纵,自负,目中无人会怎样。所以,要想她完成属于自己的使命——我曾告诉过您她的使命——那么她必须被蒙在鼓里,直到灵力对她揭示出一切。这是我所能看到的唯一一个可以让她完成使命的方法。当最最凶险的大灾难降临,来毁灭七国的时候,她会化身成警告人民的声音。她一定要去到德豪特大教堂,那里是毒蛇的老巢,在那里宣告大灾难的降临。只有让灵力激励她,指导她的言行,她才能完成命中注定的使命。在这过程中,一丝一毫的私心杂念都足以毁了她。"王子向前一步,双手抓住大主教的双臂。"我已经看到未来了,大主教。我看到了这片土地的毁灭。可我也看到了它的重生。就像我们四周这些树枝,冬天来临时它们会凋尽所有果实和叶子,可等到春天接踵而至的时候,它们又会焕发生机,重新萌芽。我并不是为我女儿的一己私利而做这些,在她身后有无数子民需要她,听从她警告的人就能死里逃生,得到生机。我一个人的牺牲能换回你我手下万千子民的性命。当我不在的时候,您一定要替我扮演她父亲的角色。"

大主教完全被王子的话感化了。他本就是个有着一腔热血的人,现在他也明白了王子的初衷。马丁注意到他的眼睛眯了起来。"您提到了您的……妻子。可您现在还没有结婚,这也是您对未来的预见吗?"

王子高深莫测地笑了笑。"我们已经结婚了,大主教。尽管我们还未见过面,她和我已经被永生咒结合在一起了。我敢说,我们的这段不寻常的婚姻也是科摩洛斯入侵普莱利的原因之一。这也是我最终选择求和的原因。当时,她乘船越洋来找我,在海上被他们抓住。现在她被挟持在禁闭塔,也就是我父亲死去的那个地方。但那国王不是圣骑士,他将会坚持要我们结婚,为了取悦他,我们也将听从。即便现存的每一个蚀心邪灵都好像在极力阻止我们两人的结合,她也是我的妻子,而且将永远都是。"

大主教不住地摇头,他被王子说出的真相震惊到了。看到他这样子,马丁突然很想嘲讽他几句。在达荷米亚举行结合仪式时马丁就在现场,当然,因为他不是圣骑士,没能进到大教堂里面。但他看到了那个要嫁给王子的女孩,还是他把有关她的消息带给王子的。

大主教清了清嗓子。"坊间流传着一些传闻,不过是些长舌妇嘀咕的蜚短流长,但他们说塞弗林·德蒙特的妻子带着赤隼链标记。他们还说,是她把德蒙特在梅思福搞得身败名裂,然后自己趁这机会促成了和他的婚事。"

王子面上毫无波澜。"我还听过比这更难听的呢。"

"他们说的是真的?你说德蒙特的后代很有利用灵力的天赋,但他们的这种优势是来之有道吗?你还娶了这种人的女儿?我知道,你的妻子绝不可能被允许到德豪特大教堂学习,因为她的父亲并不是国王,可她的母亲很可能私下教她一些东西,不是吗?"

"这是我该操心的事,就不劳您费心了。还是要谢谢您的热情款待,大主教。我手下的人还在休息,我们早上就动身去科摩洛斯。马丁，你能带我去看看你在树林里发现的那棵大橡树吗？我可不想错过了这个一睹它雄壮风彩的机会。"

经过这番谈话，大主教像是又老了十岁。"非常欢迎您在我们这里四处逛逛，您尽可随兴。从托尔山到墓地那边的山坡一带风景还是十分不错的。"

王子笑着对他点了点头。"是的，墓地。我想那里一定很美。可惜有一天它会被洪水淹没。再次感谢您，大主教。我们走吧，马丁。"

王子穿过这片枝叶繁盛的苹果园，随风传来一阵果蝇乱飞的"嗡嗡"声。马丁回头看了一眼大主教，此时他正在果园里来回踱着步，整理自己头脑中的一团乱麻。

马丁攥虚拳靠在嘴边轻咳一声，小声对王子说道："您并没有告诉他有关苹果酒的事，王子殿下。"

王子摇摇头。"他要操心的事已经足够多了。而且，要是他知道了我预见到的其他东西，他就不会乐意让我们参观托尔山了。"

"那他会听从您的话吗？"马丁问道。"他会照您说的把孩子养大吗？"

王子闻言微微抬起头来，脸上带着一副令人不安的神情。"这就是为什么我要把你留在这儿，马丁。你一定要确保她在时机成熟的时候抵达德豪特。你就不要跟着我们去科摩洛斯了。"

马丁震惊地盯着王子，内心里痛得翻江倒海。"看在老天的份上！"他愤愤地低声吐出一句。

国王带着卡斯珀伯爵一道来到了德豪特大教堂，不是达荷米亚的国王——是我们的国王。科尔文和卡斯珀之间总是火药味儿十足，但国王不许他们起争端。他说要为这个王国带来和平，修复德蒙特和王太后间的分歧。他还想在德豪特大教堂通过圣骑士考核，这里的大主教已经同意让他试试看，所以现在他和我一起上课。国王和我差不多大，人很聪明。他会认字，但却缺乏耐性，不肯学习雕版。他还偷偷告诉我说他打算以后让身边的文书替自己雕版。他想从我身后偷看我在圣书上写了什么，但我不许他这样。书上记录的都是我的秘密，是不能和其他人分享的。但总的来说，国王他人很好，很幽默，有时甚至会让我想起埃德蒙。我好想念在米尔伍德厨房里度过的那些夜晚，想念那时的单纯与宁静。现在的每一天里都安排得满满当当，白天充斥着各类学习，夜晚则参加各类舞会和盛宴，直到深夜才结束。苹果酒十分香甜，但我只稍稍地啜几口，科尔文则一滴不沾。舞会上他总是闷闷不乐地在一旁沉思，我很希望他能来邀请我跳舞。有时我在他旁边兴致勃勃地盯着舞池中翩翩起舞的人，可他只装作看不见。我觉得他的心思根本就不在跳舞上。

——艾洛温·德蒙特于德豪特大教堂

第十二章
多佛港里的浩克号

  多佛港里停满了载着各式桅杆的各种型号的船舶。成百上千只海鸥在空中不时地发出高亢的嘶鸣声，又不时向下俯冲，盘旋，一如底下的码头一般躁动不安。在目光所及的最远处是一条由缆绳、船篙、桅杆、巨大的船锚和吊车交织而出的海平面。莉亚把圣球藏在斗篷的宽大褶皱下，眼盯着上面的指针，看它指出自己要前进的路。她的要求很简单——**找一条能带我到德豪特大教堂的船**。圣球听从了她的指令，带着她穿过码头上笼罩着的一团团深灰色的烟，在臭鱼发散出的令人作呕的气味里，随着人群折进折出。

  这些船虽然型号各异，但在设计上却大同小异，上面都配置有挂着三角帆的高大桅杆，有的船帆收束起来叠在一起，有的则在迎风飘展。四肢发达的男人们忙着装货卸货，有的嘴里还骂骂咧咧，其他人则闷不吭声，忍受着肩上的重负。就像在科摩洛斯一样，在这里她丝毫感觉不到灵力的存在，准确地说是自打今天一早离开那个洞穴后就感应不到了。蚀心邪灵在人群中鬼鬼祟祟地钻来钻去，四下乱嗅，享受这边空气里浓浓的愤怒和焦躁不安。莉亚目标明确地向前走着，越走越有力量，但不得不思忖着如何在找到的船上求得一个位子。她身上还有大主教给的一点钱，但不确定船费几何。

她随着圣球一直往前走，距离目标越来越近，脑海里不断思量着一会儿该说些什么。虽然她很想直接被送去大教堂，但很可能无法直接在那里着陆，那样的话她还得自己步行一段距离。莉亚的内心十分焦灼，很想尽快抵达大教堂，找到科尔文，把他们所面临的险境转告于他。虽说有灵力不断在指引着她，但她的心里还是有着一个担忧，在不断提醒着莉亚，不能出现一分一秒的延误。

圣球上的指针转了个方向，引她沿码头上的一条过道走下去，在路的尽头泊着一条足以让四周船只相形见绌的船。在船上挂的不是四周常见的三角帆，而是几张四角方帆，悬在好些交织的桅杆和索缆间。船员们都挤在甲板上，一些人手脚麻利地在那里收缆放缆。船身两侧颜色黝黑，凝固着一层厚厚的黏泥巴和沥青。这船体积惊人的大，可说得上是由一大堆木料、布料和绳索组成的庞然大物。一小排圆桶被推上跳板，装的可能是航行中的补给品。旁边有人在收着几条闲置的绳子，打包成一捆，看样子装运已经接近尾声了。

此时，圣球上的指针已经准确无误地指向这艘船了。莉亚给自己鼓足勇气，把圣球揣好向船边走去。随着她不断走近，船上响起一阵口哨声，上面有几个船员顿时对她来了兴致。这是一群无赖，想到此，莉亚不禁皱起眉头。

"你找什么，小妞？"其中一人低哼着问道。"要我们没卸下船的吻吗？"

"别白费你的魅力了，"另一个人接着道。"她是我的妞儿，来跟我道别送行的。"

"到冥海里见鬼去吧，"前一个人说着，揉了说话的人一把。另一个人迅速还击回去。

他们和她说着一样的语言,但却夹杂着很奇怪的口音。有点像是狄埃尔说话的口气,他和科尔文一样,都是从遥远的北方来的。

"我要找船长说话,"莉亚口吻坚定地说,同时用意念将这些推向他们。

"他凭什么见你呢?"刚才她对着说话的那人问道,一脸好奇地打量着她。"你有什么事?"

她几乎就要把来意和盘托出了,可灵力低声要她不要讲。她默不作声,板出一副严肃的面孔,再次将自己的想法推向他。

"你是什么人,小姑娘?"旁边一个正在收缆绳的人问道。

"我要找船长说话"。这时她脑海里突然蹦出一句话,还没来得及反应过来便脱口而出。"他在等我。"

他们脸上显出惊讶的神色。"等你?"其中一个人轻蔑地诘问道。

卷缆绳的人用胳膊肘狠磕了那人一下。他比那两个年轻水手年长一些,沧桑的脸上坑坑洼洼,一双锐利的灰色眼睛却十分醒目。他打量了莉亚一番,而后点点头说:"我带您过去,小姐。"

"马尔克姆,你要带她去?你凭什么——"

"凭和在这儿的大家一样的权利。在我动手前闭上你的嘴。跟我来,小姐。"他没再回头看她,转身上了跳板。莉亚跟在他身后,刚才在码头上的小骚乱已经吸引了全船的目光,看得她控制不住地浑身发抖。很多人在一旁吹起了口哨起哄,她紧张得很,只得不断深呼吸才能让自己平静一点。她看到有几个人发现了她的短剑,在那边瞪大了眼睛好奇地盯着她。为了遮住自己那一头太过显眼的乱发,她一直带着兜帽,但是走近时能发现大家正在端详着她的脸。那个卷绳索的水手——如果她没听错的话,他是叫马尔克姆——他上了主甲板,转回身伸出手来拉她上船。在抓住他手的一刹那,莉亚感觉到了灵力的闪现。他的眼神和莉亚的眼神相交,两人互相凝视,但都一言不发。

她在周围色眯眯的目光和淫笑中走过拥挤的甲板,其间马尔克姆为她推开了几个靠得太近,挡住去路的粗俗船员。莉亚紧随其后,这些人不怀好意地在她身旁挤来挤去,让她感到十分的厌恶。有几个人甚至在低声议论着,说她是船长买来供自己在航行中玩乐的。一双双贪婪的眼睛似饿狼般盯在她的身上,心底泛起的一阵恐慌让她几乎无法镇定。她完全信任灵力,可她真切地感到自己处在极大的危险之中。强自按捺住心中的不安,莉亚脸上表现的仍然冷沉如水。在心中翻出的一段之前在比尔敦荒原对峙阿尔马格手下的经历让她又重拾勇气。

一个船员挡在了路中间。他的头发像午夜的夜色一般黑,脸上带着警惕的神色。"马尔克姆,她是谁?"

"船长想见她。"她的护卫这样答道。

"你回去做自己的事,我来把她带过去。"他不甚理解,充满戒备地看着莉亚。

"对不起了,我必须亲自把她带到船长那儿。"

马尔克姆很小声地说出这几个字,几乎低不可闻,可莉亚在他的话里感受到了灵力的存在。那黑头发男人显然受到了震动,他看起来十分困惑,继而转过身,大声呵斥船员回去做自己的事。马尔克姆灰色的眸子和莉亚四目相对,然后就带着莉亚攀下了舱壁,来到狭窄的船舱过道,沿着过道向后往船长的房间走去。他并未敲门,直接扭了扭把手把门推开。

"现在您可以见大主教了。"他说着对她点头示意。

莉亚被他突然冒出的这句话吓了一跳,她对着他感激地鞠了一躬,向房间里走去。透过打开的房门,她看到了装饰得很豪华的房间内景,空气中一股浓郁的早餐气味弥留至今。船长年纪更长一些,大约有五十岁,在红棕色的头发和胡须间夹杂着缕缕灰丝。

拉下你的帽子。

莉亚顺从地照做,然后走进房间,关上身后的房门。

一连串的响动终于吸引了船长的注意力,他把目光转到了莉亚脸上。他无疑是看到了她,因为那一瞬间,他的脸色不会说谎。他脸上霎时变得刷白,双眸吃惊地瞪得滚圆,嘴巴也在震惊中无言地大张着,不断发出"嘀嘀"的倒吸气音。船长把帽子从自己的头上抹下来,顺势将之紧扣在自己的皮束腰上衣前。莉亚之前从未见过他,但他瞪着她的样子好像是早就认识她一般。

不要讲话。

莉亚全身戒备地盯着船长,她把头发从兜帽里松开,感到发丝顿时落在了肩膀上。

"不,"他痛苦地低吟了一声,不住地摇着头。他带着难以置信的眼神揉了揉眼睛,然后用力地眨了几眨,莉亚看到了那里面泛出的泪光。他抹了一把自己的嘴巴和胡子,眼睛则直直盯在莉亚身上。一时间太多复杂情绪让他怔在那里,那愁云密布的脸让莉亚都有些观之不忍。她从来没经历过这样的相见——自己的出现让首次谋面的人就变得这样痛苦不堪。

莉亚只是盯着他,等他先开口讲话。

船长的胸脯在不断起伏着,悔恨的情绪纠集在他的脸上。等他终于开口讲话时,发出的声音还是断断续续的。"你怎会……如此像……她。"

"您知道我是谁吗?"莉亚问道。

船长缓缓地点点头,像狼一样呲着白花花的牙齿说道:"我怎么会忘记这么多年来像魔鬼一样纠缠着我的那张脸呢?"他的嘴唇不住地颤抖着,脸上的肌肉像鼓面上的皮革一样紧绷起来。"我的老天,看看你那张脸!"他猛地呛了一口气,大声咳嗽起来。

"我在找船去达荷米亚,"莉亚声音坚决地说道。"请您带我去德豪特大教堂。"

"毒蛇手下的骗子,"他喃喃道。"你要到那些德豪特曼达那儿找什么?"

"这是我自己的差事,"她回答道。"您怎么会认识我?"

"我不能说。"

莉亚仰起头,用目光逼迫他回答自己的问题。

他嘴巴扭曲着吐出一阵愤怒的叫嚷:"这么多年了,我一直没法说出那个词。我手下的船员全都换过了,除了他——那个把你带到这儿的人。马尔克姆是剩下的唯一一个。"船长绕着桌沿走向莉亚。莉亚闻到了他喷出的口臭,但逼迫自己站定不要后退。在米尔伍德那会儿她处理过很多野猪内脏,不至于轻易就反胃。他抬起手来伸向面前女孩的一蓬卷发,小心翼翼地抚摸着,脑海浮现出的一段心痛的回忆让他合上双眼。"小姑娘,有些事情我不得不缄口不言。我因自己的所为遭到了冥神希欧勒的诅咒,我不能说出这些。你知道我是谁吗?"

他的近距离接触让莉亚感到了危险,她僵硬地摇了摇头。

"我是托马斯·大主教。"他带着一丝嘲讽地说道。"我的名字是三角帆的意思,我的小姐。就是一个笑话。我出生在北部的百里区,是个被抛弃在邓弗姆林大教堂的贱民。在那里服务期满后,我就去了邓弗姆林大教堂小镇弗思湾河口上的造船厂里,在那儿学做了一名船员。因为我是个教堂里出去的贱民,他们不叫我托马斯·克鲁,却送我大主教作姓。与此同时，我也学到了做生意的门道，我在好几个船长手下做过事，每每总能赚上一笔。但要说我赚得最狠的一笔，还是在一次往桥堡去的航行中抓到了国王的表亲。她要去嫁给一个王子，要知道，这可是忤逆了国王的意思。我们很轻易地就制服了她的随从，我的手下那次做得很不错。我们只杀了保护她的那个艾温斯林，其余的人……都放走了。"他眼睛撞上莉亚的对视。"我永远也不会忘记那位小姐。就算我到老死的那天，我都不会忘记她。"他背转身去重新走回桌边，脚步跟跟跄跄，说话的声音也低了下去。但莉亚还能听到他在说话。

"有人付了我两百个金币的酬劳。足足两百个。这笔酬金比我之前赚到的任何一笔都多得多。我现在宁愿把每一分都还回去。只要能让一切重来，我愿意付出十倍的代价，然后跳进冥海里以死谢罪。"他转回头来看着莉亚，眼中盛满苦楚。"她在禁闭塔里关了三年，在她新婚的前三年都没能与丈夫相见。"他的牙齿在打战。"最后，她死在产房里。像一只金烛的灯焰一样，熄灭了。"突然，他手臂一挥，把桌上所有的东西都扫到了地上。莉亚看着好些装着钱币的袋子，一罐罐香料桶和圆酒壶叮铃哐啷地砸下来，在木地板上散落一地。船长一只拳头狠狠捶在桌上，发出一声吓人的声响，莉亚恐怕这一下足以敲断他的手骨。他又一阵风似的转回身，再次走向莉亚，一根手指直指空中。

"我不能再说下去了。每次我想说出更多的时候，舌头就会打结。这段记忆已经折磨了我太多年了，走到哪儿我都能认出你，我知道你是谁。你不是要我送你去达荷米亚吗？今天一早我们就要出发去那儿。你不是要我送你去德豪特吗？那你就去那儿折磨那里的可怜虫们，去缠着他们，放过我吧。正好我有一船苹果酒要送到那附近。

他使劲挠着脸颊，一脸痛苦相地盯着她。"现在我听你指挥了。你就是要我开到大海沟里，我也照办不误。大多数船长都不敢出环岛远航，但我不怕。在我内心深处总有一股力量，冥冥之中告诉我，我的一生就只有两个选择，要么沉入冥海，要么就去征服这些海岛以外的大海，直到老死。这艘船就是为征服深海而生的。对我而言，没有跨越不了的距离。我能感到它在等着我，对我低语。如果你要我送你到那儿去，我会照办的，小姐。我不怕它。"

"我并不怀疑您的勇气，托马斯·大主教，"莉亚回答道。此时她心里正努力厘清船长所说的话里有着怎样的深意。如果她所想的不错，面前这个男人认识她的母亲。"您的船快不快？"

船长咧嘴一笑，作为回答。"她可是又大又快，单这两样，世上没有船只能比得过多佛港我的浩克号了。"

第十三章
穿越风暴

　　为了避免莉亚再受到船员的轻侮，托马斯·大主教主动把自己的房间让给她，自己则上了甲板，去为开船做准备。在这艘沉重的大船起航，笨拙地滑向远方的同时，莉亚打开房间里闩着的护窗，从窗里看着身后的多佛港渐渐后退直到不见。海上的风十分强劲，行船怪异的摇摆方式让莉亚感到既紧张又恶心。船上人的喊叫声，地板发出的嘎吱声，绳子在风里发出的呜呜声都一波一波地涌来冲击着她的五脏六腑。船长室里显然经过了精心装潢，做工精良的家具上装有木插销，牢牢锁在地板上，免得随着船体摆动移位。

　　一直在舱房无所事事地等待让莉亚有些厌倦，她走到门边，轻轻地打开了门。很多人在甲板上走来走去，房门边还守着一个人。是她早先看到的那个卷缆绳的男人。他看到了莉亚，微微对她摇了摇头。

　　"藏好，小姑娘。最好不要给船员看到你。"

　　她这才反应过来，原来他是来这儿守住房门，防止其他船员趁船长无暇分身时来骚扰她的。他朝她点点头要她退回房内，她就照做了。

实在无事可做,莉亚在收拾过了四散在地上的一堆东西后,便在床沿坐了下来。船一如既往地一摇一晃行驶着,莉亚感觉困意袭来。

突然,头顶上一声炸雷,莉亚猛地从床上震醒,接着迅速坐起身来。她推想现在应该还是白天,但是船舱里一片漆黑。雨水歪斜着从打开的窗户里飘了进来,她飞奔过去关好窗。透过窗子,看到天上布满了巨大的团状风暴云,底下整个的大海像是一锅烧沸了的开水。船猛地向前颠了一下,莉亚随即失去了平衡,急忙中扶住了桌子才没摔倒。所幸自己没吃什么东西,即便如此,此刻的胃里也已经在翻江倒海了。

房间地板上积着一摊摊的海水,都是在她睡着时从底下门缝里涌进来的。船又往另一个方向颠了一下,莉亚惶急中抓住了一只把手稳住身体。船每一次上移下沉都让她的胃翻江倒海一般,紧接着袭来的就是一阵恶心。天空中雷声隆隆作响,闪电像匕首一样反照出银色的光芒。船舱外传来一阵阵愤怒的吼声,里面夹杂着急迫的恐惧。莉亚努力再次移到门边打开房门。她的护卫已经不在岗位上了,过道里都是海水,打湿了她的靴子。泛着泡沫的海水从高高的围墙缺口间涌进船里来,拍击着几个在狂风里奋力拉扯着来绷紧缆绳和船帆的浑身湿透的船员身上。

莉亚看了看四周,栏杆都是牢牢嵌进墙里的,她便小心翼翼地抓着栏杆,费力地走出昏暗的走廊,想要到外面的主甲板上看看。远看着主甲板上只有十个左右船员,其他人大概都躲在甲板下,免得成为暴风雨的牺牲品。眼看着面前的海浪凶险地俯冲向下,浩克号的船头随即以一个十分陡峭而危险的角度向下跌向海中时,她骇得眼睛一眨都不敢眨。莉亚紧紧抓住横杆,把两脚岔开踩在两堵墙的墙角,在船从一面波谷斜侧划下,冲上另一面波峰之际保持住了平衡。当船撞上浪头时，整个船头都被海水吞没进去。莉亚两手交替着费力地把自己的身子往前挪。风里都是湿咸的海水沫，不一会儿，她的头发就一缕一缕结成了团。

过道里出现了一个人影。是那个在她一上船就给她臭脸的黑发水手。现在他的表情像是恨不得要把她千刀万剐一般。"回到你的房间去，蠢妞儿！就因为你在船上，冥神希欧勒要惩罚我们了。马上回去！"

莉亚被那人眼睛里的恐惧吓得不敢向前了。他的言语虽然是怒不可遏，但他的脸上却写满恐惧。船再一次颠簸起来，莉亚脚下打滑，立马用双手攥住一个拉杆才没跌倒。

"滚回去！"黑头发水手对她吼道。

莉亚听话地转回身去，小心翼翼地踏着湿滑的地板回到船长室。关上房门后，她跌跌撞撞地走到床边，浑身失力地瘫倒在上面。每一个翻滚而来的海潮都让她心惊胆战。海上的风暴仍然余怒未息。在莉亚心里，有个声音隐隐作响，说这一切都是因她而起。窗户不堪重负地格格作响，炸雷般的雷鸣就像敲在人的脑壳上。莉亚紧紧闭上眼睛，缩在床上浑身瑟瑟发抖。

风暴已经持续了好几天。莉亚现在被折磨得头晕恶心，疲惫不堪，风暴的凶猛让她心神不宁，几乎精神衰弱。在米尔伍德经历暴风天气时，在她头上还有一片坚实的屋顶，虽然上面有透水的裂隙，但那并不足以威胁到她生命的地步。现在船员们正拼命地不停向外舀水，修补裂缝，整修翼梁，但很快汹涌的海浪和浩克号的剧烈颠簸就会让一切回到原点。托马斯·大主教基本上都不在自己房间里，只有在疲乏得实在支撑不住的时候才回来睡上几个小时，再马不停蹄地回到岗位上指挥这场人与风暴的抗争。

他再次回到船舱内,脸被疲惫和无助压得脱了相。"她再也承受不住这样的撞击了,"看得出他内心十分矛盾,左右为难地说道。然后把目光转向莉亚。"船员都说这场风暴是因你而起。"

莉亚不敢相信竟然会传出这样的言论。"他们觉得是我带来了风暴?"

"是,而且现在有很多人要求把你扔下船去,验证看风暴会不会停。带着女人上船本来就是不吉利的,他们都说你受到了诅咒。这是水手特有的恐惧,现在大家都很愤怒。我之前也从没经历过这样大的风暴——我在海上这么多年从未遇到过的。"

莉亚微微侧了侧身子,把双腿垂到床边。她的胃饿得隐隐作痛,可她现在晕得太难过,什么也不敢吃。"托马斯,不是我引来了风暴。你真的相信他们的话吗?"

船长向后倚靠在门上,好像是在紧压住门保护她一样。"你知道水手信奉的传说吗?你听说过在冥海底下的伊尔卡拉王国吗?"

莉亚对着船长摇摇头,她之前从未听说过这传说,可这个名字就让她不寒而栗。她有通语神力,帮她搞明白了这个词的含义。伊尔卡拉是冥界的代称,那里是死人的世界。

船还在颠簸,莉亚险些跌下床去。她赶忙抓住扶手,托马斯则把两脚卡进一根柱子后才勉强站稳。他生气地大声叫喊:"这船就要散架了。我已经损失三名船员了,或许咱们都会在这儿送命。"当他再看向莉亚的时候,满脸的怨怒。他半眯起眼睛来说道:"风暴都被你带过来了,我想你这趟旅程一定十分重要吧。"

莉亚皱起了眉。"风暴不是我带来的。"

"不是你这个人——而是你的想法。你到底要去德豪特找什么?"

"我只是个送信儿的人，"她回道。"昨晚我告诉过你了，我要去警告他们大灾难就要来了。"

"那希欧勒可能不希望有人去警告他们。"船长回答。

"希欧勒是什么？"莉亚问道。"你一直提到这个名字，你的船员还以它赌咒起誓。"

"的确，他们常这样。希欧勒是执掌海洋的女王，也是未出世者的女王。海洋是通往她的领地，伊尔卡拉的大门。当人们死去后，他们的身体会回归大地，但他们的灵魂却会向下沉入伊尔卡拉。希欧勒是我们对她的称呼。除了是风暴女王，未出世者女王，她还是娼妓之祖。圣骑士们都称她为艾利什姬迦勒。你听说过吗？"

这名字让莉亚浑身起了鸡皮疙瘩。她满脸震惊地看着船长问："你怎么知道这名字的？"

"偶尔会有圣骑士不小心地自言自语。他们睡着的时候也会说梦话，有时也能从他们嘴里套出点儿什么。也可能是本该关好的大教堂的大门没有掩好，所以一个年纪还小的贱民偷溜进去听到了圣骑士的礼拜式。总之，艾利什姬迦勒就是赫达拉妖姬之母。这就是你要去德豪特大教堂找的东西吗？"他斜觑着眼看着她，脑袋激动地向前探着。"你是要去加入她们的吗？"

"我不是赫达拉妖姬，"莉亚十分反感这个词。"她们都是我的敌人。"

船长满意地点了点头。"有些人总说，多年前我抓住的那个人是赫达拉妖姬。传言说她有能控制风暴的力量，她有艾利什姬迦勒的肉身。但她实际是圣骑士。我敢保证她是圣骑士，她有平息风暴的本领。"他咕咚一声咽了下口水。"我不能说不该说的话。你能……救救我们吗，孩子？你能为我们赶走风暴吗？现在你可能是我们最后的救命稻草了。"

莉亚看着他问:"我?"

"我能做的都做了。可我的船快散架了,她已经坚持不住了。我本来信心满满,自以为能把你安全送到目的地。但现在我看是办不到了。船员都以为是你带来了风暴,可马尔克姆却不这么想。他说你能让我们活命。"

门上传来一阵震耳的敲门声。托马斯转身开门,那个黑头发水手浑身被海水湿透,脚步踉跄地走进屋来,嘴里还呼哧呼哧地喘着粗气。

"船要沉了!船长,船要沉了!"他的五官纠集着各种情绪,更多的是难以抑制的恐惧。外面的天上,狂风发出似鬼哭狼嚎般的嘶吼。

托马斯转身看着莉亚,脸上带着祈求的神情。

莉亚随着船体摇摇晃晃地走上前去,走进外面的风暴里。汹涌的海水已经淹没了主甲板,水手们都紧紧攀附在缆绳上以免被海水冲下海去。苦涩的海水刺得莉亚睁不开眼,但她努力眯起眼睛继续向前走,完全不去理会船员们看到她时发出的喊叫。她用胳膊遮住自己的脸,四周的事物变得一片模糊,然后她看到了那个灰眼睛船员,马尔克姆——那个一开始带她去见船长的人。他的身上没有一块干的地方,可他的表情却异常镇定。他慢慢地朝她点点头。

莉亚鼓起全部勇气。

耳朵里传来一个船员的叫声:"救救我们!"

又有一个人喊了一声。又是一声。"救救我们!救救我们!不要让希欧勒带走我们!"

"闭上眼睛!"莉亚同样大声喊道。"不许偷看!"

她还没举起胳膊画圣符,灵力就已经在她体内涌动起来了。她一手抓住旁边的木把手保持平衡,海水不断泼在她的脸上,激出的泡沫发出像无数条海蛇一样的嘶嘶的爆裂声。

她回想起在米尔伍德经历过的那个暴风雨之夜。有关它的记忆一下子全涌进她的脑海里。一身是水,手握着戒指的乔恩·亨特。不愿按照大主教指令烤那么多面包的帕斯卡。在毯子下熟睡的索伊。莉亚眼前重现出大主教的那双眼睛,耳朵里又响起他的声调。**这连天下的雨折磨得我们也够了。是时候该停止了。就是现在。**

"平静下来,"莉亚声音轻柔地安抚着。"停住吧。"

灵力在她的身体里咆哮奔腾,霎时间她就被光和力量团团围住。莉亚眼睛平视大海,海上狂风已住,只剩下被搅得浑浊的海浪。浪头消去了破坏力,平静地退到了海里,浩克号的呻吟声也平息了下来。莉亚缓缓落下手掌,然后目光转向船上的所有人,他们正蹲在地上,手里紧攥着缆绳或桅杆,遮住脸不敢看她,好像她的光芒耀眼得无法被直视一般。

海面上风平浪静。浪花轻柔地拍打着船身,船上的积水从船舷和门缝下流回海中。在她脑海里传来一声嘶嘶的轻响咒骂——附近某个东西正后撤着,消失在远方。这种感觉十分熟悉,让她心惊肉跳。预言天赋在她脑海中缓缓开启,透过它,莉亚看到黑暗渐渐从船上消失,像一块厚重的毯子一样远远甩了出去。在她脑海中,她看到帕瑞吉斯王太后躬身伏在米尔伍德大教堂的防火水井上,口中暴躁地咒骂着些什么。原来莉亚感觉到的存在就是王太后。之所以觉得熟悉,是因为她不止在米尔伍德感受过王太后的存在,比那更早以前她就接触过了。在温特鲁德之战的前一个晚上,有只无形的手曾推了她一把。那只手孔武有力,所以她一度以为那是国王的意识力。现在看来,它是属于另一个人的手;国王不过是个傀儡,王太后是那只在背后操纵着他的手。

　　王太后是冥后艾利什姬迦勒用于在人间游走的众多肉身之一。你要去的地方就是她在人间的避难所。

　　当最终意识到还有另一只手在操纵着王太后时，莉亚内心仿佛一下子被抽干了力气。她还能感受到那个存在，它浩如星野，无边无涯。未出世者的女王就在这片土地上。通过给人加上赤隼链，和人建立某种联系，她就有了能在人间活动的肉身。莉亚终于完全明白了，王太后的族人都是冥后艾利什姬迦勒选中的奴仆，她借助他们的皮囊寄生在世上。一代又一代，借助着这个家族的繁衍，冥后得以不断重生再重生。帕瑞吉斯是很年轻，但寄居在她身体里的却是与伊渡米亚同样古老的灵魂。

我被搞糊涂了，现在我很难过。怎么才能分辨出别人对我说的话是真是假呢？德豪特的大主教告诉我，就算大灾难要降临，我的职责也应该是阻止它，而不仅仅是发出警告。我得尽快通过圣骑士考核，不然一切都会来不及。国王告诉我，我的职责是嫁给他，我们若能联姻，内战就能平息，整个王国将重振雄风。他是个好人，简直体贴得过分，但他的一举一动都隐隐传递出一种不能令我全然信任的气质。或许这是因为，在我心里，内心最深处，我无法接受嫁给除了科尔文以外的任何人。我可以成为这个王国的王后——对，我！但我对它没有一丝渴望。

　　在这里永远没有睡觉的时间。成天就是学习、舞会，学习、舞会，每天晚上都忙到更晚，更晚，越来越晚。我很累。思绪如此疲惫的我怎么能通过圣骑士考核呢？可大主教觉得我已经快要准备好了。现在我能听得到灵力的低语了。它们就在我身边，我发现在这儿充满了灵力的存在。但在米尔伍德里我几乎什么都听不见。在德豪特才待了短短几天，他们的低语就很清晰了，在夜里的时候尤其听得清楚。我的职责究竟是什么？我到底该做什么？科尔文说我一定要顺从灵力的意愿。我觉得他根本不懂那是什么意思，因为每次我看着他的时候，每次他的眸子寻找到我的眸子的时候，笑着鼓励我的时候，灵力都会跟我说，他会是我的。我希望这是真的。只要能属于他，我情愿放弃一个王国。

——艾洛温·德蒙特于德豪特大教堂

第十四章
德豪特尖岬角

从多佛港驶出的浩克号现在倾斜得厉害,船员们一刻不停地从船里往外舀水,尽力支撑住接缝上裂开的道子,否则船就要沉到海里了。风暴损坏了索具,吓傻了船员,拍坏了巨大的船壳。但毫无疑问的一点是,每个船员心里都明白,因为莉亚,他们才侥幸活命。当她走上甲板时,他们都用满含尊敬与敬畏的眼神看着她。还有人甚至向她恭敬地问好。

托马斯·大主教在甲板上神气十足地迈着大步指点江山,留意每一个可能威胁他们安全的隐患,大声地指挥船员做这做那。这会儿,他眼盯着前方深不可测的海陆架,那里现在终于再次平静了下来。他希望莉亚能来找自己。片刻之后,她果然来了。

船长尽可能压低声音,带着浓浓的怨气对她说:"我们迷路了。"他小声说道,"风暴不知道把我们刮到什么地方了,到了晚上我才能辨清方位。本来到现在我们应该能看到达荷米亚海岸的,但我现在都不能确定我们是会先到了那头还是回到了原地。我们捱过了希欧勒的惩罚,真是何其幸运。但现在我们迷路了,我怕以现在的进水情况来看,根本坚持不到抵达一个能修船的海港。"

莉亚点头表示赞同,然后走到船长身后,越过舷墙凝睇着远处平滑如镜的无际海面。船下浪花朵朵,还翻卷着泡沫,莉亚不禁深深呼吸了一口咸咸的空气。"太阳在那个位置,所以我们现在是在往南走咯?"

"是,"托马斯回答。"这大概是我现在能选择的最佳路线了。连接两个国家间的最短距离就是在多佛港到乌斯怀亚间。德豪特大教堂要再往西边,但如果我们走过了达荷米亚的尖岬角,那就只好一直往南开下去,不到海潮涨起来怕就永远也开不到那里了。"

"尖岬角是什么?"

船长的眉头紧紧锁在一起,仍沉浸在对未来的担忧里无法自拔。"海岸线不是平的,小姐。尖岬角就是海岸线上一块儿像匕首一样凸出来的地方。我不知道咱们往西漂了多远了,你看——要等到天黑下来,能看到星星的时候才能见分晓。但这样的话我们就白浪费了许多宝贵的时间,风险也会加大。"

莉亚眼睛盯着海面,思忖片刻。父亲早为她考虑到了一切。于是莉亚打开小口袋上的绳结,拿出了十字圣球。

"这真是件宝贝,"托马斯·大主教看着赤金闪耀出的光芒,不禁流露出贪婪的神色。"看看,这小东西上面还会滴溜溜打转呢。这绝对算得上一件珍品了,小姐。你从哪儿弄来的这宝贝?"

莉亚没有理他,专心低头看着上面的指针。**告诉我去德豪特大教堂的路**,她默想着,聚集起圣球的能量。指针立刻转动起来指向正南方,也就是他们此刻正对着的方向。**马丁的方位**。指针没再转动。**科尔文的方位**。指针依然不动。**希乐尔·娜梵德的方位**。指针依然直直不动。

莉亚把手搭在托马斯肩上捏了捏，对他点着头，说道："天黑以前我们就能到了。圣球是从不会说谎的。"

实际上，圣球果真没有失信。没过多久，瞭望桅上的年轻小伙子就大叫着，说他看见陆地了。船上其他船员都一窝蜂地跑到船边去看，远处，达荷米亚王国缓缓出现在地平线上。船上响起一片欢呼，船员们握紧拳头高举在空中，大家心里都因为刚刚成功与死神擦肩而过感到无比欣慰。有的船员满心感激地过来摸摸她的斗篷边角，冲她尊敬地点头。船员互相拍打着同伴的后背，精神十足地回到自己的岗位上，随着这条倾斜的大船一拐一拐地靠近了达荷米亚。

"那就是我所说的尖岬角了，"托马斯说着把那块伸进海里的尖角指给她看。"沿着这片海岸线往南，在它的一角就能找到德豪特大教堂。大教堂那儿没有海港，但那里往西大约一到两里格（约六公里）有一个叫韦赞镇的地方。海水每天涨潮两次，这就是大教堂的天然防护屏障。海水一涌进来，那儿就变成一座海岛；等海水退下去，过去的路就通了。所以，军队绝没法儿围困住它。因为海潮和海水过浅的缘故，舰队也没法儿攻击。大教堂也是花了一百年才建起来的。我们会在韦赞停船，然后就要靠你自己走过去了。等到早上退潮的时候你就能穿过去了。我本想建议你从村里找个年轻人带路，可我看你的那个金球儿就能给你指路了。"

莉亚心中感到灵力一阵蠕动。她紧抓着托马斯的前臂，努力抑制住眼里的泪水。"你一定得在那儿等我，或许我会给你带话来。我警告过你，大灾难会在第十二夜爆发。现在没剩多少时间了。如果他们不相信我的话，到了我要从德豪特逃出来的时候，我得能逃得出去。所以你能尽快修好你的船吗？更重要的是，你能等我吗？"

托马斯眼睛瞪得老大，"你要我带着你逃走？"

莉亚深深望到他的眼睛里。"我可能需要你把我带到世界尽头呢，托马斯·大主教。我们有一个集合的地点，有船会把我们带到大灾难波及不到的一片海岸。等我们走的时候，我想要你和我们一块儿。"

灵力在她的心里翻涌着，她抓着托马斯胳膊的地方也跟着颤抖了起来。她知道，托马斯也一定能感受到灵力。他低下头去看着莉亚的手，好像它灼痛了自己一般。从他的眼角淌出了一滴泪。

"我会等着你的，"他声音嘶哑地说了一声。"我还是个小伙子的时候，就开始梦想着航行到世界尽头去。我造好了浩克号，就为了完成这趟旅程。小姐，她会准备好的。等到你需要她时，她会一切就绪。到那时，我来给你做船长。"

浩克号在韦赞码头靠了岸。岸上的人看着他们也爆发出一阵高呼，自风暴袭击海港以来，他们是第一艘抵达的船只，大家都急于来打听他们是怎么成功驶出来的。莉亚刚要走下跳板，马尔克姆便拉住了她的斗篷，转身看过去，发现他的一双灰眼睛里藏着十分古怪的神情。

"这里是韦赞，小姐。你会讲码头上说的话吗？"

"我能对付过去的。"莉亚苦笑了一下，转回身继续要走，可马尔克姆抓得更紧了。

"我们很感激您，小姐，"他换成了达荷米亚语说道，但是口音和说话方式与莉亚以往听到的略有不同。"是您从风暴里救出了咱们。"

莉亚困惑地朝他点点头，心里搞不懂他眼里的神色和他突然郑重其事的说话方式。他们一见面的时候她就注意到他的眼睛了。他身上有股子古怪的东西，可莉亚也搞不明白究竟是怪在哪里。

"您太客气了。"莉亚也学着他的语调和口音回答道，这通过她的神力就能办到。然后她停下来，看他会不会给出一个解释。

但他并没有,仅仅松开了那只抓着她斗篷的手,做了个手势让她继续向下走。莉亚转头走下了跳板,其间转回身看了马尔克姆一次,发现他还在看着自己,就重又转身看向前面的路,突然心里涌上一股让她浑身发麻的恐惧。码头上来来往往的水手身上画满了令人眼花缭乱的文身。她看到的每一个人身上都有墨水染过的痕迹,繁杂的图案像蜘蛛网一样攀在他们的胳膊、脖子、甚至是一些光秃秃的脑袋上。她带上斗篷的兜帽以遮住自己的脸,从熙熙攘攘的人群里走过,偷偷留心每一个被文身毁掉容貌的男人和女人。这里隐隐的有一股无精打采的气氛笼罩在空气中。男人摇摇晃晃地拖着步子在大街上晃荡着走,怠懒的人随处倒在地上休息,怀里还抱着一缸子酒。苹果酒的香气在空中十分浓郁,赶跑了莉亚仅有的一点点饥饿感。周围有好多双眼睛盯着她,各式人擦着她身子过去,好多只手伸向她的口袋和背包。她用手紧紧攥着装圣球的那只小口袋,曲起前臂把所有靠她太近的人从身边推开。好像每个人都是醉醺醺的。他们说话的内容有趣而轻松,彼此间用比马尔克姆还要正式的方式交谈。虽然他们脸上带着形式各异的文身,可他们每个人的眼睛都死气沉沉,毫无神采。

莉亚倒退着走进旁边一条小巷子里。巷子里很黑,看不见旁的行人,只有一个男人在那里睡觉。她打开口袋取出圣球,聚集起它的能量,让它给自己指出能有个向导的小旅店,那人需要熟悉涨潮退潮的规律,并能带她去德豪特大教堂。但好像韦赞带有的气氛让它腾挪不动似的,圣球上的指针懒懒的迟于回应。最终指了一个方向,莉亚一眼就认出了目标——一幢矮矮的,被旁边两幢更高大的建筑挤在中间的小房子。她立刻穿过拥挤的大街向它走去。天很快就要黑了,她拿不准睡在这个港口小镇外面会不会安全一点。

莉亚一推开门就闻到了浓浓的焚香气味。体积巨大的马车轮子插着火把,被从房椽上垂下的链条拴着。旅店底下一层十分宽敞,四周搭了很多梯子,通往建在四壁上的阁楼。这让莉亚心里隐隐想起了米尔伍德大主教的厨房,因为二者大小相近。阁楼好似就是旅客的住处,每一间都有绳子,挂着帘子,可以提供一点私密空间。

旅店老板是个四五十岁的女人,一头棕褐色头发,稀疏掺杂着几缕灰丝。她身上没有文身,但是莉亚一走进门,她的脸色就沉了下来。

"在我们这儿你找不到酒,"老板娘用达荷米亚方言尖刻地说着,不悦地朝她摆摆手。"要是你需要食宿的话,我倒是有。"

莉亚渐渐放下心来。旅馆里坐着的大多是弯腰伏在碗上喝汤的水手。他们身上都有文身,老板娘虽然没有,但她一边谨慎地走近莉亚,一边眼睛毫不避讳地直视着她,像是要看穿斗篷,直到看真切她的脸。

莉亚想了想,最终还是觉得比起一口码头腔,用达荷米亚的标准用语更为合适。她没必要假装出一副认路的样子。"我不想要酒。"莉亚张开口,这些词句就毫不费力地从她的嘴巴里跳了出来。

老板娘抬起头看着她。"听你的口音不像本地人啊。"

"我今天刚来这儿,"莉亚回答。"我很饿,能喝点儿汤吗?"她突然有了主意,这样或许能赢得老板的信任,进而从她身上套出一点消息。

"你还想要睡觉的地方吗?还是只要喝汤?"

"让我先尝尝你的汤再做决定。"

老板娘瞪了她一眼,转身走向房间一角,那里支着一只火炉,上面的大锅正在沸腾着冒着热气。里面煮的东西散发出一股子烟味儿,完全让人没有食欲。老板娘舀起满满一勺还滚烫的汤,莉亚接过来,小心翼翼地吸了一小口。汤很热，可只能尝出一点点西葫芦的味道。

"现在，你是要汤和房间还是只要汤？"老板娘叉着胳膊，脸上带着促狭的神情又问了一句，说完立刻又放低声音，补充道："如果那些男人看到你在这里的话，他们肯定会来骚扰你。会有人出钱买你的身子。如果这就是你来这儿的目的，那你去别处转转吧。"

莉亚又尝了一口汤。"要是有人敢碰我，我会当场扭断他的手。"

她的回复得到了老板娘的认可，她露出一个微笑，问道："那你要找什么？"

"我要一个能去德豪特大教堂的向导。要想赶上退潮要什么时候出发？"

老板娘精明地点点头，"你的要求可不简单啊，到那儿去可不容易。谁告诉你来这儿的？"

莉亚默不作声，微笑着把勺子还给了她。

"茹旺！"老板娘大着嗓门喊道。马上，从房间里走出来一个大约十岁上下的小男孩儿，两手里还抓着一顶帽子。作为一个十岁的孩子，他比同龄人要更高大，也更壮实。男孩子有着一头乌发，前额垂下些刘海儿，发尖微微上卷，露出底下一双淡蓝色的眼睛。虽然脸上稚气未脱，但他有着像猫一样机敏的神情，好像随时可以跳走或者猛扑向什么似的。在他的眼睛里透着与他岁数不相仿的东西，里面淡淡的忧愁告诉莉亚，过去他一定经历过很多事情。

"什么事，妈妈？"他柔声问着，目光由老板娘转向莉亚。接着他自然而恭敬地对莉亚点头，算是打个招呼。

"他可以带你去德豪特大教堂，但你们一定要趁天不亮就出发。我们这里不卖苹果酒，晚上很静，适合过夜。"边说，老板娘边用手指理着那个叫茹旺的男孩的头发。"汤，房间，还有向导。你打算付我多少钱?"

莉亚从老板娘的眼神中确定了她是值得自己信任的。她只是一个在这污秽狡诈乌七八糟的地方尽力保全自己过活的实诚女人,而她抚摸那个男孩头发的样子,让莉亚觉得她的某些地方很像帕斯卡。

"知识能值一百个金币,"莉亚答道。她看见老板娘在震惊中张大了嘴巴。

"你开什么玩笑?"她不敢相信地笑着问道。"一百个金币?我看你连十个金币都拿不出来。不是我扯谎,你绝对没有那么多。"

莉亚看了看大锅旁边的切菜台,然后对那个精明的老板娘做了一个充满自信的表情。"我会教你如何做出一种能让你的小店天天客满的汤。我知道很多食谱,关于各种汤的,面包的,甜点的。如果你让我在这里住宿的话,我会教你几个。"莉亚看向那个男孩。"你想尝尝真正的汤吗,茹旺?"

男孩在饥渴中瞪大眼睛。"当然,小姐。"

"那你可要留心看好了,我来教给你。"

"你从哪里学的做饭?"老板娘也好奇起来。莉亚从桌子上拿起一个洋葱,某种东西在他们之间无声地传递着。莉亚剥开洋葱外表的脆皮,放到鼻子前闻了闻。是很新鲜的洋葱。

"我和茹旺这么大的时候,就学着给大主教做饭了。这些是上好的洋葱。我来教你怎么切,按这种切法能把它们切得很细。还要加香料。我会在去大教堂的路上教茹旺如何采集食材。看好了,我要开始做了。"

各种烹饪技艺马上涌回她脑海,莉亚即刻操作起来。豆子要煮软,咸猪肉切片加入,再放入香料。莉亚从背包里拿出一些他们从没见过但闻起来十分不错的香料。母子二人着迷地看着莉亚手脚麻利地在面前转来转去,不断地往沸腾的锅里添进新的香气。屋子里的气味顿时变得不一样了,人的心情也随之发生了变化。不断有顾客走进门来,但不是闹哄哄的那种,不过很多人一听到这里没有酒就转身走人了。

莉亚手执一把锋利的菜刀,用背面拍碎一瓣大蒜,把它混合在洋葱里加到汤中,顺手用刀一铲,把砧板刮净。随后又加进一点盐和胡椒碎。她闻了闻汤的味道,不时舀一点尝一尝,然后又往里面扔进几片百里香的叶子。

茹旺紧紧盯着锅子,眼睛里满是饥饿和期盼。

"尝尝看,"莉亚小声对他说。闻言,男孩从口袋里掏出一把勺子,轻轻地舀了一勺送进嘴巴里。立马他的脸上绽放出令莉亚十分受用的表情。

"天呐,小姐。你的汤真好喝。"他含着汤咕哝着说道。

莉亚点点头,揉了揉他的头发。"你很会观察人,茹旺。通过观察你学到了很多东西。我想,你一定知道很多传闻和故事。"

男孩不好意思地点了点头。

"那有什么德豪特大教堂的消息吗?"

茹旺又盛了一勺汤,细细品味着它的滋味,然后从锅里捞出一块厚厚的肉片,立刻塞到嘴巴里大嚼起来,差点烫到舌头。吃完之后,他才重又看向莉亚。正如莉亚之前就注意到的一样,他眼睛中流露出的聪慧远超出他这年纪应有的样子。"传言都是有关联姻和战事的。科摩洛斯的国王早些时候有去到那个大教堂里学习。留心竖起耳朵听听就能知道,他就要娶一位小姐了。那位小姐是德蒙特家族后裔,他们会联姻以平息这块受到诅咒的地方的战火。"他啧啧地喝下一口汤。"要是他们不成亲的话,就要打仗了。科摩洛斯来这儿的人越来越多,他们都希望打起来。你知道现在韦赞百合宫里住的是谁吗?是另一个来自科摩洛斯的伯爵。他是个武艺高超的剑客,你可以叫他狄埃尔。他现在正悬赏十个金币找一艘从科摩洛斯来的船。我知道有一艘船刚刚从多佛港来,但浩克号不是他要找的船。"他突然住口不讲,好像意识到自己说得太多了。

可是莉亚没办法控制自己的惊愕。她只呆呆地看着面前这个小男孩,他一边大口喝着汤,插空随口就说出了自己所能想象到的最糟糕的消息。如果那个相信自己是艾洛温·德蒙特的贱民同意了这门亲事,一旦真相大白后莉亚会怎么样呢?她可不想嫁给那个年轻国王,要知道他的父亲就是莉亚用一支普莱利箭射杀的。而且即便他一直处在盖伦·德蒙特的保护下,莉亚相信他也一定受到了帕瑞吉斯王太后的腐化。被强迫着嫁给他的念头让她觉得恶心。

得知狄埃尔也在韦赞同样令莉亚不安。一想到瑞奥姆怀了他的孩子,莉亚就恨不得马上一剑刺穿他的胸膛。他给太多人带来了痛苦,只要他活着,还会有更多的人受苦。无疑他在等着一艘能把马尔恰娜带来的船。要是他知道这艘船不会来了又会怎样?莉亚心中又有几块有关帕瑞吉斯王太后的阴谋拼凑了起来。还在米尔伍德大教堂的时候,莉亚就亲眼看到过狄埃尔极力撮合艾洛温·德蒙特和那个小国王。他一直在劝说艾洛温争取这门婚事。

莉亚真切地感到一阵恐慌。她没有时间来阻止这一切了。

第十五章
茹旺

这天晚上莉亚忙到很晚，烤了很多面包和鸡蛋脆饼，还做了一只芝士塔。还没到客人们爬上公用扶梯、躺到阁楼上的帘子下歇息的时候，锅里的汤就被大家刮得一滴不剩。在和大家一起待的这会儿时间里，她知道了老板娘的名字——姜娜——也知道了茹旺并不是她的亲生儿子。她的三个孩子都早夭于热病和其他疾病，丈夫则死于海难。这些并没能让她一蹶不振，相反，她开了这家小旅店来养活自己。在一个暴风雨之夜，往码头开的船只都被风浪拍得粉碎，一个大教堂来的年轻女人到这里来了。她是个富有的太太，病得很重，膝下多子。那天晚上，就在旅店的火炉旁，她产下了茹旺。年轻的太太决定把刚产下的婴儿遗弃在大教堂门口，但姜娜竭力劝说她，让她把孩子留在这儿，因为在这样的风暴天气里扔在外面他必死无疑。那个年轻太太一心只想摆脱这个孩子，根本不关心他的死活，没留下名字就离开了，此后也从没再来过。莉亚听着老板娘分享这段往事，目光落在茹旺身上。尽管生下来命运不济，但他成功地熬过了寒冬，健康茁壮地成长了起来。

午夜之前,客人们已经全部睡下了。姜娜熄灭了炉火,给门窗落了锁,然后开始清扫灯芯草席子上大家吃饭时洒落下的汤汁和食物残渣。茹旺坐在一旁,眼睛看着烟囱深处,在烟囱里面的墙内侧刻着一个被煤灰熏黑的灵石图案。他长时间地,用力地盯着它,但什么也没发生。

"你盯着那个嘎咕怪石做什么?"莉亚小声问他。

男孩儿并没看她,只是摇摇头。

"告诉我吧。"莉亚轻声说。

"妈妈警告过我,永远不要说出来。附近有很多德豪特曼达,无论有什么风吹草动都瞒不过他们。"

莉亚和那个灵石图案双目对视,念头一转,聚集起它的能量,刚刚够令它的眼睛放出红光。

茹旺毫不惊讶地看向她。"你是圣骑士。"他低声说道。根本不需要向莉亚发问,他早就洞悉了这个秘密。

"你什么时候发现的?"莉亚仍旧轻柔地问道。她看着姜娜擦桌子,决定上前帮忙。

"我瞥见了你的银丝软甲,"他回答道,眼睛与莉亚四目而对。"刚才的事。我没有冒犯你的意思,但我看见了,我知道那是什么。"

"你怎么知道的?"

"总会有圣骑士来找我们,"他悄声说。"他们总能知道在这里很安全。你在这儿也很安全的。明天一早我就带你去大教堂。但我要警告你的是,德豪特的曼达许诺,抓住一个圣骑士送给他们就能领十五个钱的赏。那可是一大笔钱,小姐,我和妈妈又都很穷。但我们有足够的吃食。不管怎么样,我们总能不愁吃喝。我想大概是因为我们不出卖圣骑士,所以这里受到了庇护。"

莉亚朝他笑了笑，竭力不让自己打出呵欠。

"你该睡觉了，"茹旺说。"睡我的草垫子吧，就在火炉边上。我去给妈妈帮忙。"

莉亚无法拒绝，因为她真的太累了。她依茹旺所说在火炉边的草垫子上躺下，看着炉膛里的火星一闪一闪，一个接一个的熄灭。里面小块的余烬烧得嗞嗞作响，莉亚闻着它们散发出的香气，不断回想起帕斯卡的厨房。在脑海里，她又听到了帕斯卡走来走去，"叮当"地敲汤匙，不停地搓揉面团的声音。这个晚上，小旅店里的客人都很满意她的款待。结果，莉亚受到了很多十分慷慨的赞美，而多赚下的钱让这个晚上变成了自姜娜开店以来收入最丰的一夜。

盖着斗篷蜷在草垫上，莉亚的思绪不禁又飘回了米尔伍德，再次沉醉在那些回忆里。帕斯卡入睡后和索伊的彻夜长谈，雨季里雨水敲打在屋顶瓦片上的声音。她在厨房里的本领竟然能帮上这么大的忙，多么奇妙！在她躺在这里，脑海中却不安分地翻来覆去的时候，突然想到了一个主意。或许她的厨艺能帮自己进到德豪特大教堂里。要直接走到那里然后试着讲明来意吗？不行，这行不通的。她想先找到科尔文，不然的话，也要先找到马丁。最近发生了很多事情，她都得警告他们。

一想到自己与科尔文已经近在咫尺，她的胃里不禁翻滚起一阵排山倒海的渴望。明天能见到他吗？能深入到足以见到他的地方吗？这个念头让她又生出一阵痉挛，残忍地把她的心揪到一起。她很庆幸有十字圣球，一定会帮她找到他们。明天晚上会不会和科尔文一起度过呢？能不能告诉科尔文自己的真实身份呢？她终于意识到，一直想着科尔文是不可能睡着的，于是紧紧闭着眼睛，强行挥开那些关于新一天的设想。睡眠——她急需睡眠。

草垫子很舒服，屋子里的气味让人十分心安，莉亚的意识渐渐变得模糊，米尔伍德大主教厨房的样子却历历在目。她梦到了大风暴的那天晚上，就是科尔文流着血不省人事地被塞特带来的那天夜里。教堂门外响起了敲门声。一阵阵的敲门声。持续不断的敲门声。

"你们走吧，我们打烊了！"姜娜隔着门没好气地低声说。"我们没有苹果酒。你们走吧！"

门外响起一个粗哑而带很重口音的声音，莉亚认出这是她故乡的口音。"开门。我们是狄埃尔的手下。"

这名字让莉亚毛骨悚然，她立刻一个翻身坐了起来。

"让他们走！"阁楼上一个客人喊了一句。"管他是谁呢！"其他人轻声附和着。

敲门声越来越响了。莉亚刚要出言阻止，姜娜已经拨开门闩，把门开了一条小缝。"我不管你们的主人是谁！"她骂道。"你们这群外乡人，我要上报给……"

门外的骑士一把推开她，老板娘身子往后一趔趄，四个穿着狄埃尔家丁专用色的男人闯进来。莉亚认出了他们的服饰，心里顿时充满忧惧。她与他们素未谋面，即便没有身上的制服，他们的那股子趾高气扬亦足以宣告他们是谁的手下。

"闭上你的嘴，婆娘，"其中一个人说道。"不要惹恼我们。"他们的眼睛扫视着整个房间，从空桌子到阁楼上的拉帘一处不落。每个人手里都气势汹汹地握着一把剑。四个男人就这样警惕而愤怒地立在旅店大堂里。

另一个人走上前来，看着茹旺。"小兄弟，这儿有一个钱。你们这里有没有一个年轻的金发姑娘？天黑前从浩克号上来的，头发是亚麻色或是金色，自来卷。要是你帮着抓住她，伯爵会给你一大笔赏钱。知道她在哪儿吗？知道不知道？"

"别用这种口气跟我们讲话，"姜娜气愤地说。"这儿不欢迎你们。马上拿上你的臭钱离开这儿。去买点酒压压你的火气吧。马上滚出去！"

茹旺缓缓地后退着，与他们拉开距离往前门方向移过去。在这期间，他的目光一次都没往莉亚那边看。"是了"，他拉长声说，"我见过她。"

"那现在呢？"骑士说道，毫不怀疑地向茹旺走过去。

那男孩向后退得更快。"我会告诉你们我所知道的。你先给我钱，把钱留给我妈。"看起来他已经做好逃跑的准备了。这时，莉亚看到第五个骑士从他背后走进来。茹旺还没来得及看到他，那人已经紧紧捏住了他的肩膀。

那孩子立刻挣扎起来，像只滑溜溜的泥鳅一样四下扭动着，但骑士牢牢抓住他，不再给他挣扎的余地。

"如果你们敢动他一根汗毛，"姜娜大怒道，上前抓住了那骑士的衣领，但他一下把她推开了。

"莉亚，"新走进来的人用莉亚的母语说道。一时，整个小旅店里都回响起他的声音。"我们知道你在这儿。你不该蠢到在同一个地方滞留这么久。我们有五个人，小姑娘，狄埃尔已经告诉我们你有什么手段了。他不想伤害你，就是要找你聊聊。跟我们走一趟，然后你就自由了。我向你保证，莉亚。"他手上加力，使劲抓着茹旺的胳膊，那男孩忍不住痛苦地叫了起来。

莉亚从自己藏身的角落里站起身来。姜娜和茹旺已经为她做得够多了。"你的承诺可真让我放心，"莉亚尖刻地嘲讽道。"我很了解狄埃尔，在情势对他有利的时候，他算是个言出必行的君子。"

五个人齐转过身来看着莉亚。他们个个穿着锁子甲，外面罩着他们主人给配的短束腰上衣和黑丝绒斗篷。抓着茹旺的那人对着莉亚邪恶地笑了笑。"果然，消息不错。但他告诉我们你前不久受了重伤，手和腿应该都还没好利索。不过我看着你挺结实的啊。我说过了，他只不过想和你谈谈。"

"我跟你走，"莉亚回答，口中叹了一口气，走向他们。他们似乎对她的接近十分警惕。莉亚的目光扫过面前的每张面孔，每人脸上都挂着自以为随便其中某个人出手就能把她打趴下的傲慢。他们是七国之中最优秀的剑客的手下，自然身上也带着与之相匹配的倨傲。

茹旺带警告意味地一个劲儿对着莉亚摇头，眼睛充满了害怕与疼痛的神色。

莉亚不断走近这些骑士，心里面紧张得直打鼓。她知道，自己必须出其不意——趁机攻其不备。她眼睛扫了一眼最近的窗户，计算着自己的力气是否足以及时把它撞碎，同时一气跃出窗外。四周散布着的桌子和椅子会对她有利，既能提供隐蔽，同时也是让他们分神的好帮手。她绝不能跟他们走。

"识时务者为俊杰，小姐，"里面的头儿说道。他的下巴和脖颈十分结实，肌肉线条分明，但胡须剃得十分干净。

莉亚边靠近他们，边对姜娜做了个要她放心的手势。"谢谢你的款待，"她用码头行话说道。然后她看着抓着茹旺那个人，简短地对他说，"你太让我惊讶了，长官。怎么只带了五个人来？"

"要是早知道一个人就能搞定，我又何必带这么多呢？"他嘲弄道。他的眼睛里突然放出银光，此时莉亚才看到他脖子上缠绕着一圈圈的文身图案。

他的意志探出身子，紧紧缠住莉亚的脑海，直往她心底灌进一波恐惧和惊慌，瞬时把她的焦虑放大百倍。即便她知道有人操纵着她的情绪，无奈这些感受实在太真实——就像醒来后仍旧萦绕心头的梦魇。

莉亚一脚踩上离自己最近那人的脚掌，出其不意地用了十成力气，那人的脚骨顿时断裂，倒在地上痛得不住哀嚎。她又以最快速度飞身一转，就势屈膝下蹲，一拳狠狠打在另一个骑士下体。趁他吃痛弓下上半身时拳势一转，指骨节向上正对着打在他的鼻子上。瞬间，莉亚已经放倒两人，但余下的三个人已经拔出剑来将她围在中间。

"抓活的！"他们的头儿喊道，眼睛仍旧闪着银光。他的意志不断冲击着莉亚的意志试图占据上风，让她在自己面前屈服。或许之前他曾用这招在意志不强的人身上收到了成效，再或许之前他用赤隼链征服过其他人。可莉亚早就经历过恐惧的侵袭，这无法战胜她。

莉亚行云流水般一气拔出了短剑和匕首。"可别妄想我给你们留活口。"她充满威胁意味地放话，内心祈祷他没听出这声音底下的颤抖。

那头儿猛地把茹旺推到一旁，最先朝莉亚扑过来，身法狠辣而迅捷。莉亚用短剑挡住他的匕首，借机绕着他变换位置，免得背部受敌。然后朝他们踢过去一把椅子，趁机再次活动位置，逼他们随自己的动作做出反应。

"你反应很快，小姐，"他说。"但是我会慢慢地把你制服的。我们有整晚的时间来玩这个游戏。传说你在米尔伍德只用了一把匕首就制服了一个克辛。"

这时，另一个骑士猛扑过来，抓住了她的胳膊。一时间，他的力量本可以胜过莉亚，但她受过艾温斯林的训练，知道应该怎么应对。她用力向下扭转胳膊，让剑柄上的圆头撞在他的手上，让他撒开了抓住了莉亚的手。趁他后退之际,莉亚一剑砍在他的脸上,几乎割下他的眼球。他痛得发了狂似的低吼一声,把手中的武器猛扎向莉亚。莉亚的匕首和短剑齐发,夹住了他的剑,一手持长匕首顺其边缘上挑,划开他紧握着的手。疼痛中,那人哐当一下抛下了手中的剑。

莉亚立刻回身,因为剩下的两人已经向她冲了过来。她屈身躲过了朝她肩上的一击,就着低身将手中的匕首刺向来人胃部,但因有锁子甲护体并未伤其分毫。莉亚改屈膝顶向他的腹部,一下子让他弯腰咳嗽起来。那头儿眼看就要碰到莉亚,却突然放缓步子,踉跄起来。莉亚看到早先被他甩开的茹旺此时紧紧地用整个身体抱在了他的腿上。

旅店的门此时突然颤巍巍地开了一条缝,风穿过缝隙发出一阵凄厉的低嚎。莉亚咬紧牙关,以为会闯进来更多敌人。不料看到的却是马尔克姆,他的脸上因愤怒而横生褶皱。他转过身对后面喊道,"她在这儿!快!"

领导狄埃尔那些骑士的头领正用拳头敲打茹旺的脑袋和头发,但那男孩不叫也不哭;他手上抓得更紧,一边弓起身子躲过那些拳头。当那个骑士最终把这孩子甩开时,他站起身来,发现自己已经被十二个钢铁般的浩克号船员给包围了。

马尔克姆手里拿着一根木棍,威吓地一下一下轻拍在另一个手掌心上。"为什么欺负这位小姐?"他强硬地说。"你是哪路无赖,竟敢冒犯她?放下你的剑,否则让你立刻横尸在此。"

"头儿?"看着自己被船员包围,其中一个骑士害怕地呻吟了一声。

马尔克姆瞥了一眼那个害怕的人。"你应当怕我们。我们可是浩克号的船员。"

那骑士的头领眼中流露出受辱的神色,一把把剑掷在地上。另一个人见势也立马像被烫到手一样扔下了自己的剑。其他三个受了伤的还在地上扭曲翻滚着。

马尔克姆充满敬意地看着莉亚。"要我们把这些人质看管起来吗?他们都是狄埃尔的手下,一时半会儿他还不会来找他们。让我们松松筋骨,您也好趁机离开韦赞。"

"谢谢你们,"莉亚回答道。"要是他们再在这里闹事,我想让他们知道这样是会送命的。"她走近骑士首领,此时他的眼睛里充满厌恶与恐惧。莉亚伸出手去捏住他那坚毅下巴的一角,强迫那双可恶的眸子与她对视。"去告诉狄埃尔,马尔恰娜不会来了,船上海上都找不到她的。她永远地摆脱了他的控制。他就是个懦夫,**蠢货**,你们这些跟着他的人也一样。大灾难早晚把你们统统带走。"

目光向下,莉亚看到了一条链子,顺着链子把他带在衬衣下的赤隼链拽出来,一把把它扯下。然后用另一只手反手给了他一耳光,直震得手掌发麻。骑士头领的嘴唇在愤怒和绝望中不住颤抖。

"你替我去给你的主子传个信儿,"她威吓道,"不过在米尔伍德时他就不肯听我的,现在我也不指望他会听。"

说完,她又转向马尔克姆,朝水手们点头,授意把他们带下去。然后侧耳听了听水手们教训他们时的拳脚声。看着手掌中托起的这只赤隼链,她想起了阿尔马格和斯卡塞特。她走到火炉旁,把它扔进炉膛中。她凝视着这个躺在灰烬里的赤隼链,就好像看着一只巨大的扭曲的眼睛。尽管十分费力,她如从水中汲取空气一般聚集起了灵力。如她所愿,火苗燃烧起来,吞没了这只赤隼链,将它融化,火光将她的面庞染成金色。

听到一阵窸窸窣窣的靴子声靠近过来,莉亚看往声音的方向,茹旺正看着她，一股血流从他的前额和鼻子上淌了下来。他勇敢地站直身子，用钦佩的目光看着莉亚。"我现在就带你走，"他小声说，"现在韦赞对你来说已经不安全了。"

莉亚揉了揉他那一头黑而直的头发，点了点头。"去给我拿点菘蓝来吧，茹旺。先让我给你疗伤。"

写这些的时候，我手是抖的。我不该发抖的，绝不能向恐惧屈服。布勒贝克大教堂主教曾告诫我，人灵魂里真正想什么，爱什么，怕什么，就会带来什么。米尔伍德的大主教这样说过，连德豪特的大主教也这么说。那么，这一定是真的了。这样说来，往后我必须谨言慎行。小国王很想娶我。他说过，这样可以平息我国内乱。他想要我陪伴左右，做他的王后。他许诺，只要我答应，土地，仆从，金钱都任我开口。但我很抗拒这个主意。我不爱他，也不想要他许诺的东西。我想他也绝不爱我，他是可以为这个国家的利益而牺牲自己的，可他却不会爱上我的。所以，我在此对自己起誓：如果，人总可以得到自己最深爱的，如果美梦总有一天能触手可及，那我只有唯一一个达成真正幸福的可能，那就是嫁给弗什伯爵——科尔文·普莱斯。我要在布勒贝克大教堂经大主教之手以永生咒与他结合。就在第十二夜。现在，我写好了。我感到出奇的平静。平静就是力量。今晚的舞会上我也会十分平静。科尔文今晚要和我跳舞——哪怕需要我亲自开口求他。

——艾洛温·德蒙特于德豪特大教堂

第十六章
符水仪式

达荷米亚是片古怪的土地，有很多古怪的景象。森林里长着茂密的山毛榉树和橡树，莉亚不由得联想到米尔伍德。天蒙蒙亮时，他们抵达韦尔戈阿森林入口，其间没有发现任何狄埃尔手下追踪的迹象。一路上，莉亚用了马丁训练的所有技能，仔细伪装足迹，侦查一切可能来自追踪者的异常迹象。她心里头七上八下，不停回顾身后，不放过一丝一毫的风吹草动。森林里密密麻麻堆着好多大石头，盖着绿森森的苔藓，这里那里一堆一摞胡乱排列，好像是某座巍峨的高山一夕爆裂的产物。有些石头体现了惊人的平衡，庞大圆滑地立于小巧粗糙的石头之上，远看起来就像是一群石头蘑菇。石阵给了莉亚他们藏身之处，但同时也阻碍了听觉的便利性。如果没有圣球或是茹旺，孤身一人必定会迷失在这条危机四伏的小路里。但茹旺像一匹识途的马，不到午饭时间，就带着莉亚走出了森林。

"你不是从达荷米亚来的，"茹旺真是人小鬼大。"我不知道你究竟从哪儿来，但肯定不是那儿。你去大教堂找什么？对你们圣骑士来说那儿可不安全。"

莉亚低头看着他，"为什么这么说？"她问道。

茹旺皱起鼻头，厌恶地说道："因为德豪特曼达，他们悬赏搜集圣骑士的下落。他们有会放光的眼睛，涂黑的脸，能看穿人的心思，一打他们身边走过我就会发抖。"

"德豪特曼达是什么人？"她追问。"是大教堂里的人？"

"对，没错。他们四处宣扬，所有人都该进教堂——所有的秘密都该公之于众。在达荷米亚国，所有教堂都对公众开放。他们还会站在路边，随便拿过路的姑娘小伙儿寻开心，说些难听话，来回推搡路人，给人下绊子。他们的脸都涂得黑黑的，那副鬼样子要多怪有多怪。可现在，所有人都像他们一样，给自己的脸上，胳膊上文身。随处有针和墨汁，大伙儿就挨刺挨扎。刺过的都说疼着呢。但我看你身上没有染墨文图。"他一脸狡黠，看着莉亚说："大教堂里的人都有那个的，一眼就能看出你是外乡人。"

莉亚点点头，现在的处境的确不容乐观。据她所知，那些**德豪特的曼达**正是赫达拉妖姬的爪牙。他们给自己和其他同流合污的人画上文身，借此掩盖使用赤隼链留下的诅咒痕迹。不过，他们非但不把这个当作将自己人独立出来的标记，反倒强迫百姓接受同样的刺印，造出上下一体的架势。这种做法为她所不齿，可没有文身无疑会无处遁形。再加上告密圣骑士有赏，能托付信任的人必得经过仔细筛选。有了圣球助她一臂之力，找到科尔文、艾洛温和马丁不成问题。但是，狄埃尔早晚会派人去找失踪的那些手下，到时，他就会知道自己正往大教堂来。走在路上，她时不时回望身后的森林，希望能及早发现骑兵的踪影及时藏身。

"这边走，"茹旺指着海岸给她看。"现在已经退潮了。不过走过去鞋子还是会湿。"

两人改向，相继走进潮湿的浅滩里。退了潮的海岸像湿海绵般绵软多孔，细小的泡沫攒在沙质海滩上。远处，一堆高大的石头赫然耸立着，给地平线画上一段锯齿边沿。空气里飘着湿咸的海腥气，数十只海鸥在其中惬意滑翔。沙子路松软无力，两人走得很慢，所行之处留下一串脚窝，流沙和水慢慢填充进去，将仅有的痕迹消除殆尽。走到这里，就很难追踪到某个人的行迹了。偶尔，水会涨到靴帮的位置，但远不至于到无法行人的深度，而且在走上弧状冲积沙堆的顶点时也会完全消失。这段路程冗长而无趣，为莉亚内心对重逢的期盼更平添了一份折磨。想到每迈出一步，距离他就又近了一步，莉亚紧张得心突突直跳。

"那儿，"茹旺指着远处对她说。"德豪特大教堂。"

乍一看，它就像一块灰暗的大石头，然后，从中间伸出的一只银色颀长尖顶映入眼帘，表明了自己的身份。两人继续前行，原先的大石块变得更加清晰夺目，莉亚有机会目睹在黄昏时的浩克号上不曾看到的景象。她原本以为，那里有的不过是建在海中一座孤山顶上的大教堂。现在，海潮全面回落，露出整个黄色地表和地上的葱绿色海草。呈现给他们的那一面不仅有从山顶上突出的壮观教堂，还有底下鳞次栉比的房舍，围墙，城垛，塔楼，依山而建，无限往下延伸。教堂的后面，可以看到覆盖着郁郁葱葱的森林的斜坡和悬崖。再走近一些，呈现在眼前的是完整的一个村庄，环绕在大教堂脚下较矮的那圈围墙外。房屋密集而拥挤，到处弥漫着从烟囱里冒出来的炊烟，四处遍布着熙熙攘攘、挤挤挨挨的人群。还能见到的几块暗色斑点是小公园或树林的所在。但整体来看，山这面都建有房屋还有其相应的防御工事。大教堂比一般的城堡还要高大，比她看到过的任何建筑都更壮丽恢弘。如此美轮美奂的庞然大物是怎么由人一手打造出来的呢？

"她是个美人儿,"茹旺说,显得很骄傲。"那就是我们的大教堂。真是世上最好看的山。"

这话勾起了莉亚的一段回忆。很久以前,她和科尔文跟着梅德罗斯爬到托尔山上,从那里能俯瞰远处脚下的米尔伍德。那段山路爬得很费力,但同行的老人大气都没喘。她记起他曾隐晦地说起过,说她要爬的山还多着呢。后来,为了找到廷顿大教堂,她和科尔文在普莱利爬过一座山。现在,为了找到科尔文,她又要爬一座山。突然内心的情感如潮水般涌来,闷得她喘不过气来,好一阵子才缓过来。

"有人来了,"茹旺突然说,脸色一下从欢愉变成忧郁。莉亚抬起头看,几个人正穿过沙滩往大教堂那边去。"现在过去还来得及。你最好赶在晚饭前到达,否则海水就会把你困在里面。不要随便进旅店,里面的人会算计你。我必须得赶紧回我妈那边。路还很长,但你的脚程可以的。"

前面出现了三个黑点,踏着波光粼粼的沙滩往这边来了,她这才看清,他们是从大教堂往陆地那个方向去的。当她看清骑着黑马的人穿一身黑斗篷黑袍子,一下子就胆战心惊起来。

茹旺从牙缝里挤出几个字,"德豪特曼达。"

在这一片视野开阔只有沙子和海草的滩涂上完全无处可藏。来人步履平缓地朝他们走来,看样子丝毫不急着离开大教堂,莉亚急得牙关紧扣。匆忙中,她把斗篷紧紧裹在身上,尽量把短剑遮好。

德豪特曼达一袭黑衣,脖子上围着白色圆皱领,长袍由黑色天鹅绒裁剪而成,上面有特意设计的银色线镶边。这让莉亚立刻就想到了王太后的党羽。靴子上有横排的白搭扣,腰带和马挽具上镶嵌着宝石装饰。剑紧缚在腰带上,银制剑鞘上各嵌有一大颗红宝石。他们脸上的文身图案令人眼花缭乱,只见得花纹,五官全被盖住,认不真切。

"不能与他们对视，"茹旺警告她，自己则眼睛向下，只望着脚下的水光。"那是对他们的不敬。"

"谢谢提醒。"闻言，莉亚马上依样照做。他们越来越靠近对方，在听到马喷响鼻的声音后，茹旺停下了脚步，恭恭敬敬地点头行礼。

"又是一对儿来朝圣的，"马上一个人用达荷米亚方言说。相比起码头行话，莉亚更熟悉这种沟通方式。"简直像蝗虫一样多。"

莉亚不知道该不该回话，所以什么也没说。另一个人接了话，"凡是生灵都该被拯救，哪怕卑如蝼蚁。"

第一个说话的人在他们面前停住马，带着一副跋扈的样子说道："幸会啊，赶路人。你们从哪个村子来啊？"

茹旺摘下帽子，绞在手里，答道："回大人们，韦赞。"

"啊哈，一个从码头来的小伙子。孩子，能不能告诉我狄埃尔到了吗？就是那个外国来的贵族？"

茹旺忙不迭地点头，"是，他已经到了。"

"很好，很好。多谢了，孩子。愿灵力保佑你。"

"他身上没有标记。"其中一个人低声说，但没有逃过莉亚的耳朵。

"真是，他没有标记。孩子，你受过符水仪式了没？"

"没有，大人，"茹旺回答，脸由于不安抽搐了一下。"还没有。"

这时传来一声不满的嗤鼻声。"为什么没有？为什么拖延时间？"

男孩手里的帽子绞得更紧了。"是我妈。她只有我一个孩子，就我一个帮手。她现在还离不开我。不过就快了。"

"看着我。"

茹旺摇头，身子已经怕得抖起来。

"看着我。"那声音又重复一遍。莉亚感到空气中有灵力在涌动，要把她整个儿吞进去,好像在两人身上扣了一只巨型玻璃罐子。她冒险挑起眼角看了一下,看见说话那个人眼睛里射出银光。

茹旺看着他,脸色白如纸片。

"你要知道这很重要。记住我说的话,如果有必要,违背你的母亲也要接受符水仪式。孩子,在第十二夜来临前还来得及。到那时还没有的话……"他停顿一下,声音冷得让莉亚心里像结了冰,"你母亲后悔都来不及。第十二夜,孩子。不要再拖延。"

茹旺还在发抖,"遵命,大人,"他哑着嗓子回答。

"看见过圣骑士吗?"那人接着问,声音已变得柔和而亲昵。

灵力如同绳子一般紧紧包裹住茹旺。尽管那孩子使劲儿挣扎抵抗,莉亚看得出来,灵力远要强大得多。

莉亚将自己的意念推过去,抵挡他们的意志。**别怕他们,茹旺。有我在,他们伤不到你。我会保护你的。**

问问题的那个德豪特曼达好像听到了她的意念,突然转头看向她。"小姑娘,你是从哪个村子来的?"

灵力的全部重量突然加到她的身上,莉亚脑子里差点一片空白。那边有三个人对她施压,利用赤隼链向她灌输卑微、羞耻、屈辱和大难临头的不安,试图把原来的感情统统挤出脑海。它们是如此有力,有好一阵子,她忘记了自己是谁,呆呆地站在原地,努力回忆自己的名字。

米尔伍德差点脱口而出。说出口的冲动实在太强烈,这名字差点就从她嘴边溜出来。她想到,他们肯定会知道她真的从哪儿来。她也知道自己必须说实话。

"我从普莱利来。想到德豪特大教堂找个厨子的活计。"她尽力压制着胸腔里起伏不断的情感。

"你从普莱利来的?"这个回答让对方吃了一惊。

"是真的,"另一个人回答。"她说的是真话,的确是个从普莱利来的。"

莉亚吞了吞口水,仍旧和让自己感觉不值一文的卑微感抗争着。

"我们已经有不少来自普莱利的渣子了,"第三个人开口了。"你们可以走了。你是个外乡人,孩子,从你的口音里就能听出来。但要想待在达荷米亚国,就得接受符水仪式。趁着来到这儿受洗吧,可以保你不受大灾难伤害。"

"多谢您的好意,大人。"莉亚虔敬地回答。

"一路上碰到过圣骑士没有?"那人问道。

莉亚点点头。"有过几个。在普莱利那儿还有一些,大部分都藏起来了。"

"那些圣骑士就是即将到来的大灾难的起源,"他回应说。"一定要彻查他们的踪迹,全部抓起来。要是你找到圣骑士,一定要上报给德豪特曼达。听懂了吗,孩子?"

灵力撞击着她的意志。她奋力反击,可它的力量太强,几乎让她说出自己的身份。"明白。"

三个人骑着马继续往前走,其间还相互小声说些什么话。

莉亚松了一口气,过了好一阵子才把心绪平复下来。现在,她更能谅解马尔恰娜的遭遇。一个德豪特曼达曾控制了她的情感。即便知道那些都是假的,她也没办法否定自己身上正在经历的感情是多么真实。他们太强大了,莉亚不知道如果他们人再多一点自己是不是还能扛得住。他们的力量是可以累加的,人越多,越强大。形单影只的圣骑士不可能胜过一群德豪特曼达。

"茹旺,你一定得跟我说说,符水仪式是什么?我以前从没听说过。"

男孩看起来吓坏了。"那是一种圣骑士仪式。德豪特曼达对所有人开放教堂时,强调要所有人都参加圣骑士仪式。符水仪式就是其中之一。他们有一只圣碗,用手捧起水来泼到人头上。婴儿的话,就用手指在碗里蘸一蘸,在前额上划一道,就在这儿……"他演示给她看。"我之前没听说过襁褓里的孩子也能做圣骑士的。"

"当然没有这样的事,"发生的一切让她从心底觉得可怕。"这是不对的。这错得太离谱了。"

"我得马上去找我妈了,"茹旺说。"你往大教堂去的路已经很清楚了。我得赶在天黑之前穿过森林。"

"茹旺,"莉亚赶忙喊住他。德豪特曼达给她带来的震撼仍让她心有余悸。"圣骑士不是大灾难的起因,他们在说谎。"

"我知道。"

"但是有一件事他们没有说谎。第十二夜会有大事发生。如果我没有及时赶回韦赞——如果我有事耽搁了——你一定要去找浩克号的船长,你知道的,就是那艘送我来的船。船长名叫托马斯·大主教。你和你妈一定要在第十二夜上船。"她抓住男孩的胳膊强迫他集中精力看着她。"你明白我的意思么,茹旺?大灾难真的要来了,就在第十二夜。我们没有太多时间离开了。"

"我知道的。"他把帽子扣回头上,转身沿原路回去了。

"好孩子,"莉亚赞赏道,然后转过身去,面向科尔文和艾洛温早就来到却因为王太后而迟迟无法脱身的大教堂。王太后仍被监禁在米尔伍德。科尔文和艾洛温则被监禁在这儿。

她疑心事情之所以会这样并非偶然。

莉亚挺胸抬头,大步向前,走近大教堂的外墙,朝离得最近的大门走过去。她把手伸进腰上的小口袋里拿出圣球,犹豫着应该先找谁呢?科尔文?还是马丁?

她抬起头,看着精心雕琢的石头外墙,环视一排排瓦顶,烟囱和树林,心里不免为这个大教堂发出一声惊叹。每每看到米尔伍德,莉亚总能感到灵力的存在,那是家的感觉。这里的德豪特大教堂,虽然的确历史悠久,金碧辉煌,是她之前看到过的任何建筑都难以企及的,包括科摩洛斯的城堡也与之相比相形见绌,但是它所散发出的气息却毫无光明和温暖可言,环绕其中的只有无边的黑暗。

第十七章
赫达拉妖姬

　　德豪特大教堂依山而建的整个山坡,俨然就是一座由城墙围就的巨大迷宫,还有望不到尽头的石头台阶,一节接一节地往高处爬升。莉亚每每穿过拐角上的拱门,都会发现后一半仍然在螺旋上升,一段一段的石阶,一次一次的攀登,引导着莉亚抵达大教堂的领地内更高的地方。她爬得腿都要断了,却连大教堂的外围城墙还没摸到边。路上随处可见同行的朝圣者,他们或是簇拥在石阶上,或是在沿途小铺和烘焙店里购买食物。这儿的苹果酒可是应有尽有。莉亚在爬上这一层石阶后停了下来,回头看来时的路,越过围墙,远远望见底下波涛起伏的大海再次淹没了外面地势低洼的大陆架,把她困在了岛上。有几株特别高大健壮的树木,穿过城墙的凹口,把枝叶开散到墙里,投下片片阴凉。城墙、护栏和台阶都是由无数块方方正正的大石块堆砌成,彼此间接合得严丝合缝,每一部分都宛若精心雕琢而成。莉亚转过拐角,继续向上攀爬,尽量让自己保持平稳呼吸。在她周围的朝圣者身上都有文身,她只好一直用风帽遮住自己的脸。沿途的小贩卖力地向莉亚兜售着自己的各式水果派或苹果酒,她都挥手把他们赶开。

在攀爬大教堂的过程中，圣球一如既往地担任向导，帮助她搞清这里的弯弯绕绕。现在她想找到一条通往大教堂内部的秘密通道，最好是能躲过那些护卫——也就是德豪特曼达的视线。她不想再碰到他们中的任何一个，希望圣球能找到一个安全的入口。果然，它没有辜负期望。

在接近这座山城第五层高度的地方，莉亚走过一条长廊，经过沿途密集的小酒馆和商铺，最终在圣球的带领下来到一处僻静的公园，一道铸铁门把它隔离出来，上面没有落锁。铁门生了锈，伴随着一阵尖锐的嘎吱声，莉亚打开门，里面有一条从旁边两栋逼仄的建筑间留出的狭窄过道，通向公园内部。公园里种着已经长成的松树，四处有石凳。里面的矮篱墙上种满蔷薇作为点缀，盛放的蔷薇花为整个公园增添了一抹亮色，气味芬芳，让人愉悦。花园里空无一人，看起来像是特意被人藏在主干道路上不让人找到似的。莉亚在这里稍事歇息，给自己恢复一些力气，然后又研究起圣球来，指针转动，为她指向了面前的一堵墙。

在那面墙上有一个被树阴遮住的黑黢黢的洞口，随着莉亚不断接近，一股不祥的预感慢慢笼罩过来。一阵针扎般的刺痛直达心底，激起一团相互抵触的复杂情感。这种熟悉的感觉立刻让她想到这是遇到怪眼灵石才会有的反应。她顶住冲击，咬紧牙关继续向前，心中的恐惧增强了数倍，让她牙齿打战，赶快逃跑的想法几乎就要占据莉亚的全部身心。其间她试图用自己的意念接近那个灵石以让它安静下来，但这种威胁十分顽固，莉亚每向前一步，情形就变得愈发糟糕。阴影里，她发现了一个刻在石墙上的符号——两条交织在一起的巨蛇。这恰恰就是她曾经在脑海中看到过的那个符号。

这个符号让莉亚感受到了直达心底的恐惧。她意识到，这是属于赫达拉妖姬的标志,是她们众多的灵石中的一个。要怎样才能通过它呢?必定是要有通关密语的。就像在米尔伍德的地下通道里有灵石一样,这里也有守护这座大教堂的灵石。如果没有通关密语,就不能进入大教堂内部。

但是,密语是什么呢?

莉亚深吸一口气,反叛性十足地直视那两条交缠在一起的蛇。现在她已经距离它们非常近了,它们无法再将她推开。在米尔伍德参加圣骑士考核的时候,有一个她解不出的密语,是灵力低声给了她答案。莉亚相信这个密语也会如此到来,她耐心地等待着,按捺住那些可怖的畏惧感,让自己想想米尔伍德,想想那里的平和宁静。合上双目,美丽的宅邸,羊齿菜灵敏的卷须,种在雕刻石头花盆里的鲜花,洗干净的衣物和芳香的薰衣草干花粉——浮现在她眼前。接着她深入到自己的内心深处,带出了越来越多的记忆。有大主教,帕斯卡,还有普雷斯特维奇。从灵魂深处,莉亚感觉到了自身潜藏的灵力——它不惧怕这里的环境,只是在暗中观察,看恐惧是否会在她心里占据上风,这是她决不允许发生的。她温柔地恳请灵力帮忙解出暗语,教给自己压制灵石进而打开其后隐藏通道的方法。

手中的圣球发出光芒,莉亚睁开眼睛,在球体表面出现了一个词。灵石屈服了,石门默默地移开,让出一条通路。谢过灵力的帮助,莉亚大胆地走了进去。

门后是一条开在石墙间的幽狭走廊。其中有一堵墙格外的高,莉亚不免想到,面前就是大教堂自身的石基。她在脑海中重复一遍指令:到一个能与科尔文单独会面的隐蔽地点。如果他现在所在的地方不能去,那就去他将会到的地方。她相信圣球能做到这点,因为在阿尔马格的手下抓住科尔文之后,圣球就是这样帮着她找到他的。它找到的路不仅会是最直接的，同样，也会是最安全的。

指针转了转，确定了方向，莉亚顺着它的指向沿墙走了好长一段路，直到在另一堵刻着灵石的墙前，指针不再动了。她依原样恳请灵力，圣球再次放出光芒，灵石也再次服从。穿过入口走下一段短短的拱道，莉亚发现自己又走入了一个花园。这个花园面积很大，经过精心雕琢，各处都浓阴拢翠，喷泉遍布，还有一道道修剪整齐的树篱。石板铺就的小径呈现出各种不规则的圆形，鲜花罗列两旁，还间或穿插着石制的花池。还有一些植物则放置在碟形的托盘上，由铁链悬吊在空中。风车茉莉香味浓郁，甜得有些发腻。短木条凳和靠垫椅整整齐齐摆好，等待行人入座。可惜整个园子里空无一人。让莉亚十分庆幸的是，这里有一小片李子树，上面坠满成熟的李子果实。她吃了几个，李子味道非常香甜，然后往背包里塞了几个留着晚些再用。透过树枝和叶子间的空隙，莉亚发现城堡一般的德豪特大教堂已经矗立眼前，顺带着她也留意到了嵌进塔楼里的窗户和外面的小型阳台。从那里远眺的话，景色一定十分壮观。

莉亚再次求助圣球，这次指针指向了大教堂的外墙。她动作迅速地穿过草地和树篱，生怕被人发现，一边仔细聆听是否有别的闯入者的声音。前面有一个浅浅的凹门洞，里面是一扇门。莉亚伸手握住把手，门顺利打开了。在里面是一个完全包裹在石头间的过道，黑得像墓冢一般。她倒吸了口冷气，眼睛看着圣球，抬脚走进过道里。门在身后关上了，圣球适时地放出光亮来。

借助亮光，莉亚看到自己正站在一个有好多条狭窄的地下通道相互连接的迷宫里，每一条都深深地镶嵌在大教堂的内墙里。通道的走向不是笔直的，时不时会上倾或下斜，因为要沿着大教堂底部墙壁延伸，还会分岔出不同的子通道来。整个体系就是为掩人耳目，进行秘密活动而设计的。要不是有圣球,外来人绝对会完全迷失在这里。现在圣球带着她成功找到了要走的路:一条旋转上升的楼梯井。这条楼梯十分狭窄,感觉两边墙壁随时会蹭到胳膊上,莉亚不停向上爬着石阶,前额上早已渗出了细密的汗珠。到更高处时,圣球带着她走到一扇有合页连接的巨大石门前。石块上装有金属机栝,仔细观察后,她找到一个向下凹进去的空隙,按下去会从另一端推进大小契合的石块,石门便可松开。她把手贴在墙上,紧张得几乎喘不过气来。

科尔文就在这里面吗?

莉亚站在门前平复着自己的呼吸,直到再次平静下来才伸出手去触发机关,拉动石墙。石墙无声地后移,显出后面一个小小的方方正正的卧室。除了莉亚手中的圣球,室内仅有的光亮就是从遮在唯一一扇窗子的窗帘后发出来的。这里绝对不算宽敞,与其说是伯爵的住处,倒更像是给小伙计住的地方。房间里有一张小床,一只皮革包边儿的箱子,还有一把椅子。没有换衣屏风,也没有衣橱,只摆了一把夜壶。莉亚上下打量着整个屋子,不禁想看看圣球会不会继续带她向前。可是她一走进房间,上面的指针就停住不动了。

房间四壁都是石头,非常阴冷。在窗户边上放着火盆,可里面只有燃剩的白灰。这是科尔文的房间吗?这个结果让她大为心痛。这个小小的,幽闭的地方就是监禁他的地方?她走到小床前,用手抚过盖在上面的一条单薄的毯子,然后弯下腰闻了闻上面的气味。

毯子散发出的味道没错,闻起来像是科尔文的气息,这让她的眼睛里涌出了泪水。床上还有一个枕头,落满灰尘的天鹅绒罩顶从方支顶架上垂挂下来。这有点像帕斯卡睡的那张小床——宽窄只容一人,高高地吊离地面。

窗边有一支杯子,里面盛着一点儿薰衣草干花。莉亚拉开窗帘,被遮起来的窗户很脏,上面装有插销可以打开,所以她推开窗户,向窗外远眺。窗户外面装着铁栅栏,但并不阻碍视野。在这里可以看到下面的花园,而外面的阳台只是个装饰,没有能让人站上去的空间。从莉亚的高度可以看到远处的大海,和那块被称作尖岬角的尖尖角。空气闻起来有一股咸咸的味道。

莉亚走到门边试着把它打开,但发现上了锁。这多少给了她一点宽慰,如果有人进来势必会发出钥匙开锁的咔嗒声,这就为她争取到了藏身的时间。她放下心来,开始从猎手的视角来研究这个房间。比方说,这里没有食物。那就说明科尔文不在这里用餐。皮革边的箱子也轻易地打开了,里面有几件叠好的衣服。她一眼就认出了那件皮制束腰上衣,上面还留着在米尔伍德外的那场战争中染上的血渍。她失神地握着衣服,嗅着上面的味道,像抓住它的主人一样不肯放手。下面还有她曾亲手洗过的几件亚麻衬衫。最底下的是一双结实的皮靴和一条带有星状铆钉的腰带。这就是全部衣物了。

莉亚走到窗边,一边拿起装着干薰衣草的杯子,闻了闻里面的味道——干得发脆的草茎上还残留了一点余香,一边在脑海中勾勒出科尔文拿起杯子嗅着熟悉的味道,努力回忆自由时光的感觉的样子。这里只是他睡觉的地方吗?那一天中的其他时候他都在哪里?在这种压抑的情形下,他是如何坚持着不被赫达拉妖姬腐化的呢?

圣球已经完成了使命,带她到了能找到科尔文的地方。现在她只有等,等科尔文回来。

凄冷的海风从开着的那扇窗吹了进来,莉亚关了窗,一天的疲劳跋涉一下子涌入身体,抽走了她所有的力气。窗外,太阳远远地往海面底下沉进去,她想起在这即将结束的一天里,自己好像只吃了几枚李子。她坐下来打开背包,拿出那个从米尔伍德一直留到现在的苹果,慢慢地解开上面的包裹。这枚果实在手中发出沉甸甸的坚实感,她把它凑近鼻子,呼吸着它的浓郁香气,然后把它放在杯子的旁边。

莉亚还在等。太阳已经完全落在海平面以下,屋子里渐渐充满了浓重的阴影。直等到月亮升上来,在石头地板上投下一块块长长的光影。她继续等着,可他还是没来。她又急又累又担心,但还是等着。除了自己的呼吸声和石头的沉寂,什么声音都没有。屋子里很冷,她把斗篷裹了又裹,开始思索待会儿自己要说些什么。再次见面,他会作何感想呢?

莉亚等待着。

等待的时间好像没有尽头。瞌睡最终占了上风,她忍不住蜷起身子躺在床边的地板上打起盹儿来。也不清楚到底过了多久,只知道月亮投下的光线位置变了又变,到最后它们也不见了,只剩下一屋子的黑影。睡着——醒来。听听——有没有脚步声?远处缥缈的笑声?没有——什么都没有,还是无涯的寂静。黑暗中,她渐渐听到了脑海中的低语声。大教堂哄着她再度睡去。**梦到我吧**,它说。**学学我的样子。我们很古老。你是我们的姐妹。**

钥匙在锁眼里发出的咔嗒声一下把她惊醒。莉亚迅速眨眨眼恢复清醒,下一秒便跃进石头门里,拉好门,只留下一条小缝,好让自己看到听到屋子里的一举一动。

火把的光,照亮了门的边框,她不禁眯起眼睛,一时还无法适应火焰发出的强光。

她听到了说话声,是一种调谑的声调,但是听不清到底是在说些什么。门又被关上了,然后是上锁的声音,钥匙哗啦啦地响,门被闩上了。现在屋子里站着科尔文,一只细小的蜡烛照亮了他的轮廓,看起来疲惫却依然坚毅,身上穿的是极富达荷米亚特色的华丽服饰。他背倚在门上靠了一会儿,嘴里发出深深的叹息声,然后拖着沉重的步子往床的方向走去。

烛焰的光芒足以照亮他的面庞。莉亚看到了眉毛上的那道伤疤,因专心思索时额头蹙起的褶皱,底下还包含着在平静外表下涌动着的愤怒。他把烛台放在窗台上,正好在杯子和那只苹果边上。

她看到他移开目光,然后又缓缓地,把脸转回到窗台的方向,盯着那只苹果。看到它的存在,他迅速眨了眨眼睛,表情变得越来越激动,越来越专注。然后慢慢地,充满犹疑地伸出手去,直到触到那只果子,那一刻他的脸上满是震惊,好像他以为之前看到的只不过是一阵迷雾。

他拿起苹果,举到鼻子前深深地嗅着,在无比强烈的专注下合上双目。

"莉亚?"在黑暗中,科尔文轻声喊道。

马尔恰娜曾跟我说过一句奥维德写的话："快乐属于挣脱了思想桎梏,并且永永远远不再烦恼忧愁之人。"就是这样。我用前所未有的勇敢坚持自己的想法,做一直想做却不敢做的事情时,那种感觉无比自由。今天国王又来奚落我,让我难堪,我不再脸红逃避,而是勇敢面对他。听完我的指责后,他惊讶得话都说不完整了,但看得出来,他内心里为我的反抗而高兴。他眼睛里出现了昨天还没有的东西——一种真正的喜爱代替了原本的责任。科尔文今天对我的态度也大为转变。我现在更像是莉亚,行事果决,勇气十足。我们俩谈了好久,我告诉他我真的很想跳舞。他却说自己不想以达荷米亚流行的风格下做这件事。这里的惯例是,男伴在跳完一支舞后要给女伴一个吻。这就是困扰他的原因吧。我就表态说我并不期望他改变自己的习俗或是信仰什么的。他好像很满意。我们今晚没有跳成,但我还是很满足,照这样下去,总有一天他会改变想法的。小国王倒是常来和我跳舞,不过就是在脸颊上轻轻一吻,那会有什么害处呢!

——艾洛温·德蒙特于德豪特大教堂

第十八章
一枚墓穴戒指

听到科尔文的呼唤，莉亚拉开石墙，把自己暴露在烛光里。他怔怔地站在原地看着她的一举一动，眼睛越瞪越大，看起来好像连呼吸都屏住了，生怕多说一个字她就会从自己面前消失似的。

"我是在做梦吗？"他说。"你真的在这儿吗，莉亚？这不是从我脑子里变出来的？快说点什么。让我听听你的声音。"

莉亚唇边绽放出一个灿烂的笑容，就算她想藏也藏不住。"那你想听我说什么呢？"她一边说着，一边再次踏进房间，身后的石门依然半敞着。

"这是怎么回事？你已经能走路了？"他不敢相信地问道。"给我看看你的手。"

她伸出那只曾被箭钉住的手。在手掌那里有一枚凸凹不平的疤痕，但伤口已经基本愈合，现在也不怎么会痛了。

"不是这只——给我看那只有圣骑士印记的。"

她又把另一只伸出去。这只手的皮肤上面有一个小小的粉红色疤痕。"现在你满意啦？"

科尔文目光紧盯着她，脸上的情绪矛盾而复杂。莉亚看得出来，一方面他因看到自己的出现而欣喜若狂，可另一方面他也为看到她身处险境而忧心不已。他试探着拉起她的手。因为刚进屋不久，屋子里的寒气还没来得及浸透他，所以那只手很暖。他的眼睛久久定格在她的脸上，表情却变幻不定——各种情绪在他心里激烈斗争，对于该怎么对她就在这里的事实作出回应，相反的两种思虑相互碰撞，不断斗争，互不相让。

"你来了。"他再次轻声低语，还没从惊讶中缓过神来。

"我来了。我好起来了。还有，你妹妹也安全了。"

她的话好像沙漠中的甘露。科尔文这次立刻有了回应，把她紧紧拉入怀中，力气大的差点让她叫出声来。莉亚感觉他的身子在发抖，便同样用力地拥住他，把泪水尽数挥洒在他喉咙处的丝绒上衣里。起先，他把下巴搁在她头顶上，然后又把嘴唇贴在发丝间吻了吻，好像在虔敬地为这颗头颅祈福。原本冰冷刺骨的房间因为有了他而变得温暖柔和起来。丝绒上衣里有燃香的味道。他的皮肤也沾染上了味道，可还是能嗅出他独有的气味，这正是她眉头心间念念不忘的味道。

在莉亚听来，此刻科尔文的声音无比轻柔，"几天前海上有一场很大的风暴。不知怎么又突然停了，然后出现了一艘船。我从窗户里看见了它，一艘驶向这块罪恶之地的大船。就是从那扇窗户里看到的，那时灵力告诉我，是你来了。"他退开一点，两手捧着她的脸。"最近几天我一直都在担心你，担心得快要发疯。我想着你一定出了什么事，这地方这么凶险，简直像风暴云压顶一样，让我寝食难安。这几个晚上我一直给你守夜，祈祷你得到庇佑，平安无事。"他的眼睑疲惫得直往下垂。"我好累，莉亚。从来没像现在这么累。那是你的船吗？那是你……来了吗？"

莉亚压抑不住内心的喜悦，对他笑了笑。"盖伦·德蒙特传信说你们俩被监禁在这里。他们放出话来，只有放了帕瑞吉斯，你们才能重获自由。"

科尔文在惊恐中睁大双眼，"她被释放了吗？"

"没有，她还是我们的阶下囚。我想她一定要疯了。圣球帮我找到你的，几天前我从多佛港启程，然后遇到了风暴。"

他的脸一下子揪紧了。"你怎么到这儿来的，莉亚？你怎么站起来的？当我离开的时候……你是那么的虚弱，那么的憔悴。那时你路都不能走，可现在却站在我面前，你的康复速度太让我吃惊了。"他在惊奇中后退一步，好整个儿地打量她，手却移过来握住她的。从指尖传来的温度让她不禁一阵微颤。

"大教堂治愈了我，"莉亚尽力不让自己声音发抖。在他身边时，她从没像现在这般局促不安，他注视的方式，急切的关心都让她无比沉醉。"米尔伍德总能修复伤痕，那里的灵石可是非常强大的。"

听到这话，他的眼睛突然眯紧，好像话里有什么戳到他的痛处。"它们的确如此，我很确定。"他的脸上掠过一缕阴沉。"但它们还比不上这里的。"他的手紧紧攥住莉亚的手。"莉亚，你不能待在这里。世上没有比这儿对你更危险的地方了。如果他们抓住你，如果有人知道你是圣骑士……莉亚，你不明白这有多危险。"

"我明白这儿非常非常危险，"她回答。"所以我才要来救你出去。恐怕达荷米亚国内已经没有圣骑士了。如果他们会毁了我，他们也一样会杀了你的。谢天谢地，你还被留下来了。"

他苦笑了一下，"我之所以被留着是因为马尔恰娜。我听说她已经上了来达荷米亚的船，因为这个我心痛不已。"接着他抓住莉亚的肩膀，声音放得更加柔和。"这里是赫达拉妖姬宣誓的地方。这里是她们训练运用灵力的地方。夜里的那些低语声……简直让人无法承受。这里的恐怖超出想象,这是蛇的老巢。莉亚,我听说过的那些东西……那些仪式就在这里。还记得圣灵降临节盛会吗?大主教当时要我们别看那些人跳舞,这里每晚都有这样的舞会,他们逼我去看,莉亚。

"我是这儿的犯人,可这间屋子不是我的囚房,反而是我唯一的避难所。可这里也并不安全。他们派了一个浣衣女来监视我。她是个赫达拉妖姬,莉亚。每天她都会用花言巧语来哄骗我,想引诱我屈服。我走之前你给我的那个神力,你简直不知道它对我多有用。有了它,我得以看清德豪特大教堂的真实面貌。在这里,所有看似偶然的相遇实际都不是偶然。每个同我讲话的人都想把我拖垮,让我违背许下的圣骑士誓言,每一条誓言,每一个人。他们不想让我死,莉亚。死反倒是一种怜悯。他们想让我加入他们,像他们一样背弃誓言。这就是他们在我这里想要得到的。可他们想从你身上得到的完全不同,"他手上不自觉加大力气,手指深深扣进她的肩膀。"他们会转变你,把你变成他们中的一员。你绝对不能待在这儿。"

科尔文眼中的神情让她感到害怕,可她还是下定决心,问道:"那你为什么还能坚持着不屈从他们呢,科尔文?"

这个问题好像完全出乎了他的意料。意识到自己手握得太紧可能弄疼了她,他脸上显得有些窘,把手从她肩膀上拿开,从脖子上伸进丝绒上衣里解开里面的衬衣领。透过昏暗的火光,莉亚得以看清衣料上的花纹,有棱纹的肩部,金色的丝线和前襟上一路向下的盘错纽扣。科尔文解开几颗扣子,拉出一条编织项链,上面挂着一枚戒指。火光在它表面反照出闪光,看到科尔文把它带在身上,莉亚感到一阵欣喜。

"就是这枚小小的戒指,"他把它捏在指间。"就是它救了我。"他目光深邃,对视着她的眼睛。"从离开你的那刻起,我就一直把它带在身上,每时每刻我都能感觉到它的存在,让我始终记得你,记得米尔伍德,记得灵力的感觉。不管有任何事情想来迷惑我,它都能帮我集中精力不受其扰。德豪特曼达是很厉害,可只要主体不允许,他们是无法扰乱人心智的。我不知道自己能在这种地方坚持多久,你的戒指是我不向他们屈服的唯一支撑。"

一阵感激夹杂着温暖涌遍莉亚全身,她微颤着缓缓呼出一口气。"我们一定得把你们从这救出去。你知道……你知道他们把艾洛温关在哪里吗?"

科尔文摇头。"他们严格限制我跟她的接触。这里的大主教——他已经被腐化了。我没有告诉他我已经知道了真相。现在这里是德豪特曼达掌权。他们让所有人都接受符水仪式。有传言说不接受仪式的人在第十二夜后就会大难临头。但是,这倒有几分道理。第十二夜是对冬天到来的庆祝,庆祝在一年中最黑暗的那一天之前的十二个日子。在那期间,每个白天都会变得越来越短。我担心那之后,大灾难会随之而至。"

莉亚点点头。"大灾难就会在那天晚上爆发。艾洛温传递消息了吗?那之后发生什么了?"

科尔文双臂交叉抱胸,对莉亚摇了摇头。"一开始,他们恭恭敬敬,对这消息特别上心,大主教神情肃穆,一字不落地认真倾听。接下去的几天,他开始不断地提出疑问。他是个很狡诈的人,莉亚。他很危险。起先他的问题听起来非常真诚,还能冷静地听进我们的劝告。可后来他问的每一个问题都给他是否相信这件事画上了疑问。比方说,为什么警示先兆出现在我们国家而不是达荷米亚王国?当然,他从未对大灾难即将来临进行否认。可他一直反复质问,刺探当时的情形。通过你的那个神力,我明白了他想要弄清我们到底是从哪个大教堂知道了这些。艾洛温提到了它坐落在普莱利,但记不得那大教堂的名字了。他一直在搜寻位于普莱利那个大教堂的名字。我们要是能想法子给他们送信警告就好了。"

"灵力会这样做的,"莉亚充满自信地碰了一下他的胳膊。"就像它会把我送到这里来一样,它会送出警告的。现在当务之急是想办法把你们俩救出来。在墙里有很多秘密通道,我想也一定有一条能通到艾洛温的房间。我会去找马丁来帮忙,然后我们就一起乘你看到的那艘大船离开。"

"马丁在这里?"科尔文被她的话搞得一头雾水。

"我还有很多事要告诉你呢。给,先把这个苹果吃了,我来告诉你都发生了什么,还有我和马尔恰娜是在哪儿分开的。"

他欣然接受了这个提议,却把这苹果的第一口给了莉亚,她也没有拒绝。从没有一个苹果像这个这么美味香甜。她兴致勃勃地看着科尔文吃果子,慢慢地充分享受每一口,同时把自己的冒险经历讲给他听。她提到了克瑞恩·维恩,普莱利的艾温斯林,以及自己是如何得知穿越圣幕不能把他们带到德豪特大教堂的。她也说到在狄埃尔汤城的城堡里找到了马尔恰娜,当他听到德豪特曼达对他妹妹的所作所为和狄埃尔对瑞奥姆的无耻行径后,脸色瞬间在愤怒中变得惨白。她绘声绘色地描述了奥古斯丁大教堂的景象和那位阴险的大主教。当听到她在当着大主教管家的面不费吹灰之力就把他制服,还把他的护卫都打得落花流水时,他震惊得呛到咳嗽起来。她还提到在多佛港外面过夜的那个有灵石守护的洞穴,还坦白了自己当时是如何想他,想知道他的下落的。他们就这个讨论了一番,科尔文说他当晚曾被一阵低语惊醒，各种有关她的念头不停地折磨着他。打那之后，他为她和她的安危牵肠挂肚，难以入眠。最后说到了把她带到这里的托马斯·大主教和浩克号上的船员，还有她前一晚遇到狄埃尔手下以及那个叫茹旺的男孩子是怎么带着她走完剩下这段路程的。

"我真不敢相信，"在她讲述的最后，科尔文总结道："真的是灵力在指引你的每一步。知道你就在我附近，现在我终于能睡得着了。但我还得要警告你，莉亚。如果你被抓住了，如果他们知道你是圣骑士，他们就会转化你。在这个大教堂里有很多历史悠久的灵石。我曾经就见过其中一个，上面有蛇形符号——两条像麻绳一样绞在一起的蛇。底下花园里有一块灵石上也有这个标记。当我伸手去碰它时，它却把我烫伤了。有人告诉我，只有女人才能碰它。但就经过那短短的一触，莉亚，我看到它守卫着一条深深通向地下的通道。那里有一个全是巨蛇的小房间，莉亚。就那么短短的、滚烫的一瞬间，我看到的景象也足够吓得人丢了魂儿了。如果进去的人没有魔石，它们就会攻击。里面全是尸骸和死亡的气息，那是个充斥着恐惧的地方。蛇身上有种奇异的东西，人总是不自觉地会害怕它们。那儿就是这种地方。"科尔文的脸上毫无血色。"你知道我害怕幽闭的地方的。更何况是被活活埋在蛇坑里，如果不接受赫达拉妖姬誓言就会被毒死。莉亚……我求你。你一定不要他们被抓住，不然他们会把你关进那种地方的。之前我一直担心马尔恰娜一到，他们就会把她丢进那里。我不能想象你们俩中的任何一个变成赫达拉妖姬。求你，莉亚。一定要小心。"

脑海中蛇窝的景象让她在反感和厌恶中全身发抖。科尔文的讲述唤起了一段回忆，她看见过那个两条蛇交缠的符号，它曾在她脑海中熊熊燃烧。在她心中涌起一阵令她十分不快的预感，那就是她需要找到那个地方，这正是她来到德豪特大教堂的原因。灵力此时在她心中涌动着,让她渐渐平静下来。但它也告诫她——不能告诉科尔文。

"我会小心的,"莉亚笑着对他说。"我想让你睡会儿,科尔文。我会在旁边守着你的。"

他摇摇头,"不,我想再和你聊下去。我在这个地方学到了很多东西,灵力教给我好多事,可没有一个能和我谈心的人。这儿没有人能像你一样了解我的心思。"他向前倾了倾身。"莉亚,有件事一直压在我的心头,而且最近越来越重。这里的生活暗无天日,可我知道我总会重获自由,离开这里。我渴望离开这些国家,离开科摩洛斯这片海岸,找一个这些邪恶之物不能容身的地方。大灾难就要来了,我能预感得到。接受德豪特曼达的行事方式的,必定会倒在大灾难脚下,支持赫达拉妖姬的人会被杀死。我还知道这里是完全黑暗、蚀心邪灵肆意游荡的地方。尽管如此,我依然能感到灵力与我同在。我一直对我的誓言忠贞不贰,我没有对他们的方式屈服。"他突然目光下视,脸上的表情极为痛苦。"我真的不知道该怎么跟你说。"

"说吧,科尔文,"她鼓励道,身子微微倾向他。"你总能跟我说的。"

他看起来忧心忡忡,眼睛里各种复杂情绪翻涌不已。"灵力要我做一件事。"他呼吸变得沉重起来,下巴也开始发抖。"这不是我想要的,可我绝对没有搞错。完成这件事情的紧迫感与日俱增。灵力要我……它非常非常急切地跟我说……说我必须要和艾洛温·德蒙特在永生咒下结婚。"他不自然地舔着嘴唇。"我一定要在第十二夜前于布勒贝克大教堂完成这个仪式。"

第十九章
马丁·艾温斯林

有好一会儿,莉亚简直无法呼吸。灵力在她心中翻江倒海,证实科尔文所言不假,惊得她差点透不过气。她最大的愿望便是成为他的人,也只想成为他的女人。听着这话从科尔文的嘴里说出,给了她以前从未经历过的一种混杂着痛苦和兴奋的感觉。问题在于,他还不知道站在他面前的就是艾洛温·德蒙特。

她试图大声说出来,可下巴闭得紧紧的,灵力赶在她开口前把她的嘴唇封闭在一起。她只好生生把话咽下去,几乎被它们哽在嗓子里。然后迅速垂下头,努力平复自己的情绪。

"对不起,"科尔文心痛地低声说。"我好想把我的想法统统告诉你——我想让你知道我有多么痛苦,当我知道……"

莉亚握住他的手,用力捏了一下,让他安静下来。她感觉自己的眼睛里涌上了泪水,里面交织着沮丧和希望。而后她迅速地眨眨眼睛,把泪水逼回眼眶后,抬头看着科尔文的眼睛,用尽所剩无几的力气把意念推向他。

我是艾洛温·德蒙特。是我,就是现在站在你面前的这个人。我

是艾洛温·德蒙特！

科尔文只是困惑不解地看着她。"说点什么，"他恳求道。"我总是让你失望。我最怕你的沉默，你责怪我吧，你骂我吧。"他的眼神在种种情绪的折磨下变得炽热。"我还是爱你的。可我的心要我选择另一条路，看着你这么痛苦，我心里也不好受。"

莉亚一个劲儿摇头，努力让自己冷静下来，找些能说出口的安全词汇。她立刻就想到了圣球。要是能用它来向科尔文证明自己的真实身份呢？可这念头刚从她脑海里闪过，一片黑暗立刻斩断了她的思绪。她打了个冷战，明白了这是什么意思。任何违背灵力意愿的企图都会在她这里失去效力。圣球是灵力用来帮助她自己认清身份的工具，但它绝不会帮助其他人知晓这点。

莉亚几乎被逼入死角。如果能有什么法子找到她父亲留下来的圣书，解开上面的封印咒，她就能告诉科尔文一切了。如果他们能在抵达布勒贝克大教堂之前找到它，她就可以畅所欲言，告诉他真相。只是苦了希乐尔，可莉亚知道，科尔文并不爱她。

"告诉我你在想什么，"科尔文再次请求，在他脸上的是一种备受煎熬的困惑表情。可是她还不能说出自己的真实感受，只能有所保留，表示赞同。

她声音颤抖着开口说道："我一直在同要说的词汇和感情作搏斗，我的心要我对你说，你……"她吞了下口水，想着那些说不出口的话，"……你应该那样做。那是灵力的意思。"

科尔文难以置信地看着她，如同遭到雷击。"你支持我？你竟然都没有感到心痛？我几乎要被它劈成两半。我不爱她，可灵力却那么坚决。"

莉亚再次把手覆上他的手背，轻轻拍了拍。"我们是无法了解灵力的行事意图的，因为我们无法预见一切。但就像你在比尔敦荒原教过我的，我已经学会无条件信任它了。你被抛弃在大教堂是我们谁也没有预见到的事情。可我们注定要相遇。我相信这个，我也相信发生的一切都将是最好的安排。"

科尔文看起来还是充满怀疑。"那么说来，你比我坚强得多。我会按照它吩咐的做。可是莉亚，那样我们就只能做朋友了。"他眼睛看向地面，竭力不显示出失控。"你比我坚强得多。"

不，我只是更理智，她心里这么想着，伸出手摸了摸他的脸颊。科尔文抬起头看着她，"相信灵力，科尔文。相信它。我知道你累了，去睡一觉吧，我来守着你。"

他转头看了看窗户。"已经快天亮了。你该趁着夜色的掩护离开这里，一定要找到他们关押艾洛温的地方。我们越早离开越好。她晚上睡得很晚，然后白天都要和小国王和大主教一起学习圣书，接着还有跳舞。明晚我还在这里等你，你可以告诉我你又解了些什么。"

莉亚点点头，握了握他的手。他也同样紧握住莉亚的手，脸上那种阴沉的表情让莉亚无比心疼。即便自己已经同意他去和艾洛温结婚，他还是觉得饱受煎熬。

他哑着嗓子再次嘱咐道："你一定要小心，莉亚。步步小心。别让他们发现你。"

莉亚伸手帮他理好鬓角的一缕乱发，对他点点头，接着悄声快步穿过石门入口，走进后面的密道里。

一抹淡朱色霞光悄悄爬上了德豪特大教堂这座岛城上空。莉亚静静地在街上走着，只有她一个人这么早就上街来。在很多别的村子和城镇里，总有人在天不亮时就起身做工了。德豪特却沉寂得如同一堆坟墓，只有一排接一排的石头房子和木板屋顶。仍旧在靠近大教堂领地第五层高度的底部，圣球带着她往大教堂马厩走去。最后她终于听到了一点声音，耙子犁着马粪的声音。指针也正指向那个方向。养马围场的门大张着，里面一片漆黑。只有耙地声，淤泥和着粪便的污水响声。这里的味道已经提前做足了自我介绍。

莉亚把圣球装好，轻手轻脚地走进围场里。里面有各式各样的黑影，她一走进去，马匹喷出的响鼻音打破了当下的宁静。突然响起一连串噪动声，莉亚看到一个男人正扛起一大包草料往马食槽那边走去。在黑暗中，她认出了那人的体型和轮廓。他穿着皮外套，带着兜帽，但是身上没有武器。

"马丁·艾温斯林。"她十分确定地喊道，通报自己的到来。

那人脚上不停，把那一包草料扑通一声丢进食槽里。几匹饿坏了的马立刻大嚼起来。这时他才麻利地擦了擦手上的泥，大步朝她走过来。

"我的老天，小姐，你花了这么久才到这儿。"他走进蒙蒙亮清晨的微光里，莉亚看清了他黑乎乎的脏手指和弄脏了的皮束腰上衣。他身上的味道很臭。

"看看你的样子，"她一边摇着头一边说。"如果帕斯卡……"

她的声音突然卡在嗓子眼儿里，晨光落在他的脸上，照出了在他眼睛旁边弯弯绕绕的黑色文身。他的表情里有非常骇人的一面，是从他的样子里散发出的一种黑暗情愫。

他朝她笑了，嘴巴咧得很大的那种笑。"看看你的样子，小姐。都这么高了。是了，可你这么看着我是怎么回事？你是在怕我接受了符水仪式了吗？我问你，我总这么臭烘烘的怎么去接受那个仪式呢？我脸上的线条和符号都是用来掩人耳目的假象，我的好姑娘。这样那些德豪特曼达就不会多看我一眼了。一块抹布，涂点肥皂就会不见的。倒是你，看起来与这个地方格格不入，哪怕只有一只眼的人也能看出你是个外乡人。"他往她身边看了看。"克瑞恩·维恩呢？"

马丁的逗趣让她又惊又喜。他说起话来好像他们之间毫无隔阂——好像分开只是发生在昨晚早些时候的事。

"我知道我的身份了，"莉亚深深地看着他的眼睛。"我猜你对这件事也不是一无所知。"

他露出一个十分开心的表情。"跟我来，小姐。我得把这些马厩都打扫干净，边做边聊。"他转身向后，抓起耙子朝另一间马厩走过去。

莉亚紧随其后。"你干嘛做这些活呢？"

他看了看她，大笑着说："为了足够靠近大教堂外墙。我需要工作，姑娘，我得赚饭吃。我得一边等你，还要一边对大教堂里进进出出的人和事了如指掌。"他弯腰向前，把马厩里的粪便耙成一堆。"克瑞恩·维恩在哪儿呢？"

"他在米尔伍德，疗伤。"莉亚回道。

"他总是粗心大意的，是吧？可怜的人。我还以为他长点记性了呢。"

"是**我**粗心大意，"莉亚有点懊恼。"他是为我的错误受的罪。恐怕很多人都在无辜受罪。你知道大灾难就要在第十二夜到来吗？"

"这个……王子也这么说。这就快了。还有三天？我在算数方面总是没什么天赋。"耙子在地上发出一阵刺耳的刮擦声。

"你算得很对，"莉亚说。"马丁……看着我。"

"我边做活也能听得清你说话。"

"看着我，马丁。"

他停下手来，把下巴靠在耙子杆的顶头。只虚虚对她看了一眼便转过视线，好像她的样子会让他痛苦。

"你为什么背叛大主教？"她质问道。

马丁的眉头突然扭在一起。"这就是你的看法？你真是不知道天高地厚。你对男人和国王的行事之道了解得太少了。很好。我是背叛了他。可你要知道，在他之前我还和别人有过盟约，小姐。我有属于自己的誓言要完成。"他又开始做活，比前一次还要卖力。"大主教不能说谎，只能说十成十的真话。王太后深知这一点。狄埃尔伯爵也同样知道。我是答应了大主教把他们带到安全的地方不假，事实上也没有一个王国比我送她去的那个更安全的了。"他停顿了一下，用靴子边踩了踩一角的烂泥。"你有圣球。我知道你会来找我们的。可你真的越过了漫尼斯山和灰毛野人的巢穴，这是我没有想到的。只有圣骑士才能毫发无损地走过那条路。"

"我还以为你死了。"她悲伤的小声说道。

马丁傲然地哼了一声。"那么大点儿的野兽还要不了我的命呢，孩子。看在老天的份儿上，我这儿是你到德豪特的第一站吗？还是你已经找到了去蛇窝的路了？"

她震惊地看着马丁。"你怎么……？"

他使劲儿把耙子往地上撞击着，甩下附着在上面的粪块儿。听到这话给了她一个意味深长的眼神。"我知道你要去哪儿，我的职责就是帮助你完成你的职责。这就是我来这里的原因，也是我来打扫马厩的原因。你也看到了这里有多脏。现在你知道花园里那个蛇窝的位置了？"

莉亚走到他的另一边。"我去看了科尔文，仅此而已。"

"咳！那**不是**你来这儿的用意。忘了那个小伙子。要完完全全把他忘在脑后。"

她怒气冲冲地看着他。"我怎么能把他忘在脑后呢,马丁?"

他的脸上充满焦虑和强压着的怒气。"就像我必须这样做一样。还有重要的使命等待着你去完成。灵力把你带来就是为了看你完成它。"

"警告整座城?"

"是!"他怒气冲冲地喊了一句。"即便他们不听,你也要去做。灵力就是这样。在大灾难开始前一定要有警告。谁能比一个贱民更适合做这件事?"

莉亚下意识地舔了舔嘴唇。"那我该去警告谁呢?"

马丁又冷哼了一声。"你觉得是谁呢,小姐?真不知道你怎么能问出这种问题。你脑子里是灌了浆糊了吗?你说是谁?"

"德豪特大教堂的大主教。"

"谢天谢地,我差点儿以为你真傻了呢。说得好。你知道花园里蛇窝的位置了吗?"

"嗯,我想我知道。它就在大教堂后面,藏在树丛里。那里面有一片李子林。"

马丁点点头,用手指头点向她的方向。"就是那个。我自己亲自去看过了。我都在早上拼命干活儿,这样等到他们都喝得醉醺醺的时候就能溜进去打探消息了。你是怎么翻过围墙的?"

"有灵石在把守入口,多亏圣球帮我打开通道的。"

马丁又点点头,这次他看起来十分满意。"干得漂亮。我就必须得爬墙了。我就知道一定有更简便的方式。王子……他跟我说过王太后和她那一帮子的人。"他戒备地往四下看了看,然后往她身边挪了挪。"我们一定要小心点。隔墙有耳。这我可不敢忘。我还有很多事要告诉你。不过看你眼睛无神，肯定一晚上没睡。看见那边的梯子和阁楼了吗？那是我睡觉的地儿，里头还剩了点吃的，等我再到集市上给你买个肉馅饼来。"他继续推动耙子。"我跟马厩的主人说我的外孙女要来和我一起住。所以我可能会朝你大喊，对你发脾气，别当真，这也是我的伪装。等我做完手头的活，你也睡过觉以后，我们就通过密道再去大教堂一次。去休息休息吧，孩子。让脑子清醒一下。在去见大主教之前，还有很多事情等着你去做呢。"

莉亚听完马丁的话，转身准备去睡觉。她很庆幸有他在身边，他的存在让莉亚充满了面对前方所有危险的决心。身犯蛇窝的念头曾一度让她的灵魂在畏惧中却步不前，但马丁眼中的那种钢铁般的坚定给了她一点鼓舞。

她给了马丁一个热烈的拥抱，完全不顾及他身上的污渍和散发出的臭味。马丁微微抖了抖，小心地不让自己手上的脏污蹭到她。在她松开之后，她在马丁那双亮蓝色眸子里看到一丝泪光。他在努力克制着情感，把自己胡子拉碴的脸板得紧紧的，故作出生气时的阴沉。

"见了面就好，小姐。老天保佑，见了面就好。"他的眼神变得极其认真。"我不会背弃你的。你是知道的，小姐。世界上所有的财富和荣耀也无法动摇我。你永远可以信任我，我随时听候你的调遣。"

"那我们就目标一致了，马丁。我需要你帮我出主意救出科尔文和……和……艾洛温。我想在去见大主教前先把他们俩从囚牢里救出来。"

在马丁脸上有一种半假笑似的表情。"一个用天鹅绒和金子堆砌出来的囚牢。一个充满舞乐和美酒的囚牢。可说到底，还是个囚牢。

蚀心邪灵完全掌控着这里,民众完全在他们的奴役之下。他们对即将到来的死亡视而不见。"

莉亚点点头。"他们一点点地被蒙蔽了。"

附近有什么地方传来一声木门响。马丁对她点头,示意她赶快爬上梯子,而他自己则开始清理下一间马棚。

我现在脑子里全乱了。狄埃尔伯爵也来了德豪特大教堂，是我舅舅下令把他从禁闭塔放了出来。现在整个大教堂里传闻漫天。他随身带来一张羊皮纸卷，上面写着将对我的保护之职授予他，还盖了官印。就是说我舅舅收回了科尔文的保护职权，却将它交给了狄埃尔。我真不明白怎么会这样。更让我惊诧的是，他说我舅舅已经准允我嫁给小国王，因为这样可以平息我国内乱，还指定在德豪特大教堂举行婚礼。我舅舅甚至承诺，一旦仪式完成，将即刻释放王太后，这样我们都能一团和气，各回各家。

我从没见过科尔文发这么大的脾气。他质疑印章，说它是伪造的。整个大教堂一片混乱。狄埃尔保证我舅舅已经在来的路上了，等他一到，会亲自传达指令。我猜是在我和科尔文离开王国后，双方达成了休战协定。但我不想嫁给小国王。真的不想。当时科尔文把我拉到一旁问我是否想要这门婚事，我却忍不住发抖，因为他的手正握着我的手。我愿随他到任何地方去，这里不是我的国家，我是属于普莱利的。我会和他一起藏在那里，直到大灾难降临，船队带我们离开。

——艾洛温·德蒙特于德豪特大教堂

第二十章
里奥大教堂

在靠近普莱利边界的马尔文百里区，矗立着一座里奥大教堂。这座教堂建造得和米尔伍德的外观一模一样，就是比后者的规模略小些，而且没有大片的沼泽地环绕四周。里奥管辖下的村子里遍布富饶肥沃的农场，丰腴的山羊在低洼地里吃草。传言说，普莱利土匪不惜穿越边境，只为盗取这些珍贵的羊种。但很多人不知道的是，普莱利才是这些羊的真正原产国，它们在那里生活繁衍了很多代，直到饥荒时期被科摩洛斯的饥民偷来果腹。所以被当地人称作盗窃的行为也算是有理有据——至少从某个角度看是这样的。

奥勒温王子站在窗边，从这里他能看到所有前往教堂来的骑马的人和坐轿子的人的动向。里奥教堂的大主教就站在他身旁，没话找话地在和他聊着天。可是王子始终以不同寻常的耐性目不转睛地看着底下的路，好像陷入了沉思。骑士护卫最先出现在视线里，大主教终于有了从尴尬中解脱的理由。

"看样子他们已经到了。我该下去迎接国王了，王子陛下。在我去迎接他们的这段时间，有所简慢请您宽恕。等您的……未婚妻下了轿,我会把她带上来的。"

王子没有答话仍然自顾自地盯着下边看,大主教皱了下眉,然后支撑着肥硕的身躯一颠一颠地往门边走去。

门一关上,王子的贴身侍卫,克瑞恩·艾温斯林轻蔑地用普莱利方言说道:"这个杂种。他竟然把您和德蒙特小姐的婚姻当成儿戏。真让人难以忍受。"

"耐心点,"王子小声说道,目光径直扫向这个年轻人。"眼睛里的鄙视是瞒不住人的。在待人接物的时候一定要记住这点。"

"可他们做的事就是可鄙的,我的王子,"他尖刻地说。"自打她被那艘从桥堡码头来的海盗船抓住到现在,已经被监禁了整整三年。那可是三年啊!"

王子笑了一下。"我比任何人都清楚这段时间有多长,克瑞恩。"他重新转回身,面朝窗子,用手拨开窗帘。"她来了,牵着国王的手。"

克瑞恩马上跑到窗前,但外面的人群蜂拥在来客身边,根本看不见德蒙特小姐。那个又矮又胖的主教笨拙地带领着人群,朝大教堂的主楼走来。

"看看那国王戴的金领结,"克瑞恩厌恶地说。"不就是炫耀自己有几个臭钱吗。可至少他看起来还像个统治者的样子。您穿得太寒酸了,我的王子。"

"我想,这样才能和她相配。毕竟她只是在一个小教堂里长大的,那儿远比不上达荷米亚国那么财力雄厚,荣华显赫。"

"但这几年她可是被关在贵族聚集的禁闭塔里,那儿的屠夫都穿得比您好。您的打扮实在和身份不符。"

王子只是宽容地笑笑。很快,一阵沉闷的脚步声不断向门边靠拢过来。克瑞恩重又退回阴影里，屏气敛声，变得和普通侍从无二。这并非难事，毕竟即便是在艾温斯林里，他也还是相当年轻的。

门打开了，大主教再次走进来，身后跟着他的客人。国王很显然上了年纪，奥勒温谦恭有礼地对他点头致意。细看之下，国王的一头棕发几乎全变成了银白色，却化解不了冷酷前翘的下巴和那双犀利得仿佛洞穿一切的绿色眸子。他的身上有股子明显的妖姬味道。王子能看得出，妖姬的影响清楚地浮现在他的脸上，比任何伤疤都醒目。他非但不能放出光芒，好像还会吞噬光亮；他的每一面都像一个漩涡，抽走了房间里所有的欢笑、光明和快乐。他的出现激发了一阵不祥的涟漪，往房间里所有的空隙荡漾开来。王子注意到在他颈间的一条项链，他知道那就是赤隼链。

"我们又见面了，科摩洛斯国王。"王子欠身说道。

"很高兴见到您，奥勒温李埃鲁·埃斯林，"国王的嗓音嘶哑而刺耳。"现在您都是普莱利国王了。需要我介绍我的表妹爱勒·德蒙特小姐吗？"

说完他移步走开，看到她的一刹那，王子完全没有料到自己会如此激动，内心的情绪如同洪水一般翻涌起来。她和她的女儿长着同一副面孔——这张脸已经在他的睡梦里和预见到的事件中萦绕多年，那个人像影子一样在他的生活里穿行，告诉他即将发生的一切。母亲和女儿都是一样的与众不同，相貌不俗，有好一阵子他眼里只剩自己的预见，直到泪水泛滥，再也无法保持镇定。他鼓起全部力气，竭力压制住自己的感情，可已经湿润的睫毛没能逃过国王的眼睛。

"大主教会在这个教堂里为你们主持仪式。你们都是圣骑士，但我不是，所以不能陪你们进到圣所里了。您可能不会相信，埃斯林陛下，我真的不想要您的命。我要的是各国之间和平共处。由此而来，我提议随这场婚姻达成一项休战协定。五年内，我们不会对普莱利发动战争。作为交换，您要应允从今往后，在普莱利不再有三个国王共治的局面。只能有一个统治者。由我的表妹在您左右辅佐，您会做得很好的。您看，这协定能不能成交？"

王子把老国王的恣意妄为尽收眼底，他竟然开始干涉普莱利惯例。普莱利国内的政权平衡还轮不到科摩洛斯国君来裁决。但王子很明白眼下的情势，如果拒绝，他的妻子就会立刻被扭送回禁闭塔的牢狱里。

"普莱利贵族不会同意这样的安排的。"王子回答，用尽最大的努力压下自己声音里的波澜。

"但我想您一定能妥善解决吧？"国王洋洋自得，一双鹰眸探究着他的反应，露出明晃晃的野心。"您还有别的选择吗？"

"的确，"王子断然答道。他很清楚真实情况。只留一个国王统治整个王国会马上削弱全国的发展势头，而且不能共同统治的政局会让其他人设法寻求更大的特权和福利。一君治国还会助长嫉妒，其他渴望当权的人会想方设法来除掉他。如果先让一个小国发生内乱，那么再除掉它就易如反掌了。

"我们可以开始仪式了吗？"大主教提议道。"当然，是时候正式承认你们早先缔结的秘密婚约了。准备好下去了吗，埃斯林陛下？"

"在给出答复以前，我能和我的妻子单独谈谈吗？"王子询问道。

国王看起来先是吓了一跳，继而不在意地耸耸肩，答道："那我们到别处等着你们。走吧，大主教。我们到别的房间回避一下。"

门在他们身后被轻轻地带上了。

接下来好一会儿，房间里好像静止了。他们俩四目相对，很多话一时间无声地在空气中传递。还没等王子反应过来，那女孩已经跪倒在他面前，柔驯地把头低了下去。"请您原谅我，陛下。我已经变成了您的累赘。我不知道我堂哥会对您强加这样的条件。我真的对此一无所知。想到这会给您和您的国家带来怎样的麻烦，我真是无地自容。如果我们要延迟婚礼，我不会有怨言的。如果我们还要分开……"

王子也跪在她面前，拉过她的手，泪眼婆娑地露出笑容。"不，别哭了……我不会这么快就和你分开的。"他紧紧握住她的手，深深地凝视她的眼睛。"你不会再在科摩洛斯监牢里多待一天。你是普莱利国国母，是我们国家的合法皇后。不论付出什么代价，我都会保证你的安全。"

那女孩看起来并没能理解他的话。从她的睫毛下滚出一连串泪珠，脸上的表情却还是困惑的。"这怎么能行呢？我清楚自己的身份。自打父亲在战场上被表哥——也就是这里的国王谋杀，我和母亲就成了科摩洛斯国里的流浪者。我在一个很穷的省份，一个很穷的教堂里被抚养长大。我不能给您财富，也没有土地和官职。现在还因为我德蒙特家族的身份，给您招来了国王的仇视。这一切都是起源于多年前您对我父亲许下的承诺。可无论从哪方面看来，此刻我都是您的负担。如果把我送回彭特塔能对你的国家有利，我绝无怨言。想想你的子民吧，王子陛下。想想看，一旦国王对普莱利的阴谋遂愿，他们将会无故承受多少痛苦呢。"

王子慢慢地，从容不迫地吻了吻爱勒的手。然后站直身子，顺势把她一起拉起身来。"你完全搞错了。我现在看着你，就像看到了一件值得拥有的宝贝，一件让所有等待都变得值得的珍宝。我想娶你，不是为了土地，不是为了金钱，也不是为了承诺。甚至都不是为了你的父亲，即便我和他的确是同盟，更是朋友。"

他带她走到窗前,拨开窗帘。"你看到那些山了吗?那是普莱利的漫尼斯山。要想越过它们,必经过一段无比艰险的旅程。在群山深处藏着另一个教堂——一个小小的被称作廷顿教堂的地方。你是在蒙塔尼大教堂通过了圣骑士考核,而我是在那里。教堂的大小并不重要,信仰的力量才是关键。当我向你父亲提亲的时候,你才只有十三岁。我知道那时你还没有准备好,因为你实在是太小了。自你们家族纠纷不断的时候,我就一直远远地注视你,观察你。知道吗?我是拥有先知天赋的,凭借它我看到了你的一切。"

他把她的手握在自己的两手之间。"你乘船到普莱利然后又被捕都不是偶然。爱勒,你是圣骑士。如果我和我们约好要会面的大教堂沟通一下,你当时就能穿过穿越圣幕来见我。你在监牢里待的这些年都是考验——明白吗?灵力必须先考验过我们,才能交付信任。我们要抵住所有诱惑,向它证明自己的忠诚可靠。只有作出最大的牺牲,才能让灵力释放出最大的力量。"

他顿了一顿,轻轻地用手理好从她鬓角散落的一缕秀发。"我情愿为拥有如你一般的人等待。经过了这么多考验,你仍能保持初心,信守诺言。换作别人,关在塔里足以摧毁他们的意志,可你却没有。你还是那么坚定,毫不动摇。我能看到这种品质在你眼中熠熠生辉。你从不会自私地只为自己考虑。亲爱的小姐,在对我来说最重要的每一个方面,你都能胜任。你就是我想要娶的人,你就是我曾发誓会珍视的人。通过永生咒,我的愿望已经达成了。现在,你牺牲的已经够多了。我很确定的一点是,你只会跟我一起离开这里,我们会一起越过漫尼斯山,就你和我。那里的树上会结出硕大的果实外荚,等着居民把它们打落,留作燃料。还有雄伟得出乎想象的瀑布,绵延不断的浅滩和大大小小的海湾,里面的浪潮会听从任何圣骑士的指令。我们会一道看过这所有的景致,有好多东西我都要与你一同分享。"

女孩的眼睛湿润了,她像是要守护珍宝一般紧紧抱住王子,靠在他的肩头上轻轻啜泣起来。王子拥住她,把她紧紧护在胸前,嗅着她发间散发出的薰衣草香气。他很庆幸此时她看不到自己的脸,和他脸上浮现出的阵阵情感风暴。从她还是个孩子起,他就深深爱上了她,想象着她将会长成怎样的人,深知经过这些苦难后她将历练出怎样的品格。但此时抱着她,抱着这个有血有肉的人,比想象来得强烈得多。他早已感受到心脏在欢快中发出的阵阵悸动,同时还夹杂着隐隐的悲伤。**真是造化弄人**,他默想到,**我竟深深爱上一个即将用死亡让自己心碎的女人**。这个念头带来的悲伤十分强烈,像一把尖锐的勾刺插进他的灵魂深处。她抱得愈紧,那锋芒就刺得愈深。

当她终于止住泪水,向后退开看着他的眼睛时,在她湿润的眼睛里闪动着宽慰的光。

"你担心我会抛下你。"他声音嘶哑地说着,从她的下颌抹去一滴泪珠。

她摇摇头。"不。我更担心的是自己错会了灵力的意思。我很庆幸自己当时选择听从它——并且信任它。"

王子笑笑,"好吧……那我会尽我所能让你放心。你承受这世界的恶意和怨念太久了。等你离开里奥大教堂,就再也不会回到科摩洛斯了。你会作为一名王后圣骑士,在普莱利度过余生。我们的子民已经好几代没有过王后了。"他把头偏向一边,陶醉在她的面容、她的神情和从她脸上散发出的光芒里。如果他内心里传来的低语不是那么无礼的话,他可能会觉得它们说她和她母亲都是妖姬是很可笑的。她的肌肤上没有半点文身,肩膀上也没有烙印来显示她是那种人。她的每个表情都发散出温暖、光明和活力。

他抛出那个几经深思熟虑的问题:"你知道他们怎么用普莱利方言称呼山里的那座教堂吗?"

她满怀自信地点点头。"我知道——我可是从十三岁起就开始研究您的母语了。它的发音很相似,不过音调不同。他们会叫她**莉亚**。"

王子笑了笑,感觉那勾刺的锋芒又深了几寸。"好美的名字。"

第二十一章
希乐尔

阁楼里,莉亚的头一挨到草垫子上的枕头就立刻进入了梦乡,这一觉她睡得很沉。疲惫已经渗透到她的骨髓里,除了偶尔跳出一点有关科尔文的零星记忆——其间她总是流连在他的微笑和搂住她时的有力臂膀里——她就这样一直沉睡着,直到马丁轻手轻脚地爬上短梯,推着她的肩膀才慢慢醒过来。有那么一会儿,四周的一切都是模糊的,她的脑袋还停留在睡眠后的昏沉感里,马丁那张画满交叉文身的脸看起来无比陌生,甚至有些可怖。她快速眨巴几下眼睛,身体仍渴望更多的休息,这时她注意到阳光正斜照在围场里,白天的时光已经飞逝过去,所剩无几了。

"你该早点儿把我叫起来的。"她对马丁说,一边揉了揉眼睛。

马丁表情严峻,摇头道:"还好你白天没被人看见。有个狄埃尔的随从穿着皮束腰,带着他的徽章从韦赞回来了。我没见过这个人,但我知道他和弗什伯爵是敌人。"

莉亚的心一下子沉了下去。"科尔文。"她喃喃念道。

马丁目光锐利而严肃,紧瞪着她提醒道:"你该集中精力完成你的任务，小姐。不要再去操心他的事。狄埃尔正在四处找你，他的手下四处打听有没有人见过一个亚麻色头发的女孩——没有文身，随身带着匕首。好在你是早上那时候赶来的，马场里其他人都不在。我一直等到他们都离开这里去喝酒才来叫你。现在我们可以走了，不过别摘帽子。给——先吃点东西吧。你肯定饿了。"

她早已饥肠辘辘，便迫不及待地接过肉馅饼大嚼起来。馅饼里所用的香料不是她熟悉的那些，但吃起来十分美味，足以让她解饿。马丁又变戏法儿似的拿出一些坚果，一块奶酪和一个吃掉一半的面包来给她。

吃完这一餐后，莉亚随着马丁下了爬梯，一起出了后门，朝早上她出来的那个隐蔽花园的方向走去。现在她全身的疲惫一扫而空，精力充沛。两人并排快步向前，一边仔细听着街边路人和行人发出的吵嚷声。

"有很多关于未来的事你知道却没说出来，"莉亚问道，看出马丁在刻意地缄默不语。

"是的，小姐。"马丁神色严峻，紧紧眯起蓝色的眼睛。

"是因为封印咒吗？是它不许你告诉我的吗？"

马丁向后扫了一眼，察看身后是否有人跟踪。"是，也不是。不是所有要发生的事我都知道，它们会以什么顺序发生我也不全知道。有时他告诉我的话十分清楚，很多时候也会无比深奥，摸不到头脑。而且都已经过去很多年了，很多我都忘记了。只有几个非常重要的关键点我还记得。有些事我以为会在米尔伍德大教堂发生，却没有发生。或许它们该在这里发生吧。"

这不是莉亚想要的答案。她想知道究竟父亲留给马丁什么线索要他执行呢？在他的圣书里到底记录了些什么？她现在急切地想要找到它——借助圣球找出它的藏身之地。要是她能撤销上面的封印咒，就可以告诉科尔文真相，终结他的痛苦。但马丁警告过她，最好是先做好手头上的任务。或许这也是她父亲把圣球留给她的原因之一——他知道总有一天，她会想借圣球找到自己留下的圣书。

"这里，"莉亚说着，带马丁往能通向花园的那个浅门洞走去。他们走得十分小心，隔壁街上的喧闹声和笑声飘过屋顶传过来，可以想见其人头攒动、沸沸扬扬的景象。她推门进去，走到墙上那个隐蔽的，有灵石把守的地方前。这一次，它非但没有警告她走开，反而散发出一阵醉人的香气来迎接她。她根本感觉不到危险，只有一阵激动的兴奋。

她停下步子，困惑不解地盯着这个灵石，然后伸出手放在上面感知它的力量，想搞懂究竟改变了什么。下一刻，灵力说出了答案。一旦给出过正确的密语，灵石接纳了她的存在，就可以在它守护的这里畅行无阻。简单地说，就是它已经自动把她也归为妖姬一列，因为只有她们才能解开密语。在这块石头里，莉亚感觉到了强大到可怕的防卫力量。就好像大教堂的外入口能阻挡入侵者一样，德豪特这里的灵石也同样强大。她以意念询问灵石，想知道在从她早上离开的这段时间里是否有别的妖姬来过。脑海里传来一个明确的答复，表示没人来过。

"怎么样？"马丁在旁边问，眼睛搜索着从她脸上略过的每个表情。

"猎物是大意的，"她回答。"可以安全通过。"

他们穿过地道迷宫，走进后面的花园里。这一次却没有上次那么幸运。花园里有一个人，他们不得不中止前进，停滞在隐蔽处，从他们藏身的灌木墙篱和树丛后观察那人的一举一动。她一直在小径里信步闲行,不知在沉思什么。日光正渐渐淡薄,但当她转过身,朝他们藏身的地方走过来时,霎时间的光线仍足以照亮她的面庞。那一头如瀑般倾泻而下的发丝搭配婀娜多姿的步态流露出摄人心魄的媚态——等到她抬起脸来,莉亚却不住倒抽一口冷气。她的确是个美人,跟莉亚大概差不多年纪,有一双黑色的眸子和一头乌黑油亮的秀发。可她实在太像帕瑞吉斯,惊得莉亚差点从藏身的地方跳出来,只想尽快逃离这里。好在她及时想到,虽然这两人五官相近,但此时她正看着的应该是王太后的妹妹,这一阵惶恐才迅速退却。那女孩沿着小径一直走下去,直到有个声音远远地从另一头靠近过来。莉亚立刻认出了这个声音。

"你果然在这里,"狄埃尔说道。"有人告诉我,能在这儿找到你的。"

"这儿可是私人花园,"那女孩用狡黠而柔媚的嗓音说道。"是哪个姑娘把你放进来的?"

"我记不得她的名字。你们对我来说都太像了。"

"哦?我姐姐也是一样?"

"她可是……独一无二的。世界上再没有和她一样的第二个女人了。"

"她可还关在米尔伍德?"女孩盈盈带着笑音问道。

"你是知道的,她和我一样,没有大教堂能关得住她。在第十二夜之前,她一定会把他们全部迷倒,这一点我是很确定的。从塞姆普林弗来的那只小百灵鸟儿怎么样了?我什么时候能见见她?我可听说她变了不少呢。"

"今晚的舞会上你当然就能看到她了。你还没把我们这里的独特舞步忘到脑后吧?"

狄埃尔牵起女孩的手,在她张开的手掌心里落下一个吻。"在我们国家待的那段日子都快把我无聊死了。还是达荷米亚国更适合我。听说你哥哥,国王明天会过来,他答应过我的王子封号还算数吧?"

"答应过你的一切都算数的,"她加重语气回道。"包括把伯爵的妹妹给你做妻子。我们的眼线看到过她,现在正跟踪她呢。"

"她在哪儿?"狄埃尔立刻追问,声音里露出一丝急迫。

"到时候就知道了。一切都会揭晓的。走吧——我得去换衣服,舞会就要开始了。我新裁了一件长裙,你一定会喜欢的。"

狄埃尔一直拉着她的手,护送着她往大教堂方向走去。"我倒很想看看,当你穿着它在舞会上露面的时候弗什会是什么表情。达荷米亚的习俗正合我心意。我最喜欢看圣骑士心神不定的样子了。"

他们的声音渐渐飘远,只剩莉亚在原地,心底一腔怒火几乎要喷发。这时马丁突然从她胳膊肘的位置探出身来。"求助圣球,"他小声提醒她。"一定要找到那个女孩儿的位置和巨蛇标记。它就在花园里的某个位置。"

"这种标记这儿到处都是。"莉亚回了一句,解开小口袋的绳子,把圣球拿了出来。

她在脑海中勾勒出曾预见到的那个图案:盘绕的两条巨蛇——燃烧着熊熊火焰。圣球好久才做出反应,好像四周围空气阻碍了它转动一般。一阵恐惧涌入她心里,深不见底,恐怖至极。他们随着圣球指向穿过花园,一边竖耳留心任何响动,哪怕是最细微的靴子拖沓声,人的叹息声,或是不属于风和树叶的存在发出的低喁声。花园的构造看起来毫无章法,似乎贯穿大教堂整个地面表层。最终,在一个绝对会让人彻底迷失的树篱迷宫里,莉亚找到了藏身其中的巨蛇标记。这里的树篱露出一段开口,里面有一个下陷的石井,入口处盖着一块石板作为遮挡。现在天已经完全黑了下来，莉亚只得在圣球里聚集起微微一点光亮好观察整个区域。这里给人的感觉就是一片黑暗。灵力的强大让她叹为观止——可它与米尔伍德那里熟悉的感觉完全不同。这是一股原始的、狂暴的力量——让她突然发觉自己一文不值，令人齿冷。这股力量被牢牢锁在这里，就像一匹被囚禁在笼子里的发狂巨兽。她感觉到它就隐匿在石板之下。

"这里很凶险，"马丁声音嘶哑地小声说道。莉亚转头看他，发觉他的牙齿正紧紧咬在一起，整个面孔因为四周蜂拥而至的可怖气息忧心到变形。"这里潜藏着极强的邪恶力量，快去完成你的使命。"

莉亚伸出手去，放在灵石上，合上双眼，为接下来的意念之争做好准备。这块灵石给她的第一感觉像是当头一棒，力量之大，几乎立刻把她摧垮。一时间，她丧失了所有感觉，一切有关本我的意识全部消失殆尽。黑暗像沥青一般将她困在核心，她只觉得自己无法说话，无法移动，甚至连眨一眨眼都办不到。整个世界只剩下黑暗，浓重似墨，她什么也看不到。除了她的心脏在绝望中传来的恸哭——发疯一般的狂跳声，她什么也听不到。连一丝气息都休想逸出她的唇角。

过了一会儿，这种窒息般的感觉终于弥散，莉亚觉得自己又能动了，这表示那块石头已经接纳了她的存在。她似乎听到它发出一声自鸣得意的轻笑。**想让我闭嘴，是吧？**它好像在对她说话。**我的生命之河看不见缘起，也不会有尽头。打开这道缝隙，学会我们的方式吧。我们比天上的星辰都要古老呵。要么加入我们，要么只有死路一条。我们欢迎你的到来，沦陷的普莱利国王胄。**

蚀心邪灵欢快地在她身旁兜着圈子，在四周嗅来嗅去，低声呜咽，她从心底里感到一阵恶心。它们团团围住她，推着她跪倒在石板旁边，这让她全身的汗毛都直立起来。自己这是怎么了？

身边的蚀心邪灵对着她又拉又拽,密不透风地把她固定在自己的囚禁之中,害她几乎听不到灵力的低语。听起来那更像是一声喘息——在她灵魂最深处一个微细的提示。

去找希乐尔·娜梵德。

莉亚接收到这信息,领会了灵力的用意。她站起身来,迅速甩开这些潜藏在这树篱迷宫中的扭曲灵魂。接着她快步走开,跟着圣球在迷宫里穿梭,直到完全走出才停了下来。然后她看向马丁,此时的他面如死灰,脸上的浓重愁色迟迟未退。

"你看到什么了?"莉亚问道。

马丁摇了摇头。

"告诉我。"莉亚对他施压。

"我看不到,却能感觉得到,"他回答。"最邪恶的灵魂钻进了我的脑子,我碰都不敢碰它们。我的老天,这真是个令人发指的地方。"他看着莉亚,眼中波澜起伏,"你一定要结束这一切,孩子。你一定要结束这些黑暗的东西。"

她点点头。"我想,这就是我到这里来的原因。"说完,她看着手中的圣球,要它找到希乐尔。

如果不是有圣球在手,莉亚可能永远都找不到希乐尔的所在。把她带到希乐尔房间的不再是一扇藏在密道迷宫后的暗门,这次,路的起点就在花园里。一条掩映在树丛和灌木林里的石头阶梯,弯弯曲曲蜿蜒盘上一座独立的塔楼。在满天星斗的映照下,白塔看起来好像一只直伸到空中的巨大火把。石阶宽度极窄,显然只为少女的步法和身形设计,一路盘绕塔身,一环一环险象十足,颤巍巍呈螺旋状向高处攀升。莉亚打手势示意马丁留在塔底,然后独自手握圣球向上攀登。

石梯四周光秃秃的，没有可防跌落的扶栏，莉亚爬得越来越高，不得不把身子紧紧平贴到唯一可以倚靠的石墙上。塔楼上冷风阵阵，她不自觉地打起冷战来。她绕着塔楼转了一圈又一圈，不知过了多久，直到腿脚也开始酸痛起来，终于爬上了塔楼楼颈，向更高处的小观景台进发。艰难的攀爬让她的心脏怦怦直跳，她坚信在塔楼的最顶部一定就是希乐尔的房间。这一点毫无疑问。

随着高度的爬升和体力的消耗，每一步都变得更加沉重，她时不时就要停下来休息，喘息，再继续向上绕圈，一周，又一周。此时，借助塔楼的高度，她得以看到整个花园的全貌，里面亮起一点一点的小小光晕，想必是已到上灯时分，有人点起了灯。她用胳膊掩住一声咳嗽，拖着沉重的身躯继续向上，脑海里不住地想这简直又是要爬的一座山，不禁又庆幸自己的腿已经完全复原。在这个地方，踏错一步就足以粉身碎骨，每迈一步都最好用上十成的小心。就这样，她的足迹绕着塔楼划过一个又一个弧。高处的晚风涨满她的斗篷，给她平添了几分因担心坠落而生的反胃感。她舔了舔嘴唇，让自己鼓起勇气，还有几步就要到了。

石阶最终和阳台上的栏杆顺利交汇。这阳台虽然不大，但足以让她在上面立稳，俯瞰脚下的整个花园。不知道这里有石梯的人，如果不仔细搜索一番，是很难注意到在阳台对角处的栏杆底下还有这样的一个入口。阳台上围有一圈石头栏杆，底下装有短而粗的石柱，相互间留有一个个窄缝隙。莉亚用手攀住栏杆边缘，翻身跃上阳台，为终于站到一个封闭空间，再也不必担心坠落而深深舒了一口气。阳台另一边有一道门，那里灯光照得很足，能看到摆着的一个靠垫椅。从栏杆边上往外望去，刚刚能勉强看清底下妖姬花园。希乐尔有没有看到过底下的花园，并且想一探究竟呢？还是她曾经尝试过，却被一一阻拦下了？还是她已经发现了能通向下面的台阶，早就鼓起勇气征服了这段路呢？

突然里面传来一阵说话声，莉亚马上背贴墙壁隐蔽起来。她把圣球装回皮带上的口袋里，一边专注地听着里面在说些什么。她该对那个女孩说什么呢？怎样才能最快地让她明白此刻所处境地的危险，说服她一起逃离这里呢？

为免打草惊蛇，莉亚等了一会儿，才探头透过门缝往屋里瞧。门虽是木制的，却有足够的缝隙，足够让她看见和听清里面的一举一动。她先是把眼睛紧贴在门缝上，看了看屋里的情形。里面有三个女孩，其中有两个像是侍女。像是侍女的那两个里有一个从房间另一头的门里走了出去，另一个还留在里面，等着侍候第三个人——莉亚希望那第三个就是希乐尔。然后她又把耳朵贴在门上。

"对，你先走吧，"是希乐尔的声音。"我要再在圣书里写点东西，一会儿舞会上碰面。不用，不要等我，我刻字是很慢的。我知道你一定等不及要去见昨晚和你跳舞的那个骑士了。"

希乐尔话里带有浓浓的达荷米亚口音，但莉亚还是一下子就辨认出了她的嗓音。

另一个女孩已经急不可待，想要去约会情郎了。很快她就紧随第一个的步伐出了门，房间里只剩下希乐尔。莉亚沉住气又等了一会儿，直到确保不会再有人返回来取东西才开始行动。

她尽量小心轻声，缓缓转动门把手，里面好像卡住了，她不禁担心这门也许是锁上的。好在刚开始的滞涩过后，门无声地开了，显然合页上油润滑过。莉亚像猫一般无声地溜进烛光通明的房间里，眼前的华美一下子让她大为惊叹：房间里有一张巨大的天鹅绒床，上面罩着薄如蝉翼的轻纱罗，旁边摆着装饰华贵、样式复古的镶金边箱箧，地上铺有新鲜的灯芯草席，薰衣草香气馥郁，令人难忘，整个房间里都染上了这种芳香。除此之外，还有无数精美盘碟，各式置物搁架，灯芯草垫子下是抛光过的大理石方砖。这里简直就是公主的宫殿，对比之下，科尔文那间远在城堡更底层的小隔间显得无比寒酸。

再往里些，有一张打过蜡的木质换衣屏风，顶上杂乱地搭着几件长裙。从换衣屏风后传出一阵索索的布料摩擦音，然后，希乐尔·娜梵德突然从屏风的边缘走出，两手正努力把一只耳环戴进自己的耳洞里，刚好和莉亚打了个照面。两个女孩怔怔地对视着，都被对方的突然出现吓了一跳。

莉亚立刻对眼前的景象做出分析，猎手的眼睛瞬间就能抓住每一个细节。长裙是低领裁剪，在露出的脖颈和胸前戴有多串金制项链和珍珠项链，以填补衣料的留白。整条裙子看起来优雅而不失高贵，完全当得起其制作者的所有吹嘘，只是它与帕瑞吉斯会穿的那种风格同出一门。莉亚眼睛从下而上，一一扫过希乐尔手指上光芒闪耀的多只戒指，涂在她嘴唇上的口红，点晕在眼睛上的粉墨。最让她吃惊的还是最后一样——那就是头发。看起来，它的颜色比之前要淡很多，接近于一种淡棕色，原本的一头披肩直发，现在经过过度编绑变成弯曲状。莉亚立刻就明白了，为了赢得科尔文的心，希乐尔正在慢慢地让自己变得像莉亚一般。

很长一段时间里，两人谁都说不出话来。莉亚有一种奇怪的感觉，现在自己对视着的是一双敌人的眼睛。

第二十二章
德豪特大教堂的秘密

两人谁都没有说话。对她们俩来说,再一次看到对方都是所惊非小。不过希乐尔迅速从中恢复过来,换上一副见到救兵似的热情,"莉亚!"她雀跃地喊了一句。"我不该怀疑真能在这里见到你的。圣球带你来的?"

莉亚无法摆脱这种直觉——刚看到自己时她的第一反应并不友好。而且她感觉到希乐尔骨子里都透着一股子谄媚的气息。"看看你,"她说道,直率地看着在她身上发生的转变。希乐尔过去是那么温驯、胆小的性子——而现在,在她的眼睛里出现了一团前所未有的热情火焰。"你变了。"

"没错!"她立马接口,迅速点了点头。"我想离开这里都快想疯了。感谢灵力,你终于来了。这是一种恩赐,莉亚,真的。"她冲上前来一把抱住莉亚,带着一股亲昵的温度紧拥住她,身子因强忍啜泣而微微发抖。莉亚偏头闻了闻她,入鼻的是薰衣草的浓郁香气。房间里的薰衣草香在两人身上来回游走。

希乐尔身子退开,手仍紧紧抓着莉亚的手。"我们什么时候走?

今晚?"

莉亚被她的回应搞晕了,这与她最开始时的反应完全判若两人。但是,她依然很谨慎,因为以往被人背叛的经历提醒她,现在希乐尔的友好看起来有多不可靠。"我还不确定。我们要很谨慎,这座岛四周的海潮不允许草率动身。可是,看看你现在。你真的变了好多。"

那女孩点头表示认同。"他们拿走了我所有衣物,莉亚。说是要去把它们洗过,后来却告诉我这里的湿咸气候把它们都毁掉了,然后又给了我这些。穿着它们让我感到无比羞愧,但我实在没有别的可穿。我只想离开这个地方。我们必须马上动身。你知道能出去的路吗?有没有法子让我们逃出去?"

莉亚无言,对她点了点头。

"你能告诉我吗?"

莉亚又感到一阵不安,她摇了摇头避免正面回答这个问题。"计划还在设计之中,我得先找到你,确保能和你碰面。我想如果能一早动身是最好的。德豪特这里的居民不惯早起,那时走的话能避开很多耳目。"

希乐尔激动地点着头回道:"对!对,我们一定得离开这儿。你告诉科尔文了吗?瞧我,干嘛还问这个?你肯定告诉过他了。他今天一整天看着都和以往不一样了,我还纳闷儿为什么来着。他眼睛里显露出一种充满希望的神色,我从没看见过他这样。你知道现在怎么了吗,莉亚?狄埃尔就在这儿!"

"我知道——他的动作迅速得令人难以置信。他几乎是紧跟着我到的。"

希乐尔又点点头,面庞在情绪的驱使下染上一层红晕。"他带了我舅舅的话来。他要我嫁给小国王,平息七国派系间的内讧。这件事基本已经敲定,舅舅说他马上就要来了。"

"他在说谎,"莉亚回道。"几天前我才从你舅舅那里来。狄埃尔是被羁押在禁闭塔里的囚犯,才从那里逃脱出来。你听到的都是他编的一套谎话。"莉亚抓住她的肩膀。"大灾难要来了,就在第十二夜爆发。只有几天时间留给我们离开了,这里将是它的第一站。我们必须得走。"

"我知道,"希乐尔赞同道。"科尔文和我是一定要走的。我不想嫁给小国王。我给他们传过信了,可他们不肯相信,他们觉得关于大灾难的一切都不过是米尔伍德的大主教编出来吓唬人的故事。这里关于他的传言多着呢。德豪特大主教——他说会等到阿维尼翁先知主持大局再作理会,到那时米尔伍德现在的大主教会被罢黜,新一任大主教即将接任。你听说这些了么?"

莉亚咬着下唇,竭力把一腔怒火压制下来。"我见过他说的那个人。我知道他们会把谁扶上那个位置。七国即将分崩离析,就如同拆掉缝线后四散的碎布片一般。我们得登上离开这里的船,艾洛温。我们一定要离开这里。"

艾洛温在对面,连连点头,坚定地表示认同。"对,一定。但我们要先去布勒贝克大教堂。科尔文想最后去见那里的大主教一面,警告他离开。到时我们会试着劝说他和我们一起走。还有米尔伍德的大主教,只要他身体允许,我们都一起离开。"

"很好,"莉亚嘴上说着,心里依然不确定该如何理解希乐尔现在的举止言行。"有一条能出这座塔的秘密通道。"

"那些石头台阶,是……我看见了。它们能通到底下花园里。"

说这话时,她眼里闪现出来的神情让莉亚再次谨慎起来。"你……到花园里去过?"

"天呐，当然没有！那些台阶那么窄，连扶手都没有，想想就吓死人了。可灵力告诉过我，那就是我出逃的路，要想逃出去就要设法征服这些台阶。在花园外面，山坡底下有个树林，我听人说，那里有很多蛇，有毒的那种。不过有你这样的猎手相伴，我还怕什么呢。而且还有科尔文一起呢。"她微微羞红了脸，浅笑着说出最后一句话来。

莉亚想到一个主意，一个让她立刻产生深切共鸣的主意。"你能给科尔文带句话吗？"

希乐尔娴静一笑。"我马上就能见到他了。"

"那你转告他，我们明晚出发。我会先去找他，然后我们再一起来带上你。我希望你在明晚的舞会上装病，然后在午夜之前回自己的房间里来。这样我们就有更多的时间，确保能赶在天亮前离开。到时你要遣散服侍你的那几个女佣。你能在明晚把我说的这些都安排好吗？"

"可以，但我们去哪儿呢？你安排了船等我们吗？我敢肯定，他们会四处搜捕我们的。我们得保证能迅速离开。"

"这我会安排的。"

那女孩热情十足地点点头，一手搭在莉亚肩膀上对她说："我真的很感激你能来，莉亚。这份感激真的无法用语言表达出来。明晚我在这里等你。我要走了，到舞会上我会告知科尔文的。我知道他也迫不及待地想要离开这里了。"

"谢谢。"莉亚说完，快步走回到外面阳台上。然后越过塔楼围栏，用自己敢用的最快速度走下石阶。再次登顶又将是一段艰难的路程，她提醒自己要保存一些体力——因为她不想再等一个晚上了。不管时机是否成熟，今晚舞会一结束，他们一定要离开。

等她气喘吁吁地到达塔底的时候，花园笼罩在一片黑影里。她的喘息声呼哧呼哧地在耳朵里回响，嗓子干得快要冒烟，急需一杯喝的来解渴。她等了一会儿，努力让呼吸不再那么急促。这时，一个黑色的轮廓从树丛里走了出来。

马丁的声音里满是责备。"我能清楚地听到你的脚步声，"他毫不留情地批评道。"太大意了。"

莉亚看着他摇摇头回道："没那么多时间了。我们必须今晚行动。"

"太仓促了。"马丁提醒她。

"你说的或许不错，但我已经不相信那个女孩了，她变了。"

"跟我说说。"马丁语调平和，但莉亚听出了他嗓子眼儿里隐藏的一丝低吼。

莉亚开始沿着石板路走起来，示意马丁也跟上来。"她看起来就像帕瑞吉斯，穿着和她一样裁剪的长裙，戴着同样的首饰。"

"她戴了魔石吗？"

莉亚摇头。"就我看到的，没有。不过王太后是把自己的藏在一条项链里，希乐尔戴了好几条项链。她把头发的颜色变了，样式也不一样了，整个穿着都是达荷米亚的风格。我怕滞留在这儿的这段时间把她腐化了。我们最好今晚就离开，她好像等不及要走。"

"为什么？"马丁问道。他的声音再次阴沉下来，好像很绝望。

"因为狄埃尔在这里，还说她应该嫁给小国王。"

"我的老天。"马丁只是轻轻回了一句。

莉亚看着他，问道："你是不是早就知道了？这也是你不能告诉我的一部分？"

他直直地盯着她，现在虽是黑夜，五官却十分清晰。"继续说下去。我们为什么要今晚就动身？"

"我要她去告诉科尔文我们明天出发。如果她不可信,就一定会设下陷阱等明晚我去找科尔文的时候把我抓住。我没告诉她你和我一起来的,如果你能把科尔文带出来,我就可以去找她,然后他们就可以离开了。"

"还有呢?"

"还有什么?"

"你自己,孩子。你怎么办呢?"他的声音变得无比激动。

"等他们找到安全的地方藏好后,我就可以去做我该做的事了。到时我会去警告德豪特大主教有关大灾难的事。我已经告诉科尔文有船等在韦赞了,我们到那里会合。"

马丁很长时间都没有回应。"乍看之下,这是个完美的计划。可仔细看来,出岔子的可能太多了,几乎是很有可能。但有一点很好,赶在她算计你之前先下手为强。这是像艾温斯林一样的思维方式。"

听到他的表扬,莉亚心中涌起一股骄傲的暖流。"你觉得狄埃尔为什么要说谎呢?很显然他不可能自圆其说。德蒙特是不会来的。"

在他们走近墙上隐蔽着的入口时,马丁转头看向莉亚。门为莉亚打开,她引着马丁走进里面。等到石门关上,莉亚拿出圣球,里面再次发出光来。

"等你到科尔文那儿的时候,光线不会太亮。昨天晚上我看到他只有一根蜡烛。所以你要记住再回到这扇门的路。"

"还是我教给你怎么走出米尔伍德底下的迷宫的呢,孩子。我想我能办到的,带路吧。"

她用圣球指出方向,迅速在密道里穿行。"为什么狄埃尔会这么做呢?"

"他出此一招必定是掌握着我们不知道的情报,"马丁回答。"王太后精明得很。或许他就是在等她让德蒙特倒戈。如果能这样的话，联姻就能照他所说的举行了。"

"可德蒙特是个圣骑士。"莉亚说道，马丁的话不禁让她产生一丝担心。

"圣骑士也是会屈服的。圣骑士也会被疑虑所困扰的。这边转弯。半路上我看到一块石砖破裂了，是个不错的标记。但是一个精明的猎手总是有备无患的。"说着，他从腰上系的口袋里拿出一大块白石头，用它在墙上画了一道。"白垩石，从悬崖上捡来的。"他解释道。

他们继续在通道里走下去，迅捷地在隐蔽的密道里穿梭。莉亚想到上一次的路程是多么曲折，好在有圣球为她提供光源和安慰。她无法想象，如果没有它，在黑暗中要找到方向会有多困难。马丁的确很有经验，想到在墙上留下白道子来指路。

"是的，"马丁仿佛洞悉一切，接着说道："狡诈的狄埃尔给狡诈的女主人当差。可得小心他的谎言。世界上翘首等着听好话的傻子比比皆是。用心险恶的人就会利用这一点。"

"看起来你很了解他，"莉亚说道。"你对他的描述分毫不差。"

"我不认识他，但我了解他们这一类的人，他是被愤怒蒙蔽了双眼。只要得不到他想要的，他就会把这叫作不公平。愤怒会不断壮大自己，直到从内里把他整个毁掉。一个智者有次把他圣书里的一句话告诉给我：'林由木成，引火焚身。人之有力，怒由心生。以财为引，怒气渐增。'人拥有的越多，却会觉得自己有的越来越不够，这难道不奇怪吗？人的贪婪心是永远填不满的。"

"这边走，"莉亚一边引路，心里还在思索着他的话。她想到了奥古斯丁大教堂的主教。他自己有一个那么富有的教堂，还有很多她连见都没见过的精巧珍宝，可他还嫌不足，一心只惦记着米尔伍德和他自己所虚构出来的财富。她不禁长叹一声，很想马上就回到米尔伍德，希望现在那里的一切还没有变得不可收拾。

他们走到了这条密道的尽头，莉亚按动门闩把门打开。房间里果然如预想的一样，里面空无一人。现在科尔文应该和希乐尔在一起，由她转述莉亚的计划。他应该会想她是否如前一夜一般正在房间里等着自己。昨夜的记忆无比鲜活，一想起来还是会让她心潮澎湃。布勒贝克大教堂是他们的目的地，是他们俩即将成婚的地方。

在马丁查看整个房间时，莉亚一直观察着他的表情。在看完这里的简洁与朴素后，马丁赞许地点了点头。

"谢谢。"莉亚说着，伸出手去碰了碰他的袖子。

马丁脸上露出一个大大的笑容。"我为你骄傲，小姐。不论发生什么，你都要记着，有我在。"他声音哽咽，勉强压住这阵激动，眼睛里盈满泪水。"他也会为你骄傲的。"他的话中断了，下巴紧紧地合在一起。莉亚看得出他正在努力挣脱自己的舌头——却无法再说更多。

她上前紧紧抱了他一下，吻了吻他胡子拉碴的脸颊，然后迅速溜回密道，焦急地想要尽快返回塔楼，等着希乐尔回来。她会用尽自己所能用的所有方法劝那女孩离开，但如果她还是执意不走，就只有把她打晕然后绑在房间里。

莉亚满心疑虑，一路上无比谨慎地回到了妖姬花园。

莉亚来了。她竟然如此轻易地找到了我们。不过我早就知道总有一天会再见到她。大主教说过的,虽然他的原话很隐晦。他说,在我得到自己最想要的东西前,会有一个看似无法逾越的障碍横亘在我和那样东西之间。而莉亚就是威胁我和科尔文幸福的人。我一直希望她能远远的,安全地待在遥远的地方,然后等到下次见面时我和科尔文早就木已成舟。但现在她竟然找来了,翻山涉水地来救我们。我知道她一定会恨我从她身边抢走科尔文。可她根本配不上他。一个贱民能嫁给伯爵,想想就可笑。如果我也仅仅是个在塞姆普林弗大教堂里长大的贱民,我绝不会像她那样不知廉耻地追求像科尔文那样身份的人。

一想到她,我就会想起科尔文把我丢在墓地里去救她的那个可怕早晨。直到那一刻,我才意识到自己有多么在乎他。而由于莉亚的存在,他有多不可能回应我的爱。我很不愿意承认这一点,可当我看到她受伤的那一刻,心里是无比欢愉的。我甚至暗暗地希望她死。可她并没有死。在我的脑海里不断浮现出一幅画面,一次又一次循环播放。我看到自己在往她的坟墓上摞石块,亲手把她埋在一个土堆下面。科尔文在我身边。我不懂这是什么意思。但我猜石头就是标记,它们是隔断,是壁垒。就是说我一定要帮科尔文埋葬他对那个女孩的喜欢,这样他才能做他该做的,回应我的爱,在乎我。有人来了。

——艾洛温·德蒙特于德豪特大教堂

第二十三章
狄埃尔的卧室

等莉亚爬到塔楼外面的旋转石梯最顶部的时候,两条腿已在极度劳累下不堪重负,跳痛不止。晚上气温骤降,塔楼上风很大,好像随时可以把她从台阶上掀下去。她努力集中精力,爬上最后几个石阶,再一次到了阳台栏杆的位置。这时已经接近午夜时分,等她抬起手臂扳住阳台边缘,将整个身体翻过栏杆站到阳台上时,感觉到汗水正顺着腹侧肋骨的沟壑直淌下来,耳朵里回响的都是自己急促而沉重的呼吸声。她等了一会儿,让自己稍作休息,平复心脏的狂跳。很快,如果她的计划奏效的话,科尔文和希乐尔还有马丁就可以离开这里,随着海潮一起无声地溜走。而她还有任务要去完成——面见德豪特大主教,传达她的警告。圣球会再次带着她走最安全的路到他那里,再从最安全的路离开。她想尽快到达韦赞,从那里登上浩克号,和其他人一同离开。德豪特大教堂总是给她各种黑暗的念头。有某种古老而邪恶的东西就藏在这堆石头里。

阳台上的门关着,她透过门缝往里面看了看。里面几乎没有什么光——有几只蜡烛还点着,整个屋子里暗影幢幢。这就说明屋子的主人还在舞会上纵饮狂欢。莉亚伸手一推,两扇门页无声地开了。房间里空无一人,她的心里一下子充满勇气,因为这样便有时间仔细搜索整个环境,了解希乐尔在大教堂是如何生活的。但最重要的是,她要先找到一个藏身的地方。

一走进房间,最先吸引她注意的就是附近的一张大桌子,上面摆着一部打开的圣书,旁边摆着各种刻版工具,还有些散落的细碎金铜刨花。是这本书把她吸引过来,还是它旁边那簇在光亮表面反照出闪光的烛焰呢?莉亚来不及多想,便不自觉地走了过去,看着书上刻着的形形色色的文字,却无从得知任何一个的含义,在她心里翻涌起一阵强烈的忌妒。这本该是她坐下来学习的地方;学会认字一直都是她的心愿。她眼睛紧紧盯在书上,感觉一股冲天的憎恨几乎要将她吞没。这种感觉十分强大,不停在她身体里发酵,沸腾。她开始嫉妒希乐尔,嫉妒她和科尔文一起度过的那段日子。摆在眼前的桌子所用木料都经过高度抛光,显然是由手艺精湛的匠人所为。地上铺着的块砖闪闪发亮,纤尘不染。她一生却是住在大教堂的厨房里,与自己本该拥有的宫殿失之交臂。嫉妒暗暗地汇入悔恨之中,更加大了这股力量。

为什么这些感觉会如此强烈呢?最近她并没有对自己的成长环境想得太多。而且她从没对自己是在米尔伍德长大而感到遗憾,反倒是离开大教堂会让她思念不已。那现在的嫉妒是怎么回事?为什么这些黑暗的想法开始暗潮汹涌了呢?

几乎像是在应答着她的这个问题,莉亚感到灵力对自己发出了警告——那是因为这些想法**不是**她内心里的想法。它们都来自于外界。

莉亚转过身,一双闪着银光的眸子从黑暗中靠拢过来。又是一双。还有一双。房间里共有六个这样罩在黑色斗篷和黑色长袍下的人。她之前见过他们。莉亚的心猛地一沉。德豪特曼达找到她了。

她陷入深不见底的恐惧之中,如潮水一般淹没其他知觉,如黑夜一般压抑,和她在普莱利群山遇到过的那个野兽一样恐怖。他们早在这里设下了陷阱,坐等她来自投罗网。

莉亚转身逃跑。她迅速飞奔到窗边阳台上,赶在他们行动前,还有一丁点宝贵的时间留给她脱身。现在她知道,塔楼底下一定有士兵在张着网等她,但下去用拳头和刀剑对付一群士兵总好过留在这儿,在这些德豪特曼达用来攻击她的强烈情感下苦苦挣扎。夜晚的微风亲昵地抚慰着她,可她现在心跳得像脱缰的野马,根本无暇顾及这些。就在她把手支撑在栏杆边缘马上要发力跃过障碍时,惊恐的一幕发生了。那些构成楼梯的石块都不见了。现在下面只剩下一面赤裸裸的塔楼城墙。

在完全惊慌失措,头脑发狂的一瞬间,莉亚甚至在想自己该不该直接跳下这窗台,一死了之。那些石阶去哪儿了?这个问题让她注意到了这里的灵石——石头地板的一处浅浅的下凹里躺着一枚两条交缠的蛇形图案。这可是妖姬的塔,原来自己的行踪并非像表面那样掩过了他们的耳目,这是给她设的圈套。圈套故意留下一条豁口,就是为了诱她深入。

马丁!他也会被困在大教堂里的。他们都被困住了。

一排闪着光的眼睛已经绕着阳台围成一堵墙。中间那个男人发了话,话音里是浓郁的达荷米亚气息。

"欢迎前来,孩子。你接受符水仪式了没?"这就是前天她和茹旺在海滩上遇到的那个人的声音。

她试着抵挡如潮般袭来的情感冲击,但他们六人合力,她绝不是对手。

他们三人打头，三人殿后，裹挟着莉亚从塔楼内部的楼梯走下去。现在除了直接从楼梯井中间纵身一跃，再无其他方法可以逃脱。火把在塔楼内墙上的支架里熊熊燃烧，支架都是铁打的，经过捶打呈现盘曲蛇形，从每一张嘴巴里都喷发出火焰。看到这些，莉亚忍不住要发抖。空气里的燃香味浓到令人腻厌。她想起在奥古斯丁大教堂也闻到过这种气味，一样在空气中久久不散，一样带着让人无法忽视的厚重香料味。

当他们走到塔楼基底层的时候，尽头出现一扇巨大的木门。德豪特曼达打开门，脚步不停地押着她沿门后的长廊继续走下去。

"把你的头发遮好，"其中一个人命令道，指令里夹杂了灵力的作用，对听话者有完全不可抵抗的引诱力。莉亚只得遵从，带起了后面的兜帽。

现在她怕极了，大脑早已拒绝运转，好像德豪特曼达用极度的恐怖层层挟持了她的思路，她整个人都精神涣散，无法聚焦到任何一点。看不到脚底走过什么路，数不清到底经过几扇门。她不知道现在已经走到大教堂里面多深的位置了，只见每一角落都装饰得高贵典雅，美丽的天鹅绒褶形布帘和古色古香的各式绣帷锦上添花。形态各异的基座和金蚀刻装饰俯拾皆是，只觉满眼只剩所费不赀的浮光掠影。

在一道门旁，他们停了下来。领头的人在上面敲了敲。

莉亚做好即将面对德豪特大主教的准备。她命令自己坚定起来，但身上的颤抖怎么也止不住。绝望在她心底隐隐作痛。马丁能逃出来吗？他会来找自己吗？还是德豪特大主教现在也正在等着他？

门打开了，但莉亚看不见里面的情况，一堵黑色的斗篷人墙阻挡了她的视线。

"我们抓到她了。"

里面响起的是狄埃尔的声音。"把她留下来。"

"大主教要和她说话。"

"他会有机会的。把第一个和她交谈的机会交给我,你们会得到一笔赏钱的。趁大主教还没来,先让我和她说几句。都下去吧。"

"如您所愿。"随着一声简慢的回答,人帘自动分开,莉亚看到狄埃尔正站在门口,手里拿着一只高脚杯,衬衣领口大敞着,露出里面汗津津的胸膛。那一头桀骜的头发还是跟她记忆中的一样,再看到他,莉亚仿佛被一道恐惧击中。上次他们面对面时,她不顾一切想要了他的命,最后却被他所杀,险些丢掉了性命。

对狄埃尔来说,现在她脸上的表情好像很有趣。"进来吧,莉亚。"

德豪特曼达让开一条路,莉亚从中走过去,进了房间。狄埃尔在她身后把门关上,两人就这样擦肩而过,那一瞬间,他似乎在闻她身上的味道。这让她感觉全身的皮肤都紧绷起来。

"你渴吗?"他主动问道,说着把酒杯举到唇边,从中呷了一口。她能闻到他喘息之间散发出的苹果酒香味。

这是一间卧房,里面没有窗,让她想起大主教宅邸里给马尔恰娜和希乐尔睡觉的那间小屋子。房间里有一个壁炉,一张巨大的罩顶床。顶上面积庞大的天鹅绒帐子分开着,露出里面凌乱的床垫和四散的毯子。他的剑,就安置在旁边的一支软垫支架上。

"我不会喝这种苹果酒的。"莉亚说着,微微侧身密切注视着他。

狄埃尔在房间里悠闲地踱了几步,走到桌前,再啜了一口才把酒杯放在上面。"那洗个澡如何?我正要去洗澡呢,门就被敲响了。你太脏了,莉亚。像你这样动人的女孩应该穿着柔美的长裙,而不是这身猎手服。要不要我去给你拿一条长裙来呢?"

他的无礼让莉亚怒不可遏,立刻转身盯着他说道:"你想找马尔恰娜,我知道她在哪里。"

狄埃尔笑了笑,脸上露出渴求的神情,眼睛在愉悦中变得弯曲狭长。"你当然知道了。我肯定,你在科摩洛斯那座城堡纵火的时候,她就准备动身去米尔伍德了。说真的,莉亚,这太不公平了。我可是很喜欢那座城堡的。"他故意夸张地叹息了一声。"现在已经不是马尔恰娜下落的问题了。问题是她下一站要去哪儿。她和其他一些人都会被送去普莱利的一个大教堂。是哪一个?"

莉亚舔了舔嘴唇。"你觉得我会告诉你吗?"

"我知道你会说的,时间问题。"他再次举起酒杯啜饮一口。在他眼睛里,强压的怒火开始冒头。"为了你好……我是说为了弗什好,我希望你能早点松口。反正你一定会说出来的。终有一刻,你会把一切都告诉我们。在这一切都结束以前,你就会归顺我们的,亲爱的。所以为什么不直接跳过这些不愉快呢?你现在已经跑得够远了,但别忘了,我也是个猎手,我还是把你抓住了。不妨识趣一点,承认你被捉住了,现在的自己毫无还手之力,不管你说什么做什么,都不能把你从这个地方解救出去,除非你同意加入我们的事业。在米尔伍德的时候我就给过你这样的机会,不过当时你一口回绝了。现在,我依然保留这个机会,并且愿给你提供最宽松、最适合的条件。加入我们吧,莉亚。要么这样,要么还有别的方法,结果都一样。"

"加入你们?"莉亚反问道,几乎要滑稽的笑出声来。

"我是认真的。看看你的样子,姑娘,到处都是泥巴点,脏得要命。在这片土地上到处奔波,累得像条狗。看看那边的浴盆和清水。难道它不诱人吗?你可以先洗澡,我们一边再谈谈。我保证我不会偷看的。至少我们可以先讨论一下有关你投靠我们的条件，有很多好处可以供你选择，以物易物。来吧，莉亚。脱下你的斗篷。"

她一动不动，眼睛直视他的脸，低沉而充满厌恶地挑衅道："你就是这样向瑞奥姆求爱的吗？"

狄埃尔眼中彤云翻涌，里面是他强自压抑下的欲望。她不知道他到底喝了多少酒了。"那就随你好了，像只猪一样臭着吧，"他兴致全无，淡淡地回道："我可没有多少时间陪你耗，所以最好尽快打消你所有无谓的希望。这也是王太后计划的一部分。米尔伍德第十二夜就要沦陷。她现在还在那里，莉亚，正紧锣密鼓策划着推翻它。在我戴着镣铐被送到科摩洛斯那天，计划里的一切都全面就绪了。你真觉得我被关了很久吗？"

他向她靠近过来，眼睛里褪去了所有尖酸的幽默色彩。"大教堂里有一个叛徒，莉亚。大主教就要被背叛，为之送命了。德蒙特已经死了。实际上，他是被毒死的。这我是知道的，他的死已经是事实了。大主教就要为他的死和谋杀国王顶罪，而另一个大主教已经跃跃欲试，即将填补这个空缺。这些都会在第十二夜前完成。各地的大教堂都已经沦陷了，莉亚。所有的圣骑士都会被杀死——除了他。弗什会留下来。但条件是我要得到马尔恰娜。如果她消失在普莱利的丛林里，弗什就会死。他会死得很惨，莉亚，我向你保证。到时候相比之下，德蒙特一族的死会更像是一种恩赐。那些不接受符水仪式的人下场都会很惨。我自己已经受洗了，你也会的。但我们不止想要你接受符水仪式，莉亚。不仅是这样。你还有一个特殊使命。你能懂我的意思吗？米尔伍德要沦陷了。那些你十万火急赶着送来的愚蠢警告不过是些假的、空的圈套。就如你所预言的，大灾难是要在第十二夜降临。但它带来的是圣骑士的毁灭。他们的力量已经失效了。那群相信人必须要善良，诚实，自我牺牲还有那一堆废话的蠢蛋将一个不剩，统统灭绝。我受够了这些蠢话，莉亚。"他的身体在愤怒中发着抖。"早在布勒贝克大教堂的时候我就受不了了，那会是最后一个被焚毁的大教堂。"

"这就是你这么做的原因吗？"莉亚毫不示弱，主动向他靠得更近，扬起下巴逼问道："你之所以生气，是因为在布勒贝克大教堂学的那些东西是吗？是因为那条为了掌控灵力，必须牺牲部分自我的规定吗？看你现在变成了什么样子，狄埃尔。"在她体内，灵力逐渐翻涌起来，源源不断的词语要从她嘴边挣脱出来。"你之所以生气，是因为你不能像自己希望的那样自私自利却不带一丝羞愧。你之所以生气，是因为科尔文的妹妹不是自发地爱你，因为你的真实面目，她永远不会接受你。你所有的愤怒都是针对这个世界的不公平。你……一个含着金汤匙长大的公子哥儿；你……一个有着得天独厚的剑术天赋，能言善辩的贵族；你……一个拥有了一切可能拥有的东西却依旧不满足的贪心人。你有想过得到马尔恰娜真的能让你快乐吗？你觉得，得到她就能让你的一切愤怒烟消云散吗？"

狄埃尔冷眼看着她，眼角在一片冰冷中紧缩起来。

"听我一句劝，狄埃尔。大灾难**要**在第十二夜爆发。不是因为符水仪式，不是帕瑞吉斯在策划的一切。相反，它正是她策划的种种带来的**恶果**。它会以一种可怕的疾病的方式毁灭这些土地上的所有人——所有男人，所有女人，所有孩子。它真的是一场灾难，真实的会爆发的灾难。现在是离开的最后机会，再不抓住时机，一切就都来不及了。"莉亚带着最后的挣扎望着他的眼睛，希望他能看到那里的急迫。

他的脸上还是不为所动，写满狐疑。"你怎么能传言灵力会做出这种事情呢？它有什么权利审判人类，毁灭人类？是谁给它的这种权利？不，莉亚。你才完全错了。灵力是真实存在的——这一点我毫不怀疑。但是哪一方势力能让它屈服，它就能被哪一方控制。"

他又走近莉亚一些，显露出怒火中烧的神情。"到目前为止，那帮上了年纪的老头子为了确保自己那副装腔作势的样子能永远统治世界，一直操控着它。为了让所有人都接受应由他们永久掌管灵力的现状，他们对每个人横加指责，折磨不休，把大家玩弄于股掌之间。这种日子已经够久了。你是个贱民，所以是不会真正明白这一切的。'诵读远古圣骑士流传下来的话，他们将秘密代代相传，一丝不苟地将其抄记在一本又一本圣书之上。'可那些不过都是谎言，莉亚。任何人都能控制灵力。哪怕是贱民，哪怕是你。未来是属于我们年轻人的。只有那些有远见、有人的七情六欲的人才能掌握未来，不是那群走路颤颤巍巍，一心只想管束后辈压制后辈的老古董。到第十二夜都会结束的，莉亚。他们可耻的统治就快接近尾声了。在你离开德豪特大教堂之前你就会明白我所说的一切。我可以保证。你会看到我所说的一切变成现实。你会看到，不会有所谓灵力来拯救你。没有灵力会严惩这片土地。不——你会看着我们**利用**灵力给这片土地做一次清洗——以火来炼金，一向如此。你会活着看到这一切的，莉亚。当你见证了这些之后，你会加入我们的，因为这是你唯一一条可以离开这里的路。如果你不加入我们，就只有死了。这次，你可不会像上次那么幸运地以晕过去了事了。"

莉亚觉得狄埃尔身上好像有一层由怀疑和愤怒织就的固执的壳。无论自己说什么也不能改变他的心意。他早就过了能听进去她忠告的时候了。

灵力却还是要她说下去。她看到它在自己脑海中绽开，像正午的阳光一样清晰夺目。

"错的人是你,狄埃尔。"莉亚无可奈何地摇头说道。"等你变成七国之中唯一的幸存者,你就会明白我的话。你会孤独终老,狄埃尔。你会被遗弃在这里。记住我的话,你会是这里最后,也是唯一的一个人。"

这番警告换来一声不屑的冷哼。"你真是疯了说起疯话来了。"他忍着笑自言自语道。

门外又响起一阵敲门声。

他趾高气扬,对她笑着说:"看样子,德豪特的大主教想要对你介绍自己了呢。"他再次举起高脚杯,长长地,慢条斯理地喝了一口。"等你受够那番毫无意义的折磨,说出那个词,你就会被再带到这里来。那时候,你或许就会接受我那洗个澡、喝杯酒的提议了。"

第二十四章
阿尔马格的复仇

德豪特大教堂的主教竟然如此年轻，真是出乎莉亚的预料。她原本预想中的是个和米尔伍德大主教那样上了年纪的人——一头银发，长着浓密络腮胡。可现在站在自己面前的是一个有着浓密胡桃木色的头发，只有鬓角染上了点白霜的英俊男子。这人有一对凌厉的淡褐色眸子，带着几乎可以被定义为赏心悦目的笑容。身穿一套正式礼仪用的黑色斗篷和黑色长袍，上面有金丝和柔软动物毛皮装饰边缘。

此刻，他正专注地透过那双犀利的眼睛看着，或者说是凝视着她。有好一会儿，那种探究的眼神好像在说，除了她，世界上的一切都不重要了一般。这种注视让莉亚全身结满冰碴。她从没遇到过像他这样在灵力方面如此强大的人，好像他就是向外发散灵力的中心源。但她也注意到，实际上那个源头把她身上的灵力已尽数吸干。好像有一种无法抗拒的强大力量，排山倒海一样榨取所有靠近他身边的生命力。有了他的存在，德豪特曼达也显得微不足道。莉亚连连退后，他的存在像着了火一般让她不敢近身。

"把她带到地牢里。"他用一种简洁、平静的声音下达了指令。

这时她眼角瞥到了狄埃尔，他正站在一旁，心照不宣地对她笑着，故意点了一点头，好像最后一次向她发出邀请一般。莉亚恨不得上去一脚踩断他的脚骨。如果不是德豪特曼达立即走进屋来，用那股压倒性的力量抓住她的胳膊，把她拽住，她一定会这么做的。

随后，她被押着走进城堡内部，像直往一个漆黑的洞穴走进去一样，沿途偶尔冒出蛇形火把架喷吐一团火焰，像是黑幕上的一块小污点，照亮一小块路程。辗转折腾到现在，莉亚又饿又累，全身无力。随着一步一步向前，她在这个黑暗的洞里陷得越来越深，恐惧不断啃噬她的精神，心像打铁的锤子擂在下面铁砧上一样轰鸣作响。现在，这里连一点灵力的残余都感觉不到，只有大主教身上一如既往的强大存在。他那里散发出的灵力简直刺目，却不过是一种假象，不过是一圈似乎掩盖住他真实面目的假的光晕。她眨了眨酸痛的眼睛，看着他纹丝不乱的严整发型，手上戒指的光洁表面，而那身衣服显然是莉亚所见过的最昂贵的一套。

前面，一个巨大的铁栅门张开大口，这时她听到长长的一阵尖叫。是一个极度痛苦的男人发出的声音。惊悚凄厉，让她忍不住浑身发抖。她听出了疼痛——那种撕心裂肺难以抑制的痛楚惨叫。等这一阵尖叫平息后，她听到那人呜咽着用普莱利方言发出的吼叫："老天有眼，我会把你们都杀死！你们都该……"紧接着，威胁的话被另一波尖叫打断。

是马丁。

里面雾气缭绕，完全笼罩在不知什么的烟里，闻起来有什么东西烧焦了。这是一种尖锐刺鼻的气味，一种她完全陌生的气味。莉亚的心在绝望中坠到谷底。

屋子里有三个男人，其中两个是德豪特曼达。在正中间有一块灵石,莉亚看不清它的样子,却能看到那张坑坑洼洼的表面上散发着灼热的红光。在它面前跪着身带镣铐的马丁,双手被人抓着生生按在滚烫的石头上,冒出一阵白烟。这块灵石一如她才在花园树丛里看到的那个,都是黑化过的,病态却熊熊燃烧着的邪恶存在。一旁的刽子手把马丁的双手紧紧压在上面,他在痛苦地哀嚎。

莉亚气愤到极点,浑身发抖,抓在她胳膊上的几只手箍得更紧了。她试着用自己的意念去镇压那块石头,可它不听她的指令。悲痛之下,她把牙关紧紧咬合,看着马丁如此痛苦,她像脱离水的鱼一样头脑发热,无法呼吸。愤怒抢走了她所有的意识,让她的大脑一片漆黑。

但莉亚下意识地胳膊猛一加力,腾起一脚狠狠跺在抓着她的一个德豪特曼达的脚上。趁他尖叫,被疼痛分神的功夫迅速把一侧的胳膊解脱出来。然后用刚挣脱束缚的那只手打在另一个的颈前咽部,那人吃痛,发出一阵干呕声,手上立马松开力道。一被放开,莉亚马上冲过去解决抓住马丁的那两个人,就在这时,她看到了另一个人,一直都在房间里监视一切的第三个人。他从背后擒住莉亚,一手抓住她的胳膊,下一秒她就被脸朝下地按在了地板上方,胳膊以超乎生理限度的角度别开身体,痛得她忍不住哀嚎起来。

"谢谢了,克辛,"大主教说道。因为一侧脸颊被紧按着贴在地板上,她只能看到他脚上那双衬着毛边的靴子。"把她的手脚都铐起来。狄埃尔说得没错,她果然和那个一样的不好对付。把她的武器都夺下来。"

莉亚想要挣扎,可胳膊上传来钻心般的痛让她无法再做它想。克辛一直把控着她,直到有人拿来锁链。他们先是除去她的靴子,铐住她的脚踝。接着扒下她的皮护腕换上铁锁。然后又拿走她的背包,匕首,短剑,这期间她不停挣扎反抗,却无法逆转局面。有人解开她腰带上系着的那只小口袋,拿出里面的东西。

"啊哈,一枚十字圣球!"大主教发出一声轻呼。"真讨人喜欢啊。正如我们所掌握的情报一样,你的确是天赋异禀。太棒了。把另一个贱民丢到他的牢房里去,我来跟她谈一会儿。"

莉亚被人粗鲁地扔在地板上,肩膀仍在刚才的疼痛中隐隐抽搐。她呼吸急促,拼命把眼角的泪水挤干。他们把马丁拖到一扇铁栅门前,就势把他丢进门里。

"你们下去吧。"大主教心情不错,语气明快地说道。

"小心点儿,"其他人警告他。"不要放松警惕。"

"克辛会保证我的安全的。他就是训练来杀圣骑士和猎手的——哪怕是普莱利的猎手。"其他圣骑士都走出房间,门从外面带上,然后上了锁。

大主教朝莉亚靠近过来,莉亚一步一退,那种他一靠近,所有光明和美好都会被抽走的感觉让她心寒胆战。克辛在阴影里束手旁观,眼睛始终不离开她半寸。莉亚扫视四周,六面体的房间里五面墙上都有铁栅条焊成的门,还有一面是他们刚才走进来的方向,门由坚固的钢材打造。透过一扇栅栏门,莉亚看到马丁瘫倒在地,浑身发抖,口中发出断断续续的呻吟声。

"你带着它的唯一解释,"大主教手举着那枚圣球,开口说道,"就是你能掌控它。孩子,你在灵力方面很有一套。在这里,这一点足以让你平步青云。"

莉亚默不作声,再次咬紧牙关,充满恐惧而又厌恶地看着他的一举一动。

他蹲下身子,上身低伏凑近莉亚的脸,好把眼睛聚焦到她的眼睛上。那一瞬间的黑暗让她头晕目眩，止不住要发抖退缩。她的胳膊被沉重的枷锁困住，不得动弹。"我知道你是谁，"他说。"我知道你的真实身份。"

她不禁紧张起来，他的话让她无比震惊，但仍让自己保持警惕。"是吗？"她问道，心中疑惑封印咒是否也会阻止他说出真相。

"米尔伍德大主教都跟你说过什么了？还是他根本没告诉你？"

莉亚保持沉默，一直等着他先开口继续下去。她慢慢地挪动身体，离他越远越好，直到身后的冰冷的铁门紧紧挤着她的脊梁骨。

他站起身来，人影阴森地笼罩在她的前方。在他的影响下，莉亚心里和灵魂深处每一丝温暖和善良都化为乌有，每一点仁慈或爱都慢慢破灭。地牢在灵石的烘烤下热得让人喘不过气，但莉亚却止不住要打冷战。

"阿尔马格认出你了，"他声音很轻，几乎是一种友好的腔调。但它带给莉亚的感觉与友好毫无关联。"我也亲眼看出来了。你是德蒙特家族的人。擦掉脸上的脏灰的话，你和你的祖母五官很像。颏部的坡度，微笑时脸上露出的那种聪明相。你是德蒙特家族的人，孩子。这点是显而易见的。"他再往前几寸，眯缝起眼睛，若有所思地看着她。"真是怪事，盖伦·德蒙特怎么会认不出你来。不过那个人总是自以为是，目空一切。对，孩子——你是德蒙特家族的一员。他们跟你说你多大？你的命名日是哪天？"

"我快十六岁了。"莉亚谨慎地回道，心中充满疑惑。

"不对，你已经十八岁了。至少是十八岁。在你被抛弃在米尔伍德之前至少已经过了一岁生日。不过还是太小，记不得自己从哪里来，也不知道谁是自己的母亲。你的父亲也是德蒙特族人，是个才干卓越的勇士。他是塞弗林·德蒙特的长子，父子二人在梅思福一役中双双丧命。在他们之前到普莱利国,想同圣王结为盟友的时候,你父亲爱上了一位皇宫里的女子,就是当时普莱利贵族的侍从女官。她是个妖姬。"

莉亚身子明显地缩了一下。

"你知道这个词的含义,因为你本身就是圣骑士,研习过圣骑士的专修学问。后来,女官背叛了自己的爱人,所有妖姬都会背叛爱人的,这是她们的本性。她的背叛让爱人在梅思福送了命。可那时候她已经怀了他的孩子,也就是你。当然,这一切都是秘密进行的。没人知道你被生了下来,没人知道你是什么时候出世的。你是被故意送去米尔伍德的,孩子。你就是被送去毁灭那里的。"

他的笑容冷酷而残忍。"你在灵力方面天赋过人,这点我从你身上能感觉到。你在利用灵力方面的潜能只开发了冰山一角。所以你看,孩子——德豪特大教堂欢迎你。嘎咕怪石允许你通过,因为它认出在你血液里流淌着一部分同样的血统。你已经背叛了艾温斯林,背叛了米尔伍德大主教。很快,你也会背叛科尔文·普莱斯,那个爱你入骨的年轻人。等你完成这一切,通过了妖姬考核,就能充分发挥作为艾利什姬迦勒女儿的全部力量。你能学到这里所有的毒药和它们的诸多用处。毕竟,这里有五花八门的蛇种,每一条都带有足以控制人思想、意识和行为的毒液,轻轻咬人一口就能实现。就是靠这个,你母亲在普莱利王子的年轻妻子产下第一个也是他们唯一的孩子——艾洛温后杀死了她。背叛是遗传在你骨子里的东西,孩子。所有贱民都有这种遗传,这就是他们不能学习的原因。"他轻声笑了起来。"高登·彭曼,真是个可怜的傻子。就是因为信任你,他最终毁了自己。"

莉亚的胃里绞动着怪异而充满矛盾的感觉。刚才这番话在她脑子里刮起一阵如风暴般铺天卷地的疑惑,但她依然坚信自己知道的一切才是真的。这些话里有些东西是真的,虽然她察觉到这点,但真相和谎言像金粒掺杂着沙子一样,难以辨认。莉亚决定不再费力辩解,直接在脑海中关闭了那扇允许它们通过的大门。他就是想污染她的思想,在里面播上怀疑的杂种,这样灵力就会抛弃她。等她怀疑自己的真实身份时,他好趁机操纵她的情感。

她想起了自己的职责。

"我给您带口信来了。"莉亚说道,勇敢地正视那片威胁着要吞没她的虚空。

大主教动了动嘴角,好像她的勇敢对他有所打动。"又是关于大灾难的警告,孩子?说实话,这可太让人心烦了。"

"您可以觉得它心烦,但真的就是真的,"她回道,"它最先袭击的就是这里,就在德豪特大教堂正中心。然后从这一点扩散,直至席卷每一寸领土。这是给您的最后警告。"

大主教看着她,脸上一副听到笑话的表情。"那是谁告诉你大灾难会来的?嗯?"

"一位大主教,"她回答。

"哪个大教堂的主教?你知道的,这儿的教堂太多了。不管怎样,我要先判断你的说法是否可靠。是从哪个大教堂发出的警告?"

莉亚心里拉响警钟。"我不能说,我不会说的。"

"你当然不会。可能是某个藏在普莱利群山里的不起眼的小教堂吧。真奇怪,警告的来源竟不是你们国家最古老的米尔伍德大教堂,不是佩克斯的布鲁日大教堂,也不是全境任何一座声名显赫的大教堂。对,小艾洛温一到这儿就给过我们警告了。当我们一同梳理真相的时候,她说警告是以一种她听不出有什么差别的语言传达出的。当然,她到布勒贝克大教堂修习的时候的确是学了一点儿普莱利语。但事实是,那个大主教当时把警告告诉了你,而你为她翻译成她能听懂的话。是你,一个为米尔伍德的阴谋而跑腿的贱民传出的话。现在你该明白为什么我不愿意相信这些警告了,孩子。这里头为一方谋利的色彩太扎眼了。如果事情真如你所言,那为什么所有别的大主教自己没有像第一位那样意识到危机呢?"

莉亚知晓该如何应对他的质疑,于是说道:"因为他们喝了您给的苹果酒,主教大人——那种下了毒的苹果酒太昂贵了。只有最富有的人才负担得起。"

他脸上掠过一丝慌张,对她笑了笑。"苹果酒都是从米尔伍德产的,孩子。"他提醒道。

"我知道我所说的都是事实。灵力已经向我确认过了。"

"是的,"大主教答道,他充满同情地点了点头,然后在这限的密闭空间里慢慢踱着步,眉毛被汗水打湿,闪闪发光。"你会明白的,孩子。在米尔伍德教给你的一切都不过是空壳的谎言。灵力能让任何人产生任何感觉。我也能让你相信我告诉你的一切也都是真的。"话音刚落,一团强大的情感闯入她的身体,让里面的情绪瞬间以极强的势头成倍激增,泪水蜇痛了她的眼睛,她听到自己无法控制地啜泣起来。然后她又爆发出一阵歇斯底里的狂笑,突然涌进体内的大量欢乐与眩晕让她全身痉挛。接着是悲伤——深不见底,极度痛苦,她感觉整个人都要溺毙在里面。疼痛让她无法喘息,一千个人丧生的悲恸,一百万个人丧生的悲痛。母亲胸前紧抱着夭折的婴儿的痛,被情人抛弃的少女的痛,失去丈夫的遗孀的痛。疼痛完全淹没了她,在她体内肆意增长,除了痛苦她眼中什么都看不到。突然,一切回归平静,她发现自己在地板上蜷成一团,带着满脸泪水上气不接下气地抽噎着,手指甲紧抠住地板上的石块,全身都被汗水湿透了。

莉亚一时无法从抽泣和那些情感的余味中回过神来,当克辛拎起她的身体,把她拖到一间开着门的牢房里时,她连抬头看一眼的力气都没有。从眼角的余光里,她看到大主教离开了,还一边用一条丝绸手帕揩去眉头的汗水。

克辛一把把她扔到地板上,她便立刻呕吐起来,把胃里所有的东西都吐了个精光。一时牢房里弥漫着呕吐物的恶臭,更让她渴望着一些清水。灵石散发出的热量蒸干了她体内的水分,刚过去那一轮情绪碾压几乎掏空了她胃肠。她正四下环顾找喝的东西,克辛端着一杯苹果酒回来了。

"我要水。"她哀求道。

克辛冷酷的眼睛里毫无波澜,把酒杯放到了她的身旁。

莉亚现在意识到了,在这里他们不会给她一滴水。唯一能喝的就是下过毒的苹果酒。她记起在禁闭塔看到马尔恰娜时她那种快被逼疯的样子,立即明白了狄埃尔所说的痛苦是指什么。

而这些才仅仅是个开端。

一切顺利，平安无事。他们在塔楼里抓住了莉亚，就在我的房间里。我早知道她会回来，我能感到她对我的不信任。他们会让她接受考验。结果就是她会失败。这是大主教告诉我的，之所以会失败，是因为如果圣骑士不屈从接受赤隼链，就没法通过妖姬考验。很快我们就要回家了，科尔文会带我到布勒贝克大教堂。这个念头已经在他脑海中冒了芽。很快——很快很快。

——艾洛温·德蒙特于德豪特大教堂

第二十五章
煎熬

在地牢里,没有办法分辨白天还是黑夜,没有办法区别日光还是阴影。在沥青里泡过的绳子燃着的光和焚香炉里的火光,提供了仅有的一点亮度。焚香冒出的烟让莉亚头脑混沌不清,皮肤散发出一股染上的臭味。高脚酒杯就放在一旁,引诱着她。她的舌头干得像砂纸,嘴唇在极度缺水下干裂刺痛。喉咙里像填进了一把火,急需一杯喝的把它浇灭。那阵呕吐带来的虚弱感久久不退,他们没给她送过任何吃的。克辛站在房间的阴影里看守,偶尔变换下姿势,像是被关在笼子里的野兽一样踱来踱去。时不时往他们各个囚室里扫上一眼,然后露出一种会心的微笑,好像在享受折磨他们的大好机会。

"马丁?"莉亚小声喊道。

"我在,孩子。"他回答,接着发出一阵呻吟。她听到他在自己囚室里拖着脚走动的声音。

"对不起。"她说。

久久没有回答。

克辛出现在她牢房外面,眼睛里充满渴望。他什么也不说,就是一直盯着她看。实际上,是用一双色眯眯的眼睛在盯着她。他在整个房间里兜圈子巡视的时候,眼睛总是会往她的方向看过来,里面露出像饿狼一样贪婪的光。

她迎上他的目光,决不让自己在他的注视下露怯。他一次次的挑逗让她火冒三丈,却只有强压下去。漫长的沉寂过后,终于锁眼里传来咔嗒一声响,门被打开了。德豪特大主教走进门来,身后还带着一群客人。他身后紧跟着的是一个年轻男子,穿着达荷米亚式的高雅华服。这人个子很高,体格健壮,十分英俊。那个挎着他胳膊的年轻女人是希乐尔,不过他绝不会知道这才是她的真名。然后狄埃尔也走了进来,最后跟着科尔文。

莉亚想要飞奔过去,可铁枷锁的重量很大程度上减慢了她的步伐。她慢慢移到栅栏门边,迫切地想要看到他的脸,但想着见到他又觉得一阵心痛。狄埃尔看了她一眼,脸上挂着藏不住的窃笑,然后在屋子里兜起了圈子。先是看看火把,而后又朝克辛点头,看起来对自己的预言颇为自得。莉亚只恨不能扑上去掐死他。

那个年轻男子在黑暗中眯起眼睛,努力适应这里的光线。"他在哪儿?谋杀我父亲的凶手在哪儿?"

大主教甩动长臂,指向马丁那个方向。"带着枷锁关在那间牢房里,科摩洛斯国王陛下。"

"把他带过来。"年轻男子冷冰冰地发令道。莉亚的心开始不安地躁动起来。

克辛点头领命,打开了马丁那间牢门。里面传来一阵咕哝说话的噪声,还有一声拳头打在人身上的响动,然后马丁被扔出来,正好落在小国王的面前。

他的脸肿得不成样子,多了一块一块的瘀伤,结满凝固的血块,看上去一片青黑。整个人趴在那里瑟瑟发抖,被烧伤的双手紧紧地压在胸前。马丁倔强地抬起头看着小国王,眼睛里冒出憎恶的火光。

小国王也一样回瞪着他,以同样凶狠的神色回敬马丁。"终于见面了,"他语气生硬地说,"谋杀我父亲的凶犯。"他的整张脸在愤怒中紧紧揪在一起,两只手紧握住希乐尔挽着他的那只胳膊。"是他吗,我的爱人?是他诱拐了你,把你送去普莱利的吗?"

希乐尔带着狡黠的神色庄重地看了马丁一眼,回答说:"是的。"然后迅速把头扭开,好像无法忍受长时间看着他一样。

"科尔文,"国王接着说道,把头转向那位伯爵。"你能确定他的身份吗?你认识他吗?他是不是大主教的猎手?他是不是那个把你引进圈套里的人?"

科尔文身上也穿着达荷米亚华服,莉亚认不出那身衣服,可他脸上那种阴沉、幽怨的神色她绝不会认错。他正用怜悯的眼神看着马丁,回小国王话说:"他叫马丁。据我所知,他的确曾为米尔伍德大主教做事,但我不知道他现在是否还是如此。"

小国王松开希乐尔的胳膊,屈膝蹲在那个卧倒在地、毫无力气的猎手面前。他伸手揪住了马丁的头发,猛地把他的脑袋拉起来,迫使他和自己对视。声音里是抑制不住的愤怒,眼睛里充满憎恶,"你谋杀了我的父亲。就是你的那支箭杀了他,我亲眼见过那支箭,你这肮脏的贱民。先是为普莱利国奥勒温王子做事,后来又跑去米尔伍德。这都是你们的阴谋,把我父亲拉下台,还要斩草除根,阻碍我继位。"他的嘴形在极度愤恨下有些扭曲。"你会被当做叛徒处死,我终于能给他报仇了。"他一把丢下马丁,转身对大主教说道:"这片土地都在您的管辖之下,主教大人。我能借您的职权把这个人送上绞刑架吗?我想让他受绞刑。立刻。"

莉亚的心一下子沉入恐惧的深渊。**不要！**

德豪特大主教脸上带着一副同情的神色，好像在说他完全理解小国王对父亲早年死于箭下的那种沉痛心情。莉亚的手紧紧握住铁栏杆辐条，带着越来越不安的心情看着这一切。

"绞死不是达荷米亚国的死刑刑罚，"他说。"在我们国家，这种罪应该受火刑。"

小国王露出一副嗜血的残忍表情。"那样就更好了，"他说。"狄埃尔，你监督行刑。等到处决的时候把我带去刑场。我要以儆效尤，对我国所有的叛贼施行同样刑罚。"

"遵命。"狄埃尔夸张地做出一个动作领受王命。

就在这时，灵力对莉亚低语了几句，让她在极度害怕的时候找到了合适的措辞。

"尊敬的国王陛下，"她勇敢地开口说道，把自己的脸贴到铁栅栏上。

那群人的目光纷纷转到她的脸上，连科尔文也转过头来。她看到他先是一脸的震惊，然后立刻转变成一种受折磨的痛苦相。从一进门他的注意力就一直在马丁身上，直到她开口说话，才发觉她也在这里。现在他脸上那种愁苦的神情让她心碎不已。

听到囚犯称呼自己的名号，小国王好奇地扭过头来看。

"说话的是谁？"他低声询问大主教。

在大主教回话之前，莉亚鼓足勇气挺身说道："我是来自米尔伍德的莉亚。国王陛下，您不能以谋杀罪处死这个男人。"她的心脏在激动中怦怦直跳，眼睛直视小国王的眼睛，舔了舔干燥的嘴唇继续说下去。"您不能以这个罪名处决他，因为他根本没有犯罪。国王陛下，是我杀死了您的父亲，用的是一把猎手弓和普莱利箭。是我在温特鲁德的战场上犯的罪,国王陛下。当时我就在他倒下的那座小丘附近,我认罪。您可以向普莱斯阁下求证我所言不虚。他知道我在那里,我告诉过他我都做了什么。他是圣骑士,国王陛下,他不能说一句谎话。如果您怀疑我的话,那您可以向他取证。您问他。"

莉亚根本不敢去看科尔文的脸,哪怕提到他名字时也始终迎着国王的注视,充满急迫而真诚地看着他。

小国王一脸震惊,借着昏暗的火光打量了她一会,最后靠拢过来,仔细研究她的面孔和头发。"科尔文?"他微微侧脸,隔着肩头问道:"这不会是真的吧。"

莉亚迅速垂下头看着地板,害怕对上科尔文的目光。她不想看到他的表情。一时间,整个房间里只剩下火把燃烧的噼啪声。

"科尔文?"小国王重复一遍。

"是真的。"一个沙哑的声音低语道,夹杂着无限的心痛。

"国王陛下,"莉亚一字一字,铿锵有力地说道:"我不是奉米尔伍德大主教指令行动的。一开始我的使命只是护送普莱斯阁下抵达温特鲁德,连我自己都不知道接下去会发生什么。国王陛下,是灵力命令我杀死您父亲的。如果我所言不虚,那么灵力绝不会允许火焰伤到我分毫。因为的确是它命令了我,国王陛下。您的父亲犯下或允许手下借他名义犯下无数诛杀罪状,所以灵力才要处死他。在你们的王国里,无数圣骑士受到迫害,惨遭屠戮……"莉亚的嗓音变得嘶哑,这一番话耗费了大量水分,她忍不住干咳起来,急需一杯水来解燃眉之急。她只得更加用力地攥住铁栏杆,强迫自己吞咽一下,继续自己的辩白。"我愿意接受你们的审判。如果灵力没有夺走我的性命,您就会明白我所言属实。那个受尽折磨的可怜人什么都没做。温特鲁德之战时他甚至都不在米尔伍德。在那之后过了两星期他才到的那里。"

小国王在看着她,希乐尔也在看着她。莉亚挺直腰板,对他恭敬地点了点头,表示自己已经说完了。

"你为米尔伍德大主教做事?"小国王提问道,声音里满是不屑。"我早该知道的。她既已当着王国里两位伯爵的面承认了自己的罪行,不需要再有其他目击证人证明了。"

"的确如此,"大主教出声附和道。"那么我提议,陛下,我们将其认罪事实定罪?现在唯一的问题就是灵力是否容许这项罪行。在宅邸的内花园里有一块灵石,专门用来验证被诬告者是否清白。在达荷米亚国,这种方法被称作酷刑甄别。在那块灵石下,有一个生满毒蛇的洞穴。如果灵力真的站在她那一方,那么就如她所说,毒蛇不会伤她分毫。如果她是有罪的,那么蛇的毒液就会处决了她。"

在莉亚脑海中再次出现那个熊熊燃烧的刻着蛇形图案的石头。早些时候,她和马丁还到那里看过。在和内心恐惧斗争时,她意识到,自己就是要去那里的,这一趟和证明自己的清白没有任何关系。

"一个蛇洞。"小国王重复道,听起来好像觉得这个想法很有趣。

"我愿意接受酷刑甄别。"莉亚轻声说道,怕得忍不住发抖。

"非常好,"大主教说道,显然对这个结果十分满意。"日落时分,你将接受甄别。如果第二天天明时分你还活着,那么你的无罪申明将确定成立。我们该出发做些准备了。天马上就要黑了。"

听到这话,屋子里的人都走了出去。克辛把马丁拖回他的那间牢房,给那道门重新上锁。大主教先让所有人出门,自己留到最后,打了个手势要克辛过去听令。他附在克辛耳边小声嘱咐了几句,然后也走出了地牢。

当克辛朝她这边的铁栅门走过来时,莉亚全身的汗毛都竖了起来,她看到他眼睛里闪动着愉悦的光芒。他低头看了看那只酒杯,还是动都没动，放在离她很近的地板上。琥珀色的液体让她更加口渴难耐，但她强迫自己把注意力放在克辛身上。

他掏出一串钥匙，打开了门上的锁。

"你看上去很渴，"克辛说着，弯下腰举起那只酒杯。"大主教说他看你好像很渴。"

莉亚快速小步地退到离他更远的地方。"我不会喝这个的。"她警告他，绷紧身体，随时准备反抗。

"我想你会的，"他以同样不屈不挠的语气说道。

说时迟那时快，一串远比她预想得快数倍的动作之后，克辛已经把手指绞进她的头发里，使劲把她的头拽向后面。下一秒，高脚杯杯沿按到了她的嘴边。

莉亚立刻就明白了，这是一场毫无胜算的搏斗。

第二十六章
戒指

苹果酒泼剌剌倒在莉亚紧闭的嘴巴上，顺势灌进了她的鼻子里，她开始觉得不能呼吸了。克辛还拽着她的头发，他会想个法子让她痛得张口大叫，然后趁机把酒倒进她的嘴巴里。现在她手上脚上都带着沉重的镣铐，绝不可能是他的对手。但她还有其他很多天赋，或许能帮得上忙。比如快速出击，出其不意，或者做些什么让敌人变为被动。

不能直接把杯子推开，这一点那个克辛肯定已经料到并有所防备。她决定利用手腕上的铁链反败为胜。她用手抓住杯子底，使劲儿顺着克辛用力的方向一推，把那里面琥珀色的液体全部泼到自己脸上和胸前。苹果酒把她淋得透湿，不过现在杯子已经空了。

克辛气得骂了一声，抬起靴子朝她的肚子踢了过来。这点她早有防备，在他还没碰到自己时就及时把手臂挡在腹部，那一脚直接落在她胳膊上，莉亚整个人往后退了几步，跌坐在地，但她没有喊叫。虽然胳膊痛得难过，不过克辛不得不出去再倒一杯酒，给了她一点喘息休整的机会。

她闻了闻，现在的自己和那种酒一样臭；头发，脸上，和衣服上全是这种味道。顾不得许多，莉亚赶忙在地上不停向后挪动，直到感觉自己贴到了墙壁上，就顺势倚着墙站起身来。牢房又小又潮，外面那间屋子里的灵石还在熊熊燃烧。她又试了一次，不过还是不能让它平静下来。汗水从身上淌下来，掺杂在滴落的苹果酒渍里。莉亚深深地，完整地呼吸了几下，为接下来的对峙做好准备。

克辛回来了，手里拿着一杯刚倒满的酒。这次倒得太满了，不断有液体泼到他的手腕上。他面容扭曲，带着愤怒和坚决的神色。

"我会让你喝下去的，"他恶狠狠地说。"有必要的话，我就把你的头按到酒桶里，把你溺死在酒里。"他的牙齿愤怒地扭在一起，整个人看上去更加恐怖。

"我为什么一定要喝这个？"莉亚反问道，眼睛直逼他的目光。

"因为这是大主教的命令，"他说着走上前来。"在你接受酷刑甄别前一定要喝下这杯酒。"

现在他靠得越来越近了，莉亚的大脑飞速运转。即便没有锁链，她现在也不是他的对手。他还在靠近。

"我喝！"莉亚大喊一声，同时动用意念把他推开。这一次，她聚集起所有能用的力量禁止他靠近自己。有那么一会儿，莉亚猛加在他身上的那些意念让他蒙了一下，步子好像有点不稳。

"别强迫我！把杯子给我，我自己喝。"

克辛显然有些提防，面带疑惑地看着她。

"把杯子给我。"莉亚说着把手伸出去。

他看上去面色不定，显然被她的突然转变搞慌了神。她一直看着他的眼睛，继续猛烈地把自己的意念推给他。"把它给我。"她命令道。

他阴沉着脸,一副摸不着头脑的样子。"如果你敢把酒泼到我身上,我保证让你痛不欲生。如果你把它扔到地上,我会立刻把你的头按到酒桶里。"

"我知道,把杯子给我。"她不耐烦地朝他摆摆手。

克辛举起杯子伸长手臂递过来,小心地观察她的举动。

莉亚接过杯子,环抱在两手手掌间,专注看着里面甜甜的酒汁,又把鼻子凑过去闻了闻。一个主意轻声在她脑海中响起。它们一向如此。

她缓缓合上双眼,把注意力集中在那个念头上。灵力开始在她心中增长,她不让自己看那杯酒,尽量不去管它散发的气味。在脑海中,米尔伍德洗衣房里的灵石图案渐渐成形,它的样子,侧面轮廓的弧线,出水的嘴巴都刻在她的记忆里。每当水槽干涸,人们就会从那里聚集水流漂洗衣物。水正是她需要的——干净的,清凉的,新鲜的水。灵力在她心中跳动着,正无比思慕着米尔伍德的安全和庇护。她再一次体会到对宁静祥和的故乡的渴望。小鸟在扭曲生长的橡树枝干里啁啾,土地上遍布青草和野花,因而空气里总散发着秋天的香气。还有厨房,那里有帕斯卡和索伊。她好像看到了她们,听到了她们的笑声,闻到了烤面包的香气。还有大主教,他那飘逸的长胡子,黑色的瞳孔,还有他脸上忧愁的神情。这时,她想到小时候在他手下做事时总是调皮捣蛋,现在觉得很羞愧,心脏在悔恨中怦怦直跳。他对她一直都那么有耐心,实际上,他一直扮演了父亲的角色。她对灵力的信仰也是从他那里起源的。和大主教在一起的时候她第一次体验到了灵力,虽然那时她只是个孩子,还是能感到他履行职责的时候身上总是散发出的那种力量。她想再见到他,感谢他为自己所做的一切。

因为手上带着锁链,没办法画圣骑士标记。但她手捧着杯子,在脑海中完成这个动作。用意念驱动，**把这个变成水。**

冥想之后，她没有睁开眼睛，不想冒因怀疑或对失败的恐惧而功亏一篑的风险。她闭着眼睛，继续沉浸在对灵力的自信与确定中，它正在像洪水一般包裹着她。然后把杯子举到嘴边大口喝下去，没有一丝迟疑。

里面是水，珍贵的水。她一鼓作气咕嘟咕嘟全部喝光，终于缓解了口渴。等渴感完全消失后，莉亚睁开眼睛，发现克辛正在微眯着眼睛对着自己，好像她的光芒让他无法直视。她把杯子放回地上，然后跪在坚硬温暖的石头地砖上，无声地感谢灵力从中帮忙。克辛没再说一句话，锁上了牢门，走到另一间屋子里，就不见了。

莉亚保持着跪地的姿势打了个盹，直到一阵钥匙插进锁眼的声音把她惊醒。她先是觉得膝盖因长时间保持这种姿势痛得有些痉挛，然后发现自己正背靠在墙上，下巴却直垂拉到胸前。所有脚趾已经被压得失去了知觉，等她挣扎着站起来时下半身传来一阵密集的针扎似的酸痛。

"莉亚。"科尔文说话时声音已经沙哑了。

听到他的声音，莉亚迅速眨眨眼睛，跑到将他们分隔开的铁栅栏前。再次见面让她的心里充满重逢的激动与热切。从他的肩膀上方看过去，后面站着狄埃尔，他正把手按在自己的剑柄上，脸上那种得意洋洋的笑让莉亚忍不住火冒三丈。

科尔文紧紧用手握着门上的铁条。"为什么要告诉他们？"他的声调一下子变高了，脸颊因为激动出现了两坨红晕。"为什么？"

"因为她是个傻子，"狄埃尔插嘴调谑道，一边慢悠悠地在屋子里走动。"我们早就知道温特鲁德那人是她了。她用斗篷和兜帽裹住了自己，可她的头发太显眼了。有些上了年纪的村民后来看到她在战场上转悠,还有些小孩儿也看见了。他们看到的就是个女孩子。"

科尔文抓着铁条的手好像更加用力了,他把头微微向前倾着。"为什么,莉亚?"他没有理会狄埃尔,用一种乞求的口吻问道。他的手沿着铁条滑下,直到搭在莉亚的手上。

我不能告诉你原因,她用眼神回答他。现在她很想用手抚过他的发丝,轻声对他说会没事的。告诉他要相信她,她是在遵循灵力的意愿,她知道自己的这条路注定是要通往那个蛇形灵石的。

"你不能待在这儿,"她说,声音坚定果决。"大灾难第十二夜就要降临,你一定得离开这儿。第十二夜之前你们必须离开德豪特大教堂。"

科尔文抬起头来。"我不能把你一个人留在这儿,"他的声音哽住了。"不要让我走。"

"天呐,拜托你们,"狄埃尔哀怨地催促道。"弗什,赶快吻她一下完事好吗!"

就在科尔文猛地退后转过身去面向狄埃尔的前一秒,一个东西由他手上塞进莉亚的手里。莉亚差点没有抓住,但她看到了金属发出的闪光,赶在狄埃尔发现前牢牢将它攥在手心里。

狄埃尔轻蔑地看着科尔文。"瞧瞧,沉睡的雄狮醒了!弗什,激将法对你也太管用了。不过现在我是有武器的那个,不是你。你想干吗?用你那愤怒的目光把我杀死吗?"

"你该闭嘴了。"科尔文强压着怒气,生硬地说道。

"看在美人的面上,弗什,像个男人一样!我顶看不上你这厌样。"狄埃尔毫不留情地笑出声来。"你那套被吹上天的自我克制有什么好处?我只知道,我想要什么,就一定要得到它。有什么坏事降临到我头上了吗?我头顶上没有黑云,没有阴雨。你就是个傻子。既然你想要这个女孩,为什么不拿下她?你尽管去做,我决不拦你。"

"如果你敢再说一个字,"科尔文声音冷若寒冰,里面却氤氲着无尽的怒火,"我会让你后悔。你明白我意思吗,狄埃尔?借灵力之手,静静待着,否则会有诅咒降临。"他举起手来画出圣骑士标记。"你若再在这间牢房里说一个字,将永生不得再言。你不是怀疑灵力的力量吗?那尽管试试好了。再说一个字,那将是你出口的最后一个字。"好像有一股看不见的力量把狄埃尔的灵魂震出体外。他还是尖刻地盯着科尔文,眼睛里写满嘲弄。可他会说话吗?他会挑战科尔文的力量吗?

两个人在屋子里怒目相向。科尔文在等待,等另一个人开口挑战自己的断言。但狄埃尔什么也没说,他看了看科尔文,然后又看向莉亚,唇角微微牵动,半是讥笑,半是愤怒。

科尔文这才转过身来,回到莉亚牢房门前,把手越过缝隙牵着莉亚的手。"今天晚上,我会为你守夜。"他的手在发抖。"等甄别结束,我会在那里等你。你在下面的时候我绝不离开半步。你能做到的,莉亚。我知道你可以的。"他把胳膊伸进栏杆内,双手捧着她的脸,手指轻轻抚过她的发丝。可他的脸上毫无血色。

"你身上有苹果酒的味道,"他小声说,一双俊眸在警觉中张大了。他好像注意到了她身上的斑点和因为苹果酒汁蒸发而干结的头发,脸上的表情一下子变为惊恐。

莉亚直望着他的眼睛。"我会没事的,"她也小声地说,"相信灵力。相信它要你做的一切。"

"莉亚……"科尔文倒抽一口冷气,整个脸庞在矛盾和纠结中扭曲。

又一个新的声音在地牢中响起。"甄别时间到,"大主教走进来宣布。"我命令你们二人离开。我有几句话要同被告谈谈,为她做好准备。"

从科尔文肩膀上方看过去,大主教现在换上了正式长袍。她紧紧抓着手心里的那块金属,不让它被发现。科尔文不舍地看着她,眼睛里的担忧仿佛要把她刺穿。

"我不会失败的。"她向他保证。

科尔文和狄埃尔双双离开了这间闷得透不过气的牢房,只剩莉亚面对着朝自己走来的大主教和他身后黑压压一屋子的德豪特曼达。他们人数太多,莉亚心中涌起一股绝望。

德豪特曼达眼睛放出银光。莉亚立刻被怀疑和恐惧牢牢捆住,揪心的担忧的低语混合着战栗直击她灵魂最深处。大主教面露狡诈,旁观她的神色等待时机。

"米尔伍德大主教第一次用灵力腐化你是在什么时候?"他自觉时机成熟,抛出这个问句。

"他没有腐化我。"莉亚稳稳地说出答案,尽量不让自己声音带出颤抖。

"那时你多大?八岁还是多少?看样子这些毒瘤的根系深深扎进你的脑子里了,很难把它们连根铲除。他不该允许你学习的。我能感觉到你身上的力量,孩子。你会成为一名空前强大的赫达拉。"

莉亚咬紧牙关,"我不会。"

他自以为是地笑笑,朝铁栅条走近过来,轻轻地用手指抚过其中一支,动作极尽温柔。"从没有人能进到蛇洞再活着出来。那里面的嘎咕怪石会让所有男人精神失常,最终癫狂致死。只有女孩才能进去。这是对妖姬的考验,就像圣骑士考核一样,里面也要宣誓。如果你不肯接受誓言,下场只有死。死后再来重生。等我们再来交谈的时候,孩子,你就会变成我们中的一员了。"

现在她心里的感觉让她怕得止不住发抖。她从没觉得如此恐惧,如此孤独,好像被全世界所遗弃。这是她的感受,尽管它们是假的,却又让人感觉无比真实。它们身手敏捷,越过了她的防线。

莉亚看着他。"我已经重生过了。我已经在米尔伍德死过一次,你杀不掉我的。"

大主教面露喜色。"记住,孩子。要想在甄别中活下来,一定要锻出一只赤隼链。等火把熄灭时,这是唯一能让你活命的法子。这是唯一能阻挡毒蛇袭击你的事物。一旦它们咬到了你,那你就死定了。把她带到花园去。"

等大主教转身走开的那一刻,莉亚低头看了一眼科尔文塞给她的东西。是那枚她曾给他戴着的墓穴戒指——她从小时候的那场风暴之后就一直戴在身上的护身符。即便此时心中迷雾重重,她牢牢抓住了那一缕戒指所代表的含义。

今天黄昏时分,他们带着莉亚往灵石去了。我们站在阳台上,看着他们押着她从花园里的树篱迷宫里穿过。我记得那是什么感觉——充满期待,也无比恐惧。科尔文颓丧得像丢了魂儿,我一直在旁边宽解他。他看着莉亚接过大主教递来的一支火把,然后就被下放到底下的坑洞里,石板移回原位,封住了出口。她会在那里待整整一个晚上。科尔文说他不去舞会了,要留下来给莉亚守夜。我也会留下来陪着他,为了让他好受一点,我今晚整晚都要陪他待在他房里。他现在搞不清我们在哪里,也不知道发生了什么。我附在他耳边对他说我想离开德豪特大教堂,我说我们得找一条路离开这里。他相信了,现在我说什么他都毫不怀疑,全盘接受。等他完全属于我的时候,这一切都会是值得的。

——艾洛温·德蒙特于德豪特大教堂

第二十七章
恐惧誓言

随着头顶上那块刻着灵石图案的石板"吱嘎吱嘎"移回原位,莉亚感觉自己被人遗弃在这里,完全与世隔绝。现在她身处在一个坟墓里,面前有一条窄窄的地道,散发着腐烂变质的臭味。这里显然是另一些生物的天堂:长长的,蠕动着身子的蜈蚣在裸露的地表上彼此纠缠,四下乱扭。蓬松的褐底黑斑蘑菇一团一簇随处可见。常年幽闭导致这里有股子陈腐的恶臭味道。莉亚很想捂住自己的嘴巴,可是身上那副束缚手脚的枷锁限制了手的伸展,只得作罢。她把科尔文给的戒指戴在紧身胸衣下,能感到硬硬的金属边缘正硌在胸前的肌肤上。墙上麻点儿般的开了好多洞,莉亚一走动起来,感觉立刻有无数双眼睛从洞里瞄准了她的一举一动。这里墙上的洞有成百上千之数,随着她的走动,四面八方都响起了嘶嘶的摩擦声,像是有好多东西同时向前滑动,头顶上也不例外。她紧紧攥住火把,一边走一边把它来回平摆,照亮路况。沿着狭窄而扭曲的地道走到尽头,一间狭小的圆形屋子豁然展开。屋子里有股力量把她吸引过去,她感到古老的灵石正在召唤着自己,它们能力无边,且已存在了数百年之久。

莉亚走出幽狭的通风井，踏进圆形小室。顿时，一种邪恶的感觉迅猛而至。这间屋子里全是刻在石柱上的怪眼灵石，很像米尔伍德大教堂里的穿越圣幕，只是上面的图案则完全不同。里面共有六个石柱灵石，都是仿照女人的脸的形状，表情透着凶恶，好像受尽折磨。房间里再也没有旁门或者拱道之类，只是六支长在墙上的石柱。可在房间之外还有一样东西——莉亚眼睛看不到却能在脑海中感觉到的第七个灵石。它就是那个熊熊燃烧的蛇形交缠灵石。现在它被唤醒了，急迫地等待着莉亚前来。她的心中也翻涌起一阵渴望，让她不由得从心底往外发出一个冷战。身后嘶嘶的声音越来越响，莉亚一个转身，让手中火光打进外面的走道里。此时地上铺着一层厚厚的毒蛇，层层递进向她滑行过来，不断朝空中吐着信子。她一转身，那些盘曲的黑色怪物见到火光，有些畏惧而不敢向前。其中有些呼呼地朝她发出声响，莉亚好像能听懂它们在说些什么。

学学我们，亲爱的姐妹。

加入我们，艾利什姬迦勒的女儿。

了解我们，这里是万恶之母。

一时间她满脑子里都充斥着蚀心邪灵的呜咽声，它们邪恶的身躯黑如泥土，不时在莉亚身旁蹭过，惹得她浑身发抖。她转回身去，再次面对那些灵石，绕着圆形的屋子走动起来，以便更好地观察它们。六张面孔，六种不同的神情——没有一种代表美好。她意识到这六尊灵石是那个目前还看不到的灵石的守卫，只有成功越过这些才能接触到最后一个。在很久以前，它们由同一个大主教亲手雕成，每一个灵石里都蕴含着灵力的脉动。妖姬设法把它们集中到此地，可它们的本性并不邪恶。每一个都是与众不同，独一无二的，这一点让她联想到圣骑士训练。

莉亚略抬起胳膊,把前额抵在上面擦了擦汗,忽然瞥见脚底下溜来一条蛇。她把手里的火把低下去朝它挥了一下,那蛇猛地抽身退回,一边对着火光发出嘶嘶的响声。莉亚自问这火把上的沥青能着多久,很快便自答,肯定坚持不了多长时间了。这间小圆室样子很像穿越圣幕,简直是对圣骑士考核秩序的模仿。在米尔伍德,所有的灵石都一齐开口,然后她需要接受誓言才能让它们平静下来。可这里没有一个主动对她讲话。她应该怎么办呢?

莉亚走近其中一个,上面的女人是一副受到折磨而扭曲的样子。她舔了舔嘴唇,不知该不该用手去触碰它。屋子里的灵力躁动起来,在她犹疑不决之际穿透她的思绪。它启发她想到自己来这里是有原因的,那就是她该了解这里的妖姬仪式,但一定要抵抗住诱惑,决不能向它屈服。等这一切了然之后,莉亚伸出颤抖的手掌,小心翼翼地贴在那张石像上。另一只手上的火焰摇曳了一下。

她的手一碰到石头,大脑立刻被其强大的力量打开,石头发出的激烈情感让她忍不住倒吸一口冷气。原来这上面刻的是饥饿的表情,一个即将饿死的女人所拥有的那种绝望神情。她觉得好像好多天以来自己的胃都只有少得可怜的粗劣面包屑填补,而不是帕斯卡那里种类繁多的各色佳肴。在她脑海中,一个绝望的母亲带着自己快要饿死的孩子,为他们乞讨一些变质的面包。母亲没有食物可以给自己的孩子,那么么多孩子。她的丈夫要么走失,要么早已死去。家里也没有可以生火取暖的木柴,而现在正是冬天——隆冬时节,一年中最冷、最难挨的日子。家里没有可吃的,孩子们就要饿死了。她能看见那个母亲,她正绝望地拉扯着莉亚的裙子。莉亚认出了那张面孔,那就是她自己,未来的自己。她看到自己头上结成一绺一绺的黄色卷发,脸上是生活重负下的千沟万壑,还有对饥饿带来的死亡的恐惧。

求您施舍一点东西给我的孩子们吧！不要让他们死去！可怜可怜我们，求您了！我愿意做牛做马——什么都可以！只求您给我的孩子们一口吃的吧！求求您！这么多孩子都等着吃饭啊！

莉亚愿意献出自己的一切，只要能不再听到这些尖叫声。然后她感觉到了——答案在内心的惊悸中明显地跳跃着。她必须要放弃一样东西，她自己身上的一样东西。在这个灵石中包含的是欲望带来的恐惧。她需要克服这种恐惧。

虽然自己只是个贱民，不是高高在上的贵族，可在离开米尔伍德之前她从不知道饥饿是什么感觉。大教堂里总有足够的吃食，帕斯卡从来不会让她和索伊饿肚子，也从不会用这个方法来惩罚她们。在旅途中的饥饿倒时不时会折磨着她，但凭借着猎手的本领，她也总能找到糙莓树丛或是打些猎物果腹。食物少而珍贵，但她从来没经历过这种欲望的恐惧。

求您救救我们吧！求您！一口面包就够了！就给一口！给我的孩子们！给我的孩子们就好！

她试着把手从石头上撤回来，但这却办不到。手和石头紧紧地连在一起，这样一来她的感受反而变得更加强烈了。那些孩子啜泣着，拼命扯着她的衣角。她能做些什么？灵石在她脑海中开口了，它要她必须交出一件东西——她身上的东西。一件她不需要的东西就能终结那个母亲和她的孩子们的痛苦。

莉亚想了一刻，有了主意。她会交出自己手腕上戴着的这副锁链。

锁链登时不见了。面前的灵石也平静了下来。

此时她感觉脚下有异，低下头去发现毒蛇已经爬到脚踝，正蜿蜒往小腿上爬。环顾四周，整间屋子里现在都是这种黑色的冷血动物，还在彼此竞争着争先恐后地朝她的方向摇摆滑行。她迅速地再次用手里的火把驱散它们，现在手腕去掉了枷锁的束缚，可以自由活动了。对火光的畏惧再次让它们后退开来，这次更多蛇同时朝她凶恶地发出嘶嘶的威胁。内心的恐惧让她瑟瑟发抖，光是看到这么多蛇就足够吓得她失声尖叫了，她只能尽全力控制自己。这一次，她小心翼翼地移向下一个灵石。这一个脸上是自责的，内疚的表情。莉亚看着它，内心里努力稳了稳神，准备好再一次被其中的情绪攻城略地。

在这时，她开始摸到了其中的门道。

这些灵石本身没什么可怕，它们所代表的东西才是真正需要注意的。六个怪眼灵石代表了六种人世间都无法摆脱的恐惧。所有人能想到的恐惧都可与其中之一划上联系。这些脸上之所以重要，是因为妖姬需要经过这些训练来克服自身的恐惧。这样她们便可作出最后一项誓言，把她们同蚀心邪灵永远结合在一起。克服恐惧，是她们最后缔结协约的有力保障。

这样想着，她伸出手去，覆上了第二个图案。这一次，一阵讥讽的笑声将莉亚裹挟其中。这些笑声尖酸刻薄，如同锋利的刀子刀刀见血，让人无地自容。她看见一间富丽堂皇的宫殿，里面有好多穿着华美的漂亮女孩子，身上带的是炫目的闪耀宝石。她们在嘲笑另一个女孩。这个女孩穿的和别人都不一样；在她身上是一件破破烂烂的猎手服，脏得像从来没有洗过一般，头发上沾满污泥，还有黏糊糊的……苹果酒汁？这就是她脑海中的自己，在一群女孩子狂轰滥炸的羞辱下抬不起头的自己。里面有帕瑞吉斯——瑞奥姆——甚至还有马尔恰娜。旁边还站着索伊，她的嘴角挂着一幅倨傲的神色，好像看她一眼都是侮辱自己身份的迂尊降贵——莉亚感觉自己好像是世上最丑陋的女孩子。她们嗤笑她，冷落她，对着她脚上的那副锁铐指指点点，带着最刻薄的乐趣挖苦她,历数她有多令人讨厌。莉亚感到了对羞耻的恐惧。

这样的笑声让人恨不得扎个地缝钻进去,莉亚愿意交出一切来让她们闭嘴。她已经知道该怎样做了,她交出了脚上的镣铐。想法一旦成形,镣铐也不见了踪影。

莉亚睁开眼睛,屋子里有一个地方正在闪闪发光。她转头察看,在她身后,正在屋子的中心,伴随着火焰的热度,散发出一圈光芒。之前她没有留意到,原来屋子的正中有一个留在石头上的螺纹状凹口。现在里面盛满折射出反光的液体金属,从她手上脚上拆下的锁链在高热的作用下浓缩净化,表面咕嘟咕嘟冒着泡泡,闻起来辛辣刺鼻。一枚赤隼链即将锻造好了。

灵石的另一重目的让她无比震惊,继而心底一阵发凉。赤隼链就是用她自己的畏惧锻造出来的,灵石把她的畏惧从脑海中抽走,全数移植到这一枚小小的护身符里了。

她的心中止不住地疑惑。她所做的是正确的吗?面前发生的一切让她心生犹疑,但灵力适时地跳动起来,引领她向下一个石柱走去。现在火把的光亮渐渐减弱,沥青正在迅速耗损。

下一张脸上长满痘痕。莉亚不得不咬着嘴唇,横下心去触碰她的面庞。再一次,情绪的旋涡把她吸进波澜起伏之中。对病痛的恐惧。对瘟疫的恐惧。她闻到了腐肉的味道,一大群苍蝇密密麻麻"哼哼嗡嗡"围着她的病体打转。这种感觉令人头皮发麻,莉亚不禁后退一步,心中涌起一阵恶心。空气里飘着肉体酸腐的恶臭。想象中的她发着高烧,浑身滚烫;她不记得自己曾有过如此难受的时刻,身上的每一块骨头,每一缕肌肉都酸痛不已,胃部和五脏六腑紧紧揪在一起,拧着绞着翻天覆地的痛,嗓子眼里像是沙漠着了火。她要快点交出点什么——她身上的一部分。她立刻想到外衣——斗篷和上面的腰带。这个念头让她心中一凛,每一次对灵石的屈服都会剥去对她越来越重要的东西,慢慢的,人的惯性和麻木心理会让再失去别的变得越来越简单。这就像小时候帕斯卡给她讲过的那个故事——她说这是大主教讲给她听的。故事里一只百灵鸟不断用自己的羽毛换取食物,直到最后再也不能飞翔。等把斗篷也交出去后,接下来她会再失去什么呢?她身上没有随身物品了,没有匕首,没有短剑。甚至皮护腕也在牢里被摘走了——可现在她还有斗篷和腰带。她狠心把它们交上去,伤口溃烂的感觉消失了。

现在莉亚听到自己的呼吸变成颤抖着的大喘气。每让一个灵石镇定下来,她都会感到内心涌上一股让人晕眩的兴奋感,现在随着她平息的灵石增多,这种感觉也在不断翻涌,变得越来越强烈。脑海中有些念头在提醒她这样是很危险的。摆脱恐惧带给她一种愉悦的胜利感,让她欣喜无比。如果有赤隼链戴在项间,自己就永远不用忍饥挨饿,永远不会病痛缠身,永远不用任人奚落。它可以给她掌控一切的力量,足以消除任何恐惧——世上的每一种恐惧。这个想法的诱惑力实在太大,莉亚忍不住为之心潮澎湃。赤裸裸的诱惑。那些蛇还在源源不断地涌进来,石板上到处是游移的朝她吐蛇信子的怪物。奇怪的是,她已经有一点不怕它们了。

莉亚手伸向下一个灵石,这上面的人脸快被岁月的年轮磨平了,几乎辨不出那上面还会是个女人的面容。当她的手指擦过石头表面时,脑海中的自己变成了一个脱了水,浑身皱缩的丑陋老女人,腰背抵不住年龄的重负深深地向地平面弯曲下去。现在她正坐在一把靠垫摇椅里,和一个人说话……但她想不起那人的名字。她在努力地回忆他的名字,但就是想不起来。和她说话的是个老头儿,一个自己肯定认识的人。那张忧郁的脸和银色的头发都无比熟悉，她应该知道他的名字。实际上她曾和他同度一生，他叫什么名字来着？怎么就是记不起来呢？怎么会记不起来呢？突如其来的恐惧让她浑身一激灵。在她身边围坐着一圈年轻的面孔，他们安慰地拍着她的手——一双布满皱纹的，衰老脆弱的手。她看着身上一道道的横纹，皮肤上浮现的扭曲虬结的血管。这是对失去美貌和年轻躯体，丧失记忆的恐惧。对年老的恐惧。

现在该怎么让它平静下来呢？自己还能交出什么？身上的衣服？莉亚左右为难，无法做出这个决定。如果交出衣服，下一步它们还会从自己这里取走什么呢？她的银丝软甲？还是脖子上的戒指？但现在她被困住了，不交出点什么是不会被这块石头放开的。那么她就会被困在这种幻觉里，等到火把噼啪燃尽，等候多时的蛇就会把她毒死。她必须做点什么。

莉亚现在明白为什么女孩子会在它们的引诱下随着设定好的轨迹行事了，没有哪个女孩子能抵抗对衰老的恐惧。赤隼链能帮她保持永远年轻吗？灵力的涌动将其后可怖的事实揭露在她面前。赤隼链只是能创造出永葆青春的假象，不管戴上它的人是否年轻，它都能营造出这种活力四射的感觉。这是最最残忍的一种欺骗。但身为一名圣骑士，通过了解灵力的深远内涵，人真的可以锻造出永不衰老的新躯体。但赤隼链并不能给她这一切——除了表面如此的泡影。

丑陋。极其丑陋。令人发指的丑陋。莉亚被困在自己的想象中，纠缠在自己到底该交出什么的怀疑里。如果是妖姬，在这里交出什么是很容易的。对她们来说，对丑陋的恐惧远远胜过对饥饿的恐惧，对羞耻的恐惧，甚至是对疾病的恐惧。她们会有求必应，如果她们在这里按要求屈从了，下一次就会变得更加简单。

莉亚完全明白了。妖姬考核是要抢走她身上的所有外物，等它剥光她身上的一切只剩赤裸裸的一个人时，就可以把她重塑成一个全新的存在。它会拿走她的破衣服，换上柔软的丝绸和高贵的天鹅绒。它会拿走她的枷锁，换成昂贵的手镯项链和宝石珠串。最后，它会拿走她的银丝软甲，唯一一件还能保护她的东西。

可是灵石本身并不邪恶。为什么它们会引诱自己放弃身上原有的东西呢？为什么成为妖姬是唯一的选择呢？呜咽含混的低语声在她周围交织成网，她感到毒蛇已经爬到自己的腿上了。

呜咽声和蛇的存在提醒了她，是蚀心邪灵在左右自己的想法。现在她正处在他们的包围之中，身在这些恶灵的老巢让所有的低语声变得更加清晰。他们在不遗余力地诱导她走他们设定好的路，但那不是唯一的路。从灵石解脱出来不只有一种方法，她还是要放弃一件东西，交出自己的一部分。

如果在米尔伍德教给她的一切都是真的——如果她发过的圣骑士誓言总有一天会赐予她一个全新的永远不会衰老、不会死去的躯体并带着她通过穿越圣幕回到伊渡米亚——那么她为什么要惧怕年老呢？如果和另一名圣骑士以永生咒结合能创造出在灵力方面无比强大的后代，由他们托举着她的骸骨送她往生——还有什么理由害怕变老，害怕失去韶华呢？

答案是没有。

她想起那一次自己死后看到的场景，想到穿越圣幕是如何带领她通过屏障，把她召回伊渡米亚。那些都是真的。灵力是真的。那种命运……许诺过的未来——都是真的。那么她需要交出去的只有自己的恐惧。

想到这一点，莉亚脑海中灵光一现，一切都豁然开朗。她经历过饥饿，可她从没有挨饿。灵力总是冥冥中为自己提供食物——树林里的糙莓果子或者是鹌鹑的肉，哪怕是要让食物随着清晨草植上的露珠一起出现，也绝不会让她饿死。那她为什么要畏惧饥饿？那么羞耻又怎么样呢？帕瑞吉斯是穿着长裙，戴着珠宝，那又如何？当那么多人对瑞奥姆的好主意倾心不已时，自己从没有过一丝艳羡。为什么？因为瑞奥姆不过是个被一个强大的男人诱拐的傻姑娘。她的嘲讽能算数吗？不能！在灵力的庇佑下，病痛的那一点点能力又算得了什么？灵力可以愈合一切伤痕，治愈一切疾病。既然灵力可以战胜所有疾病，那还怕些什么呢？

交出恐惧，那就是她应该做的。现在她知道了，只要自己放下恐惧，所有灵石都可以畅行无阻。并不是灵石要颠覆她的信仰，让她倒戈，是这里的蚀心邪灵一直可以帮她驱散所有恐惧为诱惑，要她戴上赤隼链。可这个她并不需要赤隼链的帮助也能实现。

莉亚在脑海中对自己承诺：**我将永远不再害怕饥饿；我将永远不再畏惧羞耻；我将永远不再恐惧疾病；我将永远不再担忧衰老。**

灵石松开了对她的束缚。现在火把只剩下一点点忽隐忽现的火光。莉亚看着上面一跳一跳的火焰，心知它已经坚持不了多久了。现在毒蛇已然在她身旁盘绕着，她慢慢把火把放低，直到火光碰到它们黑色的鳞甲。它们再一次瑟缩着从她身边退下，嘴里仍不依不饶地威吓着她。莉亚放低身子，弓腰用火把为自己清出一条路来，慢慢移到后面的灵石面前。房间中间小洞里的赤隼链愤怒地燃烧着，里面的金属液体在对莉亚的不满和沮丧中发出一连串气体爆裂声。耳朵里响起的恸哭声让她感觉到蚀心邪灵的怒火。莉亚勇敢地伸出手去面对下一个灵石。这一次灵石是一具尸体的样子，上面的眼睛紧紧闭着。她早已知道这里等待的是什么——对死亡的恐惧。

等莉亚触摸到它的时候，在她脑海中出现了一幅曾经看到过的画面。她看到自己死了，被人埋在一个小石堆下。科尔文和希乐尔守在旁边，为上面添石加瓦，作为她停尸的棺材架。这是她对未来的预见，虽然已经不是第一次在她脑海中出现，再次看到这些仍让她有说不出的恐惧。

学学我们，姐妹。

加入我们，艾利什姬迦勒的女儿。

否则只有死。

如果自己不加入妖姬，那么就不可能活着离开酷刑甄别室，莉亚心里很清楚这一点，之前那些没有通过考核的人无一生还。她问自己是否已经准备好了。准备好接受任务失败的结局了吗？距离第十二夜还有两天，现在还有时间。还需要再送出最后的警告吗？还有什么是她必须做而未做的吗？

灵力现在需要她的性命吗？自己已经送达警告，警告七国所有居民大灾难就要到来。难道自己的死会是引发大灾难的导火索？难道这就是灵力需要她做的吗？

在她的预见里，希乐尔悄步走近科尔文，和他一同面对着自己的坟冢，轻声安慰着他，用手抚摸他的臂膀。科尔文面色憔悴，沉浸在她的死亡所带来的悲痛中。在希乐尔的眼中，莉亚却看到了胜利的光芒。这让她的血液一下子沸腾了起来。

戴上赤隼链。你比希乐尔强大得多，你的感情力量远远在她之上。

戴上赤隼链。科尔文是你的，如果你加入我们，科尔文将永远属于你。

如果你对我们的话弃之不顾，他就会变成她的。把你自己献给我

们，学习我们的生存法则。

她手里的火把几乎不再燃烧了。莉亚现在心里无比痛苦，整个灵魂都疼痛得扭曲，她还在犹豫。但她知道自己绝不会对邪恶屈服，哪怕要她付出性命。灵力曾告诉过科尔文，他要以永生咒与艾洛温·德蒙特结合。如果他最终把希乐尔带到了布勒贝克，那么他就会与错误的女孩结合——但也有可能灵力会不顾一切，把自己和他结合在一起，因为自己才是真正的艾洛温·德蒙特。可她能为了以后永远和科尔文在一起就放弃这一世的姻缘吗？

这个决定带来的痛苦钻骨剜心。嫉妒，贪婪，厌恶——还有最糟糕的恐惧——所有消极情绪困得她无法喘息。她深入自己的脑海，用意念的脚踵把它们统统踩碎。不，她是绝不会屈服的。她的一只手还在这一个灵石上，同时丢掉另一只手里的火把，伸长手臂去触摸最后一个灵石。这一个的力量却是压倒性的。

对背叛的恐惧。

是了，她应该想到的。她看清了希乐尔的真实面目，她早已经去过她那塔楼底下的妖姬花园了。她每一次到访都会慢慢教她放下恐惧，一次交出一种。她的最后一击就是背叛某个人。而自己就是她选中的对象。

现在莉亚两面受敌，被困在两个古老灵石孔武有力的压迫之间，涔涔的湿咸的汗水把她全身浇了个透。这种痛苦是常人难以承受的，对于被人背叛的恐惧比对死亡的恐惧还要高出几分。科尔文会拜倒在希乐尔的裙裾之下，说到底，他只是一个男人。大主教曾经告诉过她，女人要比男人更加强大。希乐尔的确要费一番功夫才能让科尔文回心转意。可等到自己死在这个地洞里，还能指望他对含有莉亚的记忆保持忠贞吗？

"选择权在你手里。加入我们,这样就能扭转你的命运。加入我们,就可获得永生!"

"你可是艾利什姬迦勒的女儿。"

"等所有的圣骑士统统灭绝,整个七国都将是赫达拉妖姬的天下了。"

莉亚在沉痛中垂下头颅,她知道自己必须要做出这样的选择。

"我不害怕死亡。我不害怕背叛。我会照灵力意愿行事。"

两块灵石同时放开了她。毒蛇将她团团包围,用黄色的眼睛和分叉的蛇信子幽幽地探查着她。只剩下最后一块灵石了,这一个她无法以肉眼看到,深深藏匿于围墙之外。莉亚站在原地,心里感到无比沉重,却依然坚定。

地上的火把只剩尖头顶上一点微光,照亮了周围一小块圆锥形的区域。莉亚不再把它拾起,空着手走进黑暗之中,毫不在意脚下的黑蛇在做些什么。看不见的灵石在拉着她向前,以自己的力量召唤她走到它的面前。

前面的石墙挡住了去路,莉亚伸出手,轻轻放在墙上。突然一阵雷霆万钧的超强力量完全控制了她,莉亚站立不稳,扑通一下跪倒在地。霎时间,在她体内穿过一阵痛苦与喜悦交织的强大电流,夹带着同等厚重的震荡剥夺了她的一切还击之力。

一个雷鸣般的声音划过她脑海中的沉寂。她认出这就是温特鲁德之战前一晚她听到的那个声音。

说出你的真名,走进我的世界。让我把力量传授于你。说出你的真名。

莉亚如同遭到雷击,双目圆瞪,口中哑然,脑海中的声音震耳欲聋,凶恶阴沉,让她全身麻痹,思维木讷。她想要张开嘴巴,但封印咒不允许她吐露分毫。如果不是有它，她一定会说出自己的名字。但她不能。在她所面临的这股力量面前，她自己的意志力就好比蝼蚁一般脆弱渺小。她一生中还从未见过如此强大的东西，它的古老超越世界上的任何事物。有看不见的存在将整个屋子搅动起来。

说出你的真名！

但是莉亚不能。当然应该是这样的，妖姬绝不会往自己的秘密基地冒险引入任何圣骑士，之所以让她进入，是因为这里有绝对的把握能让任何进入的圣骑士屈服。

莉亚的脑袋好像着了火一般灼痛不已，她无法离开这块灵石，那一幅熊熊燃烧、两条巨蛇交缠的图像就在墙后，无情地嘲笑着她。

你是在设法驯服我吗？我，身为妖姬之母的我？和我的力量相比你什么都不是。你还不是要把自己的身体交给我的那群奴仆。你会把自己的真实身份交给我保管的。你的意志也将统统拜倒在我的意志之下。说出你的真名！

莉亚还是不能。

火焰摇了摇，噗哧一下，熄灭了。

莉亚还跪在灵石前，她感到第一条蛇的一对毒牙刺进她腿上的肌肉里。很快，又是一对，又是一对。毒液很快在她体内游走扩散，从腿到腰际传来一阵火辣辣的刺痛。一切都在转眼间完成，莉亚感觉很痛。之后便眼前一片漆黑。

第二十八章
出世

等到奥勒温王子风驰电掣穿过坐落在山脊上的王宫大门，身下的坐骑已被汗水浸得透湿，满嘴冒着白沫。自从得知爱勒产子的消息，他就一刻都未合眼，马不停蹄奔赴王宫——这孩子实在来得太早了。两人本来预计还要再等一个月才到瓜熟蒂落的时候，突然提前的消息让他大为震惊。通过自己的先知天赋，他早知道孩子降生后自己在人世的时间也就不多了。本来他还希望至少有两星期时间留给自己。此时他一手握住皮鞭，从马鞍上翻身落地。他的管家，戴福森，已经迎了上来。

"您的护卫队呢？"戴福森震惊地瞪大双眼。"你把艾温斯林甩开了？"

"他们就在后面，"王子说着，把手中的马鞭丢给一旁的马夫。"夫人怎么样了？"

"王子殿下，现在普莱利到处潜伏着叛徒，连您的宅邸也不能保证安全。您不该冒险独自骑行的，哪怕只有一小段路程。他们正愁找不到机会埋伏您。"

"夫人怎么样了?"王子又问了一遍,大步朝主宅方向走去。

"王子殿下,请先等一下。"管家用力扯住了王子的袖子。

"什么事?"

"王子殿下,"管家的声音无比沉痛。"夫人的确是早产,但生产顺利。昨天她还十分康健,面色红润,等不及要给您看你们的女儿。可是,王子殿下,晚上她的状况急转直下,高烧不退,不停地说胡话——这都是乳热症的表现。大主教给她诊治过了,他把手搭在她的额头上,但情况并没有好转,治愈神力没有起作用。夫人现在奄奄一息,随时都可能撒手人寰,但她一直坚持着,等着见您最后一面。"他的嘴唇颤抖不已。"王子殿下,我也感到非常难过。夫人正在卧房里等您。"

王子的心早就对此有所准备,即便如此,当这一刻真正到来时,他还是不敢正视这个残忍的现实。一想到失去她,痛苦就像一束犀利的箭,穿透了他的心。泪水模糊了视线,他坚持着摇了摇头,在眩晕里跌跌撞撞朝卧房走去。头顶两侧的太阳穴突突直跳,像打雷一样直震人心,在他心底扯开一条口子,明晃晃空落落,疼得发紧。他才发觉什么也不可能让他准备好迎接这一刻,这种痛苦的分量让他自己都觉得吃惊。

他发了疯一样在塔楼楼梯上跑,避开来往忙碌的仆人,直闯到卧房里。卧房一片漆黑,百叶窗和窗帘都放了下来,只有噼啪作响的火把光可以照明。屋子里交织着化不开的血腥气和死亡的味道。产婆正守在房里,一看到王子走进来马上面如死灰似的,迅速跪倒在地,小声呜咽起来。

王子从她身边走过,安抚地摸了摸她的帽子,继而在她头顶轻轻拍了拍。他一路走过去跪倒在床边,看着妻子面无血色的脸颊,上面盈着涔涔的汗水。在高热的作用下,她的嘴唇呼呼往外吐着热气。

现在他脑海中只剩一个念头:救活她。他几乎控制不住自己,她现在就躺在丝被下,她还活着,还有一口气。在层层床罩下,她只穿着自己的银丝软甲,被汗水浸得透湿。看着她被高热摧残得不成样子,简直让他心如刀割。现在,只要自己说出一个词,高热就能消退。伸出手来画一个圣符,就能救下她的命。

可是灵力不允许这样。他很清楚自己想做什么,可他也同样清楚自己该做什么。他弯下腰,吻了吻她的前额。

爱勒颤悠悠地睁开了眼睛。"你……来了。"

王子的嗓子被欲哭的冲动绷得发不出声。疾病夺走了她发丝的光彩,原本的秀发变得枯萎憔悴。他拉过那只虚弱的手放在手心吻着。"我不会离开你的。"他沙哑地小声说道。

"她……很漂亮。是我们的孩子。"

"嗯,像妈妈,"王子答道,一边伸手把垂在她额前的几缕湿发理到一边。

她的眼睑合到一起。"到时间了。我等……你……等到最后了。"

"谢谢你。我爱你,亲爱的。我爱你,我的宝贝。"

"我看到了,"她小声喃喃道,眼睛还是没有睁开。"我看到……穿越圣幕……我看到……"

他的嗓子发紧,强忍着没有发出一声哀号,低头发疯地吻着她的手,她的眼睑。她就像一捧抓不住的清水,从他指缝里溜了下去。留在这里的只剩空空的躯体,庄重的覆盖在层层床罩和毯子之下,裹在染着血渍的银丝软甲里。可透过他的另一双眼睛,他看到一个容光焕发、依旧美丽的她从床榻上冉冉飘起,两行泪水从他的脸颊滑落,当她把一只感觉不到的虚空的手放在他额头上时,他全身不自觉地颤抖不止。她用另一只手在空中画出圣骑士符号,他听到了一串空灵的声音。

奥勒温李埃鲁·埃斯林,我赐予你无惧死亡神力。如此你将不再恐惧;如此你将不再痛苦;如此你将无所畏惧,赐你为效忠灵力,诚挚不二的喜悦。我会在伊渡米亚王国里等着你,我的爱人。到那里找我,和我的父亲母亲,还有所有先去的祖先团聚。那里,大教堂依然矗立不倒。

灵力把她带走了,他感到被人拉了一下。借着另一双眼睛,他看到有光闪了一闪,她随着这光穿过穿越圣幕到另一个更美好的世界去了。

"王子殿下,"戴福森动情地哽咽着说道:"您要跟夫人单独待一会儿吗?要不要我们先出去?"

王子摇摇晃晃地直起身来,倚着床柱才不致跌倒。"我的女儿在哪儿?艾洛温哪里去了?"

产婆害怕地看着他,脸上一片悲色。"王子殿下,求您饶恕。我尽力了,屋子里没有人染病,我可以发誓!"

他垂下头同情地看着她。"这不怪你。谢谢你把我的孩子平平安安地带到这世上来。她现在在哪儿?"

"和乳母弥拉在一起。"

"谢谢。"王子口中木然答着,整个心如同掉进冰窟。弥拉是妖姬。

"戴福森,我要见见我的孩子。你带我去。"

管家带着他穿过房间,往旁边紧挨着的一间仆人睡觉的屋子走去。越接近她,王子心里越是担忧,但他尽力控制住自己的神色,努力平复内心里不断加强的愤怒。戴福森走在前面,为他打开房门。接着他要王子退后稍等片刻，因为弥拉正在给孩子哺乳。那女孩迅速把衣服遮好，站起身来，怀里还紧抱着裹在襁褓里的婴儿。还有一个孩子在她坐的凳子四周自顾自地玩着，那也是个女孩子，尽管看上去还是小小的，实际已经有一岁大，开始学着蹒跚走路了。

"王子殿下，"弥拉显然没料到他会这么快回来，脸上掠过一丝惊慌，但很快被妩媚的笑容掩盖。"恭喜您得了一个美丽的女儿。夫人给她取名叫艾洛温，按照我们的惯例，全名是艾洛温·德蒙特。她很健康，王子殿下，完全没有发热的迹象。"

"给我抱抱她，"王子轻声轻语地说，谨慎地朝乳母走去，好像面前正是一条毒蛇。

她主动迎上前来，带着一种娇怯的姿态故意趁交接时用肩膀蹭过他的胳膊。王子始终咬紧牙关，保持脸上的平静谨慎。她身上搽了过分甜腻的香水，死去的女主人就躺在隔壁房间里，她的脸上却不见一点悲色。

"这么个娇嫩的宝宝，"她用安抚的声音哄道。"每一个都是上天赐给的礼物。这孩子将来有独特的使命。"说着，她伸出一根纤长的手指，沿孩子的鼻梁轻刮了一下。小艾洛温很喜爱地迎合着她的抚慰。

"谢谢你，"王子说着，小心地把孩子揽进自己怀里。她好像很不舍得把孩子交出去，虽然眼睛还是弯弯地笑着，笑意却无法直达眼底里的一片阴沉。

王子看着女儿无瑕的小脸，粉盈盈的皮肤温暖而柔软。他低下头，用鼻尖滑过她的脸颊，细嗅着她身上的香气，看不够那软软的小卷毛和蜷曲着四下乱抓的小手指。就在他看着她的时候，像是有某种感应，婴儿睁开眼睛，像大多数新生儿一样，露出一对淡灰色的瞳孔。在她的脸上出现了一种严肃的神情，像是在沉思什么。想到自己和孩子未来，他的心再一次痛到极点。

"我知道您一定想把她带在身边，这不成问题，"弥拉突然提议道。"虽然普莱利边境外敌进犯，战事吃紧，科摩洛斯国王又四处追捕您的下落，但我可以带着孩子随您左右，这样您就不必回宫也能时时看到她。我可以保障她的安全，王子殿下。"她的眼睛像眼镜蛇一样闪着冷酷算计的光。

王子绕过她，看向戴福森，这时艾温斯林也已经赶了上来，都站在门外强压着怒火，又忧心忡忡地看着他。

"你们下去吧。"王子对戴福森说。

"王子殿下？"管家大出所料，不禁叫了一声。不管当下情势如何，以前王子是从不和除自己妻子外的任何女人独处的。

"你们下去。"王子坚持道。

戴福森遵从地退出房间，脸上的表情万分警惕。门轻轻地带上了，但还是让小艾洛温受了惊。

王子这时转过身来看着弥拉，眼角一片寒意。

她发觉王子的变化，脸上的神情由期待变为机警，不安地用手指摸着之前坐的那把椅子的椅背。"这是人之常情，王子殿下。失去的痛总是钻心的。她是个伟大的女人，无论在哪一方面都保持了自己的高贵。不知我能否给您一点慰藉……？"

一阵原始的欲望像电流般通遍他的全身。凭借冰霜一样严酷的自控力，他把思绪扭转到廷顿教堂。他记起在通过圣骑士考核的时候自己一项一项许下的誓言。现在，他再次逐一将自己交付给灵力。弥拉不知所以地看着他，脸色随着内心情绪而起伏不定。

"你的魔徽呢？"王子问道。"谁戴着你的魔徽？"

她的表情像是被人兜头泼了一杯冷水。

"王子殿下？"她语气惊慌地问道，竭力做出一副不知所云的困惑表情。

"你的内心背叛了你，你是艾利什姬迦勒的女儿，"王子说着，向她逼近一步。"你的恐惧也已出卖了你。"

"我无所畏惧。"她的眼睛滴溜溜四下乱转。

"谁戴着你的魔徽？"王子再次问道，话音里满是嘲讽。

这一次，他感受到了蚀心邪灵的存在，它们在屋子里弥漫开来，小声愤怒地低语着呜咽着，以鬼鬼祟祟的神气偷觑着他，和那个摆脱了他们控制的婴儿。王子不由得把孩子抱得更紧一点。"谁戴着魔徽？说——我以灵力之名命令你开口。"

她的声音以十分反常的方式脱口而出，里面充满怨愤，比起人声，说是蛇的嘶嘶声更为贴切。"你的弟弟。"她的手指，在几分钟前还轻柔地抚摸过婴儿的鼻子和光滑的木头椅子，现在像隼的爪子一样弯曲起来，好像随时要扑上来攻击他。

"我的护卫队里谁是叛徒？"王子接着问道。"说！"

"泰提斯。"一个喑哑的嘶嘶声回道。

王子眼睛看着她，神色冷若冰霜。"我来说出你的真名。你是喀俄涅，未出世者。是时候该回你该去的地方了。"

那女孩在狂怒中脸色发青，蚀心邪灵在一旁痛苦地哀嚎，在他们之间掠起一阵狂风。

"你是喀俄涅，未出世者。离开这里！"

在第三次号令之后，风停了。蚀心邪灵逃得不见踪影，弥拉跌倒在地上，身体剧烈地抽搐了一阵子，然后她慢慢地，摇晃着支起胳膊，站了起来。她看上去十分困惑，一时搞不清自己现在身处何地。

她抬起头看着王子,脸上带着恐惧,一片苍白。接着像是想起了什么,迅速转头四下看了看,目光在地板上搜索着。

"我是在……做梦吗?"她小声说着,像在自言自语。"孩子呢?噢,您抱着她呢。我睡着了吗?"

王子也看着她,回答道:"是……很像吧。你记得发生了什么吗?"

"有一间满是毒蛇的屋子。有一条蛇咬了我。我现在在哪儿,王子殿下?这里还是达荷米亚吗?"她转头扫视着整个屋子。"这些是普莱利的窗帘。这是我们荒原上长出的灯芯草。"她又仰头看着他,脸上的肌肉在恐惧中微微抽搐。"我做什么了?"她轻声问道,倒吸了一口冷气。

"你是妖姬,"王子语调悲凉地说。"没有魔徽你怎么能发挥力量呢?"

她一下子把手捂在肩上,好像那里被烫到了。她不再否认,慢慢点着头,眼睛里涌上泪水。"我都做了些什么?"

"我会告诉你的,弥拉。你会后悔听到你的所作所为的。你杀害了你的女主人,我的妻子,也就是普莱利的皇后。"他声音在悲愤中变得嘶哑,"你用你那双手害死了她。几天前,你用匕首杀了一个男人。后来他的尸体被发现了,但没人知道谁是凶手。他离奇的死造成了猜疑,我的仆人里猜忌横生,大家开始互不信任。孩子生下来后,你偷偷跑到尸体那里处理了它。死人的尸首携带疾病,你在手上沾染了病菌,然后在为爱勒清洗的时候触碰到她。就因为你的手和你摸到的东西,她染上乳热病不治而亡。为什么蚀心邪灵想要我的女儿?"

王子的话让弥拉的眼睛里放出惊恐的光。听着他的话,她好像亲眼回顾了自己所做的一切,却是站在第三者的角度旁观。这种恐怖让她整张脸庞都在疼痛和恐惧中纠结在一起。

"回答我。"王子有力地质问。

那个女孩躬下身子,剧烈地在灯芯草席上呕吐起来,浑身抖个不住,脸色白得像牛乳一般颜色。"我没能完成任务,"她呻吟道,"如果我背叛了他们的秘密,他们会杀了我的。如果我不完成任务,也是死路一条,因为我现在成了蚀心邪灵的傀儡。"她用求救的眼神无比急切地看着王子。"救救我,王子殿下!求求您,救救我!"

今天早上，我们把莉亚下葬了。就像我之前预见到的画面一样，我们把她的尸体埋在碎石块下。她身上布满蛇牙的咬痕，整个尸体都变成了青黑色，肿胀得面目全非。科尔文蹲在临时挖掘的简易墓坑旁，止不住地小声啜泣。他还吻了莉亚的前额，完全不顾这样也有可能染上蛇毒。我以为他会从她上衣里拿出魔徽，但他没有。莉亚没能抵挡住妖姬考核的诱惑，这一点完全摧垮了他。现在已经到傍晚了，舞会即将开始。今晚就是我们两人手挽手离开达荷米亚的时候，现在，我们是秘密恋人。他会把以前的种种统统推翻，背叛小国王，抛弃之前的忠诚誓言。我们将一同启程回国，然后在布勒贝克大教堂结婚，将无限余生紧紧结合在一起。到这里，我的使命已经完成了。

——艾洛温·德蒙特于德豪特大教堂

第二十九章
冥后艾利什姬迦勒

从毒蛇咬下去的那一刻，莉亚也开始了无尽的内心挣扎。蛇牙里的毒液进入她的血液，疼痛迅速蔓延，让她瘫倒在地。很快，群蛇紧紧缠住了她，它们绕着她的身体滑动，不停地撕咬、袭击，用它们的毒牙撕裂她的肌肤。她的身体在毒素的作用下不断抽搐，紧接着全身僵直，失去知觉，但意识却依然清醒。她听到蚀心邪灵在四周抽抽嗒嗒的哭声；还有在那种哭声下强烈的渴望。莉亚一动也不能动，可她每种声音都听得真真切切。一条毒蛇咬了下来，肌肉又传来一阵刺痛。她身上所能感到的只有蛇毒带来的痛与麻。

火把已经熄灭了，屋子里完全笼在一片黑暗中。很奇怪的是，她还是能看得到。黑影里出现了某个东西的缥缈形体，从四面八方的黑暗里同时流动，汇聚到一起而后缓缓上升，直到最后合成一个女人的样子。这就是在毒液让她倒下之前她感到的那个存在。那个女人一出现，屋子里的怪眼灵石都剧烈地震动起来，雕刻出的石像脸上无比扭曲，瞬间都像监牢里那块蛇形怪石一样燃烧到白炽状态。她身穿一件点缀着金饰和各种珍稀宝石的紫罗兰色长裙，有着摄人心魄的美。单单是她的神韵已经让莉亚在渴慕中不自觉想要接近了，她是伊渡米亚之女，她的存在结合着无与伦比的力量，比莉亚之前感受到的一切都更加强大。莉亚看着她，心里感到一阵羞惭，为这样完美的人正在打量着自己而感到卑微。可那女人的眼瞳竟是银白色的，在她的手中还紧握着一只金色酒杯，杯子四周影影绰绰，环绕着一团雾气。

女儿。

这声呼唤不禁让她全身打颤，在那里面充满温暖与怜爱，完全不似从前那般愤怒。

"我不是你的女儿，"莉亚看着这个女人，小声地回道。戴在她手腕和项间的金饰随着她的走动闪闪发光，长裙上那一抹紫罗兰色紧紧贴合在她的躯干上，挪步之间随身姿轻轻摇曳。半途她停了下来，手指轻触其中一个怪石的边缘，那块石头燃烧得更加炽烈了。

你是我的女儿。我是你的女主人。我是艾利什姬迦勒，未出世者的母亲。为我做事吧。

"我绝不。"莉亚说着，一种不祥的恐惧袭上心头。

那双银眸射出愤怒的闪光，这双眸子的主人不失高雅地举起手中的酒杯，在里面雾气缭绕的液体中呷下一口。这种液体散发着诱人的香气，像是加了糖的苹果酒，莉亚心中升腾起一阵抓心挠肝的渴望。

你会的，女儿。进到这所圣地里的人只有两条路可走：要么为我做事，要么灰飞烟灭。

"那我选择后者。"莉亚回道。

紫罗兰女子的意念像鞭子一样抽打在莉亚自己的意念上，以无比强大的冲击力和恶意缠住了她，她感觉好像被人揪着脑袋拽起来然后狠狠甩出去，正撞在自己脑海里那堵由意志砌出的坚硬围墙上。这种感觉似曾相识，在温特鲁德的前一夜，她也曾这样被那个国王的意志绊了一跤。在这种力量面前,她的那一点点意念根本就像是萤火对太阳那般不值一提。只要它稍稍动一动念头,她的一切想法马上就会化为齑粉,她的躯体也会变成一摊肉泥。

你看!

四周环境一变,莉亚突然回到了米尔伍德,穿回那里的重重回廊之内。现在正是夜里,整个大教堂里好像只有她们两个人。这里摆着一排接一排的书架,一叠又一叠的圣书,无数代人的智慧都汇聚在这一个大教堂里。圣书以好多种不同的语言篆就,出自成百上千名不同的圣骑士之手。每一本里都包含智慧的光点,每一本中都记载着与灵力相通的知识。

只要你顺从我,所有这些都是你的。我的女儿们精通所有语言,她们都能认字、雕版。一个圣骑士要花上一辈子才能学完这里堆积的所有知识,可要是你做了我的女儿,你立刻就能读懂这里的所有东西。我会赐神力给你的,孩子。我会赐给你这些。为我做事吧。

看到这里汗牛充栋的圣书,莉亚最深的渴望再次复燃。她从小时就一直渴望能在米尔伍德做一名圣学徒,她最想了解这里所有的秘密。现在这一切就摆在她的眼前,这里的一切都会是她的。

"这是个谎言,"莉亚摇了摇头,头脑清醒过来。"你想给我的东西是根本就不属于你的。况且,如果所有大教堂都毁灭了,要这些圣书还有什么用?"

再一次,她看到那个女人眼中闪动着的愤怒之光。

这里一切的生杀大权都掌控在我的手中,孩子。你想保留下你最珍贵的大教堂吗?

登时她被一股力量拽向后方,从这里消失,却又来到了另外一幅场景中。这一次,她们站到了托尔山上,俯瞰着底下山谷里的米尔伍德大教堂。大教堂正笼罩在一片火海之中,红红的火焰照亮了它顶上的一片天空,看到这一切,莉亚的心紧紧揪到一起,痛得几乎无法喘息。石头外墙也在燃烧,烧!尽管距离很远,她还是能听到从底下大教堂里传来的尖叫声。又一阵悲痛楔进她的内心深处。不!不要烧掉她的大教堂。不要烧掉米尔伍德!

你从小时起爱的每一个人都困在这里面,我们已经把所有的门都封死了。难道你就这么听任他们被活活烧死吗,孩子?你知道你能救他们的,只有你有能力拯救他们。归顺我,要么他们就得死。交出你的真名。你尘世间的舌头不能说,可你的意识还在。只要想一想它,就可以把它交给我了。把名字给我,我就把大教堂转赠于你,那么这仅存的一座就可以免受火焚。只要与我结盟,你朋友的性命就交给你了。为我做事!

下面凄惨而无助的尖叫让莉亚头痛欲裂,只有紧紧地抱住自己。她承受不住了。帕斯卡在底下吗?索伊呢?布莱恩呢?埃德蒙是不是也在里面?还有大主教?他们都是她的家人。瑞奥姆和她那未出世的孩子呢?她是不是亲手把他们送进了火坑?莉亚在绝望中苦苦挣扎着。一个念头。这一切都起源于一个念头。只要她想一想那个名字,把它交给艾利什姬迦勒,她就有能力拯救她的朋友,还有所有那些她爱的人的性命。

莉亚决绝地狠下心来,这所需的力气让她整个人都颤抖起来。"我绝不,"她不能改变自己的答案。"即使你杀光所有我挚爱的人,也不能改变我的心意。"莉亚瞥了她一眼,她眼中的两道闪光被愤怒打磨得更加犀利了。

场景再一次改变了。

莉亚又看到了自己早先预见到的画面。科尔文和希乐尔正在德豪特大教堂的妖姬花园里,那里停放着她的尸体,他们正把一块块碎石堆在她的尸体上,作为坟墓。科尔文脸上那种悲恸让她忍不住要伸出手去抚慰。这时,他正跪倒在石块堆起的坟墓前,眼含泪水,把手放在她的额头上。他的嘴里没有说出祷词,什么都没有——只有死一般的沉寂。希乐尔斜靠在他的身上,她的脸上一片苍白,表面上是假装出的悲色,底下实则是强忍着的笑容。

画面快速推进,希乐尔从大主教手里接过十字圣球,她用圣球带着科尔文找到地牢里,科尔文和克辛搏斗起来,很快他把克辛引到后面的铁栅栏上,马丁从背后毫不手软地把他勒死了。牢门打开,当科尔文转告马丁莉亚已死的消息时,马丁沉痛地点了点头。画面跳到一艘船上,是浩克号,它正在一片波涛中乘风破浪,紧赶着在第十二夜前抵达科摩洛斯。海上再次刮起了狂风,整个海面顿时波涛汹涌。眼看风暴就要吞噬旅人性命,这一次是希乐尔挺身而出,借助艾利什姬迦勒的力量拨云见日,扭转局面。接下去一路顺风,很快抵达目的地。画面陡地一转,几匹快马绝尘而去,赶往布勒贝克大教堂。看天色已是黄昏,已经到第十二夜了。

你不能阻止他们的,那女人小声说。他已经完全受我奴役了。所有男人都会拜倒在我的裙下,孩子。没有一个男人能守得住欲望的驱使。但我可以阻止这场仪式,我可以终止他们的结合,否则他马上就永远属于她了。一旦这两人结合,他将像我一样,永远不能再踏入那个地方半步。永远。等他死了之后,他就会变成蚀心邪灵里的一员。这是你所希望的吗,孩子?等到所有大教堂都被焚毁以后,世上就没有大门能通往伊渡米亚了。死去的人将会永远被困在这个世界上。归从我,还能保留一个大教堂,世上还能有一扇门留给亡魂回转。这是你给这个世界的礼物,孩子。归从我,你和他就都得救了。他会是你的，而不是她的。

这无疑是这三个抉择中最艰难的一个。

莉亚绝望地低下了头，放弃科尔文，眼看希乐尔占有他，这在她灵魂深处开出一条至深至痛的伤口。但更加血淋淋的事实是，一旦所有大教堂都被焚毁，这是极有可能的——那么人死后就不能回归伊渡米亚。大教堂是连接此世与伊渡米亚的纽带，没有了它们，再造出这样的地方需要耗费数年。即便是普莱利保留下的幸存者，即便是那些乘船从普莱利逃走的人，也还是要一砖一瓦把这些教堂重建起来。

莉亚脑海中出现了科尔文和希乐尔跪倒在圣坛前的画面。他看上去很坚决——完全坚决。他们的手紧紧扣在一起。

你还这么年轻，那个女人声音轻柔地宽解道。为什么要在还是个没尝过太阳芬芳的花骨朵时自折花枝呢？你不想要自己的孩子吗？你不想看着自己儿孙绕膝吗？你会死在这儿的，孩子。归从我。救救你渴望的圣书，救救你心爱的大教堂，救救你深爱的那个男人。只需要一个念头，一个念头。交给我你的真名。想一想。

她的话音混合着眼前的景象产生了无比强烈的痛楚，莉亚觉得自己已无法承受，随时都要溺毙在这痛苦里。可是自己已经死了，怎么能让死去的人再死去呢？这一闪念让她一下子镇定下来，艾利什姬迦勒刚承诺的一切都是谎言，她绝没有那么强大的能力。她把她能想到的所有诱惑莉亚的东西摆出来，承诺可以给予一切，目的只有一个：让莉亚屈服于她的意志。但这不过就是她的骗局。所有的一切都是骗局。或许她也曾承诺希乐尔将科尔文作为她的终身伴侣？如果这个承诺可以随意作废，那么她许过的其他承诺又尝不是如此呢？可为什么她一定想要莉亚的真名呢？

下一秒，灵力拨开了她心头的迷雾。这就是它常用的方式，在一片混沌的杂念中轻声说出明察秋毫的答案，像是在糟粕中闪烁的智慧光芒。蚀心邪灵是未出世的人，他们没有自己的肉体。当他们被伊渡米亚放逐的时候，会通过一切力量获得他们不能通过正常渠道享受的东西：一副肉身。他们想要她的身体。如果她交出自己的真名，一个蚀心邪灵就可以钻进她体内，把她变成傀儡。那个后来者会完全按照艾利什姬迦勒的意愿行事，尽情享用莉亚的身体，一旦这个身体不能再为她们服务，她就会毫不留情地把它抛在一边，再继续寻找一个又一个全新的寄托。莉亚不是她们真正想要的，这些邪灵买椟还珠，丢掉了珍贵的珍珠，只为求得一个能容纳他们的壳而已。

莉亚昂头看着那个女人，她高贵的紫色袍子在风中摇曳，身上的珠宝依然光彩夺目。这都是幻象，莉亚告诫自己。她一无所有，她的躯体和衣着都是假象。不管她意念有多强大，没有躯体的依托，在自己面前她都不堪一击。她不能逼迫莉亚放弃对自己身体的权力。

莉亚看着她。"统统消散。"

艾利什姬迦勒的目光变得愤怒而坚定。**你必须交出你的真名**！

"离开。"

房间里出现一个愤怒与怨恨交织出的旋涡，它的力量强大得令人震惊，莉亚被绕进其中，惊愕得一时无言。那女人尖着嗓子发出一阵刺耳的惊叫，那声音似乎要穿透莉亚的耳膜，让她捂住耳朵连连后退。

"让我来说出你的真名吧！你是艾利什姬迦勒，未出世者。离开吧！"

莉亚感到了灵力在自己体内的翻涌，这股力量正变得越来越强。

我会把他们统统碾碎！

眼前这个女人的形骸伴着一连串气急败坏的诅咒开始嘶嘶退去，

分崩离析。

他们都会死，一个一个都逃不掉！你没有船，没有圣球，你才是一无所有！你什么也不是，你这个可怜的贱民。是我杀了你的父亲和母亲。我还会杀掉所有你爱的人和爱你的人。我要把他们统统消灭，他们会像我一样被逐出那个地方！

莉亚看着那个逐渐消散的人像。"我马上就会去找你了，帕瑞吉斯。我现在知道你的真名了。"

就在这时，莉亚醒了过来，屋子里耀眼的灯光让她眼睛不适地眨个不停。她闻到了熟悉的燃香味道，耳边传来壁炉里火焰的毕剥声。然后，还有人的说话声——是德豪特大主教的声音。

"她终于醒了。这次的转化比我预计的时间要长得多。你们都靠近点，她们刚醒过来的时候力量是非常强大的。不必过于警惕；她皮肤上的毒印正在消散，这说明毒性已退。把那盏灯移近一点，再倒点苹果酒来。她一定渴了。"

又一个人的声音向她靠近过来，是狄埃尔。"能听见我说话吗？你记得自己叫什么吗？醒醒，赫达拉。"

第三十章
苏醒

莉亚身边围着好多人。等她睁开眼时，看到他们都围拢过来，站在床边。有德豪特大教堂的主教，有狄埃尔伯爵，还有三个德豪特曼达，其中一个人手持着一支异常明亮的火把。

"咬痕的颜色变淡了。"手持火把的那个人观察了一阵子，压低嗓子说道。

"她一定挣扎得很厉害。"另一个人喃喃附和。

大主教眼睛直盯着她，脸上露出一种压抑不住的期盼。他把手偏了偏，朝她的头发移过来。"你醒了？你叫什么名字？"

莉亚张了张嘴，里面像久旱的土地一样焦干，嘶哑的发不出声。因为已经好久都未曾进食，她感到身体疲乏无力。刚挣扎着舔了舔嘴唇，大主教一打手势，为她要来一杯苹果酒。

"喝了它，"他提议道。"这酒既能缓解口渴，还可以帮你牢牢掌控她的意志。她还在抵抗你？"

狄埃尔两臂交叠，面带好奇地打量着她，脸上不禁微蹙起来。"你确定那个有效？"

大主教闻言面露不愉，愤怒地反驳道："当然有效。还没人能保留自己原封不动地从那蛇窝里回来。没有一个人！"说着把头转向莉亚。"你叫什么名字？"

莉亚张开嘴唇，作势要说什么，只是她的声音小若蚊蚋，大主教弯了弯腰俯身来听。

趁这机会，她用尽所有力气一下子打在他的脸上。这一拳正打在鼻子上，顿时鲜血四溅，他喊了一声，身子在痛苦中往后连退几步。莉亚躺在床上一个摆腿，甩在一个德豪特曼达的前胸上，把他踢得向后一个踉跄。她的力气正在迅速减弱，像只不断流出沙子的破口袋一样慢慢瘪下去，但她还是强撑着站到地上继续和他们打斗下去。

两个站在她面前的德豪特曼达已经反应过来，他们愤怒地咆哮着，眼中迅速闪出银白色的光。伴随着闪耀的白光，从他们自身发出的恐惧像蛇一样昂起头朝莉亚攻击，这次她不再给他们机会，直接把这些无谓的恐惧推到一边。她迅速低下身子用拳头攻击其中一人下身的薄弱之处，等他吃痛屈伏下来的时候扭转方向，把拳上的指骨节对准他太阳穴狠擂下去。一时间，在她四周的恐惧情绪强得像刮起一场风暴，不过她始终抵抗着，那些东西像油点一样骨碌碌碰到她身上，翻个滚儿就滑了下去，无法侵入她的内心。大主教两手捂着脸一味缩在后面不敢靠前，另一个德豪特曼达却还是不放松，好像是把一层层的恐惧当成毯子，想把她闷在里面。但它们在她身上粘不住，全都无害地从她身边滑落。

这样几个回合下来，她的膝盖已经累得开始打弯儿了，但她决心要坚持着把最后一个打倒。

"我是莉亚！"她恶狠狠地喊道。"我还是我，不是什么别的人。我通过酷刑甄别了，我在地牢里说的话都是真的。"

德豪特曼达的眼睛变得更亮,他们决心要把她控制住。一波又一波的情绪过后,他们却不得不一步步退后,因为现在莉亚的力量强到让他们震惊。莉亚冲上前去,横扫长腿绊在其中一人脚下,手上拽住他的衣袖,把他仰面朝天放倒在地。她正要去追赶另一个人,这时她突然记起了房间里还有狄埃尔。

现在已经为时已晚——他的胳膊从背后绕过来锁在她喉咙间,从后面把她整个人提到空中。莉亚脚悬在空中又踢又扭拼命挣扎,两手试图用指甲去挠,可他现在的用力姿势和站位都是绝佳的,完全是无隙可乘。莉亚气息用尽,无法喘息,只觉勒在脖子下的那块肌肉圆滚滚的动了动,眼前便嚓嚓地冒出一阵金星。她两手抓住他的胳膊使劲拉离自己的脖子,试着把硌在喉咙口的障碍移除,好放进一点空气来。她感到一阵晕眩,然后整个人被面朝下丢在床上,一边咳嗽一边呼哧呼哧喘息。

"你们真是笨得可怜,"狄埃尔声音里满是不屑地吼道。"这么多人全是废物。去止止血吧,大主教。你的鼻子破了,不过还死不了。还有你——好歹做点有用的事,别只会抓着裤裆不放,没用的酒鬼!去把克辛找过来。都动起来,别惹我真的发火!"

莉亚听着他们的一举一动,但她还没有缓过气来,什么也做不了。花了好一会儿眼前的黑雾才慢慢消散,她眼睛一看得清,立刻从床上翻转过身。狄埃尔站在她面前,胳膊交叠抱于胸前,神色十分严峻。

"他们都走了,"他说着,对着只剩他们两人的房间一点头。莉亚才认出这里是他的卧房。"现在我承认,上一次你从这里走出去的时候,我百分百的相信等你回来时肯定会变成另一个人。看到这个结果,我很惊讶,但并不⋯⋯出乎意料。你总是能破坏我的计划,我早看出你还是你了。否则那股子反叛的神情早应该被肃清了才是。你是怎么做到的,莉亚?你简直像茅坑里的石头,又臭又硬。"

莉亚气得浑身发抖,真想举起拳头狠狠地揍他一顿,可她知道这样不过是枉然;她实在太累太虚弱了。

"现在是什么日子了?"她压低声音问道。

"第十二夜,"他回道。"太阳就要下山了。"在他脸上露出嘲讽的扭曲表情。"所以我想这意味着大灾难真的要到来了?"

莉亚点头。

"怎么开始呢?"

"我不知道,"她有气无力地回了一句,肩膀疲惫地缩下去。"科尔文呢?"

他用一声令人恼火的嘲笑作为回答。"他前天晚上就走了。当然,在他走之前,我们给你举行了一场体面的葬礼。刚把你从地道里抬上来的时候,你那一身紫色的咬痕看着真是恶心。不过现在瘀痕倒是都不见了。"他露出一副探究的神气。"想必你已经知道了,蛇毒并不是致命的。它能让人假死,要不了人的命,却能为蚀心邪灵扫清障碍,让它们钻进人心里。"

一听到科尔文已经离开,莉亚心底松了一口气。可他以为她已经死了,这又是个难题。

"所以你根本不知道大灾难是什么样子?"狄埃尔目不转睛地对她逼问。

莉亚摇头。"不过它今晚一定会来,这里是第一站。"

"你还记得你对我说过的承诺吗?"他问道。"或者说是预言。"

"我记得。"

狄埃尔俯身向前,胳膊仍抱在胸前。"现在我转变阵营还来得及吗?"

这话让莉亚的胃在愤怒中不安地搅动起来。"我鄙视你,狄埃尔。"

他回头看了一眼门边的动静,又转头看看她。"你的蔑视对我没什么伤害,莉亚。实话告诉你,我有一支雇佣兵舰队即将启程开往科摩洛斯,以国王的名义对那里发起进攻。我想把你带上。这里不是你的王国,这里不是属于你的土地。我可以在自己名下任用一名猎手——尤其像你这样身手的。条件是我需要你帮我找到恰娜,我知道她是不会接受符水仪式的,等他们都离开这里的时候,我也要乘船一起离开。那些没有接受符水仪式的人都会被处决的,今天晚上就会开始。如果你不接受,他们会把你一起杀掉。科摩洛斯是最后一个沦陷的王国。我们的船上有大量的雇佣兵和德豪特曼达,现在德蒙特已经死了,那里只剩下弗什和一小撮仅存的圣骑士,我们在人数上有压倒性优势。他们承受不住恐惧的。小国王的意思是把弗什的头砍下来挑在旗杆上示众,毕竟弗什拐走了他的未婚妻。这一切都是按照帕瑞吉斯的计划进行的。虽然有这么多有利条件,我心里总隐隐有种不安,提醒我你很有可能会赢。我从来没见过像你这么执著的人,你的坚持让我佩服。我可以把你带到我的船上,带你去科摩洛斯。如果你能帮我找到恰娜,我也会帮你救出弗什。"

走廊里远远响起一阵脚步声,狄埃尔看了一眼敞开着的门,又迅速转回头来。"你怎么说?我们要不要结盟?"

莉亚站起身来,充满反叛地看着他。"我永远都不能相信你,狄埃尔。没有你的帮忙我也能逃出去。"

"这一点我深表怀疑,莉亚,"狄埃尔说着,眼睛密切留意着门口的动静。"我知道他们对不接受符水仪式的人会作何处置。他们今晚就会杀了你。实际上用不着等晚上，就是现在。让我来帮你。"

莉亚只是摇头。"如果我的任务已经完成，那么现在就算要我死了也没什么了。"

狄埃尔的脸在沮丧中变得扭曲。"你太固执了。"

"我知道你在为谁做事，"莉亚嘲笑他道。"我知道她的真实身份，你不过是她的一个傀儡。"

狄埃尔的眼睛像是着了火，整个脸庞在愤怒中腾地涨得通红。他一把抓住莉亚的胳膊，把她从床上拎了起来。"但是你没有！"他语速极快，语调极低地对她吼道。"你来告诉我怎么做！我原本不相信你能做得到，但后来我开始动摇了。你破掉了她在那个无声的奴隶身上施加的咒语。现在把她套在我身上的枷锁也解除掉吧！"

莉亚从他的眼睛里看到了赤裸裸的惊慌，这是早已放弃挣扎的溺水人无助地等待死亡时的神情。"我不能解开你亲手为自己打造的枷锁，"她回答道。"很久以前，她变成你渴慕的女子的模样设下圈套，许下一套虚伪的承诺把你引诱进去。但到最后，就像她会背叛你一样，她会背叛我们所有人。我不能阻止这一切的发生，狄埃尔。就如同我不能把你变成一个可敬的人一样，我也不能帮你重获自由。这都是你自己所做的选择，我无能为力。"

大主教走进屋来，狄埃尔不甘地闭上了嘴巴，把没能如愿的沮丧咽进肚里。大主教鼻子淤紫，脸上还留着一些血点。他把手指向莉亚，脸上涌动着杀机。

"把她带下去，扔到那些该下地狱的人里去。"

狄埃尔面色一变。"如果她现在接受符水仪式呢？"他问道。

大主教对莉亚的仇恨达到极点，脸上变得红一块白一块。"我早就给过她机会了。把她带走！"

莉亚被再度戴上了铁镣铐，被人拖着走上台阶，整个人感觉精疲力竭。等走到外门的时候，外面的冷风一下子吹到脸上，里面带着一股烧焦的味道。尽管现在太阳已经落山，整个天空在眼前火光的映照下亮如白昼。莉亚强打精神看了看，前面有约略五十人被压着跪在草地上。四周围着好多德豪特曼达，现在他们毫不掩饰地把魔徽戴在斗篷外，脸上带着一条条弯弯绕绕和图章文身。在他们围起来的死囚里，有好些还只是孩子。

莉亚被人按着和其他囚犯跪在一起，在她周围，一张张脸都在死亡气氛的恐惧中变得苍白憔悴。很多人在小声抽泣，还有的已经在高压的折磨下神智失常。火光是从大教堂围墙里发出来的，与篝火不同的是，这火焰从一个像熔炉一样的开口中熊熊喷发出来——围墙里面像一个巨大的炉膛，宽和高足以同时容下十二个人。莉亚感觉到在火焰里面有一个怪眼灵石，在它的力量下源源不断的业火从不知来源的冥界咆哮着聚集于此，火舌呼呼卷动，看起来像是有生命的野兽。

大主教的声音盖过了四周的所有噪声。"因为拒绝接受符水仪式，你们被判处死刑。早就警告过你们负隅顽抗会是这样的下场。我知道你们中现在还有人冥顽不化，幻想着灵力会来拯救你们。我告诉你们，这都是妄想。现在，我们建立了膜拜灵力的新秩序。圣骑士统治的时代已经一去不复返了。在每个国度，横跨每一寸疆域，所有大教堂都会在今夜化成灰烬。"

莉亚盯着眼前的烈焰，其强大的力量惊得莉亚有些意识模糊。她深深地吐出一口气，心知它无法伤她分毫，但对身旁这些没有她这种神力的普通人来说，进去就只有死路一条。她扭头一张张面孔地看下去，自己的心则因为痛楚而怦怦狂跳。在看着这一张张脸时，她脑海中出现他们被一而再再而三被警告离开这里的场景。他们太固执了，对自己的固执甚至超过了对灵力的信赖，让他们拒绝相信警告的真实。现在，一切都来不及了。突然，一个小男孩吸引了她的视线，她不禁伸长脖子好看得更清楚些。但他不是为她带路的男孩茹旺，在他身边的也不是韦赞小镇里的姜娜。她告诉过他们都去找浩克号的，希望他们听了她的话，已经离开了。一个接一个，一张脸挨着一张脸，她看着他们，也感受着他们即将经历的恐惧与悲伤。警告已经传达过了，现在一切都来不及了。

莉亚深深叹了一口气，做好了被推进火焰里的准备。她心里隐隐有种直觉，自己的使命还没有完成。还有一件事情在等着她去做。

有个人的目光正盯在她身上。莉亚抬起头，注意到了一个正跪在她身边的男人。他的脸看起来很熟悉；她在浩克号上见过他，他是上面的一个船员。那双灰色的眸子正炽热地看着她。莉亚的记忆迅速运转，很快，她想起了他的名字。马尔克姆。和她一样，他的手也被反缚在身后。

他慢慢地，有意地对她轻轻点了点头。

大主教声调高亢，对着人群喊道："这一刻终于到来了！星辰与我们的伟业结盟，月亮也垂下银色的橄榄枝。而太阳，隐没在黑炭一样的夜空里，无颜露面。把他们丢进嘎咕怪石！所有违逆我们的人都会被圣火焚烧，化为齑粉！"

今晚，在暮色四合的黄昏时候，我们结婚了。大主教以永生咒把我们两人永远彼此结合在一起。永远地彼此结合在一起。他是我的了。在所有波折过后，他终于是我的了。科尔文说，最后一班忠于我和我舅舅的圣骑士会联合起来，以德蒙特之名抵御外敌。明天，我们要骑马到博斯沃思镇去召集他们。现在我有圣球，它会把我们带到那里，正如它一路把我们带到这里一样。这里的客房装饰得很漂亮，不过还是不及德豪特的富丽。我得在科尔文回房前把提灯熄灭，绝不能让他看到我的肩膀。我已经命令这里的怪眼灵石，明天我们前脚动身，马上就要把这里焚毁。

——艾洛温·德蒙特于布勒贝克大教堂

第三十一章
大灾难怪石

痛彻心扉的哀嚎声充斥着夜空,谱出令人毛骨悚然的旋律。这种声音是不大能从尘世间听到的绝唱:恐惧,担忧,哀求交织在一起,足以令闻者肝肠寸断、痛不欲生。跪在地上的囚犯被三三两两地抓住,拖行至围墙前,丢进那只熊熊燃烧的斜眼石熔炉的肚膛里,这种旋律不断重奏。莉亚看着里面明亮的火光,随着夜色的加深,它看上去变得更加夺目。她看着孩子,母亲,父亲,老人——一个个被德豪特曼达捉住,推进炽烈灼人的火焰里。有人在临进去前高喊倒戈的话,发誓会接受符水仪式,但没人会因怜悯他们而手下留情。随着他们一个一个被送进火膛,草地上囚犯的圈子在一点点缩小。旁边德豪特曼达的眼睛银光闪动,他们的力量驱散了人群中本该有的抵抗和愤怒。看着眼前的末日暴行,莉亚心痛得难以自处。可她也知道,在接下来的好多夜晚,这样的场景将会一再重演。

德豪特大教堂的主教迈着大步朝她走过来,脸上因为兴奋和火光而通红,上面还带着微微的汗水。他的表情十分得意。"看看你说的大灾难吧,"他嘲笑地说,"现在你的力量都去哪儿了呢,孩子?你的信仰呢？那些东西什么都不算，很快就是一堆烟灰了。"他看着她，脸上既阴狠，又有种嗜血的快感。"下一个就是她。"

莉亚不用像别人一样被人拉着，她自己站起身来。从眼角里她看到马尔克姆也站起身来，紧跟在她的身后。她咬紧牙关，开始努力聚集灵力的力量。她回想起在比尔敦荒原那场烧死了阿尔马格手下的大火。现在，她只想把这火引到大主教和那群助纣为虐的人们身上。但因为这是满含私心的愿望，灵力没有理会她的这个请求。她强压着所有的愤恨，大步朝着那块怪眼灵石走去。

"看着她走进去。"大主教提醒手下。

马尔克姆现在走在她的旁边，双手带着铁铐。她所到之处，脚下的草就被踩倒一片。奇怪的是她现在的思绪竟然会游离着去想草的感受，内心却没有一丝将死的恐惧。空气里的味道酸涩刺鼻，让她的胃里猛地一阵翻涌。很快，火焰的咆哮声渐渐吞没了在她前面剩下的一小撮囚犯的尖声嚎叫。莉亚略低下头，尽量避人耳目地瞟向一旁，她看见马尔克姆正亦步亦趋跟在她身边，拖着脚慢慢走向预示着毁灭的炉膛。

"跟紧我，"她小声对他说。"我会试试看能不能救你。"

"唔。"他粗哽着嗓子小声回道，一面向她靠拢过来。

熔炉放出的火光明得刺眼。莉亚只管大步朝前，里面灼人的热浪直扑到脸上，一条条长鞭一样的火舌向她欺身过来，她只作看不到。再一次，她集中精力，咬紧牙关沉入内心深处，回想在米尔伍德的那些宁静的时刻。即便身在死神的胸膛里，她仍能感觉得到从小到大，一直陪伴她长大的那种平和与安定。她对大主教的爱与崇敬在胸腔中有力地跳动着——不知道现在他在哪里，是否知道自己正在想念着他。她一直深信，他知道的很多事都还没有告诉她。

等到了喷吐烈火的炉膛口时,马尔克姆不动声色地紧靠在她身边,两人并肩抬步进去。里面火焰冲天,温度极高的石块不断向外发射热浪——在这些后面,是一块已经焦黑的巨大的怪眼灵石,在它背后是摧毁无辜的邪恶力量,其力量之大,连怪眼灵石都被烧得面目全非。在热气的炙烤下,莉亚手腕上,脚踝上的锁链都融成汽态,挥发殆尽。她的身上却是毫发无损,不但没有被烧伤,连一丝黑煤烟都没有沾上。她要自己的守护神力把马尔克姆一并保护在内,自己沿着炉膛的咽喉一直走下去,去找后面那张刻在石头上的怪脸。当然,它也被腐化了,不会轻易遵从莉亚的指令。莉亚做好准备,一面向前走着,一面伸出手去,打算摸着它把它驯服,用自己的意念摧垮它背后的邪念。

这时,一只手覆在她伸出的手上,把她的胳膊压了下来。突然的变动让莉亚心中无比讶异,她转过身去一探究竟。她不知道马尔克姆能否在烈焰中保命,所以之前也不敢回头去看,因为在利用灵力时,任何一丝的怀疑都可能让他们葬身火海。当她侧过身时,马尔克姆已经不在她身边了。在他原来的地方,现在站着另一个男人。这个人自从她在米尔伍德大教堂宣过圣骑士誓言后,就再没有见过了。

这人便是梅德罗斯。

他轻轻对莉亚摇了摇头。"这边走,小姑娘。"他对她招手,示意她跟着朝拱形熔炉的外缘走去。再次见到他让莉亚的心兴奋地扑扑直跳。等两人都在靠近墙边的地方站定,马尔克姆的手在石头表面一挥,他们脚下所踩的石头开始晃动着下沉,慢慢沿一个竖梯井向下,带着他们往地下更深的地方移动。梯井底端联通着一个石头房间,里面黑漆漆的,四周由有雕刻的石块砌成。现在,他们到了大教堂的深处。脚底的石头一落定,他们从上面走下来,直直走进底下的房间,继而那石头又迅速重新升上梯井,孤零零悬浮在空中,直到嵌进顶上的洞里,隔绝了炉膛里呼呼的火声。

梅德罗斯点点头示意她跟上,沿墙的几枚怪眼灵石发出柔和、平静的光线,顺着墙壁形成一道光束。地道显然已久弃不用了,但不像米尔伍德的地道是从泥地里挖掘出来,而是以泥土为基再用木料和石块支撑着的。德豪特大教堂整个地道都是从石头中开凿出来的,靴子踩在上面咔嗒作响。因为久无人迹的缘故,里面散发着一股陈腐的霉味,但依然十分坚实。

顺着灵石光束一直向前,有一间巨大的圆形房间。再前面围着一道石头围栏,防止行人在黑暗中落入底下的深坑里。光束一直忽明忽暗,他们两人分头从两个相反方向出发,沿着这房间走了一圈,发现了旁边很多通往外面的密道。等莉亚从围栏上往下看时,面前出现一个巨大的石盆,正驼在那些公牛状怪石的后背上。有一座小小的石桥能通向这石盆的边缘,里面其实是空的。

"这是什么地方?"莉亚心中惊叹,对他问道。

"我们现在在地下很深的地方,"他回道,声音带着一股方言腔。"很久以前,人们为了扩建大教堂,把这里封死了。哼,"他不满地从鼻子哼出声。"总是想变得更大。但更大不等于更有价值,更大不等于有用,甚至不能换来人们的尊敬。不过是人们腐败的迹象。"

莉亚环顾这间巨大的圆室,感到其中一条通道里有强烈的灵力的痕迹。

梅德罗斯注意到她的目光,认同地点点头。"那就是你该去的地方,但不是现在,姑娘。你还需要做些准备。"

"所以浩克号上的那个人就是你,"莉亚说。

他面色阴沉,点头说道:"我一直在你附近,孩子。有时是仆人,有时是船员，有时是园丁。我的使命就是帮你写下你的故事和你家族的故事。这个故事已经延续了一千年，并且还将继续谱写下去。我一本圣书接一本圣书刻下了它，帮它流传下去。"

莉亚的眼睛湿润了。再次见到他让她心中无比宽慰，她一下子搂住他的脖子，靠在他的胸膛上抽泣了一阵子。这么多天累积下的恐怖与压力在一瞬间发泄出来，莉亚紧紧地抱住他，哭得浑身颤抖。梅德罗斯轻拍着她的背，带着一声叹息在她耳边安抚说一切都会好起来的。

"你一直做得很好，孩子。再坚持一下，你的使命还没有完成。拿出勇气来。"

莉亚抹着眼泪点了点头，从他身边退开，急切地望着他的眼睛。"那我必须做什么呢，梅德罗斯？"

"你要引发大灾难，"他回道。"你必须完成你的警告。但在你走进去那条通道完成使命前，你要先成为一名大主教，然后学会永生咒。我就是因为这个才到这来的。现在，跪下。"

莉亚缓缓跪倒在地，梅德罗斯把手伸进身上穿的园丁服里，掏出一只饰有宝石的古董小瓶子。瓶子上有一个金子做的瓶塞，顶头上镶着几枚精心雕刻过的宝石。瓶身还有细小而典雅的花纹蚀刻，整体设计巧夺天工，精美绝伦。梅德罗斯打开瓶塞，轻轻把瓶子倒悬在她的头顶。

"耐心等着。"他说。

"这是什么？"莉亚忍不住好奇。

"圣油，用一种伊渡米亚特产的果子榨出的油。那里只有一个花园有这种果子，这个花园叫作塞阿密。塞阿密花园。大概在你的语言里这名字没有什么宏大的意思，不过在伊渡米亚，它的含义十分深远。"

圣油慢慢渗透她的头发，莉亚觉得头顶一片潮湿。梅德罗斯重新把瓶塞塞好，把瓶子放回长袍里，然后把手放到莉亚头顶，画下圣符。

"我赐你真名，艾普依穆。我赐你驾驭灵力之勇气与力量。授你大主教一职，你要做子民的公仆。要你不可讲假话，忠于许下的誓言。将米尔伍德大教堂属地归你名下，望你行使大主教职责，合法正当地守卫它们。要指引到米尔伍德避难的民众逃亡，带他们到普莱利有船等候的地方。行使职责，不得违背；直至解任，或者死亡。即刻灵验。"

随着他的话音，一阵暖流顺着莉亚沾染圣油的头骨一路向下，直到脚底。随暖意而来的是一副重担——看不见摸不到，却感受真实。莉亚心知这就是责任的重担，由米尔伍德原大主教承担的担子移到了她的肩上。

莉亚心下惶恐，一下子睁开了双眼。"梅德罗斯，他死了吗？你为什么把米尔伍德转赐给我？他真的死了……？"

"嘿，安静，孩子。你的问题太多了。现在要紧的是让你成为大主教，习得永生咒。别再用你的问题来打断我。这些你慢慢都会知道的。站起来——现在传授咒语。"

莉亚站了起来，双腿却止不住地发抖。她很担心米尔伍德——担心那里现在的境况，虽然梅德罗斯什么都没说，她心里的不安还是像浓雾一样挥之不去，无法视而不见。直觉告诉她，那里笼罩在危险与恐怖之下，大教堂现在正值生死关头。

"看着我，"梅德罗斯察觉到她的不安，双手捧起她的脸颊迫使她集中精力。"你已经感觉到对大教堂的责任了，这我看得出来。可是，现在，在这里，你还有使命要去完成。你听到我的话了吗？"

他的话让莉亚回过神来，她对他点点头。

"下面我来演示永生咒。看着我的手。像这样用你的手掌在空中勾画。想象着画一块方形石头。向下，横跨，向上，横连。一个方形。然后再画一个。这次以正中为起点，再做一遍。这样就可以画成一个八角星。这是圣族当年创下了的正义圣符，并将其留给子孙。现在，这是专属于大主教的符咒——永生咒。任何东西，只要你以此符封印，将永远不得开解。至于何时使用此符，灵力会给你指示。如果你赋予某人神力，并画上此符，那么他将永远保留这一神力。同样，如果你以此诅咒某人，那诅咒也会陪伴终生，永不可消。但你不能因一己私利而用它，或用此咒让某人永远追随与你，或者让你和他永结好合。一定要谨记这点，孩子，你的责任重大。永远不要违背灵力的意愿使用此符。历史上不乏因违背灵力而引发灾难的前车之鉴，都是些血淋淋的例子。你明白了吗？"

莉亚郑重点了点头。"我明白。"

"现在你已经是大主教了，也有了使用永生咒的权力。去灵力要你去的地方吧。我会在这里等你。"

莉亚沿着圆室的边缘一步一步向前走着，眼盯着从另一边通道里射出冰冷的光，和它在墙上映出的光斑。墙上的石头都已历史悠久，每一笔雕刻都如神来之笔——细小的枝叶图案和符号都入木三分，栩栩如生，并以闪亮的蓝色宝石点缀。这里的一切都散发出肃穆的意味，空气里传载着穿梭千年的耳语。莉亚不知这里已经有多久没有踏上过圣骑士的足迹，即便如此，她的心中还是有一种奇怪的敬畏感。光束指出的路通往另一条密道，就从这条密道里，她感到了怪眼灵石的召唤。

她的脚一迈入密道,一阵恐惧的痉挛密密匝匝直从心底涌上来。这种感觉出人意料,来势汹汹,莉亚当下只想大叫一声,永远地逃离这里。不过在恐惧之下,那块召唤她的灵石一直在示意,吸引她走进去。看到前面拱道两旁的其他灵石,莉亚意识到她的恐惧都是从这些面孔里激发出来的,上面的一对对眼睛照射出银光。她用念力把它们压制下去,果然,不再有恐惧冒出来了。

莉亚小心翼翼地慢慢靠近召唤她的灵石。前面走进了一间小小的圆室,顶上有穹顶为盖。空间有限,只容几人入内,这样的情况下,里面竟然有一块体积硕大的岩石。她先是讶异这块石头如何能通过幽狭的入口塞进这间三面密闭的小房间,但她几乎立刻就意识到,岩石周围其他的建筑板块才是后来安置到现在的位置的,为的是不让尘世中的眼缘落在它的身上。就这样,这块几乎与天地同寿的巨石挤挨在幽狭而憋闷的小空间里,上面刻下的脸庞历经岁月蹉跎,损蚀严重,甚至难辨其性别。整块石头石体光滑圆润,好像在到此之前已经给海水打磨了千年的时光。而它散发出的力量无所不包,令人顿生畏惧——在这种强大的存在下,莉亚觉得自己真正变成了一个孩子。而且,在那之后,它又在此地矗立数千年。可是谁最先刻下了它,又是在什么时候呢?

灵力立时告诉了她答案,低语说道,这是由正义之王亲手刻下的。的确,如她所感到的那样,几乎自开天辟地以来,这块石头就已经出现了。此后,在周围的种种巧妙机关和德豪特大教堂世代守卫下,它得以完好地保存下来。莉亚听着脑海中的低语,不禁一阵赞叹。这是个怎样的怪眼灵石呢?它到底有着怎样的力量,才能得到如此珍视?

一时之间,莉亚不敢轻举妄动,她只站在它的面前,看着它——

脑海中开始勾勒创造出这件圣物的主人。他是世上大主教的鼻祖。这是有关她家族的故事，一个被镌刻了数千年的故事。而她即将书写下新的篇章，想到这里，莉亚狠狠地咽了下口水，感到了肩上责任的重大。她崇敬地伸出一只颤抖的手，放在上面，感觉心脏咚咚地撞击着胸腔。触到石料的那一刻，每一个指尖都受到感染，不住地跳动起来。

放下一切顾虑，莉亚把手掌实实地按在上面，其中所蕴藏的知识豁然涌入她的脑海。

原来，这是一块大灾难灵石——上面的雕刻可以召集毁灭的力量。在她脑海中，走马灯一般闪过一小段一小段有关过去的场景，不同年代的大主教被灵力召唤于此，将大灾难带到人世。里面有些大主教是年迈男子的样貌，有些也很年轻，还有各个年龄的女人形象。不变的是，大灾难前总会有对人们的警告，给七国子民逃离的机会。但茫茫几千年的时间轴线上，总有那么一些年代，妖姬的诡计深深固化了百姓的思维，以至于他们对这一消息充耳不闻，置之不顾。在灾难到来前，他们把灵力的低语淹没在歌舞升平，饮酒寻欢的迷雾里，被艾利什姬迦勒的女儿们用轻曼的笑声迷住了耳朵，直到堕落至无可救药的深渊。同样，她也看到了妖姬统治下的惨状——滥杀无辜，物欲横流，生灵涂炭，哪怕是想一想这样耸人听闻的惨相都让莉亚胆战心惊。到了这种时候，只有唯一的方法扭转局面——将人性拯救，带子民回到正轨——那就是大灾难的降临。

莉亚的手开始滚烫起来。

从前，她从没有过这样被火灼烧的感觉，此时她只有一个念头，就是立刻、马上把手拿开，可这办不到。它还在烧着，而且除了这种赤裸裸的尖锐的灼热还有一点别的，就是那块灵石传递到了她的手上。灵石只不过是导索，它们的作用是将两个点联通，在两股不同的力量形成通路，进而将其结合。

有关大灾难本身的知识也涌进了她的脑海。在过去的几千年里，大灾难曾经以各种不同的形式出现过。有时是水灾，有时是饥荒。这一次，与以往不同。

灵石现在放开了她。

莉亚翻过手掌，手心上的炽热红光几乎让她惊坐在地。她不知道大灾难的样子，但这也就恰恰捧在她手心的这一隅方寸之间。灵力低声要她返回到顶上的妖姬花园里，即刻。莉亚对她将完成的使命了然于心。

第三十二章
隐秘的面纱

地面上的妖姬花园里空无一人。当然会这样，被蛊惑的民众现在正成群围拢在那只焚炉前——说笑着观赏仅剩的几个囚犯在火中挣扎、哀嚎的惨状。这里的夜晚却十分地宁静，空气中弥漫着茉莉的馨香。莉亚走进厚厚的树篱墙里，脚步匆匆，再次来到那块圆形石盖前，在它下面就是蛇穴了。她看着这块石头，脑海中闪现出开启石盖的密语，随后大声地说出了这个词。石头开始慢慢向下滑动，沉进底下的坑井里。莉亚迅速踩到上面，跟着它一起没入通往地下的漆黑缝隙里。上一次她来到这里时，心中满是对未知前路的恐惧。不过几天的时间，再次回到这里，原来的恐惧已经荡然无存。莉亚没有一丝犹疑，大步向前，迅速通过有黑蛇埋伏的孔洞密道。在黑暗中，她手上的红光更加耀眼，驱散了那些黑蛇出洞的邪念。

穿过密道后，就是宣誓灵石所在的小圆室了。因为几天前她已经许过誓言，这次它们不再对她开口阻拦。在房间中心预留的浅浅的槽沟里，那颗半成品的赤隼链还躺在它原来的位置上。灵力要她上前用那只没在发亮的手把它捡起来，莉亚顺从地弯下腰，把它握在手心。

躺在她手心里的这块赤隼链一片冰凉，了无生气。现在，它已经无法威胁到她了。

短暂的停顿后，莉亚继续向前，走到上一次让她挫败的石墙前。墙的后面，是那块莉亚最近脑海中时常出现的怪眼灵石——那块顶上有两条孪生蛇交缠成圆环的石头。它的力量仍在不安地跳动着，不过与她刚刚经历过的大灾难灵石相比，完全是小巫见大巫般的无力了。莉亚双眸凝视着这堵墙，作为邪灵的守卫，需要一支哀歌才能开启——只有蚀心邪灵说出口的口令才能通过。可她并不受蚀心邪灵的控制。

借助灵力的强大力量，莉亚果决地命令道："洞开。"

石墙发出吱嘎吱嘎的呻吟声，试图不从，但一个大主教对它发出的指令是不容违抗的。最终，石门无声地旋转着，里面哗哗的流水声撞入耳膜，一片薄雾淡淡笼在房间之中。薄雾下，最先映入眼帘的是一个巨大的水池，细腻精致的石料和瓦片经过巧匠雕琢，一丝不苟地堆砌成形，内里注入了澄澈的池水，池牙处不停有水波荡漾，满溢出来。莉亚视线掠过湖面，正对着的墙壁上雕刻有三个高高的灵石石柱，不断注进池中的飞流瀑布就从这三个灵石口中喷出。在水池正中形成了一个旋涡，池中的水流被吸引着，不停地旋转搅动着。靠近池水边缘的水面上升起一块孤零零的灵石，正对着莉亚。就是那块有蛇形圆环的石头，此时它也在熊熊燃烧。

从水池边缘到达蛇形灵石需要走过一段埋没在浅浅水流下的石瓦路。莉亚走近池边，看着那水流，耳边传来蚀心邪灵震耳欲聋的哭喊声。池中原来潜藏着数以亿计的诡秘邪灵。

莉亚伸出那只灼烫的手，画出圣符。水流在她面前自动分开，露出一段干燥的石板路，通向池中的灵石。排开水流，她走近灵石，耳边是瀑布的水声翻涌，琼浆玉碎，扑面而来的是稀薄雾气的缥缈触感。除了她发光的一只手和刻在灵石上燃烧着的蛇纹，房间里再无其他光源，视线昏暗。这里原是女子在许下誓言，煅成赤隼链后正式成为赫达拉妖姬的地方。仅仅是远远看着这块石头，都会在她灵魂深处激起一阵暗黑的邪恶涟漪。四周的池水开始慢慢沸腾，不断咕嘟咕嘟冒着泡，嘶嘶的响声越来越强，好像在池水底下的火焰开始摧毁这里的水流一般。原本的薄雾现在变成了蒸汽。随着莉亚的接近，蛇形灵石呈现出白热化，整个石体都开始剧烈摇晃起来，用尽力气排斥她的靠近。莉亚稳住身形，一步步逼近它，同时伸手画出圣符。

蛇形灵石的反抗愈加强烈，力量大到让整块石头像要破碎一般吱呀作响，同时伴随着剧烈的震动所带来的嗡嗡声，试图让莉亚止步不前。

不过已经来不及了。莉亚伸出手去摸索，现在蒸汽已经浓到她几乎看不清仅有一臂之遥的图案，周围的池水沸腾的像一口架在猛火上的大煮锅。莉亚伸长手臂，把那只发着红光的手掌按在蛇纹之上。

与此同时，她合上双目，每一个曾站到过这里的女孩或是女人开始一个个在她脑海中穿行。她看着她们把赤裸的肩部按在灼烫的蛇纹图案上，任它在肌肤上烙下一个即将陪伴终生的疤痕。赤隼链是她们力量的标志，不过她们的力量实际上是通过接触这块石头形成封印而获得的——封印将一个蚀心邪灵结合到了她们的身体里。经此封印，蚀心邪灵将完全掌控这个妖姬，可以随心所欲地利用她的身体，直到最后劝服她们自杀。她们死后，身体里的邪灵自然被释放出来，继续寻找下一个躯体。这个轮回存在了千百年。这样一来，不断有不精权谋，不谙世事的年轻女孩子突然获得超越自己阅历的睿智，强大到足以引诱进而操纵世上最强大的男人。她看到了帕瑞吉斯，那时她还不满十三岁,站在这里,烙印的时候浑身打战。还有不计其数的各色女子。最后一个许下所有恐惧誓言的女孩,是希乐尔。

灵力从她按在灵石上的手掌中喷涌而出,大灾难正式触发了。每一个妖姬的肩上都有这样一个孪生蛇交缠的烙印,大灾难感染了这块烙印的根源,进而感染了每一个肩上有这种烙印的妖姬。等莉亚明白自己刚刚做下的一切,不禁骇得浑身发抖。她早就知道了,这一次大灾难会以一种瘟疫的形式覆灭七国土地。一个吻,就足以把它传递给新的受害者。莉亚的意念缓缓开启,她看到无形的大灾难开始行动起来。它会来得很慢,悄无声息地蔓延。妖姬的每一个吻都会传播瘟疫,被感染的人在经历了极为痛苦而漫长的折磨后才会死去。幸存者们会花上很长一段时间——也许数周,也许数月,甚至数年——才会察觉引发大灾难的罪魁祸首。之后,人们会开始追捕妖姬,把她们赶尽杀绝。女人们将严禁识字或者学习圣书。但一切不会因此而结束,死亡会一场瘟疫接一场瘟疫,一个秘密接一个秘密地传播下去,直到每一个王国里的每一个人都相继毁灭。世上最后一个活着的人是狄埃尔,莉亚看着他在自己的脑海中,孤独地生活在空无一人的世间。她手上的火光不见了,诅咒已被唤醒了。

灵力又传来一阵低语。**用永生咒封印它。**

刚才所看到的一切让莉亚忍不住抽泣起来,是自己秘密引发了天下众生的毁灭,那可是成千上万的无知民众。除去那些乘船逃亡的人,世上所有的百姓都会死在由她这一只手引发的大灾难下。廷顿大教堂主教的话在她耳边响起,他曾说过,关于艾洛温·德蒙特这个名字,千秋功过,众说纷纭。她在米尔伍德大教堂通过圣骑士考核后,梅德罗斯说过下面一段话:

这双手——将决定成千上万人的生死。你的名字,将承载最高的

赞誉，也将承受最恨的诋毁。但是，对于那些知道真相的人来说，他们将永远因为你的一双手将你奉若神明。

两行泪水从她的脸颊滚落，莉亚举起手，画出一只八角形图案。永生咒永远把这诅咒和蛇纹灵石缔结在一起。

就此，她在这里的使命完成了。

莉亚双膝软弱，跪倒在灵石的脚下痛哭起来。现在她心乱如麻，一切情绪汹涌而至，难以自持，甚至连她自己都无法理解。在这一团灰蒙蒙的情感风暴里，一个鲜明如朝阳、滚烫如烈日的念头却无比清晰。科尔文和希乐尔在一起。在世界的某个角落，她心爱的男子正和她厌恶的女子在一起。这女子，科尔文深信她是艾洛温·德蒙特。只要她给他一个吻，就足以要了他的命。

得知莉亚没有了圣球，梅德罗斯事先告知了她打开大教堂外墙的密语。此刻，混杂的情感像沉重的大山一样紧紧压在她的心头。科尔文有危险——刻不容缓的危险。米尔伍德也同样面临存亡考验。这两个念头像蜃楼一样隐隐在她面前显像，而她像沙漠里极度渴望喝水的人一样，除了这两道光影，眼中别无他物。在它们急迫的驱使下，莉亚一阵风似的穿过黑暗的石头隧道，回到那间有奇怪的石盆和牛形灵石的圆室里。梅德罗斯此时就站在通往大灾难灵石的通道入口处。在他身后的通道围着一块长长的丝绸，随着莉亚飞奔带来的气流，窄窄的绸条发出一阵轻微的窸窣声。看上去微光闪动，很像是穿越圣幕。

"梅德罗斯！"莉亚嘴中高喊，脚下不停绕着走廊来到他身边。"梅德罗斯，科尔文在哪里？"

梅德罗斯并未被她的急迫打动，脸上的表情坚毅而严肃。他转过身去，用手理顺着身后的绸缎，在他的抚摸下，绸条再次平静下来。

"布勒贝克大教堂。"他抬起头,目光落在绸条的最高点,后退几步以便更好地观察它。"对,你的小骑士就在那里。"

"梅德罗斯,求你务必告诉我。他……他已经沦陷了吗?我知道他现在和她在一起……"

梅德罗斯不耐烦地挥挥手,打断了她的问题。"不要来问我,小姑娘。不要问我那个**小骑士**怎么样了。如果他已经沦陷了,你能怎样?如果他已经亲了那个妖姬呢?这能改变你现在必须要完成的任务吗?"

"梅德罗斯,求你告诉我!"

他脸上的表情坚硬得像石头一般。"我不想影响你,孩子。我不会给你你想要的答案的。一切全在你的选择。"他朝身后的绸布一伸手。"这就是圣幕。穿越圣幕。现在世上只有两座大教堂还屹立未倒。你必须在两者间作出抉择,每个选择都有相应的后果,但我不能替你作出选择。一切都掌握在你的手中。"

莉亚看着穿越圣幕,心中涌起无法割舍的矛盾。她知道米尔伍德大教堂有难,作为大主教的她感到这种危机渗进了她的骨子里。她想回去,即便她知道王太后现在也在那里。可还有一个布勒贝克大教堂,还有科尔文和希乐尔。如果她先去了那里,能赶得及警告科尔文然后再赶回米尔伍德吗?有没有可能把两者兼顾呢?

梅德罗斯在等着她的答复。

科尔文以为她死了,希乐尔坚信她已经死了。现在再去救他是不是已经晚了?他,是不是已经错误地把自己和希乐尔用永生咒结合在一起了?即便他在不知情的情况下把自己和错误的人结合了,也没有关系吗?名字能决定一切,还是他真正牵手的那个人才是最重要的?在相信希乐尔就是自己妻子的情况下,他会不会吻她,然后染上瘟疫？

这些假设让她头痛欲裂。自己是不是已经晚了？

这个问题的答案，没有人能告诉她。到最后，连这个答案也不重要了。她明白，不管她的心有多么渴望去救科尔文，米尔伍德才是她应该去的地方。即便最后真的失去科尔文，即便她将因错失他而终生遗憾，她对米尔伍德的责任是不可逃避的。梅德罗斯说过，不能违背灵力的意愿，人无法强迫灵力按自己的意愿行事。她只能顺从灵力的意愿。

泪水盈满了她的眼窝，这次莉亚没给它们泛滥的机会，立刻伸手擦干泪痕。"我会听从灵力的，"她轻声说着，抓住了梅德罗斯的胳膊。"如果我理解得没错，廷顿教堂主教的意思是一旦这次我去了米尔伍德，就再也不能离开了。我必须一直待在那里，帮助所有人抵达安全的避难所。毕竟，大灾难一开始的时候扩散得很慢，随着越来越多的人感染了诅咒的瘟疫，慢慢积累之下，等到一个节点才会突然暴增，越来越快，直到彻底无法终止。"

她突然记起自己听过很多有关达荷米亚五月花柱节舞蹈的故事。据说帕瑞吉斯要年轻的姑娘们始终不离开五月花柱，一有男孩子空闲下来，便迎上去和他们跳舞，伺机赢取他们的吻。想到这里，莉亚浑身一激灵，有了这个传统的助攻，百姓沦落的速度会有多快简直可想而知。

梅德罗斯充满疑虑地看着她这一连串的停顿和突然的颤抖，脸上的肌肉在担忧中微微抽搐了下。

莉亚让自己镇定下来，对着他点了点头，这个动作也是在帮她坚定自己的决心，鼓足勇气面对一切。然后，带着眼角那一缕坚决的闪光，她走进穿越圣幕，穿越回日思夜想的米尔伍德大教堂。

第三十三章
王子之死

普莱利王子奥勒温李埃鲁·埃斯林正用指尖轻轻爱抚着婴儿的脸颊。他的眼睛里一阵酸涩，泪水模糊了眼前的景象，模糊了他的女儿。睡梦中，婴儿的小嘴巴做出吮吸的姿势，轻轻噏在一起，不动了。一圈柔软的金色鬈发盖在她娇嫩的小脑瓜上，王子看着，忍不住俯身弯向摇篮里，亲吻着这些宝贵的海藻一般的发卷。

"一定要拿稳了，"他命令道。站在他面前的艾温斯林名叫努瑞克。虽然他还年轻，但已经通过层层考验，证明了自己的忠诚可靠。除此之外，他精通三门语言，一头又黑又直的头发看起来更像是科摩洛斯国的人。这些条件都给了他担负这项任务的优势：比起天生金发的普莱利人，他可以更好地隐没在科摩洛斯的百姓中。此时，努瑞克把摇篮拥在自己的胸前，稳稳地端住它，看着王子把两根手指放在里面婴儿的脑袋上。"闭上眼睛，努瑞克。"

努瑞克一闭上眼睛，王子就挥动手指，画下了圣符。

"我不能说出你的名字，孩子。在写了你身世的圣书上已经刻下了封印符，我不能口头认你为我的骨血，但是我的心里满满地装着你。从这一刻起，你就是贱民的身份了。我赐你神力，愿你完成灵力为你安排的使命。这双小小的手将会改变世界。世界在它们之下毁灭，也会经由它们得以重建。你是我最亲爱的宝贝，小家伙。我以十足的勇敢去迎接我的命运，你也要像我一样。我赐你勇气，我赐你忠诚。孩子，你在灵力方面一定会非常强大，甚至会超越我的灵力。等到我们在伊渡米亚重聚的那一天，我会将我所有的全部都交给你，把你所不了解的关于我的一切都告诉你。我用我的性命换你，心肝。我就要死去，这样你才可能活下来。即刻灵验。"

等王子垂下那只画符的手，努瑞克的眼角也湿润了。房间里充斥着灵力的强大存在，因沉浸在爱勒的死去和普莱利全境动荡带来的悲痛中，最近一段时间里，王子都没有感受过如此强烈的灵力了。他伸出手去，拍了拍努瑞克的肩膀。"保护好她，努瑞克。一定要安全地把她带到米尔伍德。"

"虽然我不知道路，"努瑞克还沉浸在悲伤中，哑声说道："但我一定会找到的。"

王子解开垂挂在自己腰带上的小口袋，拿出十字圣球。"那个大教堂四周都是沼泽地，景致荒凉，却也有一番别具的美。如果你迷路了——初到那里你一定会迷失方向的，到时把孩子的手放在圣球上，里面的指针会为你指路的。"

努瑞克点点头，等王子把圣球塞到摇篮里的毯子底下，再次紧紧攥住提篮的边沿。

"等她长大后，圣球对她有极其重要的作用，"王子叮嘱着，眼神深邃，望着面前这个担负重任的年轻人。"这个东西一定要带在她身边。只有大主教或者我的血亲才能驱动圣球，将来，她需要它的帮助来保障自己的安全。如果没有它，她的使命也无从完成。我很信任你，努瑞克。我相信你一定会把她和圣球一个不少地送到米尔伍德。"

"我会的，王子殿下，"年轻人庄重的承诺道。"我一定完成您的吩咐。"

王子的一只手还是不放心地护在篮子的边缘。"你要对我忠诚，努瑞克。一定要把我交代的事情完成。如果你再失败，我们就真的没有希望了。"

"我不会让您失望的，王子殿下。"他沉稳地回答。

"那么，上路吧。从密道出去，注意不要给人看到。国王的军队不日将抵达渡口，马上这宅子里的所有人都会迁到敦克尔斯城堡避难。我们没有多少时间了，不过不必过度担忧，圣球会带你安全绕过国王的人马。"

努瑞克闻言点头，把摇篮调整一下，紧抱于前。王子弯下腰，抬起地板上的活板门，露出底下的一段爬梯。努瑞克小心翼翼地带着摇篮，摸黑走下爬梯进入密道。其间，他抬头回望王子，在两人目光交汇间，他再次对王子坚定地点头，以示自己完成任务的决心。接着，王子合上了门板，用脚把一旁移开的灯芯草席踢回原位。

做完这一切后，在他心里的那块空洞再次蔓延开来。一个贱民，他的女儿，普莱利的公主，很快也将变成这个王国唯一的继承人——现在仅仅是一个身份低微的贱民。

奥勒温王子收紧缰绳，现在他们已经到达最后一处弯道，通过这里，前面就是浅滩了。这是一条树木丛生的林间小径，其间最高大的当属红杉，它们的树冠高耸入云，笼罩在一层缭绕的雾气之中。低伏处的羊齿菜在风中微微摇曳，各种鸟儿的啁啾和小虫子的"嗞嗞"声不绝于耳，给宁静的丛林增添了无尽生趣。王子身边跟着四名艾温斯林，一律骑马环绕在他周围，眼睛敏锐地向浓雾中勘察敌情。

"你们听到水流声了吗？"护卫之一的布雷德说道。"按说现在应该听到声音了。"

"还是太远了，"同行的另一护卫泰提斯沙沙地说道。同时转头回望森林，看向他们来时走过的小路，好像在找什么东西。

王子注意到泰提斯因紧张而绷住的下颌和他脸上森然的神情，只有有罪的人才会是这样郁郁不快的样子。他始终不肯与王子对视。

"等他们过了河，"王子向自己的护卫们问道，"我们还能在林子里拖住他们多久？"

布雷德鼻子很响地吸了吸。"最多两天，王子殿下。"

"两天?!"一直没发话的肯特反驳道。"只要我们想，拖上两个周也不成问题。你简直在放屁，布雷德。"

布雷德势弱，对他耸了耸肩，但并没有改口。

"两周，"肯特补充道。"对他们来说，这里完全是陌生的环境。所以他们一定会谨小慎微，步步为营，提防我们暗中从侧面偷袭，这点他们没猜错。如果我们采取游击战术，反复突袭，小股交锋然后迅速撤离，就可以打散他们的军队，把他们引向不同的方向。哪怕只有一小股力量，只要出击快准狠，也能让敌人以为遇到了主力部队。"

"但是你忽略了一点，"王子说，"我们的敌人有外援助力。在他们里面雇用了普莱利猎手，这就是说，他们对我们的战术了如指掌。在人数上，我们绝对占不到便宜。现在看来，只有先发制人。"

肯特对王子的分析大为不满，怒目圆瞪，不肯承认王子所说的事实，转而问道："坎佩恩怎么还不回来？现在天都快黑了，就快到河边了。"

"应该马上就来了。"布雷德一边说着，一边拉紧缰绳，策马向前。

很快，身后传来一阵马蹄飞奔的得得声，打破了林间的鸣声啾啾，平添几声鸟儿四散而逃时受惊的尖利叫声。拐角处出现了第四名艾温斯林，他上身放低贴在马上，随着坐骑一耸一耸地飞奔过来。汗水在他的脸上留下一道道痕迹，眼睛在惊恐中睁得滚圆。

"有埋伏！"一看到王子和其他三名护卫，他立刻高声喊道。

等他足够靠近，在同伴中勒紧马缰时，王子看到一支箭穿透了他粗壮的胳膊。

"骑马往前走，王子陛下！"坎佩恩上气不接下气地说着。"他们已经过了河了，我从树林里过来的时候，他们正等在那里埋伏我。至少有两百名骑士，他们想把我从马上打下来，幸好我一路扛过来了。"

坎佩恩的手上沾满鲜血，担忧地回头看了看后面。"他们在我后面穷追不舍，看来我们得马不停蹄才能赶回城堡。快点策马，王子殿下！"

"已经过河了？！"肯特恼火地骂了一句。"除了我们几个，没有人知道浅滩的位置。他们怎么能过河？"

"快回城堡，"王子迅速发令，一种不祥的预感让他心脏不安地狂跳起来，一时间竟要喘不过气，不断发出断断续续的呼气声。"趁还来得及，你们要快马加鞭往回赶。明天一早他们就会攻陷城堡。里面的妇女和孩子，要确保他们⋯⋯"

王子话还没说完，一只利箭正射中他的后背中心。箭头穿心的疼痛迅速夺走他的全部精力，伤口处像是着了火般辛辣锐痛，一时间他忘记了如何呼吸，只剩大口大口地倒吸冷气。他试着活动自己的手指和两腿，结果却毫无反应，在胸口的痛楚之下，他的全身都僵直了。

"我的老天！"肯特大吼一声。王子还保持着面对河岸的姿势，箭是从身后射来的。

"在树林里！"泰提斯喊道，手往那边某个方向指着。"我看到一个人影！就在那边！"

一片混乱中，王子从马上跌落下来，重重地摔到地上，他最后感到胳膊一阵剧痛，然后昏死过去。是后背上越来越火辣辣的痛感再次将他的意识唤回，在他眼前有一群黑点在眼眶里漫天乱撞。他动不了了，鼻尖上一阵发痒，可他的手臂连近在眼前的这小段距离都跨越不过。

"王子殿下！"布雷德立刻跳下马背，手里紧握着他的短剑。

"快走，"王子口中像装了风箱，伴随着呼哧呼哧的响声蹦出几个不甚清晰的字眼。"他们……追来了……"

稀稀落落的马蹄声。一连串的马蹄声。山崩一般的马蹄声从他们前面的小路上连声响起。

"带上他！"肯特命令道。"把他放到我的马背上。我们可以带着他一起走。"

布雷德看着王子的眼睛，脸上像石膏一样慢慢凝固，变得铁硬。"我还一直希望您的预知是错的，王子殿下。"他几乎低不可闻地说道。

"走……"王子最后用尽力气呻吟了一声，压制不住的痛苦让他紧紧闭上眼睛，五官几乎扭到了一起。

耳边传来马镫摇动的声响，然后是皮具压紧时的嘎吱声。"全速前进。"这次换成布雷德发令。

"可我们不能把他丢在这儿！"肯特爆发一阵绝望的吼声。

布雷德吹出一声清脆的口哨，身下的坐骑迅速冲进旁边的树丛里。

"埋伏的人就在这里！"泰提斯继续发出警告。"我来吸引他的注意。他一定是克辛!"

其他人没有理会他的喊叫,一律跟随布雷德策马向前,只留下一阵扬尘和震耳的马蹄声。他们离开后不久,科摩洛斯国的骑士们就来到了王子身边。他们一个个围拢过来,围成一圈,欣赏着这个已经倒地不起的敌人。他们彼此推搡着,打趣着,都想挤到前排好好看看这个昔日高高在上的王子。王子的意识已经变得朦胧,那些刺耳的嘲笑声有一搭无一搭地钻进他的耳膜,其间不断有人用脚踢着他,好让他更好地配合他们的角度展示自己的惨状。

"把他翻过来。"一个声音说道。这是王子熟悉的声音——他和爱勒大婚后就再也没有亲耳听到过的声音。科摩洛斯的国王也到了。

"他的后背,"有骑士说道。"有一支箭。"

"噢,那你最好先把它拔出来。"国王带着笑音回道。

王子做好了忍受痛苦的准备,但却没料到,这种从后背再抽箭而出的痛楚是他无法承受的。翻江倒海的痛楚让他剧烈呕吐起来,自己差点还被呕吐物呛死。有人粗暴地把他翻了个儿,让他仰面朝天地摊开身子。他咬紧牙关,用力挤了挤眼睛,逼迫自己的视线清晰起来,试着重新找回呼吸。面前是坐在战马上全副武装的科摩洛斯国国王。王子能感到他脖子上佩戴的赤隼链发出的力量。绝望与无助像雨点一样打在他的身上,拥簇着他,围绕他形成漩涡。即便在他已经奄奄一息的时候,国王还是不肯放过他,他要让他在死前经历每一种绝望的感受。

"那个叛徒在哪儿?"

泰提斯走上前来,几个骑士紧贴在他四周。国王厌恶地看着他,说道:"给他酬劳。我是个信守承诺的人,这一点你可以放心。"

有人往泰提斯手里塞了一包叮当作响的金币。他一脸困惑地看着国王，端详着他脸上的厌弃与不信任。国王狡黠而不动声色地微微点头，泰提斯倒下了，连一点声响都没有。

每一次喘息都变成了煎熬。王子嘴唇上的肌肉开始变得僵硬，他试着转动脖子，肌肉群传来的剧痛让他放弃一切挣扎，全身只剩下偶尔开合的眼睑还在眨动。有人从泰提斯已经了无生气的手上捡起了钱袋。

国王把目光转回到奥勒温王子身上，脸上带着面对泰提斯时的轻蔑神情。"去死吧，圣骑士。"话音里带着一阵满足。他朝身旁一个手持一柄巨型战斧的骑士点头示意。

王子眼睛看着国王，耳边响起骑士碾碎土块向他走来的脚步声。他没有多少气息说话了，他感到自己身体的某一部分已经从这个躯壳里溜走了。穿越圣幕在拉着他，召唤他。他用那国王所用的语言，一字一句清清楚楚地说道："以眼还眼……那支箭杀死了我，也会同样地杀死你。一支普莱利的箭……会射穿你的后背。"

在他的脑海中闪过温特鲁德村子旁的那棵被闪电击中的大橡树。王子咽下了最后一口气，恰恰这时一把利斧挥来，把他的脑袋从躯干上砍了下来。

第三十四章
米尔伍德的烈火

莉亚上前几步,穿越圣幕把她吸入内部,瞬间飞驰回到米尔伍德。超高速的瞬移把她的胃在肚子里打了一个结,惯性使她在圣幕的另一端东跌西撞地冲出去几步,重重跌倒在石头地板上。她一动不动地趴在那里,闭上双眼,浑身微颤中紧攥住拳头,等着身上这一阵眩晕的余威退去,好再次站起身来。等她睁开眼睛,空气里的热气,眼前的烟雾,鼻子嗅到的焦煳味都在宣告:大教堂失火了。

不!

她挣扎着站起身来,可那些线索不会有错。在达荷米亚国,冥后艾利什姬迦勒利用她的恐惧,拿来作为威胁的预言现在成真了——大教堂里所有灵石都在熊熊燃烧,汹涌的火焰正不断吞噬着这栋建筑。她大步越过细十字屏风——这架做工繁复的木挡屏还是一如往常地矗立在此,把背后的圣室和外面宽阔的教堂走廊分隔开来。等她走到走廊入口,眼前的景象不禁让她大为惊骇:头顶上的穹顶部分已经浓烟缭绕,蓝色的火舌贪婪地四下吸张。在火焰呼吸所到之处,四周的石头迅速被燎得漆黑,高热顺着墙壁内里像血液一样迅速流动,透过石头表面留下点点红斑。莉亚越往前走，眼前的烟雾越浓，沉得越低，视野越窄，直跌跌撞撞往前摸索着走了好几步才看到人影。

她的心张皇得狂跳起来。

"莉亚！"

等她再走近几步，好些跪倒在地、互相十指相扣的人组成的圆圈渐渐清晰起来。他们这样把自己和其他人的性命紧紧绑在这个圆里，等候命运的发落——要么大家一起被火烧死，要么等四周的墙壁倒下，让大教堂的残骸结束生命。

"就是莉亚！"

莉亚穿越烟雾，看到了一张张令自己日思夜想的面孔。这都是她终生珍惜、发自心底深爱着的面孔，是她永远不能忘怀的面孔。有索伊和埃德蒙，他们两手紧握，十指交错，直用力到骨节泛白。和他们一样的还有马尔恰娜和克瑞恩·维恩，帕斯卡和普雷斯特维奇。还有她熟知的老朋友——布琳，塞勒和孩子们，大家都聚集在一起，彼此挽起手——等待最后一刻的到来。莉亚心里一时透不过气，还来不及细数所有人，泪水已经顺着呛人的烟雾刺痛了她的眼睛。在这里面，她没有看到大主教的身影。

"大主教在哪里？"她怀着一点微薄的希望边走近，边向他们问道。索伊猛地站起身，朝她扑过来。两个女孩子紧紧抱在一起，抽泣了好一阵子。

索伊的眼睛一片泪意。"他们把他捆起来，说……说是带他到托尔山上看着米尔伍德化为灰烬。王太后会在那儿处决他。"

莉亚忍下心中刀割般的痛楚，微微点了点头。伴随着疼痛而来的还有难以遏制的怒火，她心中了然，必须抓紧时间才赶得及去救大主教。

"莉亚！"随着一声惊呼，莉亚迎进第二个怀抱。马尔恰娜的脸上既有喜悦，也有化不开的担忧。"科文在哪儿？他人呢？"

伴随一声尖锐的长啸，一块宽大的石头横空落到地板上，带着灼人的烈焰砸出一阵滚烫的火花雨。在场的每个人都被眼前的景象吓得一抖。

"大家听好，都跟我来！"莉亚大声喊道。"什么也不要带。"

"孩子，他们已经把所有出口都封死了，"普雷斯特维奇提醒道。"我们逃不出去的。"

"我知道有路能出去，"莉亚说道。"大家伙儿，都跟上！"

说话间又有一块石头支撑不住，从半空坠落下来，再次溅起一摊火星。莉亚心中警铃大作，以她对火的熟悉，如此大火只消片刻就能将整个教堂烧毁殆尽，这样下去他们没人逃得掉。她再一次驱动内心深处的力量，决意要四周的火焰停止蔓延。

米尔伍德大主教在此：听令于我！ 她用上此刻所有的全部力量如斯命令道。燎人的烈焰丝毫没有减弱，伴着呼啦啦的火声，转瞬间又有好大一片石头腾起红光。莉亚再次发力，推动意念，命令它们平静下来。还是没有奏效。她一面毫不放松，继续加大力量压制火势，同时跑到一条走廊的入口处，并挥手示意大家紧跟自己。沿着走廊下去就是她第一次参加圣骑士仪式的低层小室，很快所有人都下了楼梯，在底下聚成一团。

听令于我！

这一次，教堂里的大火虽然强度不减，但莉亚能感到形势已经有所和缓了。大教堂开始抵挡火势的蔓延，阻止它们吞噬一切。

"叫，"她对人群说。"越逼真越好，让他们觉得你们就要死了。喊，叫，让他们相信所有人都在火里化成灰了。"

大家早已经吓得魂不附体，用不着她再多费口舌。很快，一首撕裂穿顶的恐惧大合唱就从大教堂的咽喉深处源源不断地响起来了。着了火的米尔伍德，撕心裂肺的尖叫——这个画面让莉亚想起自己在经受妖姬考核时预见到的画面，果真一模一样。

"继续喊！"说着她也加入到和声之中。她领头带着人群大步沿楼梯井走下去，直到走进尽头处的幽长房间里。在房间里清一色摆着锃亮的木长椅，最前面就是主圣坛。想她当时拿着十字圣球，在去朝圣酒馆寻找科尔文的途中来到此地的场景，一切都历历在目。回忆牵动了她最不堪忍受的痛处，一想到科尔文被希乐尔征服，几乎快要发疯的冲动就要冲散她的全部注意。她狠狠地把这些念头甩到一边，留出空间专注手头上的事。只要加快速度把他们都救出去，就有时间到托尔山去找大主教了。虽然此时她失去了所有武器，但连日来经历过灵力的冲击，大大振奋了她，让她变得更加果决有力。从长椅间的中央过道横穿过去就是位于房间一侧的前厅，这里面积不大。莉亚走到房间一隅，抬起地板上的扁平石板。石板轻而易举地被移开了，露出底下连通密道的隐秘入口。

"克瑞恩·维恩！"她喊了一声，转回身来。上一次他们分开的时候，他还只能躺在床上，此刻，他已重拾那份勇猛镇定，和马尔恰娜携手走上前来。"你来给他们领路。这竖梯底下有提灯和打火石，应该都保存完好，有足够的灯油。拿了提灯之后往右走；一直往前就能通向大教堂属地外的那片树林。大家都要下去！"

马尔恰娜一直跟在克瑞恩身边，寸步不离，那只握着他的手始终不肯放松，好像已经把他视作自己的所有物。莉亚凭猎手的观察力洞悉一切，却无暇分出时间来评判这两人的关系。

"树林离这里有多远？"克瑞恩的眼睛里满是关切。"底下的密道有多深?"

"不远,到时圣骑士口令就能打开出口。如果王太后手下埋掉了出口,那你要带他们挖出路来。"莉亚抓住他的一只肩膀,向前挪了挪。"如果到时我没来会合,你要把他们带去廷顿教堂。"她小声说道。

克瑞恩回望她的眼睛,脸上写满了震惊。"廷顿教堂已经沦陷了,莉亚。几天前我尝试过,通向那里的入口已经关闭了。"

莉亚对视他的双眸,带着无比认真和严肃的神情回道:"教堂可能是沦陷了,但一定有一位大主教留在那里。我知道他会等在那里,他能指引你们登船。"

马尔恰娜抓住莉亚的手臂。"那你要做什么?"

"做我该做的事。趁着还没不可收拾,你们快离开吧。"

克瑞恩动作敏捷,迅速地爬下竖梯,隐没在竖井里。紧接着,马尔恰娜在他的帮助下也顺利爬了下去。莉亚感觉整个大教堂的重量都压在自己的肩头——未尽的烈火不停地躁动着,试图冲破她的阻滞。她咬牙顶住压力,绝不肯让它们占据上风。**现在还不行**,她命令道。

索伊跟在马尔恰娜后面,然后是埃德蒙。两人下去后协力帮助帕斯卡,费了好大力气才让她征服这一小段竖梯。

"我在抓紧,别在底下絮絮叨叨了,"帕斯卡怒气冲冲地喊了一句。"想当年我也曾像你们俩一样苗条,不费吹灰之力就能在爬梯上跳来跳去。"等她最终在底下站定,仰起头来看着莉亚,眼睛里闪烁着感激与欣慰的光芒。"我就知道你会来救我们的,孩子。我一直都知道。"

莉亚帮着底下的人一个接一个,都转移到竖井里,同时还在用自己的意念抵挡整个教堂里的汹涌火舌。现在轮到了塞勒和孩子们,等他们全数通过，教堂里的温度已经又炽热了几分。莉亚感到除她之外，还有另一股力量也在操纵着这里的灵石。那力量的源头就是帕瑞吉斯，不同的是，她是要它们加快速度燃烧。

"快！"莉亚不由得发出一声警告。瑞奥姆就跟在后面，她的一双星眸在死里逃生的奇迹转圜中微微圆瞪，爬下时还对着莉亚感激一笑。莉亚身边的人接二连三地走下入口，消失在梯井里，普雷斯特维奇却始终逗留在最后，一个劲儿坚持要别人先行。浓烟此时已经渗透到这些低处的房间里，普雷斯特维奇把脸埋在袖子里，不时爆发出一阵咳嗽。村子里另一家人也下去后，上面只剩寥寥几人。太少了，莉亚暗自感慨。到最后，只有这一小撮人相信了她。

最后，站在地面上的只剩她和普雷斯特维奇两人。大教堂的重量让她不堪重负，随时都会达到极限。

"快走。"她催促普雷斯特维奇快些动身，在重压下发出一声呻吟。

他却不肯挪步，摇头拒绝。"我要死在这儿，莉亚。我要把自己的尸骨留在这里，与大主教为伴。"

众多怪眼灵石的一致抵抗让莉亚筋疲力尽，她费力地抬起头，看向这个固执的老人。

"普雷斯特维奇。"她乞求道。

普雷斯特维奇一味摇头。"我没有用了，孩子。大教堂就是我的命，那些船离得太远，我去不了了。"

莉亚就快支持不住，她把牙关紧紧咬合，在两股力量下周身打战。"我就快撑不住了，普雷斯特维奇。快走，大家都需要你。你的睿智，你的经验必不可少。孩子们还小，他们离不开你的故事，你要告诉他们大灾难前的种种。"她再度呻吟道。"求你了，普雷斯特维奇!"

那老人的面庞愁云密布，五官紧皱。"他们就要杀死我的主教，"他的声音里满含悲恸。"我不能……不能弃他不顾。"

莉亚强迫自己看着他，喉咙里涌上一阵酸胀的哽咽感。"我明白，普雷斯特维奇。我都明白。可现在**我**才是你的主教，"她说道。"听我的，普雷斯特维奇。你没什么可以为前主教效力的了。现在，就算为了我，走吧。帮孩子们逃出去。"

她的话显然奏效了。普雷斯特维奇带着赤裸裸的煎熬看了她一眼，终于点下头，蹒跚地挪下通道。站在梯级上，他停顿下来，抬头看着她。"跟我一起走吧，孩子。"

此时，莉亚再也抵挡不住。最后一刻，她猛地合上石盖，陡然一转方向。冲破屏障后火势一发而不可收，登时涌进所有通向地下的竖井通道，卷携热浪从四面八方猛扑过来。

莉亚面不改色，从已形成围困之势的火光中从容走开，好像前头不过是拂面微风。高温烘烤过的梁木再也负担不起重量，着了火的沉重石料带着灼人的烈焰纷纷坠落，她再次踏上刚带领人群走下的楼阶，任凭陨落的石块在四周隆隆爆炸，喷出的气流掀起一个个夹杂着火花的红色旋涡。她心无旁骛地走着，甚至不去思考会不会被流石击中。现在的她全无畏惧，正是因为妖姬考核，恐惧这种感情已经不复存在了。她想起了那块从暗穴中带来的赤隼链，现在还躺在自己宽阔的上衣中，便伸手掏出来，随手掷进烈火中，看着它化作一团亮橘色火焰，萎缩成一汪咝咝作响的暗黑渣滓。大教堂在火中消弭殆尽，穿越圣幕随着烟尘一道殒灭，一旁的十字屏风付诸一炬，也化为了灰烬。木地板尽数折断，原本的色泽被黑色煤烟掩盖，光洁不复，白瓷制、银制的花瓶和格架开始皱缩变形。眼看着心爱的教堂变得满目疮痍，莉亚心里悲痛难耐，久久凝望昔日宁静家园的惨相，一行泪水从脸颊簌簌滚落，滴进脚下的地板，伴着嗞嗞声瞬间蒸发不见。她心中突然想到，现在已经到了午夜，一年里最黑暗的时刻。那么——内心深处一个念头冥冥指引道——到现在，这世上再也没有大教堂了。她不禁大吃一惊，心中一阵难过。

在身后隐约出现一个缥缈存在，她感觉得到，便转身回望。这景象令她大惊失色——大主教正朝这方向走来。

身穿一袭金色长袍，他曳步穿过火幕，沿着长长的过道向下走来。尽管两人之间隔着波涛般的浓烟和翻涌火焰，莉亚还是认得出来，甚至于比起眼前所看得到的，心中所感到的那个大主教更加鲜明真实。正因面前烟波火光的阻隔，她不自觉地眯起眼睛，好确认自己所见的一切。

"是你吗，大主教？"她大吃一惊。

眼前的大主教像显形人世的幽灵，是上一刻还清晰可见，下一秒却烟消云散的影子，是前世肉身的光影重现。可莉亚认得出，她知道不会是别人。现在她感觉到主教正在看着自己。

她不禁伸出手去触摸，可一根根手指清晰无阻地穿透雾霭和浓烟，一无所获。主教还在，就站在身旁。

大主教？莉亚在脑海中问候道。

让大教堂重见天日。现在你是这里的大主教了。

他的话字字清晰，好像是从口中大声宣出了所想。

莉亚感到喉头一哽，生生被话音后的恐怖设想扼住。您已经不在了？我来得太晚了吗？

让大教堂重见天日。让你的子孙把这里整治一新。

如果他已经死去，莉亚难掩讶异，那么他是怎么出现在自己面前的？她还记得上次自己死去后，留在世上的一部分生命全数飘入穿越圣幕。可现在世上没有穿越圣幕了！这个不祥的念头一露头，随后而来的是莉亚之前想所未想的真相大白。大教堂是回到伊渡米亚的大门，连通着活着的人与死去的人的两个世界。没有一座大教堂的世界也没有了死者的归路，他们只能滞留在此，无法回到天国花园。

她看到了大主教那双满含怨愤与不甘的眸子。他一早就知道所有的事情，在莉亚还没有出生前，她的父亲奥勒温王子就把一切告诉过他，所以他知道大灾难降临后自己面临的会是怎样的命运。他所管辖的教堂是最后沦陷的地方，而他在教堂毁灭后被折磨致死，却无法回到伊渡米亚。

让大教堂重见天日。重建它们，让死者重获自由。你是我们的希望，孩子。最后的、唯一的希望。

他一直都知道，只是封印符的存在让他至死都不能提及这些字眼。同样的，他早知在自己死后，还会有其他人相继死去。大灾难横扫七国，成千上万的人会因病丧生，其中无人可以回到伊渡米亚。

莉亚眼中泛起潮意，其中不仅是对死者的悲悯，还有对这结局罪魁祸首的憎恨。这都是赫达拉妖姬犯下的罪孽，她发誓道，她们的统治绝不会长久。然后，她高昂起头颅，向着火光冲天的外墙走去，同时聚集灵力助自己一臂之力。

午夜降临第十二夜。世界是我们的了。

——艾洛温·德蒙特于布勒贝克大教堂

第三十五章
蚀心邪灵的暴怒

莉亚从只剩断壁残垣的米尔伍德大教堂里走过，穿过炽烈的高温和气势汹汹的火焰，毫发无损。大火吞没石块，留下了残缺不全的石墩和碎片。而教堂会一直燃烧下去，直到黎明初晓，到时候会真的一无所剩。唯有扼杀源头，才能制止火势，保留这里仅存的残骸。

等她走出教堂时，正在野鸭塘附近。塘里的池水肮脏不堪，漂浮着大片的黑色灰烬和从火中掉落的建筑碎片。路过隐修院时，她发现这里的围墙已被推倒，大门也遭到拆毁，丢弃在一旁。好些达荷米亚骑士聚集在里面，围成一大圈。喷泉中央的那块灵石不再喷洒清泉，取而代之的是冲天的火柱和热浪。一旁的骑士们从各处搜罗到圣书，然后搬来此处，丢进火焰中焚毁，底下的喷泉里已经装满融化的金铜液体。莉亚看着那块灵石吞噬掉一部又一部前人花费整整一生心血才雕刻出的圣书，整个人如同遭受雷击。喷泉四周还有好些低伏劳作的金匠，他们从里面舀出融化的贵重液体，打造出形态各异的戒指、手镯和冕状头饰。空气中弥漫着浓浓的苹果酒味，骑士们彼此勾肩搭背，醉醺醺摇摇晃晃，放声大笑，一面继续焚毁。

而在远处的夜空里也亮起一个微细的光点——莉亚辨出那正是托尔山的方向。看起来山顶也有什么被点燃了。她突然浑身一凛,懂得了这点火光意味着什么。

合上双眼,她潜入自己的内心深处,途经一段段记忆,重回到很久以前的那个夜晚。就在九岁命名日后的那个暴风雨之夜,此时此地,她重又闻到了当时厨房里的气味。雨水从屋瓦的裂隙中渗进来,发出"啪嗒"、"啪嗒"的声响。大主教和帕斯卡都在。索伊睡在阁楼上。外面有风暴——墓地淹了水。还有闪电,雷声,接连数日的暴雨如注。还有那日早些时候走过的泥泞草地。还戴在脖子上的那枚戒指,它的坚硬边缘时刻提醒着那个夜晚。来一场风暴。此刻她想要一场巨大的风暴,米尔伍德千百年间史无前例的大风暴。让水来熄灭火焰。彻底地熄灭。

到我这里来! 她发令道。**我要召唤一场风暴,来吧,涤荡大教堂,清洗所有玷污它的肮脏。** 莉亚抬起头,睁开双眼,扬起一手画下圣符。"即刻灵验。若再有邪恶进犯此教堂,风暴会永远守卫这里。"话音刚落,手上的永生咒一气呵成。

有人看到她了,在她耳边响起那人谨慎靠拢过来的脚步声。

"莉亚?是……是你吗?"

莉亚转回头,站在身后的人是杜尔登,他的一只手上赫然举着一杯苹果酒。确认眼前人是她后,杜尔登瞠目结舌,惊诧之情几欲溢出眉角。他看上去苍老了许多,比这更加不妙的是,现在他好像变成了一个陌生人。在他眼睛里出现了这种年纪的男孩不该有的严肃神情,这种神情原本是要等到再老很多岁的时候才会有的。莉亚凝视他的脸庞,以先知神力看来,大灾难的阴影清晰地笼罩在他的脸上。

"我的老天,杜尔登,"她的话音低沉,带着些许颤声。"你都干了些什么?"

"竟然是你!"他对着她说,声音哀怨,脸上纠集起沉重的罪恶感和困惑神情。"可看你这样子,莉亚……孩子呢?孩子在哪儿?"

莉亚以猎手的视角打量着他,在他的唇角发现了一点淡淡的胭脂残留。刚有个女人吻了他。

"你曾经想成为一名圣骑士的,"莉亚说道,这样的变故让她心碎不已。"现在却帮着那些人毁了他们。我不明白你在说什么,杜尔登。什么孩子?"

杜尔登脸上的肌肉抽搐起来,某些不知名的感情哽在他的喉头。"你被送到另一个大教堂,为了掩住丑事!你怀了大主教的孩子。孩子……你怀了孩子。可这……莉亚……你没有怀孕吗,莉亚?就像瑞奥姆那样?"他的眼神绝望,无助,手中的酒杯跌落在地。

"绝没有,杜尔登,"莉亚努力摇头澄清。"那些话都是骗你的!你被王太后利用了,杜尔登,难道你还不明白吗?大主教是被谋杀的,他不是叛徒,刚才执行的不是什么处决,是谋杀!德蒙特也是被那些人谋杀的!"

杜尔登目光涣散,木然地不住摆头。"不对,他是病死的。是帕斯卡给他下的毒。"

"不,杜尔登!他是被谋杀的。所有的圣骑士都是被谋杀的,大教堂已成昨日幻影,不复存在了。这是什么时候的事,杜尔登?"莉亚越说越气愤。"你从什么时候开始对王太后言听计从的?你完全被她迷了心窍了,你的衣服上都是她的味道。还有你的血,里面沾染了她的气息,变得和她一样肮脏。是什么时候的事,杜尔登?你几时被她蛊惑的?"

经过这一番话,杜尔登变了脸色,声音也在担忧下颤抖起来。

"就在……圣灵降临节前。那时我在花园里闲逛,她就找上了我。她……噢,莉亚,我都干了些什么?她对我很好,不像别人那样奚落我。她……莉亚……她……我都干了些什么?"

"你被感染了,"莉亚摇头表示无望。"你染上了大灾难的瘟疫。她之前就亲过你,今晚她又亲了你一次。"想到这里,她的胸腔一阵刺痛。"你走不了了。你会像这里的其他人一样死在这片海岸上。我很抱歉,杜尔登,很快你就会疾病缠身,痛不欲生。趁现在风暴还没来,你走吧,离开米尔伍德。待在这里只会让你的死期提前到今晚。走吧,走得越远越好,永远也别再回来。走!"

杜尔登像个孩子似的抽泣起来,莉亚的话像把他打入万劫不复的深渊,深深的绝望让他手足无措。她只得抓住他的手臂,不停摇晃他,迫使他清醒起来。"走!"

突然,蚀心邪灵把她团团围住。随后,不绝于耳的啜泣,充满憎恨的嘶嘶低语声纷至沓来,给她内心注入了源源不断的憎恶。有人把他们引到她这里,目的就是借这些邪恶的灵魂慢慢控制她的思想。向着这股力量的源头,她谨慎地慢慢扭转身子,在那个方向,正站着她的夙敌,帕瑞吉斯,也就是现在的王太后。混在如她长袍一般颜色的黑夜中,她衣袂上的银色缝线闪动着耀眼的光芒。她的眼眶中射出同身上银丝相同的光芒,随着那光愈来愈强,空气里旋起一阵气流,摩挲过她的发丝沙沙作响,而她的一双手却像要扑向猎物的猛兽的利爪,有力地半蜷曲起来。

"他不是你能命令的,"帕瑞吉斯语调轻蔑傲慢。"是你推开了他。记得吗?一颗受了情伤的心是最容易被引向歧途的。"

她的话锋芒毕露,莉亚牙关紧扣,却不肯让步半分。"我既然能打破你加在塞特身上的禁锢,杜尔登也不在话下。我不怕你,我知道你的真实面目。"

草地另一头，一阵狂风横扫过地表植被，远处的火焰气味混合着新鲜的花香扑鼻而来。在瑟瑟风声中，帕瑞吉斯的长发凌乱不堪，散落在脸际。空气中的压力渐渐累积了起来，莉亚感觉耳膜向内凹陷，微微作痛。

"不知我的可怕将成为你最大的缺憾，"帕瑞吉斯威吓道。"对我而言，你一直是眼中钉，肉中刺，不过今晚一过，这种境况就可以画上终止符了。现在你就是仅存的圣骑士。不过别太自矜，是我刻意把你留到最后的。"

狂风呼呼作响，刮得更加凶猛。

"你召唤了一场风暴？"帕瑞吉斯喜不自胜地说。"我就是风暴女王，你可知所有水域都为我所管？"

"你并没有掌控什么，"莉亚说道："你只是偷，实际上你一无所有。我对你所谓的力量再熟悉不过了。我不怕你，你是伤害不了我的。"

帕瑞吉斯被激怒了，银眸中杀意涌动。"伤害你？我一动手指就能杀了你，可怜的小东西。你就等着长囚在这一世吧，死在你前面的那些圣骑士可比你幸运得多，最起码他们还能回到伊渡米亚。不过轮不到你。这是给你的奖赏，无知小儿。为了你的忠心耿耿，灵力就给了你这些呢。"她啐了一口，继续说道："真是可怜，安心领下你的犒赏吧，这样的痛苦和折磨怕是够你在接下来的日子里好好回味的了。"

遥远天际隐隐传来喑哑的雷声。

莉亚听着她的咒骂，却只作冷眼旁观，心中丝毫不以为意。"该走的人是你。撤出米尔伍德，永世不得回转。"边说，边向帕瑞吉斯的方向逼近一步。

"你没有权利命令**我**！"帕瑞吉斯连声尖叫，怒意更甚。"我能号令汪洋湖泊，它们只听我的号令。这风是**我**命令刮来的，这火是**我**号令烧起来的。你能奈**我**何！"

"灵力在上，我命你离开。"莉亚无视她的挣扎，一手高举空中，画出圣符。

一串闪电划过长空，风声加剧，像是为死者发出的恸哭，又如不怒而威的野狼怒吼。莉亚的发丝顺着风势抽打在脸庞，衣角在风里上下翻飞。她心意已决，再次上前一步。

帕瑞吉斯一头乌亮的长发绕着额顶迎风旋动，随着莉亚的接近，她的脊背慢慢拱起呈现一个向下的弧度，好像背负了极大的重量。"这世界都是我的，你是我的女儿。所有圣骑士都毁在我的手里，你也不例外！你觉得以你的一己之力足以抵抗一支由德豪特曼达指挥的军队吗？前一次你的取胜不过是我的谋划，是我蓄意安排，大教堂的防守才得以攻破当时大军的防线，不过是毁掉这里的一着棋罢了。一切都在我的掌控之下！"

莉亚再次踏上一步，两股力量针锋相对，眼前的气氛炽热无比，像是要燃烧起来一般。"你夺走了我的一切。因为你，我的身世不得大白，我的家园惨遭践踏，我的爱人被人横夺。不过现在，你没什么能从我这里拿走的了。至于我自己，我早已把一切都交给灵力定夺。让我来说出你的真名——艾利什姬迦勒，未出世者。"

"不！你不能命令我！你不过是个孩子！一个孩子！"

狼牙般交错的雪亮闪电让整个天空亮如白昼，穹庐之下，树干连同枝叶在风中剧烈地摇摆。顷刻间，大颗的雨点从天而降，拍打着四周墙壁，落在莉亚脸上。

"你是艾利什姬伽勒，未出世者。你该离开了。"

帕瑞吉斯眼中露出混合着绝望和愤怒的神情，紧接着一长声尖叫划破夜空。这声音极高极尖，令人毛骨悚然，在莉亚心底里激发出阵阵的恐惧。她的尖叫声却越发响亮，震彻天地，甚至盖过了头顶上的隆隆雷声。伴随着搜肠抖肺的尖叫，帕瑞吉斯张开利爪般的尖尖十指，发疯一般地向莉亚猛扑过来，眼看两人间的距离不断拉近，那双扭曲的手恨不能将她撕碎。

莉亚迎面扭住她的手腕，用尽全身力气不让她再近前半步。天空像豁出了一道口子，暴雨如注，倾盆而下。她手掌牢牢锁住帕瑞吉斯的手腕，为保持平衡，双脚像生了根一般扎到地下。

"你是艾利什姬伽勒，未出世者！"她喊道。"速速离开！"

一瞬间，帕瑞吉斯体内的所有气力好似一下子就冲出了躯壳。莉亚发现自己的姿势，现在正好在支撑着对面的这个虚弱女孩，她最终还是浑身无力，瘫软在地。正在这时，随着一道闪电打过夜空，一刹那的强光照亮了旁边围观的达荷米亚骑士。他们早被莉亚和帕瑞吉斯间的激烈对抗吸引过来，脸上写满惊叹与畏惧。

昔日高高在上的帕瑞吉斯王太后正跪倒在莉亚面前，随着眼睑一阵微颤，从刚才的混沌中悠悠转醒。

"我这是在哪儿？"她带着喘息，虚弱地用本国的达荷米亚方言问道。"这是哪个大教堂着火了？"她的目光落在一旁的大教堂上，熊熊火势已经在暴雨的冲刷下开始渐渐缩小。

王太后的头发被雨水浸湿，散落脸前。她六神无主地呆望着莉亚，眼睛充满了恐惧和困惑地问道："这是哪里？"

莉亚扶着她站起身来。"这里不是你的家，你得回到你的国家。你生病了，小姐。这病会传染，如果你吻了别人，他们也会染上的。"她望着帕瑞吉斯的眼睛，说道："所以，拜托你一定不要去害别人，好吗?"

帕瑞吉斯在雨中扑簌着双眼,满面的困惑。

"杜尔登,"莉亚唤道,一边转身寻找那个人。他正站在一旁,尽量畏缩成一团,抵挡倾盆大雨的洗刷。"带着她离开这里,走得越远越好。只要她还留在这里,风暴就不会平息。带她走,否则你们都活不了。"

杜尔登无言,只对着莉亚点了点头,而后走上前来,从莉亚手中接过站立不稳的帕瑞吉斯。莉亚隔着雨帘,看他支撑住了帕瑞吉斯,两人一同走出破败的教堂大门,在雨中慢慢远去。

大雨凝结成一团团的冰雪落在四周的草地上,树上迅速结起白色的冰碴。莉亚知道,风暴还远没有结束,它的威力只施展出冰山一角。在她的心里隐隐有种预感,作为米尔伍德有史以来经历过的最大的风暴,这一下就会是三天三夜。

莉亚环抱住浑身湿透的自己,慢慢朝厨房方向走去——作为大主教管辖地产的一部分,现在那里已经归她所有——为自己找个地方躲风避雨。

第三十六章
弗什之战

　　就在天刚刚拂晓之际，风暴终于爆发出了它的终极力量来冲刷着大教堂。风声一阵紧过一阵，似有万辆马车齐齐发动，辚辚之声犹如雷霆万钧。莉亚躲在阁楼上，隔着窗子向外看，只见密密麻麻的雨点斜打在玻璃上，结出一层冰碴，完全阻碍了视线。急遽的风势发出幽灵般的凄厉嘶吼，不知疲倦地尖声嘶鸣和咆哮。纵然此刻屈膝盘坐在室内，明知灵力会护她周全而心无畏惧，却仍忍不住紧紧围裹着儿时盖过的那床毯子，在漫天野地的喧嚣声中寻找一点浩劫下的安慰。

　　等到天光大亮时分，风暴也稍稍平复了一些。迎着明晃晃的日光，窗外灾后残景一览无余。莉亚不禁惊呆了。

　　昨夜凌乱不堪的米尔伍德大教堂只剩下些极笨重的石头梁架，孤零零高吊在冰雪之中，依稀提醒着大教堂昔日的雄壮盛景。

　　"都不见了。"她喃喃自语道，风暴的破坏力量令她不敢相信自己的眼睛。昨夜到底经历了怎样的飓风，竟足以卷走散落遍地的石头？

　　加裹了一件斗篷后，莉亚走出屈身一晚的避难所。外面雨还在下，此情此景，近距离看着仅剩的几根茕茕孑立的石柱，她心中的讶异更是难以形容。几堵残存的断墙寥寥立在原地，像极了几块打碎的陶瓷碎片，从前的完整样貌只能管中窥豹，仅存一斑。

就在原大教堂正中央的地方赫然裂开了一个大洞，露出昔日不见天日的地下小室。从前就是在那里，学徒们接受了对圣骑士的考验和教导，正式成为圣骑士。古怪的是，虽然不见了屋顶，那里面的长凳和圣坛还是原封不动地待在原地，像是敞开来供人观瞻，就连通向那里的一段楼梯也完好无损。莉亚正踩着那巨大豁口四周的潮湿地面逡巡察看，正在此时，小室地板上的活页石板被人顶起，底下露出几个脑袋探头探脑地四下张望。是克瑞恩·维恩，他带着其他人从地下的密道里走了出来。莉亚站在原地，看着一张张熟悉的面孔慢慢聚集起来，正站在曾是大教堂位置的开阔地里。

路上要用的物资已经收拾停当，每个人身上都背了麻布袋，厚毯子，穿了结实而不透水的靴子和厚厚的挡风斗篷，连小孩子也是一样的打扮。帕斯卡眼里噙着泪，正在一边难舍难分地抉择到底该挑出哪五把长柄勺带去普莱利，再到遥远的异地。看着她这么难过，莉亚心中不忍，便轻轻从旁拥住她，帮她选出她的最爱。

厨房的门从外面打开，克瑞恩大步走了进来，溅了门边人一身水。连日辛劳使得他无暇修饰面容，满脸胡子拉碴，头发不驯地支棱着，不禁让莉亚想起故人乔恩·亨特。他身旁挂着一柄短剑。

"已经第三天了，如你所说，风暴已经停了。"他眼看着莉亚，手却伸向了马尔恰娜，两人很有默契地指缝交错，十指紧扣。这两天莉亚听说了他们赶在大教堂覆灭前由大主教以永生咒结合的消息，这的确出乎她意料。也就是说，马尔恰娜已经通过了圣骑士考核。此时，索伊正紧贴在埃德蒙身旁，一双大眼不无忧虑地注视着莉亚。

克瑞恩目光扫过聚集起的人群。"我们要出发了。"他说道。

马尔恰娜目不转睛盯着莉亚，说道："我很想让你和我们一起离开，"话到这里，她已经禁不住离别的泪意，声音哽了一哽才继续道："但既然梅德罗斯要你留下来，接下来的几天，有可能会有我哥哥的下落。我心里总是放不下他，不到最后一刻，我总相信事情还有转机。"

她的话让莉亚心痛如绞，这几日都是如此，不论何时想到科尔文，心底里总会涌起密匝匝的酸痛，简直透不过气。她只好岔开话头，答道："虽然留在这里不是我的选择，但却是不可推脱的责任。等百姓们慢慢觉察大灾难到底是何面貌，或许还会有人想要逃走。我会在这里把他们引去廷顿教堂和你们会合。当然，如果有人已经被感染，我也会恪尽职守，把他们留在这里，绝不会把一丝一毫的感染风险带给你们。"

索伊听完这一番话，早已按捺不住心忧，上前紧紧抱住她问道："那你在这里安全吗？就你一个人在这儿？"

莉亚宽解地对她笑了笑，伸手揩去滑至眼角的泪花。"我怕自己没有死在风暴手下，却也要无聊死了。放心吧，我从来都把厨房当成家来看待，只要有它在，我心里就有依靠，不致慌乱无主。你可一定要照顾好我这妹妹，"莉亚转身对埃德蒙说，一边与他拥抱作别。"要让她笑。每天都要。"

埃德蒙脸上绽出一个大大的笑容。"我一定不辱使命。索伊和我商量过了，如果哪天上天赐给我们孩子，第一个女儿就以你的名字来命名。这样的话，便可确保她像你一样古灵精怪了！"

莉亚眼里还噙着泪，却被他的一番话逗得大笑起来。三人再度拥抱作别，对每个人来说，离别都是一件无比痛苦的事情。不过现在角色对调了，以往都是莉亚离开这些对她而言无比珍贵的家人，现在却轮到她留守下来，目送他们远去。帕斯卡紧跟在索伊和埃德蒙后面，紧接着是普雷斯特维奇，他一只手还牵着塞勒的一个孩子。莉亚与他们亲吻，拥抱，一一作别。

瑞奥姆落在最后面，看起来有些手足无措。自从上次港口一别，瑞奥姆变了很多。从前她常显露的傲慢自负已经不见了，几个月大的身孕已经微微显怀，却也不甚明显。莉亚主动迎上前去，拉住了她的手。

"我以前一向有些怕你。"她轻声说道。

"真的吗？"瑞奥姆问道，看上去仿佛不大相信。"如果是这样，我很抱歉，莉亚。从前我说了很多伤人的话，做了很多伤害你的事，包括揶揄你，嘲讽你，真的很抱歉。"说到这里，她仿佛陷入深思，双目微眯，继续道："自打我回到米尔伍德，内心里的自责与愧疚一刻都没有平息过，直到大主教开解了我。我们真的促膝长谈过，莉亚，就像你和他经常做的那样。他有种平和安详的气度，待我总是那么温和友善，是他让我懂得自我惩罚是于事无补的。他还教导我，应该学会去珍惜眼前所拥有的一切，而不是无休无止地为已经失去的东西而遗憾。"她的眼角泛起泪花，引动得睫毛一阵轻颤。"如果我生下的是个男孩，我会给他叫做高登。"瑞奥姆咬了咬唇，鼓起勇气说下去，"我永远不会忘记你为我所做的一切。猎手莉亚，愿灵力保佑你，抚慰你。看，我现在也对灵力深信不疑了，这是我这一辈子都没有过的信仰的感觉。而你功不可没，正是你在我心中播下了信仰的火花。"她紧紧反握住莉亚的双手，顺势在她的脸颊上吻了一吻。"保佑你，我的姐妹。"

这一刹那，莉亚心中轰然响动，万千思绪涌上心头，驱使她紧紧抱住瑞奥姆，这种告白是她绝想不到的。她们两人在米尔伍德共同生活了这么久,却从来没有对彼此投下一个拥抱,这一次,从前的一切都一笔勾销,在这个拥抱中烟消云散了。

告别过后,一行人走出厨房,踏入室外清冷的寒冬里。马尔恰娜和克瑞恩在队伍中停了下来,让其他人先到室外集合。

"你觉得潘意林还会在岸边等我们吗?"马尔恰娜有些担忧地问。"他会用自己的船把我们载去普莱利吗?"

莉亚双唇紧抿,答道:"我想……会有人在那里迎接你们的。灵力总是对我们有求必应,我现在还看不到是谁来做这件事,但我能感觉到,肯定有人会带你们上船。"

马尔恰娜不无期待,却又满怀担忧地试探道,"那你觉得……科尔文他……?你能感觉到他吗,莉亚?"

莉亚双眉紧蹙,回道:"我看不到他的未来,但同样,这里任何一个人的未来我都无法预见,连我自己的也是一样。每当我试着探索这些的时候,眼前只有一片大雾,就像那种经常笼罩在我们这儿沼泽上的浓雾。我想这说明,我的神力只有为他人造福时才能奏效,它向来不是为我个人服务的。"

"但你心里总能感到些什么,对吧,"马尔恰娜压低声音,不死心地追问下去,迫切地想从她的回答里得到哪怕一点点宽慰。"你说过希乐尔……她是妖姬。你觉得他能不被蛊惑?"

这恰恰也是莉亚最不能肯定的地方,马尔恰娜的追问再次把她的心揪到了一起。"我真的不知道。我简直没法去想这个。上一次看到他们的时候,他和希乐尔已经要在布勒贝克教堂结婚了,他应该不知道我还活着。我也希望他能找来米尔伍德。"莉亚收紧下颌,轻轻地垂头,平复下汹涌的情绪。"不要放弃希望,恰娜。现在我们能为他做的也只有这些了。"

泪水沿着马尔恰娜的脸颊簌簌流下，她无声地点了点头，克瑞恩立刻拥住她的肩膀，用肢体上的温度来抚慰她的悲伤。马尔恰娜顺势倚在他身上，努力让自己平静下来。

"我们走了，莉亚，"过了一会儿她才小声说道。"我们永远是好姐妹。谢谢你把我从狄埃尔的手下解救出来，谢谢你让我免受德豪特大教堂里恐怖的一切。"她把手轻搭在莉亚的胳膊上。"我要是有你那么坚强就好了。"

莉亚再一次和这对爱侣一一拥抱。启程的时刻还是到了，她站在厨房外看着赶往普莱利的一群人慢慢走过宽阔的教堂属地，没入外围的一圈橡树丛林，然后进入比尔敦荒原。曾经环绕着米尔伍德的外湖很久前就开始水量锐减，现在，大教堂四周的天然屏障已经被打破了。

目送他们走出自己视线后，莉亚将目光转向身后的托尔山。在那里，还有一项沉重的使命等待着她去完成。

莉亚爬上托尔山，越接近山顶上那两具绑在五月花柱上的焦黑残骸，她的心情就越沉重。并列的两根柱子上绑着两具面目全非的黑色尸体，看着它们像两根棍子一样立在那里，莉亚的五脏都揪到了一起。上次她爬上托尔山还是和科尔文在一起。在一个风暴天气里，他们依靠十字圣球一路追踪着塞特的脚印来到这里。突然一阵山风从她身边刮过，风声在她双耳中轻轻说了些什么。

死亡的证据已经赤裸裸陈列在她眼前，那阵风声唤起的画面却折磨着她已过度负重的灵魂。

和大家一起困在厨房里的那几天，她从每个人零零碎碎的讲述里串起了整个故事的脉络。当时，马尔恰娜和克瑞恩在骑士的护送下离开科摩洛斯，却在去往米尔伍德的途中遭到了埋伏。莉亚此前赐给克瑞恩的神力发挥了作用，克瑞恩的伤势迅速复原，然后他们碰上了狄埃尔的手下，所有护送的骑士都被杀死，克瑞恩一人独挡，反杀所有袭击者，还偷了他们的衣服和马匹，和马尔恰娜乔装改扮，回到米尔伍德。到了米尔伍德后，他们继续伪装成贱民的样子，整日穿着粗劣的衣服，帮着大教堂做些简单的粗使活计以免被人识破。与此同时，埃德蒙终于鼓起勇气接受圣骑士考核，也顺利通过，成为一名圣骑士。考核让他明白了比起圣书里学到的知识，对灵力的忠诚和誓言更为重要，于是也劝说索伊接受圣骑士考核。马尔恰娜听说了科尔文的许诺，便希望将索伊纳入普莱斯一族。大主教彼时已经知晓自己很快就会失去掌管大教堂的职权，便一应应允，成全了她的心愿。

　　就在他们通过圣骑士考核的第二天，奥古斯丁大教堂的主教就来到米尔伍德，顶替成为新一任大主教。在他正式宣誓任职后，第一件事便是利用职权，即刻将德蒙特和他手下的圣骑士逐出大教堂。在新主教的淫威之下，德蒙特不得已离开米尔伍德，一路跋涉到科摩洛斯，打算在那里掌管整座城市，准备迎战达荷米亚入侵大军。然而，他们再听到关于他的消息时，他已在科摩洛斯被人毒杀。

　　有了新主教的襄助，王太后最终解除监禁，并借安全护送自己离开的名义将手下的随从全数召集到米尔伍德。但说好的启程却一拖再拖，每天他们都找出不同的托词拖延离开米尔伍德的时间，数目众多的随从长期滞留在大教堂附近。在这段时间里，王太后在大教堂的权力和影响越来越大，新主教终于认识到自己面前的这个女人城府有多深，她是绝对不会轻易离开他的领地的，这一切都让他措手不及。同时，他也慢慢发现自己一度渴盼的米尔伍德财富就像刮过这片土地上的风一样，是抓不住的虚无。在这座教堂里没有金库，没有用来支持德蒙特军队的大笔军饷。他终于相信，自己放弃了原有的富饶教堂，却换来一个不那么富有的米尔伍德。

在第十二夜,王太后将两位大主教带到托尔山上,一并处决。在此之前,他们被绑在两根五月花柱上,被迫看着山下的大教堂化为灰烬。莉亚还听人说,奥古斯丁大教堂那位主教哭嚎不止,苦苦哀求王太后饶过自己。塞特为了保护前任大主教,奋起反抗,最后被那些士兵乱剑杀死,尸体就被丢弃在山顶草坪上,已经随着风暴一起消失了。而真正的大主教目睹了塞特的死亡,直到咽下最后一口气都没再说一句话。

莉亚抬起头,看了看大主教焦炭一般颜色的骸骨,不由得在柱子前潮湿的灰烬上跪倒,喉中发出一阵呜咽。现在,她生命中的两位父亲都已离开人世,她也辨不清到底哪一个让她更为痛心——是那个虽未谋面、所知甚少的生身父亲还是这个由她生身父亲为自己安排下的教养父亲。更加深这份痛苦的是,她已经安排其他人离开了米尔伍德,而他们仍旧对她的真实身份一无所知。在世上的某个地方,有一本由她父亲书写过的圣书,上面有一道封印符。除非能找到这本书,否则她的身世将一直沉寂下去,永远不见天日。同样不得洗雪的还有大主教所付出的一切,他是含冤而死,死前还被人扣上了种种莫须有的可怖罪名。

她大声说出脑海中的想法,是给自己听,也是给他听。"如果我当时能早点赶来,您或许就不会死,或者您能死在穿越圣幕坍塌前。对不起。我不知道这里发生了什么。都是我,怪我当时一心只想着自己有多痛苦。对不起。"

山风轻拂过她的头发,她终于小声地哭了出来。

"到处都在传播关于您的谣言。人们总是愿意把一切想到最坏处,即使流言很快就会被戳穿。只有我,和零星几个人知道真相。不过您可能不会在乎这些，有时候，您好像根本不在乎别人怎么想您。可有那么多人永远也不知道您是怎样的人，他们永远不会像我这样了解您。"

她合上双眼。"我好想您，大主教。我很怀念您为我指点迷津的那些日子。从您身上，我总能感觉到对我的信赖。还记得当年您派乔恩·亨特到比尔敦荒原救我的时候，他对我说欢迎我回来——是您告诉我，这里永远是我的家。您可知道您的信任对我来说有多么重要？您的这句话对我来说有多大意义？"她紧紧抱住自己，悲恸得难以自持。"我好后悔。后悔没有亲口告诉您我有多么依赖您。告诉您从您身上，我学会了多少，告诉您我为自己的口不择言有多愧疚，告诉您我有多怨恨自己的倔强和孩子气。而您却一直那么耐心地对待我。直到现在我才看清，原来在您的心里，我从不只是一个在您手下做活的贱民。谢谢您，大主教。我好庆幸自己当初被送来您这里，您帮我塑造了对灵力的信仰。没有您，也就不会有我在德豪特教堂完成的一切。"

不知在这里跪了多久，直到她觉得自己的膝盖又僵又痛，泪水也都流干了。这时一阵阵呃逆感涌上喉头，莉亚深深吸了一口气，才压制下去。

"在我的心里已经烙下了一个属于您的印记，我会永远记住您，记住您说的话，记住您对我的教诲，还有您为了我而受的种种折磨。"

风暴过后，笼罩在原野上的是无澜的沉寂。就在这一片沉寂里，有个很轻的东西擦过她的后脑勺，像鸟儿的飞羽一样轻薄。她恍然张开眼睛向身后看去，空无一人。而刚才的东西却像是一只……手？

面对着无人的沉寂，她眨眨眼，再次合起双眼。

"是您吗，大主教？"在一片黑暗中，她轻声问道。

头顶上那股隐隐的压力又回来了。这一次,她没再转头向后,而是继续紧闭双眼,开始用眼睛看不见的思维去感受。先知神力在她脑海中再次开启,大主教出现在她眼前。她看着他在自己脑海里穿过苹果园,每迈一步都无比痛苦,无比艰难。不断有树枝抽打在他身上,他却一直坚定地向前走着,手臂环抱着一个闪着金光的东西。他一步一步地穿过林中禁地,脸庞因为疼痛紧紧揪在一起。她看着他走到梅德罗斯独居那间小屋的浮石前,蹒跚地朝着那块石头爬下去,其间差点失去平衡,跌落深谷。等走到石头那里时,他已经精疲力竭,刚刚的一段路透支了他所有力气,跪在石头前时,莉亚看得出他在浑身发抖。他低下头,浮石开始慢慢移动,向着彼时还淹没在湖水中的山基下沉。只见他用力一抛,把一卷金铜圣书从巨石上推了下去,在湖面溅起一阵水花。圣书的金光马上沉了下去,和她小时候常在里面玩耍的石头棺椁落到一处。

画面消失了。

莉亚睁开眼睛,对大主教的魂灵说道:"谢谢您。谢谢您告诉我您的那本圣书的下落。"

莉亚把大主教的尸骨埋在靠近梅德罗斯小屋的一处尸骨瓮里。而被他丢进湖里的圣书就在她刚看到的位置,正落在一道湖水干涸开裂出的缝隙里,没费什么力气就找到了。她跪在这个密闭的盒子前,抬起手臂画下圣符。

刚开口时,她的嗓音因悲痛而有些嘶哑,"应伊渡米亚之意,我认不得这些字符。"随着情绪的不断增强,原本的低沉慢慢高扬,响亮起来,"我虽只是资历尚浅的年轻圣骑士,但我诚心跪倒,借灵力将此地奉为高登·彭曼,米尔伍德大主教最终的栖息之所。我还要借灵力之手,唤醒此地,在未来的某个清晨,当重生的时刻到来时,愿他的一切得以复原。愿追随真理之人永远被铭记,愿其他人记住这块土地,记住他为我们所做的一切。愿知情人记录这一切,让他永远活在人们的记忆里,口口相传下去。即刻灵验。"

在她穿过苹果园打算回到厨房时,不远处传来了马的响鼻声,随后又有一阵马嘶。这个时节里,园中果树枝叶凋零,骨感嶙峋,但也足以遮挡住声音的来源。莉亚不自觉停下脚步,仔细辨听,试着确定声音的方位。是在前面——离她还有一段距离。现在能听到一阵缥缈的喃喃说话声,远远的人声唤醒了潜藏的渴望,让她的心脏在胸腔里狂跳不已。她小心翼翼地放下手中大主教的圣书,偷偷朝那边方向移动,利用树干的遮蔽谨慎而迅速地靠拢过去。她能听到血液在自己的血管中激荡,落在耳中轰轰作响。现在大约快到正午光景,天气缘故,浓重的阴云完全遮住了太阳。

科尔文,是你吗?

莉亚走出果园,向围住厨房四周的一圈橡树走去。那边的声音渐渐清晰起来,有动物发出的烦躁的呼噜声,紧接着是一声安抚的低语。是个男人的声音。莉亚觉得一颗心简直要跳出胸口了。

她的武器全部留在德豪特大教堂了,不过原先猎手使用的武器可能也不再适合现在她的大主教身份,毕竟她有灵力的保护,它会警告危险,引导她作出正确的决定。不管怎么说,此时此刻她还是希望自己腰间有匕首傍身。

声音是从厨房里面发出的,平底锅掉到地上,发出"哐当"一声响。有人咕哝了一句祷词,然后是靴子踩在地板上的咯吱声。只有一个人和一匹马,这是目前为止她所能判断出的全部。

莉亚摸到厨房侧面,躲在一旁探看情况。厨房外有一匹棕色的母马，身上还带着长途急行留下的汗沫，它正在嗅着厨房外的灌木，谨慎地扯着吞下自认为安全而美味的枝叶。马背上装了马鞍，从旁边垂下一支空的剑鞘。棕马抬起头发现了她在窥探，轻轻发出一声嘶鸣。

"什么情况？"一个男人小声抱怨了一句，手持一把圣骑士佩剑从厨房走了出来。

莉亚最先注意到的是那把剑，闪闪发光的剑柄上刻着那个她自孩童时就无比熟悉的符号。从那男人穿的衣服可以判断他是来自温特鲁德的骑士。当她看清面前这人的样貌时，兜头来的失望彻底摧毁了前一秒的期望。这个男人有着卷曲的黑色头发，脸颊清癯，面色蜡黄。可她从没见过他，或许也曾有过一面之缘，但他并没有在她脑海中留下印象。这是个没有科尔文高挑的陌生人。

他手中的剑立刻直指莉亚。"你是什么人？"他语气激动地问道，脸上写满了怀疑。

"我是米尔伍德大主教，"莉亚回道。"请把你的武器收起来吧。"

"你是大主教？"他的脸上恼意渐生。"你是在耍我吗？"他把那只空的手指向一旁只剩些废砖断墙的大教堂。

"可我依然是大主教，"莉亚回答。"你一定是从温特鲁德来的骑士，我认得你的衣服，虽然我不知道你的姓名。你在找吃的吗？"

听到"吃"字，他的瞳孔骤然瞪大。"对！我都快要饿死了。我已经骑马赶了两天的路，其间一次都没歇过。"一旁的母马看上去疲惫不堪，无声地证明自己的主人所言不假。"我实在是信不过那些来路不明的陌生人，所以一路上几乎没吃什么东西。虽然不断有传言说米尔伍德已经沦陷，若不是亲眼目睹，我总觉得还有希望。看来我来得太晚了，大灾难已经把这里拿下了。"他用手抓了抓自己凌乱打结的头发。

"你是圣骑士吗？"莉亚直视着他的眼睛问道。

"是。"

"让我看看你的手掌。"

只有圣骑士才知道通过看手掌上的疤痕断定身份,这是他们之间的秘密。那男人把平举起的剑放下,换到另一只手中,然后一把摘下手套,把沾满污渍的脏手给她看。果然,上面有一枚石头灼烧留下的疤痕。

"你脖子上带的是项链?"他的眼睛谨慎地眯成一条窄缝。"是护身符之类的吗?"

"对,不是赤隼链。"莉亚点一点头,把戴在脖子上的那枚戒指项链给他看过。他的神色放松下来。

"还好不是那东西,"他的声音低沉下去,眼睛里闪现出两团火苗。"他们实在太厉害了,即便是最坚强的圣骑士也免不了被他们蛊惑。我们中最强的也已经倒戈了。"

莉亚定定地望着他,一阵不好的预感让她的胃猛地一跳。"你从哪里来的,骑士先生?"

"弗什之战——其实那根本都不能算作一场战争。"谈起这个话题,他的牙关紧紧咬到一起。"我们抛下伯爵,各逃生路了。"他在袖子上擦了擦嘴巴,惨痛的回忆在他的脸上投下一片乌青。"德蒙特被杀的时候我就该离开那里的。我还以为弗什能给圣骑士们带来一线生机,没想到他如此令人失望。**她**,我是说他妻子就是祸根。"他的眼睛里满是怒意,看着莉亚道:"伯爵的妻子是妖姬。我能肯定她是,她的样子瞒不过圣骑士的眼睛。我知道自己不能再为伯爵效劳了,现在他染了病,而且……"

莉亚无意失礼冒犯,可她忍不住打断道,"生病?这是什么意思?弗什伯爵生病了?"

"还能有谁?"他压低嗓音,近乎低吼地回道。"他带着德蒙特的侄女从德豪特回来,一意要和她成婚。小国王早就承诺过,只要她做了王后,他就下令终止内战。可弗什伯爵非但不听,反而大张旗鼓地操办起来。就在第十二夜,他们在布勒贝克大教堂成婚,当晚他就染上了疫病。两天前,他开始觉得不好,咳嗽不止,不断干呕。等我出发的时候,王太后的军队已经在慢慢缩小包围圈,准备一网打尽了,不过我设法冲出重围,逃了出来。当时弗什已经病重,骑马的力气都没有了。帕瑞吉斯现在在大力搜查圣骑士的下落,在威尔士镇我听说小国王的雇佣军现正准备趁风暴平息一举登岸,但王太后已经趁机将整个王国收入自己的囊中。就算弗什没有病死,他们肯定也会以叛国罪处决他的。"

第三十七章
落英缤纷

寒冬的突然结束让莉亚惊诧不已。好像昨天大教堂的废墟上还白雪皑皑，银装素裹，一夜之间，就吹来了温暖湿润的春风，所到之处皆是冰雪消融的早春景象。至少在半个月前，灵力就时时提点她，一旦春天降临，就到了她离开米尔伍德的时候。它同时要她做好心理准备的是，在启程之前，有件大事会发生——却不肯点破究竟是什么，可能是王太后挥兵挺进米尔伍德，也可能是德豪特曼达要占领这里。有人正在靠近米尔伍德，坏的猜测让她感到惊忡不安，无时无刻不在提心吊胆。好的可能就是梅德罗斯也许会来，亲口告诉她曾经由他加在她肩上的负担终于可以卸下。前些日子大风暴接二连三地侵袭海岸，狂风暴雨带来了极大的风浪，莉亚由此断想冬季里离境的船只肯定不会开拨。准备离开的人群肯定是停留在某个安全而隐蔽的地方。现在春天来了，适合起航的平静洋流也随之而来，可她还需要一点时间尽快找到他们在普莱利的藏身之处。现在失去了十字圣球的指引，整个追踪过程可能会更加艰难。

苦寒的凛冬对莉亚来说是伤感而寂寞的。偶尔会有一位旅人长途跋涉到大教堂歇脚，避难。有的人是听从了家人的警告，逃到这里寻求生路。极少数时有一整个家族来到这里的，大多数成员都困苦不堪，神色绝望。他们为她带来很多她不想听到的消息，这却保持了她与外部世界的联系。她总是默默地听着，内心的希望却在接二连三的打击下一点点地黯淡下来。

科尔文已经不再是弗什伯爵了。小国王一并褫夺了他的封号和属地，但转赠予他下落不明的妹妹，马尔恰娜。而马尔恰娜已经被纳入狄埃尔伯爵的监护之下，在她失踪的这段时间里，一切属于她的属地暂时由狄埃尔监理。现在狄埃尔已经成了王国里最显赫的贵族，他与小国王、王太后三人联手，在七国一时无人能敌。他在全国设下丰厚的悬赏，提供任何有关马尔恰娜下落的消息都能领到一笔不菲的赏金。但是狄埃尔自己却绝不会踏入米尔伍德半步。

传闻道，叛国贼弗什现在被囚禁在狄埃尔北境众多私宅中的一处地牢里。小国王大军攻占科摩洛斯前，弗什手下的圣骑士纷纷弃主而逃，导致他直接被王太后手下俘虏，随军带回。传言还说，他现在病入膏肓，身边人怕被他感染，无人愿意贴身照料。想到科尔文孤身一人，病情危重地躺在某个阴冷潮湿的地牢里，这样的恐惧和悲痛把她的心紧紧揪在了一起。若当时有人指给她方向，她必会立刻赶到科尔文身边，守着他，为他的前额替换冰凉的湿布，直照顾他到最后一刻。可她现在连尝试着去寻找的念头都没有了，只因为她的职责是留在米尔伍德，只因为，她是这片坟墓上的大主教。

春风乍暖，苹果园在暖阳的照耀下再度焕发生机。在严冬霜雪覆盖下一度蛰伏的枯枝现在纷纷盛放，整个果园都笼罩在雪一般的花海之中。莉亚每日都会在树下闲散漫步，落花胜雪，洋洋洒洒，她便欣然享受花瓣落在脸颊上的纤细吻触。在风暴中倾倒的花盆四周现在花团簇锦，空气中充满了生气勃勃的味道。莉亚一边在大教堂四周闲逛，一边努力回想昔日洗衣房所在的位置。在很久之前的一个晚上，那间小小的避难所便在狂风中消失了，重重的回廊也一起不知所终。唯一剩下的一本圣书就是大主教留下的那本——却是她不能读懂的一部书。

在一株苹果树下，莉亚停下脚步，仰头察看它的树干和在微风中轻轻摇曳的一树白花。这是那棵常在她记忆中出现的树，她不禁饱含热望地凝视它，伸手抚摸那仍旧光滑的树皮。记忆也有着强大的力量，只要稍稍触碰便能激发出可与赤隼链相匹敌的强烈情感。这里就是她第一次向科尔文表明自己心意时所站的那棵树下。这里就是他轻蔑地拒绝她爱意的地方。打那之后，很多事情都已改变，当她再站回这里，在回忆和种种情绪如梦如幻地出现在自己眼前时，有那么一瞬间她突然想到，如果真的用尽力气去希望，或许就能使梦想成真。哪怕是最后一次，她想再听一听他的声音，再看一眼他眉毛上的那道伤疤，再摸一摸他的手，再次在他的怀抱中感受那股熟悉的气息。

莉亚太沉浸在自己的思绪和纷杂感情里，连身后有人靠近都完全没有觉察。直到有靴子踩断树枝发出咔嚓一声响，吓了她一跳，才把她拉回现实。她警觉地转身去看，一个男人正朝她这里走来。正在她转头瞬间，一阵清风沙沙吹过枝桠，吹落阵阵白花如雪，遮蔽了他的面庞。莉亚的心脏被一阵突如其来的渴望命中。自己是在做梦吗？面前这个男人的步态和身形简直就像自己的影子一样熟悉。她不禁两腿发抖，紧紧扶住身旁的苹果树，生怕这是自己的眼睛开的一个玩笑。

花瓣雨终于慢慢停了下来，莉亚终于看清那人的样子——是科尔文。

她感觉胸腔里一颗心在发了狂地跳动着，眼睛在震惊中瞪得浑圆。科尔文看上去精神饱满，完全不像传闻中的什么病态。他的目光一直停留在她的身上，目的明确地向她靠近。这只是他的影子吗？难道他已经死在了地牢里，亡灵向曾经的大主教一样在逝后向她赶来？泪水涌入她的眼眶，酸涩而疼痛，这时，她看到了一样东西。

在他的手里握着圣球——就是她落在米尔伍德的十字圣球。而那上面的指针正指向她。

科尔文把圣球塞进腰间系着的一个小口袋里，用力一拉，将袋口的活绳收拢系紧，然后弯腰下行，穿过一支挡在面前的苹果树枝，来到她的面前。在他脸上还带着一个满含深意的明媚笑容，表明自己对在苹果园这里找到她感到十分欢喜。

莉亚紧紧咬住下唇，感觉泪水已经模糊了视线。这是真的吗？还是这一切都只是她的梦境？在强烈的冲击下，莉亚双手不自觉中紧紧攥住树干，直用力到十指指节泛白。如果是梦，树干的触感又怎会如此真实？

"科尔文？"她几乎喘不过气，小声地唤了一句。她感觉自己的膝盖在颤抖，整个身体都摇摇欲坠。

此时他已经站在她的面前，目光深邃，仿佛直望进她眼底。他似乎觉察到她的不安，牢牢捉住她双手，好让她切实感到来自肉体的温度。他是真的，在他的眸子里射出充满爱意和温暖的柔光。

"你才是真正的艾洛温·德蒙特，"他轻声说了这一句，握住她的手，力道更加大几分。"但对我而言，你永远都是莉亚。"

当从他口中听到自己真名时，莉亚不禁倒吸一口气。"那个封印已经打破了吗？你能说出我名字了？"

科尔文嘴边绽出一个慵懒的笑。"封印符已经打破了，第十二夜就打破了。我知道你的身份，莉亚。现在，关于你的一切我都了然了。你父亲的那本圣书就在我的背包里,和我的那本放在一起。我什么都知道了,莉亚。"他的手游移到她额前,为她理开一缕散落的碎发。"你做到了。你做到了他想要你完成的一切。"在他的眼中隐隐有潮湿雾气浮现。"我太为你骄傲了,莉亚,你的勇气最终胜利了。"他直直地对视着她的眼睛。"我也没有辜负期望。如果我能早些给你传话来,我一定会尽快告知你一切的。相信我。可我也才刚刚逃出来,第一件事便是日夜兼程往这里赶了。"

莉亚心中又惊又怕,差点就失去他的恐惧让她立刻紧抱住他,两手攥着他的皮束腰前襟贴近他,直到呼吸间尽是他的气息,扑面而来仅剩他皮束腰和衬衫的触感。她抱得如此用力,生怕自己已经弄疼了他。

"希乐尔怎么样了?"她心有余悸地问道。

科尔文轻抚着她的头发,答道,"两周之后她就会嫁给小国王了。毕竟,现在我已经死了。"

莉亚抬起头,看到了他眼中的调皮神色。"如果你真是鬼的话,是不会有这么结实的身板的。所以你刚说的到底是什么意思?别再跟我开玩笑了!我现在很可能会再心碎一次,我好怕这一切都是个梦,而我随时都可能醒过来。"

"我会慢慢告诉你的,"他答道。"但是我能先吻你吗?我的最爱,我的妻子。"

莉亚身子一僵。

科尔文深情地凝视着她的脸庞,指尖从她一头不羁的乱发中划过,同时用另一手的指背轻柔地蹭着她的脸颊。"不要怕我的碰触,莉亚。"他温声道。"你父亲早已分毫不差地预见了这一切。当时我已知晓希乐尔的真实身份,而你父亲的圣书则指示我将你我二人永远结合在一起。封印破解后,一到布勒贝克教堂,我便将书中所说告知了那里的大主教,并以圣书示他。在确认了书中内容后,他同意为我举行仪式,将我与艾洛温·德蒙特永生结合。所以,现在我们俩已经是夫妻了。就像你的父亲和母亲,当年他们一个身在普莱利,一个身在达荷米亚,却也在分开的时候完成了结合仪式。你也看到我现在能驾驭圣球了,对吧。这都是因为你,因为你我的结合。同样,我也共享了很多你的神力。希乐尔结下了妖姬誓言不假,但她没有骗我。我只是让她以为她真的动摇了我的内心,但我从没让她的嘴唇碰到我的一寸肌肤。我与大灾难的瘟疫擦身而过,的确是幸存者。"他的手指纠缠上她的头发,前额贴近,暧昧地扫过她的前额。"你是我的。永远都是。"

他握住她长发的手骤然收紧,嘴唇便沿她面颊蜿蜒而下,落下一连串的吻。他低头吻上她的下颌,最后,才衔住她的唇。莉亚只觉一颗心滚烫似火,几欲消融在他的热情里。这吻来得并不轻柔,也无关几分缱绻,科尔文急切地索要着她的两片薄唇,几乎夺走她口中的全部气息。迷乱间,莉亚手臂环上他的脖颈,将两人躯体拉得更近,在肢体相贴时让自己完全依靠在他的胸前,攥住他的头发,以同样的热度回吻他,将漫漫长日里压抑的思念与渴慕全数挥洒进这个吻里。科尔文一遍又一遍地吻她,不知餍足地掠夺她的美好,手臂紧紧环住她的躯干,好像她随时都会飘走,离开他的身边。两人从未经历过的亲密唤醒了只有在梦里才经历过的美妙感觉,让她从内心深处发出一阵战栗。那一刻,除了面前这个人,周围的世界都在起伏不定的呼吸声与气喘声下变得模糊起来。她简直不敢相信自己的情绪变化。在这一瞬间,从他在达荷米亚埋葬她而开始累积的担忧与内心折磨统统化作乌有,冬天里的悲痛与孤独如晨霜一般在暖阳般的温热里蒸发不见。

他就在这里,他是她的。他们将会携手踏上一片崭新的土地,共同建立起全新的大教堂。

就在她感觉自己就快要幸福地窒息晕倒的时候,科尔文的手适时地解开了对她头发的禁锢,转而扶住了她的肩膀,以防全身无力的她跌倒在地。

莉亚仰头看着他,使劲眨了眨眼睛,好像身置梦境。"科尔文·普莱斯,你刚是在说,我们已经结婚了吗?"

"正是。"他低沉地回答道,声音嘶哑而充满贪婪的意味。

"可我难道就没有发言权吗?"她促狭地开玩笑道。"就是说,我就要没有选择地永远和你结合在一起了?"

科尔文也带着一丝调笑的神色,故作庄重地将眉峰蹙起。"看来,为了保持封印符的神圣性,你就要委屈一下了。我还自以为……?"

莉亚将手指竖在他唇边作嘘声状。"我愿意。"

"真的吗?"他问道。

"是的,我接受。"她答道。"我愿将自己的所有连同我自己全数交付与你。"

"吻我。"他命令道。

她也太乐得服从这命令了。

黎明的第一抹晨光还未来得及照亮厨房的窗棂,莉亚便醒了过来。从草垫子上起身后,她先从灵石炉灶里聚起火,把整个屋子都暖起来,便开始着手准备吃食。她觉得自己都快饿死了,知道等到科尔文一起来肯定也会想吃些什么的。现在的场景一时让她想起从前,有一次她给科尔文煮了粥,他便胡乱盲猜她的年纪,两人还为这事争辩了许久。水壶已经热上了,趁烧水的空当,莉亚往另一只锅里加了些香料,调完正好水沸,又往开水里掷进一些香籽。

莉亚正在厨房搁板桌前忙个不停时,身后传来科尔文起身的响动。他故意放轻脚步靠近过来,用下巴轻蹭着她的后脖颈,他脸颊和下颌上的新胡茬带来微微的刺痒感,惹得她周身一颤,一阵酥麻瞬时通遍全身,直达脚底。这样的感觉无比享受,莉亚无声地笑起来。

"我还以为你会再睡久点呢。"她边说着,边从肩膀上扭回头看他。

"你起来后我就冷,我想让你一直都在我身边……一直都要在。"

"那些船上肯定会很挤的,我想你会得偿所愿的,"她顽皮地调笑道。"哎,你说浩克号会在岸边等我们吗?"

科尔文点头,别过方向轻吻她的耳垂,害得她倒抽一口气。"不要,科尔文。我可不想把你的食物煮焦,不要让我分神。浩克号会把我们带到普莱利,然后呢?"

"我们会穿过几座山,去到廷顿教堂,把那里的大主教一起带回。他是我们要救的最后一个人,然后我们会在船上待上一段时间。毕竟我们要去的新大陆离这儿很远,需要横跨大洋。"

"你说过圣球的使命就是把我们带到那里,"说着,莉亚边搅动起面前的粥,勺柄传来的厚重浓稠感让她满意地点了点头。"浩克号会是我们的领航船。"她的眉头皱了起来。"那马丁呢?到现在我们还没有提到他。"

科尔文略显凝重,点点头道,"他选择留在这儿,保护他的外孙女。希乐尔会成为科摩洛斯国的皇后,马丁则会做她的谋士与护卫。还要过好些年大灾难才会将这里的人全部毁灭。至少现在她已经知道了自己的真实身份,也知道了她绝不能触碰的禁区。"

莉亚叹了口气。"你当时一定很难吧——要亲手毁掉她对自己贵族身份的认知。是你在塞姆普林弗大教堂找到的她,也是你最终告诉了她真相。"

科尔文颇不以为意,轻耸了耸肩道,"想想你这些年遭受的苦楚,莉亚,我认为她的痛苦和损失远不及你。她会成为皇后,可不是监禁在地牢里受苦。虽然她的婚姻不会幸福,但她能享受到的一切远比还是贱民时要多得多。更何况,她还能操纵朝权呢。"

"你是从我父亲的圣书上得知她全名的吗?"莉亚问道。

科尔文点头。

莉亚端上来两碗粥,里面加入糖浆和葡萄干调味。两人风卷残云般吃下肚去,莉亚从另一个灵石里聚集起水流,各自清洗了粥碗。

"昨天你可答应我今天再说你是如何从狄埃尔的地牢里逃出来的,"清洗完毕后,莉亚追问道。"我原想着有可能是马丁救了你,但现在我却不这么认为了。"

科尔文摇了摇头。"的确不是。但的确是他调出药剂,造成我生病的假象。他是非常高超的制毒师。我病了好些日子后,他又用了些浆果汁在我的脸上和胳膊上搞出些疱疹,看起来就像得了瘟疫。重要的还是造出我生了重病的谣言,百姓口口相传,很快流言便散播开来。我知道自己可能要在地底的某处监牢里度过严冬,一想到你在妖姬巢穴里经受的一切,我也以十足的勇气去面对我要经受的考验。那里没有毒蛇折磨我,倒是有成群的耗子。狄埃尔时常来探视,想让我说出马尔恰娜的位置。为了找到我妹妹的下落,他几次利用职权中断王太后处决我的计划,只为留我一命。只要我一日不说出口,他们便无计可施,就这样日复一日地拖延下去。"

"这是没错,可你是怎么逃出来的呢?"莉亚紧紧追问。

科尔文开始在房里来回踱起步来,仿佛一下子回到当年,他还在米尔伍德养伤的那些时光。莉亚不禁猜想他是否还会再抓起扫把当作剑,在她面前挥舞起来。想到此,莉亚差点笑出声来。

"狄埃尔放我走的。"他简单地说道。

"什么?"

"你必须考虑到,我和狄埃尔花了很多时间在一起聊天。他做这个决定并不是一蹴而就的,可慢慢地,他转变了想法。看着身边的人一个个死在大灾难的手下,他开始相信你的警告最终会成真。他问我很多关于你的事,还说他相信你没有死在灵石熔炉里,说你一定还活着待在某个遥远的地方。他开始思考你的真实身份,想你是否能被劝服,进而解除加在他身上的诅咒。我想他之所以扣押了我那么久,就是因为他相信你一定会回来找我,把我救出去。可我怎么能向他解释说你已经是大主教,和米尔伍德大教堂的命运紧密结合在一起了呢?你将永远和大教堂息息相关。我们都是这样。"

"你说得没错,可就像你昨晚向我解释过的,这句话的意思是我注定要将她重建起来。虽不是我亲手做到,可我的一个子孙会完成这件事。原本我并不知道自己还能获得自由,离开大教堂,经你这么一说,我全都明白了。想象一下,科尔文。想象我们的一个儿辈或者孙辈会回来这里,把所有大教堂一座一座重建起来。这一定是要花上好几个世纪才能完成的浩大工程。"

科尔文点了点头。"在我们完成这使命前,这块土地上的亡魂会成倍增加,滞留在这片土地上闲荡。他们会像蚀心邪灵一样堆积成山的。我们一定得解放他们,莉亚。我们要让他们全部重获自由。"

莉亚郑重点头,脑海中浮现出大主教的身影。"所以你就趁机劝服狄埃尔放你走?"

科尔文摇头。"不。我的劝说一句也没能打动他。到最后,在他的一个仆从死于大灾难后,他再一次来到关押我的地牢里。他剥下了那人的衣服给我,让我换上。然后承诺他会昭告天下,说我已经死了,实际上却放我当夜离开。"

莉亚闻言,前额微微蹙起。"他肯定是想跟着你找到马尔恰娜的下落。"狄埃尔的"好心"让她紧张起来。

科尔文点头。"那是自然。所以我才先去了弗什,而不是这儿。我去那里有两个原因:一是去找我的圣书,二来也是想给你带样东西。这件东西,我希望你能收下。"

"是什么?"莉亚口中问着,好奇地倾身去查看。

他解下腰带上系着的小口袋,拿出里面的圣球,然后在袋子的最深处摸索了一阵子,取出一只婚戒。

"这戒指是我妈妈的,"他说。"你还记得我跟你说过她被埋在我那座宅邸的一只尸骨瓮里吗?我还说怀疑她是被活埋的?"

莉亚点了点头,眼睛却不觉在惊奇中瞪大起来。

"我打开了她的坟墓,里面只剩一身寿衣,还有这枚戒指。记得你曾经跟我说过,假若死者不想把戒指带到伊渡米亚,那我们不妨在这里用上它们。"说着,他走了过来,牵起她的一只手。"你愿意戴上它,作为我们婚姻的象征吗?"

他的一番话在莉亚身上激起一阵幸福的暖流,微微颤抖着,她点了点头,一枚戒指便经由科尔文的手指轻轻滑上了她的指肚,大小刚刚合宜。技艺精巧的金匠将这块金子雕琢得宛若天成,通体装饰着细小的圣符花纹。

"那么作为回应,"莉亚从上衣里拿出在她还是个孩子时从墓地里找到的那枚戒指,"你愿意戴上这枚戒指吗?在德豪特大教堂底下的牢房里,你把它还给了我,我用了些线头把它做成一根项链,戴在我的银丝软甲下。"她用力把上面的细线扯断，将戒指戴在科尔文相应的手指上。戒指的尺寸与他的手指也恰好吻合，好像它生来就是属于他手指上的一般。

"自打孩童起，这只戒指就一直没离开过我，"她喃喃道。"现在想来，自始至终，它都是属于你的。"

科尔文身子前倾下来，充满温情地吻着她。而她也充满喜悦地承受着他的温柔。

"你的故事还没讲完呢。那你是怎么从你的宅邸里逃出来的？"她轻推着他的衬衣前胸，提醒道。"狄埃尔可不是心善之辈，更不是能轻易蒙混的傻子。我敢肯定，他派了人来跟踪你。"

"没错。但我们两个都没料到的是，跟踪我的人竟然是努瑞克。努瑞克是他在普莱利的名字，他在我父亲手下做过管家，那时他叫希尔保特。同样，他还是一名为你父亲效力过的艾温斯林，当年他的使命就是把还是婴儿的你安全送到米尔伍德。因为封印符的作用，他也没办法说出他所知道的事实，但他已经尽全力暗示真相的指向了。从我还是个孩子起，他就不停地给我讲普莱利王子丢失的那个女儿的故事。我猜他的家族就定居在普莱利，而不止是只有普莱利血统这么简单。你明白了吧，莉亚？你父亲把努瑞克派到弗什，到我父亲手下做事，而他又成了我的谋士和朋友。他知道你的身世，也知道你的下落，可直到封印解除，他才有机会说出真相。昨晚我说过，希乐尔和我乘浩克号离开德豪特教堂时，我被分配到一个船员的舱房里，我没说的是，那个船员是马尔克姆——也就是梅德罗斯。就是在船上，他将自己的真实身份和盘托出，把你父亲的那本圣书给了我。幸亏有他，这么多年一直为我们把它保存了下来。"

想到父亲和他利用先知神力为自己安排好的一切，莉亚心中感激,面上微微一笑。"那密令呢?"

"你父亲专门在圣书上写了几页给我的话,用的是我的语言。在那上面他解释了要想得到密令,我需要先从希乐尔那里拿到十字圣球,把它带给梅德罗斯,梅德罗斯可以看懂圣球,让圣球运转。至于密令具体是什么,昨晚我告诉过你了,就是圣骑士仪式上给你的赐名。"

"然后在回家的旅途中你一直在翻阅圣书,虽然你没能解开全本,但至少可以阅读部分。接着,第十二夜就来了。当夜你和希乐尔摊牌,将潜伏在她体内的蚀心邪灵逐出体外。可她肩膀上已经印上了妖姬烙印,永远不可能摆脱掉它,但这段清醒的时间足够你跟她解释她的真实身份以及她所犯下的错事。"

科尔文手摩挲着下巴,点头赞同。"努瑞克帮我神不知鬼不觉地从弗什逃了出来,然后再神不知鬼不觉地把我带到你身旁,不得不说,他真的是经验丰富,身经百战。他知道我们会想要单独相处,所以已经先一步去找浩克号,等着最后和大家一起去到新大陆。虽然他没来,但他真的很想见你,莉亚,毕竟他曾鞍前马后为你父亲尽忠服务了那么多年。"

莉亚再次把目光投向窗外,现在天已经大亮了。"我想是时候去普莱利了。"她放平手掌,轻轻抚过搁板桌面。"我会永远记住这厨房的,这里承载了我最早的记忆。离开真的是一件伤感的事,我知道,这一走,就是永别了。"

科尔文牵起莉亚的手,放到嘴边吻着,"我们会在新大陆上重建它们的。而且,总有一天,我们的子孙会回到这里,夺回属于我们的土地。我们会重建的,莉亚。我们会全部重建起来的。"

莉亚紧握着他的手。"即刻灵验。"她小声祈祷到。

尾声

我最爱的女儿,这本圣书是我仅有的亲口与你交谈的机会。如果一切都按照我的预见顺利进行,现在你应该已经在开往新大陆的船上了。我特地留下指令,不许旁人为你读这本书,目的就是要你自己学会认字,完成你一直以来的夙愿。我始终在远方默默地注视着你。就在伊渡米亚的彼岸,我和你的母亲会在这里等待着你的归来。你接受了打开连接两个世界大门的任务,也亲手开启了妖姬的毁灭。从始至终,你的信仰坚定不移,始终按照灵力的指示行事,从不怯懦。我为你而骄傲。

在这本书里,你将了解到你自己的未来,和我们家族的未来。你的工作还远没有完成。你和你的丈夫,你的孩子以及他们的妻子丈夫会分别成为新大陆上的国王与王后。我将圣书留给你,希望你能在它的帮助下英明统治新大陆,戒骄戒奢。在把你送去米尔伍德时,我相信这段经历会让你更能体会普通人的疾苦。对灵力而言,他们的泪水,伤困与艰辛挣扎比权贵的心机、贪婪与金玉外表重要得多。

我已经早早预见到了遥远的未来,亲爱的女儿。在未来的诸多要事里,我们家族都会发挥巨大的作用。你要把自己的感触与智慧写进这本书里，为还未出世的子孙辈指点迷津。我可以看到，未来艾利什姬加迦将永远受制于你的子孙，他们会用永生符把她困在囚笼之中。她也深知这就是她的命运，这正是她想将我们一族赶尽杀绝的原因。要指点你的孩子，告诫他们，她仍会用尽手段引诱他们，一定要坚定，坚强。但其中有些还是会被她动摇。

  冰冷的金铜和雕刻刻痕不足以表达一个父亲深沉的爱。现在，把这本书握在手中，孩子，想想我。通过真实的灵力，你会感受到我对你深沉的爱，死亡也抵不过它的强大，冥海也淹没不了它的光芒。我们一直在等着你，亲爱的女儿。我们献出自己的生命，只愿你能活下去，完成使命，开启我们家族的全新征程。

伊渡米亚之子，
奥勒温李埃鲁·埃斯林
父亲

后记

  谨以此书献给莎伦·凯·彭曼,感谢她对此书的启发。当我还在大学时,第一次读到她的小说——《龙出没》,便深深地爱上了中世纪英国史。当时,我的朋友杰瑞米无意间在瑞士的一家二手书店里发现了这本书,又把它推荐给我。在《龙出没》后,我们在圣何塞市中心的一家二手书店里找到了第二本书——《阴影之下》。这本书讲述了西蒙·德·蒙特法特的生平及他在伊夫舍姆教堂孤独死去的悲剧故事。前两本书与《末日审判》共同组成了莎伦三部曲,《末日审判》是以威尔士国被爱德华一世铁蹄征服为主线的一本书。就是从这本书里,我第一次听闻了威尔士那位流落民间的公主,温奇亚·费尔希·卢埃林的故事。威尔士战败后,公主被驱逐到塞姆普林汉姆村一个名叫吉尔伯庭的小修道院里,直到五十四年后孤苦死去。她的凄惨故事打动了我,于是我以她的生平为灵感,创造出了"莉亚"这样一个人物,在我的笔下为她打造一个更加美好的结局。书中诸多政治性细节都是直接取材自这段时期——也包括托马斯·大主教在海上劫持了她母亲的那部分(史实中称他为绑架者,托马斯副主教)。

  创作小说是一项充满艰辛的工作,但过程中也充满惊喜。一开始构思米尔伍德时，我所预想的情节要比最终所呈现出的欢快得多。但慢慢地，书中人物开始有了自己的性格，他们经常反抗我的诱导，拒绝走我给他们铺好的路。举例来说，在莉亚和科尔文第一次离开米尔伍德时，索伊原本应该和他们一起走，可是她却中途逃跑了，跑去给大主教告密，然后缩在角落里哭鼻子。再举另一个例子，在第一本书，莉亚和阿尔马格的那场对峙本该发生在温特鲁德村里的一个小酒馆里。可我设计好的最佳设定却不断被里面的人物打乱，中间有些情节开始自行发展，把狄埃尔也拉入混战。坦诚说，每个人物对我而言都有其独特的可爱之处，但莉亚无疑是我的最爱。

最后，我想感谢米尔伍德系列早期的众多阅读者。在整个故事漫长的创作过程中，他们给予了极大的耐心，一直等到了最后。在这里，尤其要感谢那些如饥似渴的读者们，总是五章五章连续看完，然后给予我极大的鼓励。感谢米尔伍德系列的超级粉丝，我的妹妹艾米莉·布莱德肖，感谢她一贯的热情与及时反馈。我的侄女珍娜·惠勒，如果你看到她真人的话，你会发现有很多时候她就像是真人版的莉亚。感谢梅勒妮·霍姆以及她与艾米莉围绕米尔伍德系列进行的深夜通讯（并且把通讯内容转发给我！）。还要感谢凯特，科琳，蕾切尔，表姐梅妮拉，以及史蒂夫对本系列的宝贵意见。你们的积极反馈和巨大热情一直是巨大的鼓励，给了我一章接一章不断创造下去的动力。

有读者问，这是不是米尔伍德的终结篇。我的回答是，鲜少有作者会在创造新世界的节点上关闭创作大门，不再继续发展故事。几年前，我写了一部中篇小说，名叫《迈亚》，整个故事就发生在米尔伍德未来的世界里，一度离开的船只重返旧地，七国历史再续新篇。书中的主人公就流淌着莉亚与科尔文后代的血液。整个故事还有待发展,这部中篇只是整个故事中人物与情节的预告。有兴趣的读者可以上到我的网站——www. jeff-wheeler. com,阅读这本全新的小说。

再次衷心感谢您的阅读!

图书在版编目（CIP）数据

米尔伍德的浩劫/(美) 杰夫·惠勒著；修筱琛,蔡君梅译.
-上海：上海文艺出版社.2018.7
(米尔伍德大地传奇系列)
ISBN 978-7-5321-6417-2

Ⅰ.①米… Ⅱ.①杰… ②修… ③蔡… Ⅲ.①长篇小说—美国—现代
Ⅳ.①I712.45

中国版本图书馆CIP数据核字(2018)第147077号

©This edition made possible under a license arrangement originating with Amazon Publishing, www.apub.com.
Simplified Chinese edition copyright:
2018 SHANGHAI LITERATURE AND ART PUBLISHING HOUSE
All rights reserved.

著作权合同登记图字：09-2016-691

书　　名：	米尔伍德的浩劫
作　　者：	(美) 杰夫·惠勒
译　　者：	修筱琛　蔡君梅
出　　版：	上海世纪出版集团　上海文艺出版社
地　　址：	上海绍兴路7号　200020
发　　行：	上海世纪出版股份有限公司发行中心发行
	上海福建中路193号　200001　www.ewen.co
印　　刷：	常熟市华顺印刷有限公司
开　　本：	890×1240　1/32
印　　张：	11.875
插　　页：	2
字　　数：	241,000
印　　次：	2018年7月第1版　2018年7月第1次印刷
ＩＳＢＮ：	978-7-5321-6417-2/I・5135
定　　价：	46.00元

告　读　者：如发现本书有质量问题请与印刷厂质量科联系　T:0512-52605406